C000030501

1 MONTH OF
FREE
READING

at

www.ForgottenBooks.com

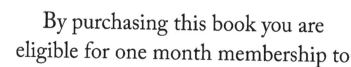

By purchasing this book you are eligible for one month membership to ForgottenBooks.com, giving you unlimited access to our entire collection of over 1,000,000 titles via our web site and mobile apps.

To claim your free month visit:
www.forgottenbooks.com/free938991

* Offer is valid for 45 days from date of purchase. Terms and conditions apply.

ISBN 978-0-260-28186-9
PIBN 10938991

This book is a reproduction of an important historical work. Forgotten Books uses
state-of-the-art technology to digitally reconstruct the work, preserving the original format
whilst repairing imperfections present in the aged copy. In rare cases, an imperfection in
the original, such as a blemish or missing page, may be replicated in our edition. We do,
however, repair the vast majority of imperfections successfully; any imperfections that
remain are intentionally left to preserve the state of such historical works.

Forgotten Books is a registered trademark of FB &c Ltd.
Copyright © 2018 FB &c Ltd.
FB &c Ltd, Dalton House, 60 Windsor Avenue, London, SW19 2RR.
Company number 08720141. Registered in England and Wales.

For support please visit www.forgottenbooks.com

COLLECTION MICHEL LÉVY

ŒUVRES COMPLÈTES

D'ÉMILE SOUVESTRE

ŒUVRES COMPLÈTES
D'ÉMILE SOUVESTRE
Format grand in-18

AU BORD DU LAC. . . . . 1 vol.

AU COIN DU FEU. . . . . 1 vol.

CHRONIQUES DE LA MER . . . . 1 vol.

CONFESSIONS D'UN OUVRIER . . . . 1 vol.

DANS LÀ PRAIRIE . . . . 1 vol.

EN QUARANTAINE. . . . . 1 vol.

HISTOIRE D'AUTREFOIS . . . . 1 vol.

LE FOYER BRETON . . . . 2 vol.

LES CLAIRIÈRES. . . . . 1 vol.

LES DERNIERS BRETONS. . . . . 2 vol.

LES DERNIERS PAYSANS. . . . . 1 vol.

CONTES ET NOUVELLES. . . . . 1 vol.

PENDANT LA MOISSON . . . . 1 vol.

SCÈNES DE LA CHOUANNERIE. . . . . 1 vol.

SCÈNES DE LA VIE INTIME. . . . . 1 vol.

SOUS LES FILETS. . . . . 1 vol.

SOUS LA TONNELLE. . . . . 1 vol.

UN PHILOSOPHE SOUS LES TOITS. . . . . 1 vol.

RÉCITS ET SOUVENIRS . . . . 1 vol.

SUR LA PELOUSE . . . . 1 vol.

LES SOIRÉES DE MEUDON. . . . . 1 vol.

SOUVENIRS D'UN VIEILLARD . . . . 1 vol.

SCÈNES ET RÉCITS DES ALPES . . . . 1 vol.

LA GOUTTE D'EAU. . . . . 1 vol.

Paris. — Imprimerie de A. Wittersheim, rue Montmorency, 8.

L'ÉCHELLE

DE FEMMES

PAR

ÉMILE SOUVESTRE

PARIS

MICHEL LÉVY FRÈRES, LIBRAIRES-ÉDITEURS

RUE VIVIENNE, 2 BIS

—

1857

Droits de traduction et de reproduction réservés.

LENOX LIBRARY
NEW YORK

NEW YORK
PUBLIC
LIBRARY

LA FEMME DU PEUPLE

Car Dieu mit ces degrés aux fortunes humaines.
Les uns vont tout courbés sous le fardeau des peines;
Au banquet du bonheur bien peu sont conviés;
Tous n'y sont pas assis également à l'aise.
Une loi qui, d'en bas, semble injuste et mauvaise,
Dit aux uns JOUISSEZ; aux autres : ENVIEZ.
                                        V. HUGO.

Si vous passez jamais, le soir, dans la belle rue de la
Mairie, à Brest, quand vous serez vis-à-vis cette bizarre
façade où le pinceau du décorateur a figuré, sur une vaste
devanture de tapissier, les marqueteries brodées d'arabesques de la renaissance, arrêtez-vous, et, vous aidant
de quelques charrettes déposées en face du beau magasin,
hissez-vous jusqu'au sommet du petit mur qui domine le
Pont de Terre, et alors regardez au-dessous.

A cinquante pieds plus bas, vous apercevrez, à travers

un voile de vapeurs puantes, une sorte de cloaque au milieu duquel se groupent quelques maisons croulantes,
auxquelles on arrive par une rampe fangeuse et sans pavés.
De là sortent incessamment je ne sais quels miasmes horribles qui sentent le vice et la pauvreté, et s'élèvent, chaque
nuit, des cris d'orgie ou de lutte, des bruits de pleurs ou
de prière; d'étranges soupirs que l'on a peine à reconnaître, et que l'on peut prendre également ou pour le
sourd gémissement d'un plaisir farouche, ou pour le râle
d'un assassiné.

Ce quartier s'appelle le *Pont de Terre*. C'est là que le
matelot, féroce de ses désirs comprimés pendant une
longue campagne, vient rugir ses amours et se rouler dans
le vin avec une femme louée à l'heure. Ce fut de là que
sortirent, en 93, les bandes déguenillées qui suivaient
Jean-Bon-Saint-André et la guillotine; là que le corps du
jeune officier Patrice, lancé de la rue supérieure, vint
tomber, gonflé de coups, déchiré et pantelant, au milieu
d'une douzaine d'enfants qui *jouaient à la révolution!* La
victime trouva pourtant de la pitié au *Pont de Terre :* un
homme qui passait vit qu'elle respirait encore, et lui coupa
la tête.

Par un sanglant contraste qu'a produit le hasard, ce
cloaque immonde, demeure ordinaire de ce que la cité a
de plus avili ou de plus misérable, est dominé de demeures
élégantes qu'habitent les bourgeois les plus aisés de la
ville. Le malheureux peut, de sa croisée sans vitres, contempler les rideaux de soie qui flottent vis-à-vis aux larges
fenêtres du voisin. L'hiver, si la faim ou le froid le tiennent éveillé, il peut entendre, au-dessus de sa tête, le
bruit des voitures qui conduisent à la fête, la musique du
bal, ses rires éclatants, et son murmure voluptueux.

Rien ne manque, vous le voyez, au *Pont de Terre :* c'est

un enfer dont les damnés ont le paradis en perspective, avec la certtitude de n'y point entrer.

A l'époque où commence notre histoire, les grands édifices de la rue de la Mairie n'existaient pas encore; le *Pont de Terre* avait toute sa laideur native. Devant chaque maison s'étendait une flaque d'eau croupissante, où les ivrognes venaient se noyer et les assassins laver le sang de leurs mains ! c'était la Cour des Miracles de la ville de Brest.

Ce ne fut que plus tard, et lorsque les riches bâtirent dans le voisinage, que cette partie de la cité acquit la propreté douteuse qu'on y remarque de nos jours. Il fallut pour cela que le choléra descendît au fond de cette bauge et en fît un foyer d'infection redoutable pour tous. On eut alors pitié, parce qu'on avait peur, et l'on fit emporter les ordures en même temps que les cadavres. Depuis, le *Pont de Terre* n'est qu'un quartier obscur, sale et malsain.

Le jour auquel nous prenons notre récit, dans l'une des plus petites maisons du *Pont de Terre* retentissaient les cris douloureux et interrompus que pousse une femme sur le point d'être mère. C'était effectivement Marguerite Cosquer en mal d'enfant.

La jeune femme était placée dans un de ces lits clos dont on se sert en Bretagne, espèces de garde-manger longs et bas, qui se ferment au moyen d'une porte à coulisse. Le peu d'air que recevait la chambre dans laquelle elle se trouvait, n'arrivait qu'avec peine jusqu'au fond de cette boîte de chêne où la malheureuse se tordait dans d'atroces souffrances. La porte de l'unique pièce qui contenait tout le ménage des époux Cosquer était ouverte, et les voisines en obstruaient l'entrée. C'était, du seuil au lit de la malade, une allée et une venue perpétuelle de toutes les commères du quartier, qui voulaient voir le progrès du travail. Car la femme du peuple ressemble en cela à la reine,

1. Fiction, French.

COLLECTION MICHEL LÉVY

ŒUVRES COMPLÈTES

D'ÉMILE SOUVESTRE

fit peu d'attention : l'assassinat médical d'un homme du peuple est chose trop obscure pour qu'on en parle long-temps.

Puis, qu'importe une mort au plus grand nombre?... Dans cette foule qui se presse, demi-étouffée, pour enlever quelques miettes au banquet social, un homme qui tombe, c'est un concurrent de moins et une place de plus! Une fois son cercueil emporté, ses voisins sont toujours plus à l'aise; et, dans notre société perfectionnée, il y a toujours plus d'hommes qui ont intérêt à la mort d'un autre, qu'il n'y en a d'intéressés à son existence.

· Lorsque Dumont entra, Marguerite poussait des plaintes étouffées.

— Eh bien, qu'est-ce? qu'est-ce? ma petite mère? dit-il en s'approchant... Vous avez, à ce qu'on m'a dit, un abcès qui ne veut pas crever? Ah! ah! ah! ce n'est rien que cela... Voyons un peu... Dame, ma chère, les enfants, c'est comme une bouteille de vin, ça fait plus de plaisir à commencer qu'à finir.

Et, après s'être assuré du point auquel le travail était arrivé :

— Allons, patience, patience, un peu de baume d'acier, et bientôt il n'y paraîtra plus.

En même temps il tirait le forceps de son sac de cuir. La vue de cet instrument effraya Marguerite.

— Oh, non! non! s'écria la malheureuse femme, en se roulant au fond de son lit clos; vous me tuerez... Laissez-moi... je ne veux pas, laissez-moi !

— Allons, voyons donc, enfant; il faut être plus rai-sonnable, que diable! Vous savez bien qu'on ne peut pas faire un poupon comme on écosse des petits pois. Ah! ah! ah! Ne craignez rien, ce sera l'affaire d'un instant... puis vous ne souffrirez plus. Vous n'avez pas toujours dit, je ne

veux pas, ma chère... ce n'est pas maintenant le moment.
Ah! ah!

— Est-il farceur, ce Dumont, murmuraient entre elles
les voisines, qui ricanaient à la porte : diable de farceur,
va!

Marguerite résista encore quelques moments; mais Cosquer lui ordonna rudement de se soumettre à ce que l'on
exigeait : elle céda.

Une heure après, elle accoucha d'une fille, au milieu de
douleurs inouïes.

— Et encore c'est une fille! dit le mari, en brisant sa
pipe à terre avec colère.

— Une fille? reprit l'accouchée; mon Dieu! c'était bien
la peine de tant souffrir!

Voilà comme la pauvre enfant fut reçue dans la vie : une
imprécation et un soupir saluèrent son entrée!

— C'est fait, dit gaiement M. Dumont. Vous voyez
bien, Marguerite, que ce n'est pas le diable, après tout;
seulement il ne faut pas faire la petite bouche et se refuser
au secours de l'art. Ah! ah! ah! Maintenant vous n'avez
plus besoin que de repos et de tranquillité d'esprit. Prenez
des aliments en même temps légers et substantiels. Eh
bien! vous n'avez pas une serviette dans la maison pour
m'essuyer les mains?

— Non, Monsieur.

— Diable! il paraît que le trousseau a été un peu négligé. Ah! ah! ah! C'est égal, comme je vous disais, de
bon bouillon, des viandes blanches; surtout pas d'imprudence. Adieu, je reviendrai dans quelques jours.

Et M. Dumont sortit.

Nous ne croyons pas nécessaire de dire qu'aucune des
recommandations du médecin ne fut suivie, ni ne pouvait
l'être.

Marguerite se rétablit comme toutes les femmes de sa
classe, non par les soins tendres ou le régime alimentaire,
mais grâce aux efforts d'une nature puissante. Seulement,
comme il arrive toujours en pareil cas, elle conserva la
trace des efforts. La vitalité luxuriante et pleine de fraîcheur qui embellissait la jeune fille fut remplacée, chez
la jeune mère, par ce flétrissement que laisse la victoire
même d'une vigueur native contre la maladie, et Marguerite prit la physionomie fatiguée et flasque qui distingue
les femmes du peuple.

Les soins pénibles qu'elle fut obligée de donner à son
enfant achevèrent d'effacer ce qui pouvait lui rester de
beauté, et bientôt vint pour elle cette vieillesse anticipée,
si tristement laide, que produit la souffrance jointe au
travail.

Cependant l'enfant grandissait et le temps s'écoulait.

Le ménage du maçon était devenu ce que devient toujours le ménage du pauvre : une association de peines et
d'irritations amères. La première ivresse qui suit forcément l'union d'un homme et d'une femme qui ne se
haïssent pas encore, avait été bien vite épuisée. Cette
fièvre de jeunesse passée, le peu d'affection caressante,
née de désirs communs, s'était évanouie, pour faire place
à l'indifférence.

Quelques mois leur avaient suffi pour effeuiller cette
fleur de la vie que des habitudes polies réussissent, par-

fois, à conserver fraîche plus longtemps, mais qui, dans les grossières nécessités d'une existence misérable, se brise et se flétrit bientôt. Le mariage avait été pour eux comme ces pilules qu'une enveloppe sucrée déguise aux enfants ; ils en avaient bien vite épuisé la douceur, et l'amère substance seule était restée. N'ayant rien trouvé pour remplacer les premières jouissances de leur union, ni la sympathie qui se développe entre des âmes qui se comprennent, ni l'intelligence qui unit par les pensées comme les sens par le plaisir, ils étaient bientôt arrivés à un ennui réciproque d'eux-mêmes.

Cosquer d'ailleurs n'avait jamais éprouvé d'attachement réel pour Marguerite. Il avait connu celle-ci servante chez l'entrepreneur qui le faisait travailler, et l'avait demandée en mariage parce qu'il lui fallait une femme, et qu'il lui supposait quelques épargnes. Mais il n'avait, en tout temps, considéré son ménage que comme un lieu de repos où il venait se délasser le soir et cuver son eau-de-vie le dimanche, lorsqu'il avait pu économiser une ivresse pour ce jour-là. Sa femme n'était à ses yeux qu'une servante sans gages, qu'il trouvait commode d'avoir pour préparer ses repas, faire son lit et le partager.

Cet homme était du reste l'homme du peuple dans toute sa franchise. Être borné aux seules satisfactions de ses appétits, capable pourtant d'un brusque élan vers le bien, quand la passion lui criait au cœur ; mais inhabile à cette bonté de détail qui fait la vie facile à ceux qui nous entourent. Puis toutes les ténèbres de l'ignorance l'enveloppaient. C'était une espèce de machine nerveuse, méchante ou généreuse, selon le bras ou l'occasion qui le poussait ; riche terrain où la bonne et la mauvaise semence pouvaient fructifier également ; mais, en tous cas, nature trop grossière pour se plier à cet intérieur sans

sance, sans amour et sans poésie que le hasard et la
société lui avaient fait.

Peut-être y avait-il dans l'organisation de Marguerite
quelque chose de plus heureux. Sans être exempte des
vices de sa condition, elle avait conservé une nature vive
et tendre, une intelligence déliée. Placée fort jeune, par
la domesticité, au milieu d'une existence aisée; dégrossie
au contact d'êtres plus éclairés, elle en avait acquis une
certaine douceur de sentiment, une sorte de délicatesse
inconnue à son mari. Aussi quand cette âme, amollie à
l'air d'une civilisation raffinée, se trouva froissée contre
une âme endurcie à la peine, y eut-il pour elle douleur
et épouvante. Elle avait été capable peut-être de rêver
une union, sinon tendre, du moins calme· et facile,
comme celles qu'elle avait pu voir dans la classe qu'elle
avait servie. Elle n'avait vécu ni parmi les jurements
de la colère, ni parmi les cris d'ivrognes ; ce fut pour elle
une triste nouveauté.

Elle s'y accoutuma pourtant. Ce cœur n'était pas si
haut placé qu'il ne pût descendre aux habitudes brutales;
ces organes tellement délicats qu'ils ne pussent s'accoutumer à l'haleine vineuse, aux menaces farouches et aux
saletés du vice ou de la misère ; mais ce changement ne
s'opéra pas sans un flétrissement moral qui dessécha la
fraîcheur d'âme de la jeune femme, comme les premières
misères avaient fané celle de son visage. Au total, pourtant, tous deux faisaient ce qu'au *Pont de Terre* on appelait un bon ménage; Cosquer ne battait pas Marguerite.

Les années passèrent ainsi sans apporter aucun changement sensible à la position des deux époux. Leur fille
Catherine devint grande, et la famille continua à vivre
sous la menace du lendemain. La fortune de Cosquer
n'avait ni augmenté ni diminué. Placé immédiatement

sur le bord de l'indigence, il eût fallu peu de chose pour qu'il y tombât : une maladie de quelques jours, un manque de travail, un abaissement de salaire !.. Il avait eu le bonheur d'échapper à tous ces dangers, mais sans en retirer aucun avantage pour l'avenir. Il avait vécu au jour le jour, nivelant toujours ses dépenses et ses bénéfices, sérieusement occupé de n'épargner aucun de ceux-ci, et appelant les vices à son aide quand, par hasard, les besoins ne suffisaient pas pour tout absorber. Véritable gaspillerie de sauvage, qui fait violence à sa faim pour manger tous les fruits de l'arbre, dût-il en mourir, sans songer que demain le besoin reviendra; insouciante prodigalité, si naturelle à qui n'a l'habitude de compter que sur le jour présent, et que ne pourront détruire ni les petits traités d'économie populaire couronnés à l'Académie française, ni même les sermons du curé, là où il reste encore des sermons et des curés !

Malgré tout, Marguerite commençait à regarder le présent sans crainte. Catherine était forte, et pouvait déjà lui être utile. Bientôt il lui serait possible d'entrer en condition, et d'aider ses parents d'une partie de ses gages : c'étaient de grandes assurances contre l'avenir.

Ajoutez, pour comble de bonheur, que la jeune fille avait reçu du ciel le plus beau présent qu'il puisse faire à l'enfant du pauvre :

Elle mangeait peu.

Tout juste assez d'honneur pour n'être pas pendu.
D'ÉPAGNY.

ART. 414. Toute coalition entre ceux qui font travailler des ouvriers, tendant à forcer l'abaissement
des salaires... sera punie d'un emprisonnement de six
jours à un mois, et d'une amende de 200 fr. à 3,000 fr.
CODE PÉNAL.

Alors l'homme méchant qu'ils avaient cru leur dit :
Je vous donnerai du travail à tous, à la condition que
vous travaillerez le même temps et que je ne vous
payerai que la moitié de ce que je vous payais; car
je veux bien vous rendre service, mais je ne veux pas
me ruiner. F. DE LA MENNAIS.

Le chantier dans lequel travaillait Cosquer était celui
de M. Bordenson, l'un des entrepreneurs les plus employés
de Brest. M. Bordenson avait reçu du ciel une de ces larges figures violacées que l'on est convenu de regarder
comme des types de franchise et de loyauté; aussi avait-il
établi avec une grande facilité sur la place de Brest sa

réputation d'homme probe et de bon enfant. Rien du reste
ne lui manquait pour jouer ces deux rôles, ni la voix
haute, ni les gros rires éclatants, ni les poignées de main
royalement distribuées. Il appelait tout le monde *mon
cher*, et connaissait au juste la fortune de chacun. Quoique
âgé d'environ quarante ans, il était encore garçon et tout.
devait faire présumer qu'il ne changerait pas d'état. On
l'accusait bien dans certains lieux d'être libertin, avare,
et de n'avoir que tout juste l'honneur légal exigé par le
code; mais, au total, c'était un homme qui payait bien ses
contributions, ne faisait pas de dettes, et rendait très-
exactement ses visites du premier de l'an; en un mot, ce
qu'on appelle *un honnête homme!*

Il avait terminé depuis quelques mois plusieurs entre-
prises importantes, et il était dans un de ces moments de
repos qui suivent une grande activité industrielle. Con-
tent de sa balance de comptes, et peu pressé de travail, il
lisait tranquillement le *Journal des Débats*, vis-à-vis son
associé Durand, alors sérieusement occupé à délayer de
l'encre de Chine dans un godet.

— C'est effroyable! s'écria-t-il tout à coup, en posant le
journal sur son pupitre et étendant son large mouchoir de
coton rayé, pour se moucher à l'aise; si le gouvernement
ne sévit pas rigoureusement, l'industrie est perdue.

— Qu'est-ce que c'est? dit le monsieur à l'encre de
Chine, sans lever la tête.

— Toujours des coalitions d'ouvriers, mon cher; partout des demandes d'élévation de salaires.

— On a l'article 415 du Code pénal, répondit tranquillement Durand, en essayant un tire-ligne.

— Sans doute; mais à quoi servent les lois, si on ne les
applique pas? Ces jurés sont bêtes avec leur indulgence!
Oh! je voudrais être appelé, moi, à juger de pareilles af-

faires! Toujours le *maximum*, le *maximum* de la peine, et
nous verrions après! Non, c'est qu'il faut absolument en
finir avec les prétentions de ces drôles-là, sans quoi il n'y
aurait plus de société.

Durand taillait une plume de corbeau. Il ne répondit
rien, et tous deux restèrent en silence un instant; mais
tout à coup Bordenson reprit :

— A propos, Durand, avez-vous vu les autres entrepreneurs?

— Oui; l'abaissement des prix pour les journées de maçons, de charpentiers et de tailleurs de pierre est convenu.

— Parfaitement. S'ils font les récalcitrants, eh bien!
nous les laisserons s'en aller. Nous ne sommes pas pressés
d'ouvrage maintenant, et puis il faudra bien qu'ils reviennent ou qu'ils meurent de faim.

— C'est clair, ils seront toujours libres de choisir, observa tranquillement Durand, en passant la plume de corbeau dans sa bouche.

Et il se remit à l'ouvrage, tandis que Bordenson continuait son journal.

Le soir même, en faisant la paye de ses ouvriers, l'entrepreneur leur annonça que ses travaux étant terminés
pour le moment, il n'avait plus besoin de leurs services.
Ce fut pour chacun de ces hommes comme un coup de
massue.

Bordenson s'y attendait; mais il demeura inflexible à
leurs prières.

— Cherchez ailleurs, fut la seule réponse qu'ils purent en obtenir.

Ils coururent effectivement chez les autres entrepreneurs; mais tous étaient avertis, tous refusèrent. Il leur
fallut revenir vers leur ancien patron. Sa réponse fut d'a-
bord la même : il n'avait plus de travail à leur fournir.

Puis enfin, comme attendri, il leur dit qu'il consentirait à reprendre quelques-uns d'entre eux, mais à des prix réduits.

Ce n'était point là ce qu'ils avaient espéré; ils se retirèrent.

Bordenson haussa les épaules en les suivant des yeux.

— Ils sont fiers maintenant parce qu'ils ont l'estomac plein; mais dans quelques jours nous verrons!

Ses prévisions se réalisèrent. Il avait compté sur la faim comme sur un auxiliaire, et elle ne lui fit pas défaut. La lutte ne pouvait être longue entre l'homme riche, qui avait la liberté d'attendre, et le pauvre, auquel il fallait le pain du lendemain.

Les ouvriers de M. Bordenson vinrent le prier de les reprendre en diminuant leurs salaires. Les autres entrepreneurs obtinrent successivement le même résultat.

Un seul ouvrier n'accepta point ces arrangements nouveaux : ce fut Cosquer. Refusé dans tous les ateliers, il n'en persista pas moins à lutter contre cette coalition, qu'il sentait injuste et qui le révoltait. Quelques gens lui dirent bien que le droit était pour lui, et que la loi punissait la ligue des maîtres comme celle des ouvriers; mais nul ne put lui indiquer le moyen de faire valoir ce droit; nul ne put lui apprendre comment lui, ignorant et pauvre, il pourrait recueillir des preuves, soutenir un procès et obtenir justice.

Puis, il faut le dire, Cosquer ne crut pas bien fermement à cette loi, qu'on prétendait devoir le protéger. Homme du peuple, il ne connaissait, des codes imposés par d'autres, que ce à quoi il avait dû se soumettre jusqu'alors : c'est-à-dire l'ordre de payer son impôt d'argent et de sang. La loi, pour lui, c'était un gendarme et un garnisaire. Aussi n'alla-t-il rien demander à la justice hu-

maine. Acharné à soutenir un combat inégal, il souffrit
et attendit avec patience.

Cependant ses ressources s'épuisaient chaque jour : il
avait vendu tout ce qu'il possédait; la misère de sa famille
était au comble; il fallut céder. Il vint à l'atelier Bordenson, pâle de colère, de honte et de faim, demander du travail aux mêmes conditions que les autres. Le patron le
reçut d'un air goguenard, et consentit à le reprendre,
mais en lui apprenant que sa place de gardien du chantier avait été confiée à Barazer, qui jouirait désormais de
tous les avantages attachés à ces fonctions.

L'arrivée de Cosquer dans l'atelier fut un événement.
Ceux de ses compagnons qui avaient accepté depuis longtemps le nouveau tarif et devant lesquels il s'était vanté
de ne jamais céder, saisirent avec empressement l'occasion de l'humilier. Ce fut pendant quelque temps un dé-
luge de grossières railleries, contre lesquelles le maçon
dut employer la force de ses bras. Deux ou trois fois ses
poings vigoureux firent rentrer les sarcasmes dans la gorge
des plaisants; ces sarcasmes cessèrent alors; mais une
sourde hostilité continua de gronder autour de lui. Ses
compagnons ne lui pardonnaient pas d'avoir montré plus
de courage qu'eux, et d'avoir resisté encore, lorsque tous
s'étaient soumis depuis longtemps.

Au milieu de la désaffection générale, un seul homme
s'était rapproché de Cosquer : c'était celui-là même qui
avait pris sa place de gardien au chantier Bordenson.

Barazer était un ouvrier médiocre et de réputation douteuse, sinon mauvaise. Son apparence était chétive, et sa
physionomie effacée rappelait ces pièces de monnaie dont
un long usage a presque entièrement usé l'effigie. Peut-
être avait-elle perdu aussi son empreinte sous le frottement des vices; peut-être aussi était-ce un de ces êtres où

la nature a oublié de frapper un coin ; espèce de fausse
monnaie de chair et de sang que l'on rencontre parfois en
circulation dans la vie ; peut-être enfin une profonde hypocrisie avait-elle présidé à l'hébétement factice collé sur
ce visage comme un masque qui a pris racine. Quoi qu'il
en soit, Barazer était de tout le chantier l'ouvrier que l'on
remarquait le moins et auquel on songeait le plus rare-
ment. On ne connaissait de lui que sa résignation passive
et son obéissance obséquieuse, qualités serviles auxquelles
il avait dû le nouvel emploi qu'il occupait.

L'acceptation de cette place, qui avait appartenu à Cosquer, l'avait rendu peu agréable à celui-ci, et ses avances
furent d'abord assez mal reçues par le maçon ; mais Barazer ne se blessait ni ne se décourageait de rien ; l'injure
glissait sur sa tête courbée, sans qu'il prît la peine de la
ramasser. Il eut d'ailleurs recours à un moyen infaillible
pour gagner la confiance de Cosquer : il lui paya à boire;
aussi furent-ils bientôt amis.

Cependant la gêne de Cosquer était toujours la même.
Son salaire, moins considérable que naguère, ne lui avait
point permis de remplir les vides qu'avait laissés dans
son pauvre ménage le mois passé sans travail. Vainement
il se raidit contre cette fatalité des circonstances, par laquelle il se sentait entraîné vers un abîme ; vainement il
résista quelque temps à la pauvreté, qui s'était attachée à
lui comme un ulcère ; il n'était point fait à ces combats qui
ont leur champ de bataille dans le cœur. L'habitude de la
pensée et des luttes morales ne lui avait jamais enseigné
cette triste escrime de la patience contre la douleur,
dans laquelle celle-ci finit par succomber ; il n'avait point
appris enfin, spadassin philosophique, à rassembler en un
seul point toutes les forces de sa volonté pour combattre
la souffrance extérieure.

C'était, au contraire, un de ces hommes qui ont sué leur âme, et chez lesquels toute énergie, toute sensibilité, toute patience est venue à fleur de peau, fortifiant le dehors aux dépens du dedans. Dès qu'il vit que l'ennemi qu'il combattait ne pouvait tomber sous son poing, il se laissa aller au découragement.

Alors la misère vint, cette misère loyale et crue qui compte les bouchées et calcule la faim! Elle vint, et avec elle les mauvaises pensées... Cosquer entendit comme des voix perfides qui lui donnaient de coupables conseils. Il se sentit tenté, et il eut peur.

Il résista encore pourtant; mais cette lutte devait elle-même hâter sa perte. Il voulut étourdir dans la débauche son esprit bourrelé, et une fois ce moyen essayé, il n'en employa plus d'autres. Il abandonna sa maison, où le tableau d'une misère trop vive le blessait, pour le cabaret, où le vin noyait ses soucis. Son ménage lui devint intolérable; la vue seule de sa famille, dont les muettes tortures l'accusaient, le jetait dans une fureur rendue plus aveugle encore par l'ivresse.

Ce fut vers ce temps que des cris de douleur et de colère commencèrent à retentir dans la maison habitée, au *Pont de Terre*, par les Cosquer, et que le bruit courut dans le quartier que le maçon battait sa femme.

Pour surcroît d'infortune, Marguerite accoucha d'une nouvelle fille; celle-ci fut nommée Marie.

III

SCÈNE DE NUIT.

Mais où s'arrête donc mon mari ? Et point de bois
dans la cheminée ! et pas un morceau de pain à la
maison ! — Rien que douleur et misère !

VERNER, le 24 février.

Huit mois environ s'étaient écoulés depuis l'accouche-
ment de la femme de Cosquer.

C'était par une de ces nuits d'hiver telles qu'on en voit
aux bords de l'Océan. L'atmosphère brumeuse et froide retentissait d'un vague mugissement de tempête ; onze heures venaient de sonner à l'église Saint-Louis.

Marguerite était accroupie près de l'âtre, où s'éteignait
un reste de feu. La jeune femme n'avait conservé aucune
trace de sa beauté d'autrefois. Son visage terreux et ridé

était allumé par deux grands yeux hagards dont les cils
avaient été rongés par les larmes. Sur ses genoux reposait
la petite Marie, dont la respiration gênée était interrompue à chaque instant par les convulsions de la coqueluche.
Au milieu de la silencieuse obscurité de cette chambre dé-
meublée, ces horribles sifflements de toux, qui faisaient
craquer la poitrine de l'enfant, avaient quelque chose de
sinistre, comme un râle d'agonisant. Au loin, on n'entendait que le grondement du vent de mer et les cris des
watchmen, qui se perdaient dans la longue rue de Siam.

Le feu mourut enfin entièrement au triste foyer, et la
chambre resta dans les ténèbres.

Alors Marguerite entendit, dans le coin le plus reculé
de l'âtre, un claquement de dents, suivi de gémissements
plaintifs.

—Catherine, Catherine! s'écria la mère alarmée, qu'as-
tu, enfant? Pourquoi te plains-tu?

Une voix à peine articulée se fit entendre dans l'obscurité.

— Ma mère, j'ai froid!

— Approche, Catherine, serre-toi contre moi. Donne-
moi ta main, enfant! ta main, je ne la sens pas...

— Elle est dans la tienne, ma mère.

— J'ai donc bien froid, dis?

— Oh! oui, tes mains me glacent!

Marguerite retira rapidement le bras qu'elle avait
étendu vers sa fille.

—Mon Dieu! dit-elle, si du moins j'avais la fièvre
comme hier; je pourrais la réchauffer. Je suis bien malheureuse!

— Où est mon père? dit l'enfant en se serrant contre sa
mère et s'enveloppant dans ses vêtements.

— Je ne sais pas, Catherine.

— Nous apportera-t-il à manger ?

— As-tu faim aussi, enfant? demanda la jeune femme d'une voix douloureuse.

La petite fille remarqua cet accent plaintif.

— Oh! pas beaucoup, ma mère, dit-elle à voix basse. Si je pouvais dormir seulement, je n'y penserais pas.

Marguerite détacha de ses épaules un mouchoir dont elle entoura le cou de sa fille; puis, cherchant le coin le plus abrité de l'âtre, elle l'y plaça, en l'engageant doucement à dormir. L'enfant ferma les yeux, et tomba bientôt dans cette espèce de somnolence qui suit la lutte de la souffrance contre la fatigue. Le nourrisson sommeillait aussi depuis un instant; tout rentra bientôt dans un lugubre repos.

Dans ce moment, un pas lourd et chancelant retentit au dehors, sur les marches de pierre.

La porte s'ouvrit brusquement, et Cosquer parut, ivre et la pipe à la bouche.

Il s'avança en trébuchant jusqu'au milieu de la chambre, ne pouvant encore habituer ses yeux à l'obscurité qui l'entourait et cherchant à tâtons le foyer que n'annonçait aucune lueur.

— Marguerite! dit-il d'une voix irritée.

Il répéta trois fois cet appel sans obtenir de réponse.

Enfin, une voix aussi rauque que la sienne se fit entendre.

— Eh bien?...

— Pourquoi, fille de prêtre, n'as-tu allumé ni feu ni chandelle?

— Je n'en ai pas.

— Et pourquoi n'en as-tu pas ?

— Parce qu'Ivon Cosquer est un misérable qui boit et chante au cabaret, pendant que ses enfants ont faim et froid...

— Assez, Marguerite! s'écria le maçon, en frappant un rude coup de pied contre l'armoire qui était à sa portée; assez, si tu ne veux pas que j'équarrisse ta tête comme un kersanton.

— Ivon Cosquer, les enfants ont faim!

— Donne-leur ta langue à manger, vipère, et tais-toi! Il n'y a donc pas ici de bois pour faire du feu?... La hache alors!

Il ramassa à terre une hache, brisa d'un seul coup l'une des deux chaises qui restaient encore dans la maison et en jeta les débris dans le foyer. Quelques étincelles se communiquèrent au jonc, qui s'enflamma presque aussitôt, et éclaira d'une teinte rougeâtre le spectacle étrange qu'offrait cet intérieur.

Marguerite était à la même place, raide, les yeux fixes, serrant son enfant dans ses bras et déguisant mal, sous son impassibilité bretonne, la colère qui jaillissait par ses regards et gonflait ses narines. Cosquer, debout près du foyer, avançait ses pieds au-dessus de la flamme, qui colorait d'un reflet sanglant ses traits durs et bronzés.

Tout le reste de la chaumière était dans l'ombre.

Pendant quelque temps les acteurs de cette scène menaçante restèrent muets; enfin Cosquer, qui bourrait sa pipe, se détourna vers sa femme.

— Demain on vendra tout ce qui est ici pour payer le terme, dit-il brusquement. Ce coquin de Biscop ne veut plus nous laisser dans sa maison.

— Et où irons-nous?

— Dans la rue. Ce sera assez bon pour ta nichée et toi. D'ailleurs il faut quitter Brest: je n'ai plus d'ouvrage; il y a trois jours que je ne suis plus à l'atelier Bordenson, et je n'ai pu trouver une journée ailleurs.

— Cela est juste, Cosquer. Que faire dans un chantier

d'un homme qui n'est bon à rien ? L'eau-de-vie a rendu ta main tremblante, et tu ne vois plus où frappe ton marteau.

— Femme, s'écria l'ouvrier avec fureur, en brisant sa pipe entre ses doigts, prends garde que je ne te fasse sentir que ma main est encore ferme !

Mais la femme secoua la tête avec une fière indignation.

— Ce n'est point là ce que tu me promettais, Ivon, quand tu venais, le soir, causer avec moi, à la porte de mes maîtres ! Alors, si je fuyais ta main, c'était pour éviter une caresse, et non un coup méchant. J'ai cru épouser un homme qui avait des bras et du cœur. Que ne me disais-tu qu'un jour viendrait où tu ne serais plus capable de gagner assez de pain pour deux bouches d'enfant ? Tu veux que nous quittions Brest, et pourquoi faire, dis-moi ?... Tu penses, n'est-ce pas, que j'irai, avec mes deux filles au cou, mendier pour toi à chaque porte ? Tu voudrais vivre avec la misère de ta femme et de tes enfants, comme avec un métier ! Ne crois pas cela, mon homme. Je te suivrai, mais ce sera pour crier à ceux qui passeront : Vous voyez bien celui-là, eh bien, il est fort, il a un bon état, et il ne veut pas nous gagner de quoi manger !...

— As-tu fini, Marguerite ?

— Tout à l'heure, Cosquer ;... il faut que je te dise tout. Je me suis tuée assez longtemps ; mais vois-tu, j'ai eu trop de faim de la faim de ces pauvres innocentes. Va te soûler encore, si tu veux. Moi, je ne quitterai plus la porte du cabaret. En trinquant, tu nous entendras demander du pain. Quand tu sortiras ivre, il te faudra passer par-dessus tes filles, que j'étendrai dans la boue devant le seuil. Il est temps que tu aies aussi ta part des douleurs. Ces enfants ne sont pas à moi seule. Crois-tu que mes bras soient assez forts pour les porter toujours,

sans que tu les prennes à ton tour? J'ai eu ma mesure de
souffrance, Ivon, à toi le reste !

Le maçon avait écouté cette longue sortie, d'abord avec
une indifférence dédaigneuse, puis avec une colère croissante. Tous ses traits s'étaient animés, sa poitrine s'en-
flait, son haleine sifflait dans sa gorge resserrée de fureur.

Il fit un pas vers Marguerite, ferma les deux mains,
puis recula, se contenant encore.

— Moi aussi, j'ai eu ma mesure de patience avec toi,
dit-il enfin d'une voix sourde. Tais-toi, si tu ne veux pas
qu'il coule du sang ici. Je te déteste, femme, car c'est depuis que je t'ai prise que tous les malheurs me sont arrivés. Avant, je ne manquais de rien, j'avais du travail
toute la semaine, et je dansais le dimanche. Mais toi, tu
as jeté comme un mauvais sort sur ma vie. Tes enfants et
toi, vois-tu?... c'est une nichée de couleuvres que j'écra-
serai sous mon talon !

Et en prononçant ces mots, Cosquer, par un geste d'une
terrible énergie, brisa sous son large pied les restes de la
chaise demi-consumée qui brûlait au foyer ; les étincelles
jaillirent au loin.

Un cri se fit entendre, et la petite Catherine s'élança du
fond de l'âtre vers sa mère. Le feu avait gagné ses vêtements.

Marguerite éperdue enleva l'enfant dans ses bras.

— Cosquer! Cosquer, de l'eau ! Au nom du ciel ! de
l'eau ! La malheureuse brûle !

Mais l'homme irrité ne bougeait pas.

Le pied sur un tison, la tête haute, il regardait, avec
une atroce exaltation de colère, l'enfant qui se tordait
entre les bras de sa mère, et les efforts de Marguerite pour
éteindre les flammes.

Pendant une minute, ce fut un spectacle effroyable à

voir que la lutte de ces deux êtres faibles, cernés par un cercle de feu, et l'impassibilité de l'homme fort, qui les regardait souffrir.

Enfin, Marguerite enveloppa l'enfant d'une étreinte si désespérée et si complète que le feu étouffé s'éteignit.

Ses mains écartèrent alors, avec une rapidité convulsive, les lambeaux de jupe qui entouraient encore son enfant, et découvrirent deux larges plaies faites par les flammes.

— Dieu ! mon Dieu ! elle est brûlée, brûlée partout !

Et, se tournant vers Cosquer, dont le calme irrité la rendait folle :

— Regarde, scélérat ! regarde ! c'est toi qui as fait cela !

Elle élevait dans ses bras la malheureuse enfant, qui hurlait de souffrance, et l'approchait de son père.

— Arrière, femme ! arrière !

— Achève de la tuer, donc !

— Marguerite ! te tairas-tu ?

— Mais tue-la donc, assassin ! Tiens, regarde ! Est-ce que son sang ne te donne pas soif ?

Les plaies hideuses de la victime touchaient presque le visage de l'ouvrier, qui ne put maîtriser plus longtemps sa fureur.

— Arrière ! te dis-je, Satan !

Et, plus rapide que la parole, un coup était parti ; un coup destiné à la mère ; mais qui vint frapper l'enfant au milieu du front.

La petite Catherine roula aux pieds de Marguerite en poussant un affreux gémissement.

Ce gémissement fut suivi d'un cri sauvage jeté par la mère.

Ses yeux se promenèrent autour d'elle, ses mains s'étendirent, elle se baissa, se releva, égarée, et, pres-

que au même instant, Cosquer sentit le froid d'une hache
qui effleura sa joue et vint s'amortir sur son épaule.

La douleur lui fit pousser une imprécation; il voulut
s'élancer sur Marguerite, mais, avec l'agilité d'un chat
tigre, elle avait déjà bondi dans le coin le plus obscur de
la chambre, son enfant sur un bras, la hache à l'autre
main. Sa hache et ses yeux brillaient seuls au fond des
ténèbres. Un râle sifflant sortait de sa poitrine.

Le maçon s'arrêta subitement devant cette rage de
lionne défendant ses petits. Il eut peur...

Dans ce moment on entendit quelqu'un poussant doucement la porte mal fermée. C'était Barazer.

— Qu'est-ce que cela? dit-il. Je passais devant ta porte,
Cosquer, j'ai entendu crier; j'ai craint qu'il ne te fût arrivé un malheur.

— Deux grands malheurs! d'abord d'être né, puis
de ne m'être pas jeté à l'eau il y a douze ans... Va-t'en!
toi; ceci est une affaire à régler entre cette vipère et
moi.

— Que veux-tu faire? s'écria Barazer, qui venait d'a-
percevoir Marguerite au fond de l'obscurité, et qui comprenait tout; Cosquer, laisse ta femme en repos!

— Il faut que je brise sa tête entre mes poings! hurla
le maçon. Elle m'a frappé! elle a osé lever la main sur un
homme!

— J'ai défendu mon enfant, dit une voix sourde.

— Je te jetterai à genoux pour me demander pardon.

— Essaie! répondit la même voix.

Et la hache et les yeux brillèrent dans le coin sombre.

Barazer sentit qu'il était temps de mettre fin à une
scène qui ne pouvait manquer de devenir sanglante en se
prolongeant. Il saisit, par le milieu du corps, Cosquer
chancelant d'ivresse et de colère, et, tout en lui disant

ce qui pouvait l'apaiser, il l'entraîna vers le seuil, puis dehors, malgré ses efforts et ses cris.

Marguerite se hâta de fermer la porte en dedans. On entendit encore quelque temps les débats de Barazer et du maçon, qui voulait rentrer; mais enfin ce dernier parut céder aux sollicitations de son compagnon, et leurs voix se perdirent au loin dans la rue Saint-Yves.

IV

TENTATION.

Si profond que soit l'abîme dans lequel tombe l'homme du peuple, nous ne nous sentons pas la force de le lui imputer à crime. Que celui-là qui se croit en droit d'affirmer qu'il n'a rien épargné pour le préserver du péril se lève pour nous accabler et nous jette la première pierre.

LE GLOBE du 25 novembre.

La maison où Barazer conduisit Cosquer était peu éloignée du *Pont de Terre*. C'était un de ces repaires de forçats évadés et de marins déserteurs, tels qu'on en compte une douzaine à Brest. Espèces de champs d'asile ouverts, à toute heure, au crime ou à la débauche, et dans lesquels les initiés se font recevoir, même au milieu de la nuit, en frappant d'une certaine manière à la porte ou au volet.

Barazer et son compagnon furent admis incontinent.

On les fit passer dans une salle basse et humide qu'éclairait une lampe de goudron. Sur un geste, deux bouteilles de vin bleuâtre furent placées devant eux, et on les laissa seuls.

Barazer remplit les verres, et, s'adressant au maçon :

— Que diable avais-tu donc contre ta femme, toi ? Quand je t'ai quitté, tu avais l'air de bonne humeur, et je t'ai retrouvé furieux et prêt à faire un malheur ?

— Je t'ai dit qu'elle avait levé la main sur moi.

— Mais à propos de quoi ?

— A propos que c'est une gueuse, dont les plaintes m'ennuient. Je ne veux plus rentrer chez moi. Je n'ai rien à donner aux enfants, et cela me met en colère.

— C'est vrai qu'il est dur de voir son monde manquer de pain !... Sans compter que ça ira de pis en pis pour toi; car tu t'es fait une mauvaise affaire avec le père Bordenson, tu as eu tort de le frapper.

— Crois-tu donc que j'aurais souffert de lui voir mettre la main sur moi, sans lui rendre ? Le gredin m'a fait perdre mon état; je sais bien qu'aucun entrepreneur ne voudra me reprendre à présent, mais ça m'est égal. Faut pas que les bourgeois pensent qu'ils me marcheront sur le corps, à moi ! Ils m'en veulent, parce que je n'ai pas voulu consentir tout de suite, comme vous, à la réduction des journées. Au fait, vois-tu, vous avez fait les capons, vous autres. Et toi, Barazer, tu as été le plus lâche d'eux tous.

— Bah ! dit Barazer en vidant tranquillement son verre à petits coups, est-ce qu'ils n'avaient pas le droit de nous payer moins cher, s'ils le voulaient ?

— Non ! tonnerre ! ils n'en avaient pas le droit ! Est-ce qu'on a le droit de tuer un homme, dis donc ? Sais-tu que c'est depuis ce temps-là que le pain a diminué chez moi ?

C'est la vie de ma femme et de mes enfants que les gueux m'ont rognée.

Barazer leva les épaules avec un calme irritant.

— Que veux-tu ? ils sont riches, ils sont les maîtres. Qu'est-ce que ça leur fait que tu crèves ?

— Et si je ne veux pas crever, moi ! cria le maçon en se levant, hors de lui. Est-ce que je n'ai pas le droit de vivre comme eux ? S'ils ne me donnent pas à manger, est-ce que je ne peux pas prendre dans leur assiette, dis donc ?

— Pourquoi ne l'as-tu pas fait ?

Cette question avait été adressée d'un ton si direct, si incisif, elle avait été accompagnée d'un regard si signifi-catif, que Cosquer se sentit tout embarrassé.

— Pourquoi, pourquoi...

— Oui, pourquoi ? As-tu droit, voyons, à ce qu'on te paie tes journées comme autrefois, puisque tu travailles de la même manière ?

— Tiens, parbleu !

— Eh bien ! si on te retranche sur ta solde, que ne prends-tu toi-même ce qu'on t'a volé ? Dis-moi, laisserais-tu un autre ouvrier s'emparer d'une partie de ta paye de la semaine ?

— Non, tonnerre !

— Alors, pourquoi laisserais-tu les bourgeois le faire ? Quand un riche nous vole, vois-tu, on ne peut pas demander justice, comme si c'était un pauvre ; mais on se la fait à soi-même, on reprend son bien où on le trouve ; et voilà. Qu'as-tu à répondre à cela ?

— Moi, rien, répliqua Cosquer sombre et pensif.

Les deux ouvriers achevèrent la première bouteille.

— Écoute, Cosquer, reprit Barazer, il s'agit de savoir si tu veux traîner misère, ou vivre à ton aise, avec un morceau de lard sous le pouce et un verre de vin devant toi.

— Et comment faire pour vivre ainsi?

— Je te l'ai déjà dit : si tu avais voulu m'écouter, il y a un mois, quand nous étions ensemble à l'atelier Bordenson, nous aurions pu faire nos affaires.

— Et la prison !

— La prison est pour les maladroits! Et puis, écoute bien, si tu ne trouves pas d'ouvrage, tu vas être obligé de mendier, ou de quitter Brest, et tu seras arrêté comme un vagabond. Ainsi, de toute manière, la prison ne peut pas te manquer.

— C'est pourtant vrai, s'écria le maçon, en jetant au loin son chapeau avec désespoir, et plongeant sa tête dans ses deux mains. C'est dit que quand un malheureux est tombé à l'eau tout le monde viendra lui mettre une pierre au cou, pour qu'il aille au fond !.. Nous autres, pauvres gens, une fois par terre, personne ne nous tend la main pour nous relever; il faut que tout nous passe sur le corps.

— Alors, relevons-nous nous-mêmes.

— Tais-toi, Barazer; tu me feras faire un mauvais coup.

— Toi?.. allons donc, tu as trop peur du procureur du roi. Va, mon vieux, va offrir tes bras pour vingt sous par jour à Lesneven, ou à Morlaix; tu trouveras bien toujours une place de gacheur ou de manœuvre.

— Barazer, je te dis de te taire, cria Cosquer en se levant à demi, et grinçant des dents.

— Et quand je me tairais, ça empêchera-t-il ce que je dis d'arriver? Tu veux travailler; sais-tu bien que tu n'as pas seulement d'outils?

— Qu'est-ce que tu dis? mes outils sont au chantier.

— Oui, mais le bourgeois a déclaré qu'il les garderait pour les avances qu'il t'avait faites. Tu étais soûl à moitié, tu n'as donc pas entendu?

— Il a dit cela, le brigand !

— Et ce matin tes outils sont partis, avec d'autres, pour la forge.

— Est-ce vrai ça, est-ce vrai ? Oh ! je lui mangerais le ventre à ce Bordenson !

— Ça pourrait te faire un repas, dit Barazer avec une souriante nonchalance, mais ça ne peut pas durer toujours.

Puis, allumant paisiblement sa pipe à la lampe de goudron :

— N'oublie pas, mon cher, que tu seras demain sans ouvrage, sans outils et sans maison.

Cosquer ne répliqua pas un mot. Sa tête se pencha, et ses yeux restèrent fixés à terre. Cette âme, lasse des mouvements furieux qui l'agitaient depuis quelques heures, venait de céder à tant de secousses, et, quand son compagnon détourna vers lui son regard rusé, le dur ouvrier pleurait !... Un éclair de joie passa sur la plate figure de Barazer.

Il s'approcha du maçon, prit dans ses mains maigres et osseuses la forte main du Breton, et, lui parlant à voix basse :

— On t'a volé tes outils, Cosquer, mais il y en a d'autres au chantier. Demain soir, viens ici, à neuf heures, et nous arrangerons tout cela.

Cosquer se leva sans répondre, poussa un soupir à la fois creux et strident, vida son verre d'un seul trait, puis, jetant autour de lui un œil effaré :

— Je viendrai, dit-il.

Les deux ouvriers sortirent.

Entraîné par le funeste ami que sa mauvaise destinée lui avait donné, Cosquer se rendit coupable d'un premier vol. Bientôt le besoin l'obligea à de nouvelles soustractions, et, l'impunité l'enhardissant de plus en plus, il appliqua à sa profession nouvelle la force physique et l'intelligence qu'il avait développées jusqu'alors dans son métier. Secondé par l'adresse inventive de Barazer, qui avait une longue habitude du crime, il multiplia ses tentatives et agrandit chaque jour le cercle de ses expéditions.

Cependant ce respect pour la propriété des autres qui, chez l'homme civilisé, est plutôt la crainte du châtiment que le commandement d'une vertu sentie, n'avait pas été violé impunément par le maçon. Il éprouva le regret qui suit toujours le changement d'une habitude que l'on a longtemps regardée comme un devoir; car il avait d'honnêteté tout ce que peut en avoir un homme qui a perdu ses croyances; cette honnêteté d'instinct qui est chez l'être fort ce que la pudeur est chez l'être faible. Aussi, pendant un certain temps, éprouva-t-il ce qu'un procureur du roi eût appelé des remords : *il eut honte et peur.*

Mais le premier de ces sentiments s'éteignit dans l'habitude, et le second dans le succès.

Bientôt Cosquer arriva à cette passion pour le vol, qui saisit tous ceux qui s'y sont livrés quelque temps. Car c'est un fait incontestable, qu'outre l'attrait d'un profit facile et d'une aisance sans travail, il y a, dans la soustraction frauduleuse du bien d'autrui, je ne sais quelle volupté qui finit par subjuguer les hommes qui s'y adonnent : soit que cette conspiration de celui qui n'a pas contre

celui qui a, conserve le prestige de tout ce qui est mystérieux, difficile et périlleux ; soit que cette partie jouée
contre la société, en se cavant de sa liberté ou de sa tête,
ait, comme tout autre jeu, l'attrait de l'incertitude, et
tienne l'esprit dans une activité dramatique pleine de
je ne sais quel charme fiévreux.

Quoi qu'il en soit, l'aisance de la famille de Cosquer ne
fut que bien faiblement augmentée par sa nouvelle industrie. Les bénéfices qu'il réalisa allèrent s'engloutir au cabaret, et il continua à chercher de plus en plus, dans
l'exaltation factice de l'ivresse, une excitation à l'audace,
ou un étourdissement pour ses retours aux pensées d'autrefois.

Barazer d'ailleurs exerçait sur lui un empire absolu, et
ne tendait qu'à irriter toutes ses mauvaises passions. Cet
homme, faible de corps, niais en apparence, mais caute-
leux et tenace, était parvenu à dominer entièrement la
nature toute sauvage du maçon. Il s'était fait le cornac de
cette espèce de bête farouche, dont il employait à son gré
la force et le courage.

V

Dans le monde on appelle un VOLEUR l'homme
qui se permet de prendre le bien d'autrui, sans
avoir dix mille livres de rente.

BARNABE CRUX.

La cloche du couvre-feu finissait de sonner, lorsque
deux hommes se glissèrent le long du mur du chantier
Bordenson. La nuit était sombre et pluvieuse, le vent retentissait dans les grands arbres du cours d'Ajot, et le
bruissement de la mer arrivait de loin, par intervalles,
comme une voix triste et solennelle.

— Restons ici, Ivon, dit un des hommes à son compagnon, les autres vont arriver.

— Leur as-tu bien indiqué l'heure?

— N'aie pas peur.

— Et tu es sûr que l'argent est dans le bureau?

— Hier soir, quand j'ai remis les clefs à Bordenson, lui et son associé étaient encore à en compter les sacs.

— Tais-toi, voici quelqu'un.

Effectivement, deux autres hommes s'avançaient dans l'obscurité. Ils se firent bientôt reconnaître, et, après une courte conversation à voix basse, tous quatre se dirigèrent vers un angle du mur qui entourait le chantier.

L'un d'eux s'appuya contre la muraille, un second lui monta sur les épaules, et un troisième, s'aidant des deux premiers, atteignit le sommet de la clôture. Là, il aida ses trois compagnons à le suivre, et tous quatre disparurent le long d'amas énormes de bois de chauffage qui les conduisirent, par une série de plates-formes, jusqu'au fond du chantier.

Arrivé là, celui qui était en tête s'arrêta.

— Deux de vous ici pour mâter l'échelle, et surtout pas de bruit, car le bourgeois loge au-dessus.

— Mais le chien?...

— N'ayez pas peur, je m'en charge.

Barazer, car c'était lui qui venait de parler, attendit que ses trois compagnons se fussent emparés de l'échelle, qui était dressée contre une pile de planches, et il marcha ensuite à leur tête.

Au détour du magasin qu'ils côtoyaient, il s'arrêta.

— Attention maintenant; Castor va s'éveiller. Restez là.

Effectivement, un groguement sourd et prolongé, comme ceux qui précèdent les aboiements d'un chien, se fit entendre. Barazer s'avança :

— Eh bien! Castor, qu'as-tu, mon vieux? est-ce que tu ne me reconnais pas?

Ces mots étaient prononcés d'une voix basse et précautionneuse, que le dogue ne parut pas reconnaître, car il s'élança brusquement vers celui qui lui parlait; mais sa tête s'abaissa tout à coup sous des mains connues :

— Ici, Castor, ici, mon chien...

L'animal leva le cou sans défiance. Au même instant, il poussa un gémissement sourd, et tomba aux pieds de l'homme qui l'avait appelé.

— Avancez, dit Barazer à ceux qui le suivaient.

— Est-il bien mort ?...

— Regardez.

Le malheureux chien était en effet sous leurs pieds, la gorge ouverte et nageant dans son sang.

Ils arrivèrent vis-à-vis la fenêtre du bureau, qui était au premier étage.

— Dressez l'échelle maintenant, dit la même voix qui avait toujours donné les ordres, et toi, Jacques, monte le premier... à cause du carreau.

Un des trois hommes commença aussitôt à monter.

— Toi, Pierre, reste de garde, et avertis-nous au moindre bruit.

— Soyez calme.

— Cache-toi dans le petit magasin, vis-à-vis : tu pourras épier de là ce qui se passe dans le chantier. Toi, Ivon, avec moi.

Et Barazer, suivi de son compagnon, se mit à monter l'échelle.

Jacques était déjà parvenu à la fenêtre du bureau. Le verre coupé par lui, avec une rare adresse, céda sans bruit sous sa main, et il ouvrit.

— Il n'y a qu'un vitrier pour démolir un carreau comme ça, dit Cosquer, qui montait derrière.

— Silence, Ivon.

Le vitrier était entré. Les deux autres atteignirent successivement le sommet de l'échelle, se glissèrent par la croisée, et disparurent dans l'appartement. La fenêtre fut aussitôt refermée.

Pendant quelques minutes le chantier demeura enveloppé dans un silence complet. On n'entendait que les gouttes d'eau tombant du toit sur les dalles, et les sifflements du vent de nuit dans les hangars déserts.

Une heure sonna.

Tout à coup un bruit de pas retentit confusément dans la maison Bordenson ; les verrous d'une porte crièrent, et un homme, demi-vêtu, parut dans la cour.

Un sifflement rapide et léger partit du petit magasin.

Aussitôt des ombres passèrent derrière les vitres du premier étage ; une tête même parut à la fenêtre, se pencha, puis disparut.

Et tout rentra dans le silence comme précédemment.

Cependant l'homme qui était sorti presque nu du rez-de-chaussée se dirigea vers le fond du chantier, et s'éclipsa un instant derrière les piles de bois de construction.

Les mêmes ombres reparurent à la fenêtre du premier étage.

Un nouveau sifflement, si faible et si fugitif qu'on eût pu le prendre pour celui du vent qui grondait, se fit entendre, et elles s'évanouirent aussitôt.

Peu après, le promeneur nocturne reparut. Il longea les murs des hangars, cherchant à éviter les flaques d'eau qui inondaient le milieu du chantier. En passant devant le petit magasin, il s'arrêta :

— Au diable les drôles ! murmura-t-il entre ses dents, ils laissent tout ouvert. Nous qui avons là des outils que la pluie peut rouiller !

Et retirant à lui la porte du magasin, il donna un tour de clef.

Il traversa ensuite la cour pour retrouver l'entrée de la

maison, et vint se heurter contre l'échelle appuyée au mur.

— Encore une échelle! murmura-t-il : j'ai beau dire de les descendre!... Je n'aime pas à les voir dressées ainsi; c'est faire un chemin aux voleurs.

En parlant de la sorte, Durand détacha l'échelle du mur auquel elle était appuyée, l'étendit horizontalement à ses pieds; puis rentra, en laissant échapper quelques plaintes.

Plus de dix minutes s'écoulèrent sans qu'aucun signe de vie se manifestât dans le chantier; enfin, un sifflement vif et court partit du magasin. Aussitôt la fenêtre du bureau s'ouvrit.

— Malédiction! il a retiré l'échelle, dit Ivon en se penchant à la croisée.

— Et Pierre est enfermé, ajouta Barazer, impossible de descendre!

—. Ainsi nous voilà pris! dit à son tour le vitrier.

— Vingt pieds au moins! il n'y a pas moyen de sauter.

— Nous sommes perdus!

— Qu'allons-nous faire?

Les trois hommes se regardèrent dans la stupeur. Ivon serrait les poings et se frappait la tête à la muraille.

— C'est toi, damné de vitrier, qui nous as conseillé ce coup-là; si nous sommes pris, tu ne mourras que de ma main!

—Est-ce que je ne risque pas autant que toi, dis donc? Pourquoi es-tu venu, si tu as peur?

— Silence, silence! dit Barazer, qui le premier avait recouvré sa présence d'esprit; il s'agit bien de disputer maintenant! songeons plutôt à trouver les moyens de nous tirer d'ici.

— Et lequel? il n'y en a pas!

— Il y en a un ; mais c'est le seul. Ce mur-ci donne sur
le grenier du hangar ; en le perçant, nous pouvons nous
sauver par ce côté.

— Mais comment le percer ?

— Il y a toujours des pinces de mineurs dans le petit
cabinet près du bureau. Donne la lanterne sourde, qu'on
voie. Tiens..., regarde, avec cela nous pouvons faire un
trou par où passer.

— Aurons-nous le temps ?

— Nous avons encore au moins trois heures devant
nous. Vite, à l'ouvrage.

— Et Pierre ?

— Une fois en bas, nous lui ouvrirons la porte du magasin ; ce gredin de Durand n'a pas tiré la clef ; mais pas
de retard surtout, ou c'est fait de nous.

Les trois voleurs se mirent vaillamment au travail. Les
pierres disjointes avec précaution commencèrent à s'é-
branler ; mais les coups de la pince devaient tomber sourdement, pour n'être point entendus. Une heure s'écoula
dans ce travail, tout palpitant de craintes renaissantes ;
enfin un gros moellon, qui interceptait encore le passage, fut repoussé d'un coup trop vif, et retomba du côté
opposé avec un bruit terrible.

Les trois hommes restèrent immobiles.

— Ce n'est rien. Tout le monde dort, dit Barazer à voix
basse ; voyons si l'on peut passer.

— Je vais essayer, dit le vitrier, qui se hâta de placer
sa tête à l'ouverture.

Sans perdre de temps à disputer sur la préséance, ses
compagnons le poussèrent par les pieds.

Mais l'ouverture, trop étroite, se refusait au passage du
gros homme, qui se démenait en vain.

— Il ne passera jamais, dit Barazer.

— Il le faudra bien, murmura Ivon, en le poussant de toute sa force herculéenne.

— Au secours, j'étouffe ! cria le malheureux.

— Passe ! passe ! répétait Cosquer en le refoulant toujours avec une terrible énergie.

Les pierres qui environnaient le vitrier, ébranlées par tant de secousses, croulèrent et l'ensevelirent à moitié dans l'étroit passage.

— Mon Dieu, il est écrasé !

Ce cri partit en même temps des bouches des deux voleurs.

Quant au vitrier, il ne poussa pas un soupir, ne fit pas un mouvement.

Barazer et son compagnon se regardèrent en silence, silence terrible, dans lequel se trouvait réuni tout ce que l'âme humaine a d'angoisses et de terreur.

Les pieds du vitrier passaient en dehors du trou ; son buste seul s'y trouvait engagé, et l'éboulement l'y avait resserré comme dans un étau. Les deux ouvriers essayèrent d'enlever quelques-unes des pierres qui avaient croulé ; mais le cadavre immobile bouchait toujours le passage, et ils tentèrent inutilement de le retirer à eux.

Plus d'une heure s'écoula ainsi, dans le délire du désespoir et de l'épouvante.

Et l'aube commençait à blanchir dans le ciel, et une pâle lueur tombait déjà à travers les vitres, qui se coloraient aux rayons de l'aurore.

Une sorte de rage furieuse s'était emparée de Barazer et du maçon ; l'écume tombait de la bouche de celui-ci et le sang ruisselait de ses mains, meurtries par de longs et vains efforts.

— Donne la lanterne, Barazer ! s'écria-t-il fou de colère et d'effroi ; dussé-je briser ma tête contre chaque pierre, je passerai.

Barazer approcha la lumière.

En enlevant encore quelques débris, ils purent mieux juger de ce qui était arrivé.

Les pierres de l'éboulement étaient tombées de telle sorte que le passage n'en avait pas été entièrement obstrué ; l'une d'elles avait formé une espèce de voûte qui soutenait le reste ; mais l'espace resté libre était alors entièrement occupé par le corps de leur compagnon, qui s'était trouvé trop volumineux pour une ouverture pareille, et qui avait été sans doute suffoqué dans cet étroit passage.

Les deux ouvriers comprirent d'un seul coup d'œil qu'il fallait retirer le cadavre ou renoncer à la fuite; mais toutes les tentatives faites pour l'arracher furent inutiles.

Les voleurs reculèrent découragés.

— Impossible de retirer ce corps en pièces, dit Barazer l'œil égaré. Ivon, il y va de la vie pour tous deux ; cet homme-là est mort, il faut l'avoir par morceaux, pour faire le passage libre.

— Qu'est-ce que tu dis là ?

— Il n'y a pas d'autres moyens. Tire ton couteau, et aide-moi.

— Je ne pourrai jamais, Barazer !

— Alors, à moi seul.

Le couteau brilla dans la main du voleur, et s'abaissa sur le corps du vitrier.

Mais à peine le fer avait-il pénétré dans les chairs, qu'un cri étouffé sortit de dessous les décombres ; le cadavre se crispa en un bond et disparut dans l'ouverture.

Arraché à son évanouissement par la douleur, Jacques venait de faire un de ces efforts qu'on ne tente qu'à l'heure de l'agonie, et il avait réussi à franchir le passage fatal.

Cosquer et son compagnon jetèrent une exclamation de

joie, et, se précipitant à sa suite, ils furent bientôt dans le grenier du hangar.

Un spectacle horrible les y attendait.

Le vitrier, assis par terre, tâchait de relever la peau de son crâne, presque entièrement détachée et qui flottait en lambeaux sur son visage inondé de sang. La chair pendait de ses bras et de sa poitrine, comme les guenilles d'un vêtement déchiré.

Les deux ouvriers sentirent le cœur leur défaillir à cet aspect. Cependant, le temps était trop précieux pour le perdre en expression d'une inutile pitié. Ils songèrent à sortir du grenier, ouvrirent la trappe, aidèrent Jacques à descendre, et parvinrent bientôt sous le hangar.

Deux minutes après, ils étaient à l'air libre, dans le chantier.

Déjà Cosquer se précipitait vers le magasin où était renfermé Pierre, qui ne cessait de les avertir par des sifflements prolongés ; lorsqu'une rumeur sourde sembla s'élever. Un cri partit de la rue ; le maçon se détourna.

Le feu était au bureau, où la lanterne sourde avait été oubliée.

Barazer et son compagnon n'eurent que le temps de se glisser le long des tas de bois, de gagner le mur et de se précipiter dans la rue.

Mais Pierre était resté prisonnier.

V

Grâce aux jurys, le citoyen est jugé par
ses pairs.

EXPOSÉ DES MOTIFS.

On était au dernier jour des assises trimestrielles ouvertes à Quimper. La séance, suspendue depuis une
heure, allait se rouvrir, et déjà la foule se portait avec
empressement vers la salle où se jugeait le vol du chantier
Bordenson. L'huissier avait frappé trois fois sur la porte
de chêne, et les jurés arrivaient l'un après l'autre, se hâ-
tant d'expédier le dessert dont ils avaient eu soin de
garnir leurs poches en quittant la table d'hôte. La salle se
remplissait d'ouvriers sans travail, de vieillards, d'écoliers qui avaient manqué leurs classes pour écouter les
avocats faire des amplifications françaises; tandis que

l'ordre public, dans son costume ordinaire de gendarme
à pied, veillait au seuil du tribunal, et montrait de loin
la pointe de sa baïonnette, comme enseigne de notre justice humaine.

Bientôt les juges gagnèrent leurs siéges, et le président
arriva.

C'était un bon gros homme d'une soixantaine d'années,
la trogne fraîche et l'œil gaillard ; aimable à tout le
monde, même à ceux dont il brûlait l'épaule, et trouvant
le mot pour rire jusque dans l'article 302 du Code pénal.
En un mot, le vrai type de cette justice bourgeoise,
joyeuse, bien nourrie, et chargée de venger la morale publique, aux appointements de trois mille francs par an.

M. Toussaint appartenait à une famille fort ancienne
dans la robe, et avait été élevé au milieu des actes d'accusation. Aussi passait-il pour l'homme le plus habile à dé-
concerter ou à circonvenir un prévenu. Sa figure réjouie
déprécautionnait l'accusé le plus soupçonneux. Puis Toussaint savait si bien feindre l'intérêt ! jeter d'un air indifférent la question captieuse qui perdait ! D'un aveu
unanime, nul, dans toute la cour royale de Rennes, n'es-
camotait plus adroitement la tête ou l'honneur d'un prévenu. Aussi jouissait-il de l'estime profonde des autorités
constituées. Sa présidence était accordée comme une faveur : « Vous aurez M. Toussaint, » écrivait-on au parquet du chef-lieu protégé, et le procureur du roi et ses
substituts s'endormaient dans la douce certitude d'avoir
de *bonnes assises* cette fois : c'était, en un mot, *l'homme de
la chose*, comme le disait, d'une manière si pittoresque,
le commandant de la gendarmerie départementale.

Dans l'affaire du vol Bordenson, M. Toussaint s'était
surpassé lui-même. Barazer et ses compagnons avaient en
vain essayé de s'envelopper d'une triple écorce d'impassi-

bilité ; ils avaient en vain dérouté les dépositions les plus accablantes avec cette maladresse d'innocence dont il est si difficile de soupçonner l'hypocrisie, M. Toussaint était parvenu à les mettre en contradiction avec eux-mêmes, à les déshabiller pièce par pièce du costume frauduleusement niais qu'ils avaient revêtu. Il leur avait soudé aux pieds, anneau par anneau, la chaîne des galères, et, dans cette lutte de l'astuce de la justice contre l'astuce du crime, le dernier avait succombé, comme le moins habile.

· Un intérêt puissant s'était attaché à ces longs débats, et une foule considérable les avait suivis. Nous ne dirons pas si la publique solennité de ce drame avait été ou non favorable à la morale, seulement, il avait semblé à tous les hommes attentifs que, pendant ses curieuses scènes, tout l'intérêt des auditeurs s'était porté sur les accusés. On eût dit que le récit de leurs angoisses, pendant cette affreuse nuit du vol, inspirait plus de pitié et de trouble · que l'immoralité de leur action n'excitait d'indignation ; et peut-être, à voir la curieuse sollicitude de la foule pour les prévenus, eût-on pu croire que la seule pensée du peuple dans ces débats était celle de sa misère, qui le poussait au crime par une pente irrésistible et fatale.

Cette impression avait dû s'accroître par les plaintes énergiques qu'avait fait entendre Cosquer dans le cours de l'affaire, et surtout par la présence de Marguerite entourée de ses deux enfants. Inhabile aux déguisements, la pauvre femme avait avoué son ignorance, relativement aux moyens d'existence de son mari ; mais, en même temps, elle avait fait l'histoire des progrès de leur misère, elle avait raconté ses heures de faim et de froid, et la pitié avait été générale. Le procureur du roi lui-même avait prononcé à ce sujet une phrase de compassion officielle.

M. Toussaint seul était demeuré impassible. Pour combattre l'effet produit par la déposition de la femme de
Cosquer, il interrogea la petite Catherine. Or, ce fut un
spectacle à voir, que l'effroyable adresse d'un homme
d'expérience déjouant la fragile prudence d'un enfant.
Chaque réponse surprise à l'ignorance de la jeune fille
passait plus avant le triangle de fer au cou de Cosquer !
Cette déposition, accablante par sa naïveté, décida du sort
du maçon.

Cependant, un avocat prit la parole en faveur des prévenus, et s'efforça de détruire l'impression produite par
les diverses dépositions à charge. C'était un beau jeune
homme frisé avec soin, haut cravaté, dont la robe était
neuve, et la toque parisienne ; un des *plus beaux cavaliers
de l'endroit*, comme on disait à Quimper. De retour depuis peu de l'École de Droit, il avait commencé sa réputation en jouant des charades chez le président du tribunal, et en dansant au bal de M. le préfet, et on lui avait
jeté Cosquer à défendre pour coup d'essai, comme on
livre une existence vulgaire à l'élève chirurgien, qui ne
s'est encore exercé que sur le cadavre. Lui aussi, c'était
la première fois qu'il opérait sur la chair vivante. D'abord
on avait quelque peu balancé à lui confier une cause
aussi grave ; mais M. le président l'aimait ; c'était d'ailleurs un jeune homme bien né, et dont la famille *méritait
des égards :* on ne pouvait lui refuser une occasion de
briller et de se faire connaître. Il fut donc nommé d'office pour défendre Cosquer, comme il eût été nommé
commissaire du bal de la Saint-Louis. Ce fut une galanterie de magistrat qui parut naturelle à tout le monde.

Du reste, le but fut atteint ; car le jeune avocat fit
preuve de facilité et d'esprit dans la défense qu'il présenta. Son exorde surtout, dans lequel il parla de lui

avec beaucoup de modestie, parut faire le plus vif plaisir au tribunal et à trois dames auxquelles le président avait galamment fait offrir des fauteuils dans l'enceinte réservée. Le public fut aussi sur le point d'applaudir une délicate allusion à la mort du général Foy, qui était alors récente. Enfin, le débutant obtint un succès complet, et, au sortir de la séance, deux avoués lui serrèrent la main.

L'affaire en était là lorsque les débats se rouvrirent. M. le président commença son résumé, qui fut, comme d'habitude, un nouvel acte d'accusation. Les questions furent ensuite posées.

A toutes, les jurés répondirent *affirmativement*. Le procureur du roi requit l'application de l'article 384 du Code pénal, et, après un léger débat entre lui et les avocats des prévenus, le tribunal prononça son jugement.

Les accusés étaient condamnés à vingt ans de travaux forcés.

Tous demeurèrent immobiles sur leur banc. Le public se retira.

Une femme seule restait avec deux enfants. Quand la salle fut vide et que les gendarmes ordonnèrent aux prévenus de se lever, elle s'approcha de Cosquer, sa petite fille dans ses bras, l'autre serrée contre elle et tenant sa main.

— Yvon, dit-elle, voilà tes enfants, embrasse-les encore une fois.

— Laisse-moi, Marguerite, répondit brusquement le maçon sans lever les yeux. Va-t'en, et ne pense plus à moi.

— Cosquer, au nom de Dieu, embrasse tes enfants !

Elle poussait Catherine et Marie entre le bras de l'ouvrier.

Celui-ci leva la tête; ses yeux s'allumèrent d'un cour-

roux sauvage, tous les muscles de son visage tressaillirent,
et sa large main repoussa rudement les deux petites
filles.

— Va-t'en, femme de malheur : laissez-moi toutes !
C'est pour faire taire vos cris de faim que j'ai volé ! Vous
avez été mes mauvais anges. Allez-vous-en, vous dis-je,
allez-vous-en, et soyez maudites !

Il sortit avec les gendarmes.

L'avocat qui avait défendu Cosquer regardait cette
scène avec étonnement. Il pensa qu'il y avait là matière à
faire un article pour la *Gazette des Tribunaux*, et il s'approcha de Marguerite, qui était restée sans mouvement,
devant la sellette vide.

— Votre mari paraît brutal, ma brave femme, dit le
jeune homme en faisant tourner nonchalamment une
breloque suspendue à son cou par une chaîne d'or ; vous
devez avoir eu beaucoup à souffrir.

— Cela est vrai, Monsieur, répondit la femme accablée,
Cosquer a la parole et la main rudes.

— Vous aurez moins à regretter, alors, que la société
vous le retire et vous mette ainsi à l'abri de ses mauvais
traitements.

Marguerite leva ses yeux noirs sur le jeune avocat.

— C'est donc la société qui me prend mon homme,
Monsieur ?

— Oui, ma bonne femme, pour le punir et le corriger.

— Alors la société nourrira mes enfants, n'est-ce pas ?
Puisqu'elle prend Cosquer, qui seul nous faisait vivre, il
faut bien qu'elle le remplace pour nous.

L'avocat sourit de nouveau.

— Vous ne me comprenez pas, dit-il ; la société c'est
tout le monde. Tous les hommes sont unis comme une
grande famille ; c'est cette famille qu'on appelle la société,

et qui punit un de ses membres quand il fait tort aux autres, comme vous puniriez votre petite fille si elle faisait
mal à sa sœur. Cosquer a fait tort à un membre de la société en dérobant ce qui lui appartenait, et, pour le châ-
tier, on l'envoie aux galères. Comprenez-vous maintenant?

— Oh! oui, Monsieur! mais alors, moi et mes enfants,
qui n'avons fait de tort à personne, pourquoi sommes-
nous punies? Car nous voilà sans pain maintenant! Cosquer sera en prison; mais on lui donnera à manger. Nous,
nous serons libres; mais nous mourrons de faim. Vous
voyez bien que nous serons encore plus à plaindre que
lui.

L'avocat tournait toujours sa breloque, mais il paraissait éprouver quelque embarras à répondre.

— C'est un malheur inévitable, dit-il enfin.

— Cependant, Monsieur, si nous sommes tous une famille, comme vous disiez tout à l'heure, ça ne devrait pas
être ainsi. Quand je punis ma petite fille, moi, parce
qu'elle a mal fait, je ne jette pas une partie de la punition
sur sa sœur. Car, voyez-vous, Monsieur, m'enlever mon
homme pour vingt ans, c'est comme si vous me l'aviez
tué; encore il eût mieux valu pour moi qu'il fût mort:
j'aurais peut-être trouvé un autre père pour ces pauvres
enfants.

— Votre mari est mort civilement, dit l'avocat, enchanté de trouver un moyen de déplacer la question; sa
succession est ouverte. Vous pouvez vous regarder comme
veuve; les enfants que vous auriez maintenant de lui seraient bâtards. S'il gagne quelque chose avant de mourir,
vous n'hériterez pas. Désormais la société le considère
comme n'existant plus.

— Je puis donc me remarier, Monsieur, si je trouve
quelqu'un qui veuille gagner du pain pour mes enfants?

— Mais du tout, ma brave femme, du tout, dit l'avocat impatienté ..

Ces gens du peuple sont stupides, ajouta-t-il tout bas ; ils n'entendent rien au Code !

Effectivement, Marguerite avait trop de bon sens pour comprendre nos lois.

VII

CONSÉQUENCES.

> Le monde ne tient pas compte de la manière
> dont les réputations se perdent, il ne voit que
> le fait et ne s'amuse pas à chercher les causes.
> —La vertu et le vice misérables pèsent le même
> poids dans la balance.
>
> THADÉUS LE RESSUSCITÉ.

Les débats de l'affaire Cosquer avaient révélé les coupables menées de Bordenson, relativement à l'abaissement des salaires. Des reproches lui avaient été adressés à ce sujet, et les dépositions avaient généralement laissé une assez fâcheuse impression sur son compte dans l'esprit du public et des jurés. L'entrepreneur sentit qu'il avait besoin de se réhabiliter, au moyen de quelque bonne action. Il n'avait pas vécu si longtemps sans apprendre qu'il faut parfois se résigner à faire un peu de bien par convenance. Il savait que l'opinion publique regarde la vertu comme une dame peu agréable à voir d'habitude, mais avec laquelle on ne doit pas rompre entièrement, et qu'il faut honorer, de loin en loin, d'une carte de visite. Il proposa donc à Marguerite la place de portière dans son chantier, et ce bienfait, envers la femme de celui qui l'avait volé, fut jugé par tout le monde un acte sublime de bienfaisance et de générosité.

Marguerite vint donc habiter l'atelier Bordenson.

Mais le nom de femme de forçat la marquait comme un fer rouge, et elle eut à subir toutes les humiliations qui peuvent atteindre une vie aussi humble et aussi obscure. A défaut d'autre noblesse, le peuple a son aristocratie de probité, aussi injuste, aussi méprisante que les autres ! Marguerite dut renoncer à ses vieilles connaissances et à ses habitudes d'autrefois. Il lui fallut dire adieu à ces plaisirs de carrefour, aussi attrayants pour la classe pauvre, que, pour nous, les cercles et les bals d'hiver : bavardages du dimanche sur le bord du seuil; histoires racontées au four par les voisines; chansons répétées en filant, l'après-dîner, à l'ombre; belles rondes d'enfants pendant les soirées d'automne; tout était perdu pour la famille Cosquer ! Quand Catherine et sa petite sœur voulaient se mêler aux danses des autres enfants de la rue, toutes les mains se fermaient devant leurs mains tendues pour former la ronde, et elles étaient forcées d'aller s'asseoir vis-à-vis, sur une pierre, regardant, avec de grosses larmes sur leurs joues, les autres rire leur joie au soleil, et folâtrer sans honte. Marguerite fut longtemps avant de pouvoir s'accoutumer à un pareil changement, et à accepter son lot d'infamie.

Quant à Catherine, elle supporta sa position plus courageusement. Une fois les premières larmes versées, elle

[illegible]

[illegible] Bientôt la position de Catherine obligea son amant à la faire partir, secrètement, pour une ville voisine.

Sa mère apprit en même temps son déshonneur et son départ.

Elle s'abstint de reproches, dont on eût ri; mais elle résolut dès lors de quitter Brest, et de se retirer en quelque endroit où les fautes des siens seraient moins connues.

Cependant un an s'écoula encore sans qu'elle pût mettre son projet à exécution.

Pendant ce temps, Catherine avait suivi sa route, et se trouvait arrivée au but. Elle était devenue fille de joie.

C'était trop de honte à la fois. La femme de Cosquer vendit tout ce qu'elle possédait à Brest, et partit avec sa petite Marie pour Ploudalmezeau, où Bordenson lui avait loué une auberge dont il était propriétaire. Le digne entrepreneur mit le comble à ses bontés en accordant à la pauvre femme une lettre de recommandation pour le marchand de vins du pays. Il lui promit, en outre, de descendre chez elle lorsqu'il aurait des affaires de ce côté.

Au fond, c'était un excellent homme que M. Bordenson !

essuya résolument ses yeux, et s'apprêta à prendre la vie telle qu'on la lui donnait. Il y avait dans cette enfant quelque chose de la nature de Cosquer et de cette facilité à braver l'opinion, qui fait les grands caractères ou la canaille, selon la direction donnée aux actions. Elle grandit; et, devenue jeune fille, elle se montra encore plus insoucieuse du dédain des autres, plus hardie à se heurter contre le mépris. Cette âme vaillamment trempée se persuada facilement que là où l'honneur était perdu, la vertu était un luxe inutile. Repoussée pour une faute qui n'avait pas été la sienne, elle prit son parti, et, au lieu de s'irriter inutilement contre les préjugés qui la flétrissaient, elle accepta l'infamie à l'amiable, et s'installa à l'aise dans sa honte.

Cette espèce de philosophie dépravée ne fit que prendre de nouvelles forces dans la fréquentation de jeunes gens débauchés et de filles décriées, seule compagnie qu'il fût permis à Catherine de fréquenter. Son cœur se déflora et se prostitua dans ce contact impur; elle en fut bientôt à n'avoir plus besoin que d'une occasion pour se perdre. L'occasion se présenta.

Catherine était belle de cette beauté solide et pleine de séve qui sollicite si vivement les hommes que les sens dominent. Bordenson n'avait pas été sans s'en apercevoir. C'était là une nature à sa portée et selon ses goûts. Il n'eut point de peine à réussir dans ses tentatives de séduction. Bientôt la position de Catherine obligea son amant à la faire partir, secrètement, pour une ville voisine.

Sa mère apprit en même temps son déshonneur et son départ.

Elle s'abstint de reproches, dont on eût ri; mais elle résolut dès lors de quitter Brest, et de se retirer en quelque endroit où les fautes des siens seraient moins connues.

Cependant un an s'écoula encore sans qu'elle pût mettre son projet à exécution.

Pendant ce temps, Catherine avait suivi sa route, et se trouvait arrivée au but. Elle était devenue fille de joie.

C'était trop de honte à la fois. La femme de Cosquer vendit tout ce qu'elle possédait à Brest, et partit avec sa petite Marie pour Ploudalmezeau, où Bordenson lui avait loué une auberge dont il était propriétaire. Le digne entrepreneur mit le comble à ses bontés en accordant à la pauvre femme une lettre de recommandation pour le marchand de vins du pays. Il lui promit, en outre, de descendre chez elle lorsqu'il aurait des affaires de ce côté.

Au fond, c'était un excellent homme que M. Bordenson !

VIII

De quelle mort le tuerai-je, Iago? — Oh! je
voudrais le posséder neuf ans entiers, mourant
sous ma main!

SHAKSPEARE.

Il était six heures du soir : le temps était gris, l'air
pesant et le vent chaud. Une petite fille, d'environ huit
ans, se tenait debout à la porte d'une auberge, placée à
quelques portées de fusil en avant du bourg de Ploudalmezeau. Elle tenait à la main une houlette, comme en
font les enfants du pays : c'était une longue branche
d'ajonc dépouillée de ses épines, mais à l'extrémité de
laquelle on avait conservé un bouquet de fleurs jaunes
entremêlées de marguerites, fixées à chacun des dards de
la plante. L'enfant s'amusait à balancer cette baguette
en murmurant un chant monotone, et ses yeux se tour-

naient alternativement vers la route de Saint-Renan, et le bourg de Ploudalmezeau, qui apparaissait au loin, couronné par son élégant clocher de granit.

Cette attention soutenue à regarder le chemin indiquait suffisamment qu'elle attendait quelqu'un. En effet, elle jeta tout à coup un cri de joie en apercevant de loin un cheval chargé de mannequins, sur lesquels une femme était assise.

— Bonjour, ma mère, cria la petite fille en courant de toutes ses forces au-devant de la cavalière, qui dut arrêter brusquement son cheval, pour ne pas l'écraser.

— Prends donc garde, maudite enfant, tu vas te faire blesser !

En parlant ainsi, d'un air qui indiquait plus de joie de l'empressement de la petite que de colère de son imprudence, Marguerite Cosquer sauta à terre, prit Marie dans ses bras, et, après l'avoir embrassée, la posa à sa place entre les deux mannequins.

Le cheval, averti par un coup de houlette de l'enfant, reprit alors sa route à petits pas vers l'auberge.

— Qu'as-tu eu de nouveau, Marie, pendant mon absence ? demanda la mère; est-il venu du monde ?

— Oh, oui ! beaucoup de monde. Ils étaient trois marins; tu sais bien, ceux du sloop qui est à Porsale ?.... Et il y avait avec eux une femme.

— Tu leur as donné à boire ?

— Oui; mais ils avaient déjà bu ailleurs, car ils étaient bien rouges et ne pouvaient presque pas marcher.

— Ils t'ont payée ?

— Certainement. Puis la femme m'a demandé mon nom; mais, quand je lui ai dit que je m'appelais Marie Cosquer, je ne sais pas ce qu'elle a eu : elle est devenue toute pâle, puis elle s'est mise à pleurer.

— Que dis-tu là ?

— Et après avoir pleuré bien fort, elle m'a prise dans
ses bras, elle m'a embrassée, et elle m'a demandé si tu te
portais bien, si nous n'étions pas pauvres...

— Et t'a-t-elle dit qui elle était ?

— Oh, non ! Elle voulait me parler encore ; mais les
autres sont venus qui se sont moqués d'elle, parce qu'elle
pleurait. Alors elle s'est mise à rire et à chanter. Elle a
bu beaucoup d'eau-de-vie, et ils sont partis ensemble.
Seulement, elle a dit qu'elle reviendrait ce soir pour te
voir.

Marguerite devint pensive, et cessa d'interroger sa
fille. Aux détails que celle-ci venait de lui donner, il lui
avait été facile de reconnaître Catherine. Cette pensée la
ramena à de tristes souvenirs, et elle soupira amèrement.

Marie avait embrassé sa mère et venait de se coucher ;
Marguerite, assise seule devant un feu de genêt, écoutait
mélancoliquement le vent mugir dans la large cheminée
de l'auberge, lorsque des pas se firent entendre à la porte.
La femme de Cosquer détourna la tête, et vit un paysan
qui s'avançait avec précaution, en regardant autour de lui.

Dès qu'il aperçut la maîtresse de la maison, il la salua
à la manière et en langue bretonne.

— Bonne santé à vous ! Y a-t-il du feu pour allumer
ma pipe ?

— Le foyer est allumé, répondit Marguerite avec le
laconisme d'usage.

Le nouveau venu s'avança vers l'âtre, tira lentement
une pipe de la poche de son gilet, promena les yeux dans
tous les coins de la maison, et, sûr enfin que l'aubergiste

était seule, il ôta le vaste chapeau qui lui couvrait presque tout le visage.

— Marguerite Cosquer ne me reconnaît pas ? dit-il.

La femme jeta un cri.

— Vous, Barazer !

— Silence ! Ne dites pas ce nom-là. Êtes-vous seule dans la maison ?

— Toute seule. Mais pourquoi ?...

Sans lui répondre, Barazer fit entendre un coup de sifflet.

A l'instant, un pas lourd retentit, et un second paysan entra.

— Il n'y a personne que Marguerite, lui dit Barazer.

Il découvrit aussitôt son visage. C'était Cosquer.

Barazer arrêta un nouveau cri qui allait échapper à la femme du maçon.

— Jésus, est-ce bien vous ? dit la malheureuse toute tremblante.

— Nous-mêmes, Marguerite. Fermez cette porte, et maintenant, à boire et à manger ; car nous sommes à jeun depuis douze heures.

Mais la femme ne bougeait pas : Ses yeux atones ne pouvaient se détacher de ces deux figures endurcies et pâles qui se relieffaient dans la demi-lumière de l'auberge, comme deux visions menaçantes.

— Eh bien ! femme, entends-tu ? reprit Cosquer en la poussant doucement.

Le son de cette voix, dont la rudesse métallique lui était si connue, fit tressaillir Marguerite comme si on eût touché une blessure demi-fermée. Elle s'approcha machinalement, et avec une sorte d'effroi, d'une armoire grillée, dont elle sortit des plats et des bouteilles, qu'elle posa sur la table.

Pendant quelques minutes personne ne parla; les deux hommes mangeaient avec avidité. Marguerite s'était replacée dans l'ombre, près de l'âtre, et les regardait.

Cependant, au bout de quelque temps, Cosquer se tourna vers elle.

— Ta réception est bien froide, dit-il avec une voix assez calme; il y a pourtant longtemps que nous ne nous sommes vus.

— Ce n'est pas d'aujourd'hui, Cosquer, que le froid est tombé entre nos cœurs, répondit la femme avec tristesse.

— Je le sais, femme. Peut-être eût-il mieux valu que ce fût autrement; mais ce qui est fait n'est plus au pouvoir de personne. Où sont les enfants, Marguerite?

Cette question avait été adressée avec une douceur peu habituelle à Cosquer; sa femme en fut touchée.

Elle se leva, prit la chandelle de résine suspendue au foyer, et entr'ouvrant le lit clos, fit voir au maçon le petite Marie qui dormait, couchée sur une de ses mains en tetant son pouce, par un reste d'habitude enfantine.

Le forçat contempla un instant cette charmante figure d'ange et déposa un baiser sur la chevelure blonde de la petite fille.

Marguerite referma le lit.

— Et Catherine? demanda-t-il.

— Partie! dit Marguerite.

— C'est donc vrai, reprit l'ancien maçon, la malheureuse t'a quittée?...

— Il le fallait, murmura Marguerite.

— Oui, je sais... et quel est le gueux qui l'a perdue?...

— Hélas! reprit la mère, nous ne le connaissons que trop.

— Comment... ce serait?...

— M. Bordensou.

Ce nom était à peine prononcé, que le maçon se dressa debout, les poings fermés et l'œil en feu.

— Toujours cet homme ! cria-t-il, toujours cet homme sur mon chemin ! Et je ne pourrai pas lui broyer la tête entre mes deux mains !

Il se rassit. Son corps tremblait de colère. Il y eut encore un silence, un long silence.

Pendant toute la conversation que le maçon venait d'avoir avec sa femme, Barazer n'avait rien dit. Il y avait chez cet homme un tact naturel qui le rendait également habile à se taire et à parler. Il attendit encore quelque temps, sans témoigner ni impatience ni inquiétude ; enfin, quand il jugea que son compagnon pouvait l'entendre, il lui rappela les dangers qu'ils couraient, et combien les instants leur étaient précieux.

Tous deux faisaient partie de la société *Coulonge*, cette vaste association en faveur du vol, fondée depuis plus de trente ans, et qui s'est maintenue seule parmi les institutions successives et croulantes, comme pour témoigner l'inamovibilité des vices au milieu de nos misérables progrès sociaux. Avant de tenter leur évasion du bagne de Brest, les deux forçats avaient longuement combiné leur plan de fuite, et en avaient préparé les voies par l'entremise des nombreux affiliés de la société. En se jetant dans une route comme celle de Ploudalmezeau, ils n'avaient pas eu seulement pour but d'échapper aux perquisitions, toujours moins activement poussées sur ces chemins de traverse, ils voulaient surtout atteindre ce bourg, parce qu'ils devaient y trouver un des associés les plus sûrs et les plus adroits de la bande, et qu'ils comptaient sur ses secours pour déjouer les recherches de la police.

Après s'être entretenus quelque temps à voix basse et en langue d'argot, Barazer se détourna vers Marguerite.

— Connaissez-vous Kerkof, de Ploudalmezeau ? demanda-t-il.

— Un marchand de vin ?

— Oui.

— Je le connais.

— Il faudrait que nous pussions arriver chez lui.

— Si vous y allez, vous serez pris, les gendarmes man-
gent là.

— Comment faire alors ? dit Cosquer.

— Il faudrait l'avertir qu'on veut lui parler et l'amener
ici, s'il est possible.

— N'iras-tu pas bien jusqu'au bourg, Marguerite ? demanda l'ouvrier.

— S'il le faut pour vous sauver, j'irai.

— Va donc, et dis à Kerkof que ce sont des amis de
Coulonge qui ont à lui parler.

— Et s'il refuse de venir ?

— Il ne refusera pas, nous sommes sûrs de lui ; mais,
au nom de Dieu ! dépêche-toi.

Marguerite alluma une lanterne et sortit.

Barazer alla fermer la porte après elle, puis revint s'asseoir contre la table, auprès de son compagnon.

— Pourvu, dit Cosquer, que ce Kerkof veuille *abouler* [1].

— Il nous trouvera peut-être à *goupiner* [2], observa Barazer ; il doit y avoir ici des *messières à grincher* [3], il y a
des *sime* qui ont les *vallades* garnies de *carle* [4], et, à la
campagne, on a plus de *fiat* [5] qu'à la *vergue* [6].

Nous ferons ce que nous pourrons, mais pour le *pré* [7], je
n'en veux plus : j'aimerais mieux qu'ils me *butent* sur la

---

[1] Donner de l'argent.—[2] Travailler, voler.—[3] Des hommes à voler.
—[4] Des bourgeois qui ont les poches garnies d'argent.—[5] Confiance.
— [6] Ville. —[7] Bagne.

placarde [1]. Le premier qui veut *m'enflanquer* [2], je lui ouvre le *beauge* [3] avec ceci.

Et le maçon tira de sa large poche de paysan un fer tranchant et pointu qui avait été évidemment détourné de son usage primitif pour être transformé en une de ces armes redoutables, aiguisées en secret par la patience tenace des forçats.

— Fais en sorte du moins de ne pas perdre ton coup, reprit Barazer avec négligence, et tâche qu'il sorte du *beauge* du *messière* que tu *escarperas* [4], une bonne pluie de *tunes* de cinq *balles* [5].

Cosquer ne répondit rien ; mais sa main se contracta sur l'instrument de mort qu'il avait posé devant lui, et ses yeux farouches lancèrent des éclairs. On eût dit qu'il répondait à la sanglante plaisanterie de son compagnon.

— Il faut que nous ayons des *rondins* [6], d'une manière ou d'une autre, c'est clair, dit Barazer ; car sans *jacques* [7] nous serions *bloquis* [8] avant huit jours, et il nous faudrait *gambiller* [9] sous le bâton des argousins.

— Je te dis que je ne veux pas retourner au *pré*, Barazer. J'ai trop souffert là ! je ne veux plus qu'on me tienne ainsi, avec une chaîne par le pied, pour me faire voir en curiosité, comme un ours blanc. Je n'irai pas porter ma chair à meurtrir à leurs bâtons ! L'air de là-bas pue ; je veux respirer un peu à mon aise. Quant à vivre, on vit toujours quand on le veut.

Barazer approuva par un mouvement de tête, et les deux forçats allumèrent leurs pipes.

Il y avait déjà quelque temps qu'ils étaient plongés dans

---

[1] Guillotinent sur la place — [2] Me saisir. — [3] Ventre. — [4] Tueras. — [5] De pièces de cinq francs. — [6] De l'argent. — [7] Des sous — [8] Vendus. — [9] Danser.

le calme silencieux ordinaire aux fumeurs, lorsque les pas d'un cheval se firent entendre au dehors.

Les deux hommes dressèrent la tête et prêtèrent l'oreille.

— Qui peut venir là ? demanda Cosquer à voix basse.

— Nous pouvons le *remoucher* [1], répondit Barazer, sur le même ton.

Il s'approcha, avec précaution, d'une étroite lucarne qui était entr'ouverte, et permettait de voir devant la porte.

— C'est un *sime* à cheval.

— Que fait-il là ?

— Il détache un porte-manteau.

Comme il achevait ces mots, le porte-manteau échappa aux mains maladroites du voyageur, et tomba à terre avec un bruit clair d'argent.

Les deux voleurs se jetèrent un regard d'intelligence.

Cependant, après avoir ramassé sa valise à tâtons et en jurant, le cavalier heurta à la porte de l'auberge.

— Eh bien, Marguerite, cria-t-il à haute voix, dormez-vous déjà ? Ouvrez donc, mordieu !

— Sur mon âme, j'ai déjà entendu cette voix ; Barazer, vois donc si tu ne le reconnais pas.

— La *sorgue* [2] est trop noire, et la *moucharde* [3] n'allume [4] pas ; mais, en tout cas, nous ne risquons rien, il est seul, nous pouvons lui ouvrir.

— Et s'il nous connaît, il nous dénoncera.

— On peut toujours l'empêcher de parler, répondit le forçat avec une douceur souriante à faire frémir.

— Marguerite, satanée femme, m'ouvrirez-vous ?

— Qui est là, demanda Barazer, en contrefaisant sa voix ?

— Et parbleu, c'est moi ; est-ce que vous ne me reconnaissez pas ? Bordenson !

---

[1] Voir. — [2] Nuit. — [3] La lune. — [4] Éclaire.

— Bordenson ! cria le maçon en étendant la main vers la table, et en cherchant son arme ; laisse entrer, laisse entrer !...

La porte s'ouvrit, et l'entrepreneur entra.

— Au diable !... je croyais que vous m'auriez laissé passer la nuit dehors. Il fait une brume qui pénètre jusqu'aux os. Eh bien ! où est donc Marguerite ?

Le gros homme était arrivé près du foyer. Il cherchait l'hôtesse dans la maison ; en levant la tête, il rencontra la figure farouche de Cosquer, qui se tenait devant lui droite et menaçante.

Il poussa un cri de surprise, et, par un mouvement naturel d'effroi, fit un pas vers la porte.

Barazer s'y tenait debout, les bras croisés sur sa poitrine.

La frayeur se peignit sur tous les traits de Bordenson.

Cependant il essaya de donner à sa figure son expression accoutumée de jovialité.

— Diable, mes enfants ! je ne m'attendais pas à vous trouver ici, dit-il.

— Pas plus que nous à vous y voir, Monsieur, répondit Barazer, qui tira son chapeau avec une politesse ironique. Enchanté de vous trouver en bonne santé, et avec une valise si bien garnie.

Bordenson jeta un regard épouvanté sur sa valise, qu'il portait encore à la main.

— Cela, mon cher ami ? dit-il, ce n'est rien : quelques chemises pour la route seulement. Mais où donc est Marguerite ?

— Elle est sortie, Bordenson, et tu es seul avec nous.

Ces mots de Cosquer avaient été prononcés d'un accent si guttural et si profond que l'entrepreneur en tressaillit.

— Alors, dit-il en balbutiant et en s'avançant vers la
porte, je vais continuer jusqu'à Ploudalmezeau ; bonjour,
Messieurs...

— Pourquoi vous en aller ? dit Barazer, vous coucherez
fort bien ici ; nous faisons les honneurs en l'absence
de Marguerite, et vous ne manquerez de rien. Mais
donnez-moi donc cette valise qui vous gêne, je m'en char-
gerai.

— Du tout, du tout ; je ne veux la donner à personne.

— Bah ! quelques chemises pour le voyage, dit Barazer,
en arrachant la valise des mains de Bordenson, et en faisant sonner l'argent qu'elle contenait ; voilà seulement du
linge qui a un singulier cliquetis. Allons, bourgeois,
approchez-vous du feu, et soyez calme.

Le malheureux entrepreneur sentit le cœur lui faillir.
Ses yeux se promenaient de Barazer au maçon, et ne ren-
contraient sur les deux figures que des sujets de crainte ;
celle du dernier, surtout, était étincelante de haine,
Bordenson se rapprocha du mur avec une profonde terreur.

— Au nom du ciel, Messieurs ! laissez-moi m'en aller,
dit-il.

— Nous ne sommes pas des messieurs, interrompit durement Cosquer, nous sommes des forçats, grâce à toi,
qui nous a enfoncé le bonnet rouge sur la tête.

— Mes amis... ce n'est pas moi qui suis cause... Soyez
bien sûrs... mes bons amis... Laissez-moi sortir, et je vous
jure, par tout ce qu'il y a de plus sacré, que je ne dirai à
personne que je vous ai vus.

— Nous ne le craignons pas, car tu ne sortiras pas
d'ici.

— Que dites-vous, mes enfants ? balbutia l'entrepreneur éperdu ; Cosquer, mon ami !

— Moi, ton ami, scélérat ! moi, ton ami ! à toi... qui m'as perdu !... à toi... que j'aurais voulu éventrer avec mes ongles !... moi, ton ami !...

Et le maçon s'avançait vers Bordenson, les bras en avant, les mains crispées, l'œil furieux.

Le malheureux se mit à trembler de tous ses membres, et il perdit l'esprit.

— Où suis-je ? dit-il, mon Dieu ! Mais c'est donc un coupe-gorge, ici ?

— Pour toi, du moins, Bordenson, dit Cosquer.

Et d'un bras vigoureux il saisit l'entrepreneur, qui trébucha sur la pierre de l'âtre et tomba à genoux.

Sa figure était hideuse à voir dans ce moment : il promenait sur les deux forçats des yeux égarés ; ses mains étaient jointes, son corps courbé dans l'attitude d'une humble prière ; il y avait enfin dans toute l'expression de son être ce que la bassesse a de plus vil et la peur de plus lâche.

Il voulut parler, mais ses dents claquaient l'une contre l'autre, et il pouvait à peine se faire entendre.

— Au nom de Dieu ! laissez-moi, Cosquer... balbutia-t-il ; j'ai toujours fait du bien à votre famille... c'est moi qui ai mis votre femme ici... N'abusez pas de votre position, laissez-moi m'en aller...

— Ah, tu as fait du bien à ma famille ! cria le maçon, les dents serrées de rage. Dis, est-ce en diminuant le prix de mes journées, pour me mettre dans la misère ? Est-ce en me renvoyant de ton chantier, pour me forcer à devenir un voleur ? Est-ce en me faisant condamner aux galères ? Est-ce en perdant Catherine, dont tu as fait une fille publique ?... Oh ! tu as fait du bien à ma famille, Bordenson ! Eh bien, moi, je veux te rendre tout le bien que tu lui as fait ; je ne serai pas ingrat, bienfait pour bienfait : tiens, Bordenson, voilà pour la diminution de mes journées !

Et son pied ferré frappa la tête de l'entrepreneur, qui alla résonner contre le mur du foyer.

— Voilà pour mon renvoi de ton chantier. Voilà pour ma condamnation. Voilà pour ma fille Catherine, pour ma fille, Bordenson !...

Et à chaque mot le pied terrible de Cosquer s'abaissait sur la tête sanglante du malheureux, et sa tête roulait sur l'âtre, bondissante et meurtrie.

Bordenson jetait des cris sourds de douleur. Il parvint cependant à se dresser à demi, tout inondé de sang.

— Grâce, Cosquer ! grâce ! Pardonnez-moi, ô mon Dieu ! Ne me tuez pas, Cosquer ! Pitié, ne me tuez pas !

Il rampait ventre à terre devant le forçat ; il embrassait ses pieds, et les larmes et le sang coulaient en même temps le long de son visage.

Mais Cosquer était dans le délire.

— Tu n'as pas eu pitié de moi, hurla-t-il, je veux ta vie, Bordenson !

Il tenait d'une main le bourgeois, cramponné à ses genoux, et cherchait à s'approcher de la table pour saisir l'arme qu'il y avait laissée. Sa main étendue la trouva enfin.

Mais à peine Bordenson eut-il vu briller le fer dirigé vers lui, qu'il se dégagea par un bond convulsif ; et repoussant le maçon avec la force du désespoir, il se réfugia au coin le plus obscur de l'appartement, en poussant des crix affreux.

— *Escarpe, escarpe le sime* [1], cria Barazer, ou nous sommes *bloquis* [2].

---

[1] Tue le bourgeois. — [2] Pris.

Cosquer s'était déjà élancé; il avait saisi par les cheveux l'entrepreneur pantelant, l'avait fait tomber à genoux, la tête rejetée en arrière, et l'instrument de mort qu'il tenait à la main, s'enfonçant de toute sa longueur dans l'œil de Bordenson, alla ressortir de l'autre côté, en perçant le crâne.

La victime tomba sans pousser un soupir.

Cosquer lui mit le pied sur le front, et retira avec les deux mains le fer engagé dans les chairs et les os.

Barazer s'était rapproché. Il regarda le cadavre avec une parfaite indifférence, et repoussa la tête du bout du pied, comme pour interroger la vie qui pourrait encore y rester.

La tête demeura immobile.

— Il est bien *servi*, dit-il; celui-là *ne mangera pas le morceau*².

— De l'eau, dit le maçon, dont les mains dégouttaient de sang.

— En voilà; mais où allons-nous, maintenant, *planquer*¹ ce *baluchon*³?

— Tu vas me suivre, et tu verras.

Dans ce moment, ils entendirent le bruit d'une clef dans la serrure de la porte d'entrée; elle s'ouvrit doucement, et Marguerite parut sur le seuil, sa lanterne à la main.

---

¹ Ne dénoncera pas. — ² Placer. — ³ Paquet.

IX

CATHERINE.

Fatum!!!

La veille de la nuit fatale dont nous venons de rapporter les événements, on se rappelle que Catherine avait
passé à l'auberge isolée, dans la compagnie de plusieurs
matelots, et qu'elle avait promis de revenir vers le soir.

Séparée de sa mère depuis deux ans, elle avait appris
son départ de Brest, mais sans connaître au juste le lieu
qu'elle allait habiter. Le hasard seul venait de le lui faire
découvrir. Quoique tombée au dernier degré du vice, cette
jeune fille n'avait pas perdu toute vertu. Elle avait conservé, au milieu de sa dégradation, un souvenir reconnaissant des soins donnés à son enfance, et, dans cette

âme gangrénée de sales passions, on voyait encore sur-
nager quelques sentiments d'amour, de piété et de dévouement, semblables à ces fleurs pures qui s'épanouis-
sent parfois à la surface d'un marais infect et croupissant.

Elle résolut fermement de revenir le soir même voir sa
mère, obtenir son pardon et l'embrasser.

Malheureusement, les matelots qui l'accompagnaient la
retinrent fort tard à Ploudalmezeau, et quand elle quitta
ce bourg, son état d'ivresse était tel qu'elle éprouva la plus
grande difficulté à reconnaître et à suivre le chemin qui
devait la conduire chez Marguerite. Elle essaya pourtant
de se diriger de ce côté; mais bientôt elle se sentit tellement étourdie, qu'elle entra dans un champ de genêts pour
se reposer.

A peine assise, le sommeil l'emporta, et elle s'endormit.

Plusieurs heures s'étaient sans doute écoulées quand
elle se réveilla. Les ténèbres étaient profondes, et le vent
froid de la nuit sifflait tristement dans les genêts.

Catherine passa la main sur ses yeux, dégourdit ses
membres endoloris, et commença à regarder autour
d'elle.

Elle se trouvait sur la lisière d'une garenne qui bordait
la grande route, dont la trace blanchâtre se dessinait au
loin dans l'obscurité. La lune était voilée et ne répandait
aucune clarté. Catherine se leva avec quelque peine, et
elle allait s'avancer vers le fossé pour sortir du champ,
lorsqu'elle crut entendre, à peu de distance, un bruissement confus de voix basses. Puis elle aperçut comme des
ombres qui s'avançaient.

Elle resta immobile et attentive.

Bientôt elle put voir distinctement deux hommes qui
côtoyaient la garenne, portant un fardeau qui semblait

fort pesant. Ils s'arrêtèrent à quelques pas de la jeune fille, et laissèrent tomber lourdement à terre leur ballot, qui rendit un son flasque et mat.

— Ici la *placarde* est bonne, dit le plus petit des deux paysans (car ils portaient le costume de la campagne); en l'enterrant dans les genêts, si on vient à l'*allumer*[1], on croira que c'est quelque *charlot qui aura fait suer le chêne*[2].

Catherine, qui avait prêté l'oreille, frémit à ces mots. Dans les lieux infâmes qu'elle avait fréquentés depuis deux ans, elle avait pu s'accoutumer à ce langage mystérieux des scélérats, et les gardes-chiourmes, les forçats libérés ou les recéleurs de la rue des *Petits-Moulins* l'avaient depuis longtemps initiée au *jaspinage en bigorne*[3].

Elle comprit donc ce qui venait d'être dit, ainsi que le reste de la conversation.

— Avec ça, dit l'autre, que personne ne vient par ici, ce genêt-là n'a pas plus de deux *longes*[4], et on ne le *raccourcira*[5] point encore.

— As-tu la pioche?

— Oui, voici, et la pelle. *Planque*-toi un peu plus avant dans le fourré.

Les deux hommes entrèrent de quelques pas dans le champ, et Catherine entendit bientôt le bruit sourd de la pioche creusant la terre.

Cependant ses yeux se portèrent sur le fardeau, qui avait été déposé à quelques pas d'elle. C'était un long sac de toile, et, autant qu'elle en put juger à la faible lueur de deux ou trois étoiles qui brillaient seules au ciel, il lui sembla remarquer de longues traînées humides et noirâtres qui suintaient à travers. Mais quelle était la victime?

---

[1] Le voir. — [2] Assassin qui aura tué sur la grande route. — [3] Langue d'argot. — [4] Ans. — [5] Coupera.

où avait-elle été frappée ? Elle résolut de tout faire pour
le découvrir.

Son cœur n'était point facile à la crainte, et d'ailleurs
un reste d'ivresse donnait à toutes ses facultés cette surexcitation qui, même au plus lâche, tient lieu de courage.
Elle se décida donc à ne faire aucune tentative de fuite,
et, s'accroupissant derrière une touffe de genêts, continua
à tout observer.

Les deux paysans eurent bientôt achevé la fosse qu'ils
creusaient. Ils revinrent prendre le sac, chacun par un
bout, pour l'y transporter.

— *N'épargne le poitou*[1], dit le plus grand, et prends
garde qu'il ne reste du *maquis*[2] à tes habits.

— C'est difficile; la *boussole*[3] est de mon côté, et ça
coule comme du *pivois*[4] d'un robinet.

Ils arrivèrent près du trou, et y jetèrent leur fardeau.
Il fut bientôt recouvert, et Catherine les entendit danser
sur la fosse pour affaisser la terre. Le gazon fut ensuite
replacé par-dessus avec soin, et les plants de genêts repi-
qués à leur ancienne place.

— Tout est fini maintenant, dit un des deux hommes;
en voilà un qui n'aura plus de mal aux *dominos*[5].

— Oui, fini, reprit l'autre d'une voix grave et sombre.

Et, se découvrant la tête :

— Maintenant, nous sommes quittes : A revoir, Bordenson !...

Un faible murmure, semblable à un cri étouffé, suivit
ce nom.

— Prête *loche*[6], Ivon. As-tu entendu?

— Quoi ?

---

[1] Prends des précautions. — [2] Du rouge. — [3] La tête. — [4] Vin.
— [5] Dents. — [6] L'oreille.

— C'est comme quelqu'un qui a *criblé*[1]?

— Bah! le vent dans les genêts. Tu es un *taffeur*[2].

Tous deux s'approchèrent de Catherine.

— Pour cette fois, c'est pas le *taff*[3], j'entends des chevaux... *Reluque*[4] sur l'*estrade*[5].

Ils s'arrêtèrent, et regardèrent vers le grand chemin.

— C'est des *cognes*[6]; gare à être *marrons paumés*[7].

Tous deux s'accroupirent aussitôt; leurs coudes touchaient Catherine. Elle n'osait respirer.

Les gendarmes passèrent.

— Et vivement, Ivon, *donnons-la-nous*[8]. M'ont-ils *coqué la taffe*[9] quand ils ont passé; le *trèfle me faisait trente-et un*[10].

Ils se levèrent et gagnèrent rapidement la barrière du champ par laquelle ils étaient entrés. Le bruit de leurs pas se perdit bientôt dans la nuit.

Catherine se souleva avec précaution, rampa plutôt qu'elle ne marcha jusqu'au fossé, et avança la tête.

Elle crut apercevoir sur la route deux hommes qui s'éloignaient, tournant le dos à Ploudalmezeau. Elle ne douta pas que ce ne fussent ceux qu'elle venait d'entendre.

Elle descendit alors le talus qui servait de clôture à la garenne, et se dirigea vers le bourg.

. . . .

Il y avait environ une demi-heure que Catherine était chez le juge de paix; elle lui avait raconté dans le plus grand détail son aventure de la nuit, et le magistrat était occupé à transcrire sa déposition, lorsque l'on entendit dans la cour un bruit de chevaux, et le brigadier de Plou-

---

[1] Crié. — [2] Peureux. — [3] La peur. — [4] Regarde. — [5] Chemin. — [6] Gendarmes. — [7] Pris en flagrant délit. — [8] Sauvons-nous. — [9] Fait peur. — [10] Le cœur me battait.

dalmezeau parut à la porte du bureau, tenant par la main
une femme qui se cachait le visage avec son tablier, et
paraissait en proie à la plus vive douleur.

— Qu'est-ce, Lomic? demanda le juge de paix.

— Pardon, excuse, mon juge, si je vous dérange, répondit le gendarme en portant militairement la main à
son chapeau ; je n'aurais pas forcé le foyer conjugal à cette
heure si je n'avais aperçu votre porte comme qui dirait
ouverte et de la lumière dans votre bureau. Voici l'affaire :
Cette nuit, Kerkoff (qui est un couteau à deux lames,
comme vous savez) est venu me dire à l'oreille qu'il y
avait deux forçats évadés à l'auberge isolée. Bon, dis-je ;
et, sur le quart d'heure, je fais monter leurs bêtes à mes
hommes, et nous faisons un temps de galop jusqu'à
l'endroit qu'on nous avait indiqué. En arrivant, nous
avons vu de la chandelle dans le taudis ; nous avons
poussé la porte, qui s'est ouverte, et qu'avons-nous trouvé,
mon juge? La femme que voilà, occupée à laver du sang,
dont les murailles et le plancher étaient rouges... Aussitôt
qu'elle nous a aperçus, elle est presque tombée en faiblesse, et s'est mise à crier : « Je suis perdue! » Alors je
l'ai doucement appréhendée, avec les égards dus à son
sexe ; j'ai laissé trois de mes enfants de chœur à l'auberge,
et je suis revenu vous conduire la particulière.

Catherine avait écouté le rapport du brigadier avec une
attention et une anxiété singulières ; un vague pressenti-
ment l'effrayait. Elle se pencha pour découvrir les traits
de la femme que le gendarme venait d'amener ; mais elle
continuait à se couvrir le visage, en sanglotant.

Le juge de paix se leva.

— Ceci est fort important, dit-il ; au moment où vous
êtes entré, brigadier, j'écoutais la déclaration de cette
jeune fille, qui vient précisément de voir, il y a environ

une heure, deux assassins emporter et enterrer un cadavre.

A peine ces mots avaient-ils été prononcés que la femme
laissa tomber le tablier qui cachait son visage, et chercha
des yeux la jeune fille dont le juge de paix venait de
parler.

Un grand cri partit au même instant, et Catherine s'é-
lança vers elle.

La femme de l'auberge isolée était Marguerite Cosquer.

Quelques jours après, Cosquer et Barazer, qui avaient
échappé aux recherches des gendarmes de Ploudalmezeau,
furent rencontrés par des gardes-chiourmes envoyés à
leur poursuite. Cosquer, quoique surpris, essaya de résister, et frappa mortellement un des soldats du bagne ; mais
atteint lui-même d'une balle dans la poitrine, il tomba,
privé de sentiment, et fut transporté à l'hôpital de Brest,
où il mourut peu de jours après.

Quant à Barazer et à Marguerite, tous deux furent em-
prisonnés sous la prévention commune *d'avoir assassiné
Hyacinthe-Marie Bordenson, entrepreneur.*

X

UNE EXÉCUTION. ,

> Rien, parmi les hommes, ne doit être réglé que
> sauf erreur : aussi ne trouvé-je aucunement à
> redire contre la prison, les amendes; car du
> moins peut-on rendre l'argent et la liberté; mais
> rend-on la vie, rend-on une tête coupée?... O
> juges! couper une tête sauf erreur!...
>
> BERNARD (de Rennes).

Une exécution se préparait à Brest. Elle avait été an-
noncée depuis plusieurs jours comme une solennité populaire et instructive, et il n'était bruit dans les rues des
Sept-Saints, des *Petits-Moulins,* du *Bras-d'Or* et des
Remparts que du spectacle qui se préparait sur la place
Saint-Louis. Le peuple accourait déjà, le peuple si avide
de toutes les émotions qui le tirent pour quelques moments de son existence brute et ternie !.... Il venait là,

comme au cabaret, chercher un étourdissement de quelques heures; il venait là, comme une foule plus heureuse, et plus facile aux impressions, avait couru la veille à un drame joué au théâtre. Le peuple! il avait perdu successivement toutes ses cérémonies d'autrefois, toutes ses pompes publiques : les belles processions, brodées d'azur et d'or, avec leurs magies de chants et de parfums ; les saturnales de la déesse Raison, avec les rondes sanculotiques autour de l'arbre de la liberté; enfin les revues de l'empire, si résonnantes de cliquetis de fusils, de bruits de canons et de roulements de tambours!.. De tout cela, hélas! il ne lui était rien resté, que les exercices à feu de la garde nationale, et, aux grands jours, la fête du roi ou une exécution !

Aussi, il fallait voir comme il accourait ! Deux têtes à couper dans l'intérêt de la morale ! Cela devait être saisissant et beau ! Déjà la multitude bouillonnait sur la place d'exécution; déjà les groupes se formaient, les femmes du peuple accouraient avec leurs enfants, comme des nichées de bêtes fauves attirées par l'odeur du sang. Une petite fille pleurait, et sa bonne lui criait, en la frappant : « Te tairas-tu, mauvaise? Si tu es méchante, tu n'iras pas voir guillotiner le voleur avec moi. » Et la petite fille essuyait ses larmes et se taisait. On se pressait, on s'interrogeait. Chacun disait à son voisin ce qu'il savait sur la solennité qui se préparait. Un garde-magasin, assis sur le perron de la cathédrale, racontait comme quoi la marine avait prêté la guillotine pour l'exécution, et avait même poussé les procédés jusqu'à proposer son bourreau, la vertueuse administration! Lui qui parlait, il était sûr de ce qu'il avançait, car le *coupe-tête* était dans ses magasins, c'était lui qui l'avait livré.

Et le brave homme, en disant cela, levait le front

plein d'un orgueil digne et pacifique, et ceux qui l'entouraient le regardaient avec une admiration naïve.

Puis un autre spectateur racontait comment le bourreau de Quimper était arrivé la veille par la diligence; il l'avait vu : c'était un bel homme, qui avait des breloques et des boucles d'oreilles.

Il y en avait aussi qui parlaient des condamnés, qui les avaient connus, et ceux-là on les entourait, on les écoutait avec un curieux étonnement.

Au milieu de tout ce tumulte, quelques bourgeois passaient rapidement en témoignant leur dégoût pour cet empressement du peuple à voir décoller un homme. Cependant ils étaient tous amis de la peine de mort; tous parlaient de la nécessité de *l'exemple* : seulement ils ne voulaient pas que le peuple vînt s'instruire en le voyant. Puissants logiciens ! dont les noms figuraient aux listes des électeurs à titre de capacités légales.

Mais, parmi eux, il y en eut un surtout dont toute l'âme se bouleversa d'indignation et de pitié à la vue de la foule qui entourait l'échafaud. Il traversa la place presque en courant.

— Les monstres ! murmura-t-il; peut-on voir couler le sang d'un homme !

Et il pleurait presque, le bourgeois au cœur d'agneau.

Or celui-là était un des jurés qui avaient condamné au couteau ceux qui allaient mourir !

Pendant que ce drame se jouait en plein air, un autre s'achevait au fond de la noire prison; c'était le *dernier jour des condamnés*.

Barazer avait éprouvé pendant la nuit qui venait de s'écouler toute l'agonie de cette mort à heure fixe qui l'attendait. Son âme n'était pas assez fortement doublée de croyances pour soutenir un tel choc : il résolut de cher-

cher les moyens d'arriver à l'oubli de sa peur. C'était un
homme qui connaissait ses droits, et qui avait vendu
sa vie à bon escient. Il demanda au geôlier ce qu'il lui
fallait pour s'étourdir dans l'ivresse, et celui-ci s'empressa
de le satisfaire; car il savait que rien ne devait être refusé
au condamné le jour de son exécution. La justice humaine l'avait ordonné ainsi, afin sans doute qu'en entou-
rant le malheureux qui allait périr de toutes les aisances
de la terre, il lui parût plus dur de quitter nos joies, et
qu'il se reprît avec plus de désespoir à cet appât de la vie
qu'on lui jetait au bord de la tombe.

Quant à Marguerite, quelques lambeaux de foi chrétienne avaient surnagé dans son âme; elle s'y rattacha
avec ardeur, et chercha de la force dans la confession et la
prière. Le murmure de ses litanies, psalmodiées à haute
voix, se mêla bientôt aux chants d'ivrogne de son complice, et l'on put apprendre que tous deux cherchaient
secours dans les deux seules consolations qui puissent
rester au cœur du peuple au bout de l'existence : Dieu et
l'eau-de-vie !

Cependant l'heure était venue; la charrette, chargée
des deux victimes, quitta la prison. Barazer, presque
privé de sentiment par l'ivresse, y avait été couché dans
toute sa longueur; il parut s'assoupir au bruit monotone
de la foule qui l'environnait. Marguerite, le crucifix serré
sur sa poitrine, priait dévotement, tandis qu'entre eux
deux était assis le prêtre, tout pâle et comme chancelant
sous le poids de son ministère.

Ils arrivèrent ainsi jusqu'à la rue Saint-Yves; mais là,
des cris et des sanglots se firent entendre; la foule s'ouvrit, et une femme s'élança tenant un enfant suspendu
à son cou.

— Ma mère ! criaient deux voix déchirantes, ma mère !

Marguerite tendit les bras : c'était Catherine et sa petite Marie.

La charrette s'arrêta; la jeune fille passa l'enfant à sa mère par-dessus les bords du tombereau.

Alors, ce fut pitié de voir celle-ci se cramponner au cou de la pauvre paysanne. Elle serrait dans ses petites mains toutes frémissantes la figure maigre et pâle de Marguerite; elle enlaçait ses petits pieds au flanc de la condamnée; elle collait son petit corps à sa poitrine jusqu'à ne pouvoir respirer. Et c'étaient des convulsions de douleur! et parmi les cris, les baisers, les morsures, elle répétait :

— Mère, je ne veux pas que tu meures; reste avec moi, mère; mère, que vais-je devenir? Je ne veux pas que tu meures!

Puis elle priait les gendarmes, elle priait le peuple, elle priait le prêtre, et tous baissaient la tête sans lui répondre; quelques-uns seulement pleuraient.

Marguerite cherchait en vain assez de forces pour consoler le désespoir de Marie. Son cœur se fondait sous les caresses de ses deux filles.

Car Catherine était aussi montée près d'elle. La pauvre mère les entoura de ses deux bras, et laissa aller sa tête sur leurs têtes rapprochées.

La foule regardait et sanglotait.

Mais la charrette avançait toujours.

Déjà elle avait tourné la rue Saint-Yves et entrait dans celle de la Mairie. Catherine, qui avait levé les yeux, tressaillit et se jeta sur le sein de sa mère.

Elle venait d'apercevoir de loin la guillotine!

Marguerite se sentit comme relevée à cette vue. Elle regarda ses enfants et le crucifix qu'elle avait abandonné pour eux; puis, prenant les deux mains de la petite Marie, elle les posa sur la croix avec un mouvement plein de ferveur.

— Dieu aura pitié de toi, enfant, dit-elle; Dieu est juste, il sait que je n'ai pas mérité de mourir.

— Je ne veux pas que tu meures! répétait l'enfant égarée.

— Paix, ma fille, paix, ma Marie! murmura la condamnée en berçant la petite sur son cœur, avec cette cajoleuse tendresse de mère; ne pleure pas ainsi!

Alors le prêtre, qui jusqu'à ce moment avait gardé le silence, se mit à parler: il exhorta la femme qui allait mourir à mettre son cœur à nu, et à ne rien cacher à cette heure suprême.

Et, la main sur la tête de son enfant, la femme répéta qu'elle était innocente du sang qui avait été versé.

Le prêtre alors lui donna l'absolution de ses fautes, et ils prièrent tous deux.

Enfin la charrette s'arrêta : ils étaient arrivés.

La place ondoyait de têtes aussi serrées que les épis d'un champ au moment de la moisson. La pluie qui commençait n'avait pu dissiper cette multitude; tous les yeux étaient tournés vers l'échafaud.

Barazer y fut porté encore ivre, et sa tête tomba.

— Maintenant, à l'autre! dit le bourreau.

Mais l'autre ne montait pas. Un mouvement s'était fait au pied de l'échafaud, et, de loin, on entendit des cris et des sanglots; on voyait des femmes se presser, entrelacer leurs bras, et, au milieu du trouble, une tête d'enfant qui apparaissait de temps en temps, blonde et échevelée.

Tous les yeux étaient tournés de ce côté; chacun se haussait pour voir, chacun s'étonnait de ce long retard.

Déjà le bourreau avait crié :

— Plus vite, donc! ne voyez-vous pas qu'il pleut?..

Une femme enfin parut sur la fatale échelle, soutenue

par un valet. Arrivée sur la plate-forme, elle se mit à genoux, le prêtre la bénit et lui donna à baiser le crucifix. Alors elle se leva.

Ses yeux semblèrent chercher quelque chose au pied de l'échafaud ; ses bras s'étendirent, puis, comme subitement privée de sentiment, elle se laissa tomber dans les bras de l'homme qui l'avait aidée à monter. Il y eut un instant de silence. On entendit un coup mat et sourd. Deux grands cris partirent en même temps.

. . . .

La foule se retira lentement.

. . . .

Environ une demi-heure après on vit passer dans la rue de la Mairie une troupe de filles de joie soutenant une de leurs compagnes éperdue. Derrière, venait une d'entre elles portant dans ses bras une enfant dont les traits étaient gonflés et les joues humides de larmes.

Deux jeunes gens qui passaient s'arrêtèrent.

— Est-ce la petite de la femme que l'on vient de guillotiner ? demanda l'un d'eux à la fille qui portait Marie.

— Oui, Monsieur.

— Pauvre enfant, que va-t-elle devenir ? murmura le jeune homme en se tournant vers son compagnon.

— Heureusement qu'elle est jolie, répondit l'autre.

Tous deux sourirent finement, firent décrire deux ou trois circonférences aériennes à leurs cannes de fer creux.

Et ils entrèrent au café.

FIN DE LA FEMME DU PEUPLE.

LA GRISETTE

> Avec ces balivernes elle prendra des désirs de
> grandeur et d'ambition qui la feront rougir de
> mon état. Elle oubliera que son père n'est qu'un
> pauvre musicien, et finira par refuser quelque
> bonnête garçon qui m'eût succédé.
>
> SCHILLER (l'Amour et l'Intrigue).

L'horloge de Saint-Pierre de Rennes venait de sonner
sept heures; l'air était encore brûlant, seulement un vent
parfumé s'élevait par rafales de dessus les tilleuls, et faisait tourbillonner la poussière sur la place du Calvaire.
Une foule d'élégants promeneurs se rendaient de toutes
parts sur le Mail. Quelques vieilles femmes et deux ou
trois paysans étaient agenouillés sur les marches de la
belle croix de mission qui s'élève en face de la grille.

A cette époque, le canal ne passait pas encore devant

cette promenade, et à sa place se trouvait une vieille rue, composée de quelques maisons de peu d'apparence, qui conduisait au faubourg de Brest. Dans la plus petite de ces maisons, presque vis-à-vis l'Avant-Mail, à la fenêtre d'une mansarde, une jeune fille était assise, penchée sur un ouvrage de couture qu'elle oubliait de temps en temps pour regarder par la fenêtre.

C'était une gracieuse enfant, d'environ dix-huit ans, belle de cette beauté allemande particulière aux Rennoises: blonde et blanche, avec des yeux bleus et une taille élancée.

Un coup rude frappé à sa porte la fit tressaillir; et, presqu'au même instant, un ouvrier en habit de travail entra dans la mansarde.

— Bonjour, ma petite Anna; comment ça va-t-il aujourd'hui?

La jeune couturière sourit, se leva à demi, et montra au nouveau venu une chaise placée près d'elle.

— Je suis bien, Bastien; j'étais seulement inquiète de ce que vous deveniez.

— N'allez-vous pas croire déjà que je vous avais abandonnée, ma princesse? N'ayez donc pas peur, allez; les maçons sont des amoureux solides, ça; y bâtissent leurs sentiments à chaux et à sable. Ah! ah! ah!

Et l'ouvrier accompagna cette lourde plaisanterie de ce rire grossier et sans intelligence si fréquent chez les hommes du peuple.

— Je pensais que vous aviez eu de l'ouvrage à la campagne?

— C'est précisément ce qui m'est arrivé. J'ai eu un marché pour des écuries à construire; ça va être achevé la semaine prochaine.

— Et avez-vous fait une bonne affaire, Bastien?

— Pas trop bête, mon cœur; j'espère bien tirer une bonne somme du bourgeois; aussi, je venais m'informer quand il vous conviendra que nous en finissions pour notre mariage; car, voyez-vous, je suis pressé, moi. Ah! ah! ah!...

— Vous savez bien, Bastien, que je désire attendre que j'aie vingt ans. Ma mère ne voulait pas que je me mariasse avant cet âge.

— Ah ben, oui. Mais la bonne femme est morte, ça ne la regarde plus.

— Les volontés de ma mère n'en sont pas moins sacrées pour moi, parce que j'ai eu le malheur de la perdre, dit Anna, dont les yeux étaient devenus humides et la voix tremblante.

— Je ne dis pas; mais c'est pas une raison. V'là six mois déjà que j'attends, moi. Et si ça continue, je vous avertis d'une chose, d'abord : c'est que je prendrai du chagrin, et quand j'ai du chagrin, je ne sors pas du cabaret.

— Pensez à l'avenir, Bastien; dans deux ans vous pourrez avoir fait quelques économies, moi de même; nous commencerons avec une petite aisance, nous l'accroîtrons, nous donnerons de l'éducation à nos enfants. Cela ne vaut-il pas mieux que de nous jeter imprudemment dans toutes les misères du ménage?

— Ah bah! je comprends rien à tout ça. L'ouvrier, il faut qu'il gagne le matin ce qu'il doit manger le soir. Voyez-vous, que nous ayons le pain quotidien, comme dit le catéchisme, et de temps en temps de quoi faire une goguette avec les amis, je ne demande pas autre chose. Puis arrivent les enfants! N'y a jamais trop d'honnêtes gens.

— Et si l'ouvrage manque, si la maladie vient, si les enfants ont faim ou froid?

— Peuth!..... on a toujours le plaisir de les faire. Et

puis, comme dit l'autre : ma foi, l'hôpital des enfants trouvés est pour tout le monde!...

— Ah! quelle affreuse chose vous dites là, Bastien !

La jeune fille, toute rouge et l'œil étincelant, se détourna brusquement du jeune ouvrier.

— Faut pas vous fâcher pour ça, Anna. Mais, au fait, voyez-vous, je ne comprends pas toutes vos raisons. Vous êtes une savante, vous, vous avez été au couvent.

— Je ne suis pas une savante; mais cela me met en colère, cela me fait mal, de vous entendre parler ainsi. Savez-vous, mon Dieu! combien d'amour et de soins nous devons à ces pauvres petits êtres à qui nous avons donné la vie?

— Ah! parbleu! je sais bien qu'y faut les nourrir; mais quand on ne le peut pas!...

— Et c'est précisément ce qui me faisait vous dire qu'il valait mieux attendre.

— Attendre, ça vous est facile à dire à vous, parce que vous n'aimez pas.

— Je vous ai dit vingt fois, Bastien, que j'avais de l'amitié pour vous.

— Ah ben, de l'amitié, beau fichu sentiment ! Vous auriez de l'amour peut-être si j'étais un monsieur.

— Bastien...

— Vous êtes fière, parce que vous avez reçu de l'éducation; vous méprisez les ouvriers.

— Mais Bastien...

— Au reste, y faut pas que ça vous gêne, voyez-vous; parce que moi, j'aime pas qu'on ait l'air de m'humilier. Vous vous déciderez à dire oui ou non, et pas plus tard que tout de suite, parce que ça me chiffonne de ne savoir sur quel pied danser. Voyons, Mam'selle, voulez-vous ou ne voulez-vous pas de moi?

— Je ne vous répondrai pas ; vous n'êtes pas assez calme pour me comprendre.

— Alors c'est entendu ; ça veut dire : va-t'en voir si je suis dans la rue. Grand merci, mam'zelle Anna, je ne me le ferai pas dire deux fois !...

En parlant ainsi, Bastien avait pris son chapeau et s'était dirigé vers la porte. Anna fit un mouvement pour l'arrêter, puis elle le réprima. La brutalité de son amant l'avait irritée.

— Adieu ! cria Bastien.

— Adieu, murmura-t-elle.

Le jeune ouvrier sortit en frappant la porte avec force. Anna secoua la tête et soupira.

Il y avait trois jours que cette scène avait eu lieu ; l'ouvrière était encore à sa fenêtre, la tête appuyée sur une de ses mains et regardant passer la foule ; car c'était un dimanche.

Anna n'était qu'une fille du peuple ; mais une petite aisance, résultant d'une pension viagère dont jouissait sa mère, avait permis à celle-ci de donner à sa fille quelque instruction. Anna avait suivi, comme externe, les leçons des dames du *Sacré-Cœur*. Là, elle s'était trouvée en contact avec d'autres petites filles d'une classe plus aisée. Elle avait remarqué tous les priviléges de la richesse, priviléges si sensibles pour les enfants, ces éternels défenseurs de l'égalité ! Peut-être son cœur en avait-il été froissé ; peut-être s'y était-il glissé quelque idée d'ambition enfantine, quelques rêves d'une robe plus belle que sa robe fanée, d'un chapeau de paille plus élégant que son petit bonnet à trois pièces, d'un goûter plus délicat que son pain noir presque sec ; car l'enfance est intelligente et épicurienne : elle comprend l'injustice des partages inégaux et aspire à ce qui fait ses joies presque aussi ardem-

ment que l'âge mûr. Aussi, Anna était sortie, par les
goûts, de sa condition. Elle avait entrevu ce que la vie
aisée a de poétique et riant. Souvent collée à la porte d'un
jardin, elle avait admiré ces jolies petites filles, courant
avec leurs beaux souliers rouges, au milieu des allées sa-
blées, cueillant des fleurs à volonté, ayant de hautes poupées, avec lesquelles elles pouvaient causer, de beaux
petits gants pour garantir leurs blanches petites mains, et
de grandes bonnes qui les portaient dans leurs bras quand
elles étaient fatiguées.

Elle avait contemplé tout cela, elle, pauvre enfant en
sabots, dont les mains étaient rouges et gonflées par les
engelures, et qui n'avait d'autre jouet que quelques lambeaux d'une vieille robe de coton. Plus tard, devenue
grande jeune fille, après avoir entendu clouer sa mère
dans une châsse, il lui avait fallu travailler pour vivre, se
lever avec le soleil, se coucher tard, tandis que les joyeuses
enfants qu'elle avait enviées autrefois, et qui, comme
elle, avaient grandi, elle les reconnaissait chaque jour
passant devant sa fenêtre, brillantes de velours et de soie,
appuyées sur le bras de charmants cavaliers, rieuses, fo-
lâtrant sous les allées du Mail, et respirant l'air et la vie à
pleine poitrine. Ces tristes réflexions préoccupaient souvent Anna; de sa petite fenêtre il lui semblait assister à
l'existence comme à une fête à laquelle elle n'était point
invitée et dont elle ne prenait point sa part. Et puis la
douce jeune fille sentait, depuis quelque temps, je ne
sais quelle ivresse lui monter du cœur au cerveau!
Elle soulevait plus fréquemment le rideau de sa fenêtre, aux heures de la promenade, pour voir passer
les étudiants et les jeunes avocats. Elle les trouvait
plus beaux, elle se plaisait à les suivre de loin sous les allées; deux ou trois fois même, quand elle avait mis ses

papillottes, dit ses prières et éteint sa lumière, entre la
veille et le sommeil, songeant à demi, elle avait vu un de
ces élégants jeunes gens assis près de sa chaise à ouvrage,
la regardant et lui parlant comme aux demoiselles qui
passaient devant le Calvaire. C'était vers cette époque
qu'elle avait revu Bastien, qui, dans son enfance, avait été
son voisin, et qui revenait de faire son tour de France.
Bastien était bon, à sa manière, c'est-à-dire qu'il n'eût
voulu faire de mal à personne, et qu'au besoin il eût
donné son argent et son sang pour secourir un ami ; mais,
à part cela, Bastien avait tous les défauts de sa condition :
il était sauvage et impérieux, intempérant parfois, dé-
pourvu de cette intelligence délicate qui rend les rapports
affectueux et doux ; uniquement occupé de l'existence ;
pour lui, vivre, c'était faire ses quatre repas et puis dormir ; aimer, c'était avoir une femme et des enfants. Cela
n'était point la réalisation des vagues espérances d'Anna,
aussi avait-elle reçu avec une sorte d'embarras la demande
que Bastien avait faite de sa main. Elle s'effrayait de ce
ménage si dépoétisé qu'il faudrait accepter dans cet ac-
couplement tout animal de deux êtres qui ne pouvaient
se comprendre ; de ces fatigues qui allaient dévorer sa
santé, sa jeunesse, sa beauté !... Car elle savait combien les
femmes d'ouvriers deviennent bientôt vieilles, et la pauvre
jeune fille trembla à l'idée de se flétrir si vite au souffle
de la misère, et de ne plus voir les hommes se détourner
et sourire à son passage. Comme il arrive toujours en pareil cas, elle trouva mille sages raisons pour appuyer ses
désirs. Était-il prudent d'unir ainsi deux misères, et de
s'endormir insoucieux au risque d'être éveillés par la famine, frappant à la porte le lendemain ? N'était-ce pas un
devoir pour elle d'assurer d'avance l'avenir, et d'avoir à
donner aux enfants qui lui naîtraient un autre abri que ses

faibles bras? Ces réflexions avaient pris chaque jour plus
de gravité à ses yeux, et lui avaient donné la force de résister aux sollicitations maladroites de Bastien.

Hélas! elle ne se disait pas, la jeune fille, qu'elle eût
accepté un désert avec un de ces messieurs qu'elle voyait
passer chaque jour !

II

UN VIS-A-VIS.

Je la voyais, de ma fenêtre,
A la sienne tout cet hiver ;
Nous-nous aimions sans nous connaître ;
Nos baisers se croisaient dans l'air.

BÉRANGER.

— Que diable regardes-tu dans la rue, depuis le temps, Fontaine ?

— Je parie qu'il étudie la physionomie de quelque chien qui se chauffe au soleil, ou bien qu'il compte les pavés pour en faire une statistique à la manière de Dupin, et établir que l'instruction des villes de France est en raison inverse de la propreté des rues.

— Laissez donc, le particulier n'est pas si mathématicien que vous le croyez ; je gage, moi, qu'il a vu quelque petite ouvrière défaire ses papillottes.

6

Et toutes les voix reprirent en même temps :

— Que regardes-tu là, Fontaine; voyons, que regardes-tu?

Le jeune homme auquel ces interpellations étaient adressées, nonchalamment appuyé sur un petit balcon de bois, semblait regarder attentivement sur la place du Calvaire. Il se détourna vers ses amis, en souriant avec calme et douceur :

— Je regarde la croix de mission, dit-il avec une parfaite tranquillité.

Ce fut un éclat de rire général.

— Je pensais, ajouta le jeune homme, comme s'il n'eût pas entendu ces rires et comme s'il se fût parlé à lui-même, je pensais que nous devrions nous découvrir, incrédules que nous sommes, devant ce calvaire; car c'est un symbole terrible et touchant. Le Christ crucifié est l'incarnation de toute pensée nouvelle, de toute tentative de progrès et d'émancipation. Le Christ, c'est le génie que les contemporains couronnent d'épines et que la postérité adore à genoux. Comme il résume bien toutes les histoires, cet homme, sorti du peuple, qui annonce au monde de grandes pensées, que l'on cloue au gibet, et qui avec chaque goutte de son sang laisse tomber sur la foule quelque chose de son âme et de ses croyances!... C'est bien cela, allez; la pensée du génie ne s'incorpore aux masses que sous la forme d'une rosée de sang.

Cette fois personne ne rit, il y eut même un silence.

— Fontaine a encore aujourd'hui son infirmité, dit Édouard, dans la chambre duquel se passait cette scène, et qui achevait alors de s'habiller.

— Tu as formulé très-bien ma pensée, Édouard : c'est réellement ainsi que je regarde la vie. ·

— Fou! fais donc comme nous : considère-la comme

un bol de punch, qu'il faut faire flamber jusqu'au bout. D'où diable, mon cher, te vient cette humeur noire qui fait de toi une perpétuelle paraphrase philosophique?

Fontaine haussa légèrement les épaules, et ne répondit pas.

Qui aurait pu dire, en effet, d'où venait à Fontaine cette manière d'être particulière, si différente de celle de ses compagnons d'âge? Il avait reçu, en apparence, la même éducation; comme eux, il avait appris le latin pendant sept ans, et avait fait des amplifications françaises sur le printemps et les quatre âges de l'homme; rien d'extraordinaire n'avait traversé sa vie, car il n'y avait eu, dans sa famille, ni banqueroute ni succession d'Amérique. C'était, à tout prendre, un garçon qui aurait dû aller au bal à vingt ans, se marier à trente et gagner sa retraite dans une place de percepteur des douanes ou de juge de paix. Et pourtant, il y avait en lui je ne sais quoi d'excentrique, d'étrange, de poétique, qui confondait ses amis et faisait craindre pour sa raison. Au milieu des êtres et des circonstances qui l'entouraient, il faisait le même effet qu'un magnolia qui pousserait, spontanément, dans un carré de choux-navets ou de pommes de terre.

Ses compagnons d'études l'aimaient pourtant, parce qu'il était noble et dévoué. Édouard était surtout lié avec lui d'habitude et d'amitié. La dernière plaisanterie qu'il venait d'adresser à Fontaine termina l'entretien. Les quatre jeunes gens prirent leurs chapeaux et sortirent brusquement; le cours de médecine allait commencer.

Au moment où ils passaient devant la fenêtre d'Anna, une petite main tremblante souleva le rideau, et deux beaux yeux bleus parurent, tout craintifs et tout curieux. La jeune fille avança, avec précaution, jusqu'au bord de sa croisée et suivit du regard les jeunes gens, jusqu'à ce qu'ils eussent disparu. Alors, elle demeura un instant pensive, releva les rideaux, approcha sa chaise de la fenêtre et se mit à travailler.

Il y avait deux mois qu'Anna s'était aperçue qu'elle devenait distraite au travail, songeuse plus que de coutume, et qu'elle sentait une propension inusitée à venir s'accouder à la croisée de sa mansarde. Elle avait remarqué aussi qu'une fois là, ses yeux se tournaient toujours du même côté, que son cœur suivait ses yeux, tout bondissant d'émotion et de désir; enfin, elle s'était avoué que de ce côté était la fenêtre d'Édouard, le jeune étudiant en médecine, qui depuis deux mois seulement habitait le quartier.

Mais qu'y avait-il d'étonnant là-dedans? la pauvre enfant était seule, elle s'ennuyait tant!.. et ce jeune homme avait rompu la monotonie de son existence, avait donné un but à ses observations, une base à ses pensées. Qui n'a ressenti plus ou moins cette sorte de communauté qui naît du voisinage? quelle jeune fille chercheuse et tourmentée de ses rêves n'a eu devant sa fenêtre quelque fenêtre vers laquelle ses yeux se portaient souvent! car un vis-à-vis est quelque chose de notre intérieur; la moitié de nos actions se passent sous ses yeux, la moitié des siennes nous est connue; ce sont deux existences séparées par un simple rideau. A chaque heure du jour on peut dire ce *qu'il* fait, presque ce *qu'il* pense. Le soir, sa lumière avertit *s'il* veille ou *s'il* dort; le matin, en ouvrant sa fenêtre pour respirer l'air et le soleil, son visage est le premier que l'on rencontre. Nous entendons ses pleurs et ses rires, nous apprenons les airs qu'il a coutume de répéter, nous reconnaissons ses vêtements, sa voix, son pas lorsqu'il passe; nous pourrions dire presque ce qu'il est, car nous l'avons vu en corps de chemise et en pantoufles; nous avons vécu avec lui, à travers la rue; c'est un intime auquel nous n'avons jamais parlé. Entre les êtres les plus indifférents on conçoit que cette familiarité muette, cette réciprocité d'observations forme un lien d'intérêt et d'affection; mais si cette communauté d'actions s'établit entre deux personnes capables de se comprendre!.. si le regard qui tombe d'une fenêtre rencontre à l'autre un regard qui lui parle! si la voix qui chante vis-à-vis, est l'écho de celle qui chante au fond de notre poitrine! s'il n'y a qu'une rue entre deux âmes qui s'attirent! oh! c'est alors que le voisinage devient puissant et dangereux; alors que des chaînes mystérieuses courent d'une fenêtre à l'autre, pour rapprocher deux êtres qui se désirent; c'est alors que les rêves réciproques se confondront, se marieront instinctivement, et que les deux cœurs feront ménage, malgré l'étroit espace qui les sépare.

Peut-être en avait-il été ainsi pour Anna et son jeune voisin. Elle, du moins, s'était livrée tout entière à la nouveauté enivrante de cette sensation. Elle avait trouvé dans cette charmante et mystérieuse intelligence, qui s'était établie entre elle et Édouard, un aliment perpétuel pour ses heures de solitude; elle savait son nom pour l'avoir entendu appeler par ses amis, et elle se plaisait à répéter ce nom; elle aimait tous ceux qui le portaient; souvent, assise derrière son rideau et regardant à la dérobée le jeune homme qui travaillait, la folle se mettait à appeler tout bas : Édouard! elle lui parlait en le tutoyant; elle lui répétait ces riens délicieux qui rendent ivre de bonheur; elle lui disait : Que tu as de doux regards, Édouard! que tes cheveux sont beaux quand ils sont relevés ainsi! que ton sourire est facile et bon! Et Édouard lui répondait : Combien tu es jolie, Anna, avec ton petit bonnet de tulle! comme tes mains sont blanches et mignonnes! que je

t'aime, ma sœur Anna !.. Et la jeune fille s'attendrissait
comme si elle eût réellement entendu la voix d'Édouard.

Le soir, elle restait demi-éveillée sous ses rideaux de
serge verte, regardant la lumière qui brillait à la croisée
du jeune étudiant ; et quand cette lumière venait enfin à
s'éteindre : Bonsoir, Édouard, disait-elle. Et près d'elle,
il lui semblait entendre une voix murmurer : Bonsoir,
Anna.

Ces ravissants enfantillages suffisaient pour la rendre
heureuse, occupée.

Édouard aussi avait remarqué la jolie ouvrière ; il aimait à la voir coudre ou broder à sa croisée, si élégante et
si gracieuse ; à la voir briser son fil avec ses petites dents
si blanches, poursuivre, de la pointe de son aiguille, une
mouche qui venait effleurer son visage, ou, parfois nonchalamment pensive, tourner son dé d'ivoire sur la pointe
de ses ciseaux. Il aimait l'entendre chanter à demi voix
quelques motifs d'opéra que lui avait appris l'orgue de
Barbarie ou le violon de l'aveugle ; alors il prenait sa flûte
et répétait, en sourdine, l'air qu'elle murmurait ; et
Anna toute tremblante, rouge jusqu'au front, n'osant lever
les yeux, restait muette dans son enchantement ; car elle
voyait que le jeune homme l'avait entendue et écoutée !

III

LA CONNAISSANCE.

Un siècle de larmes et de chagrin ne peut effacer le bonheur du premier regard, de ce tremblement, de ces paroles balbutiantes, des premières rencontres.

GOETHE (Stella).

Il y avait déjà plus d'un mois que cette communication de fenêtre à fenêtre durait entre la jeune ouvrière et Édouard; elle n'avait pas échappé à tout le monde. Un jour, Fontaine avait vu Anna arroser ses fleurs en jetant quelques regards vis-à-vis à la dérobée, et il s'était détourné brusquement vers Édouard :

— Tu devrais changer de quartier, mon ami, lui avait-il dit, je crois que l'air de celui-ci ne te convient pas.

— Et pourquoi cela? je ne me suis jamais mieux porté.

— Regarde; et Fontaine montrant la fenêtre de la jeune

ouvrière : Il y a là des fleurs dont le parfum enivre dangereusement.

— Tu es fou, je ne sais ce que tu veux dire.

Fontaine avait secoué la tête, et les choses en étaient restées là.

Mais il y avait encore une autre personne qui, à force de surveiller les actions d'Anna, avait fini par concevoir des soupçons : c'était Bastien, qui, depuis la conversation que nous avons rapportée, n'était point revenu chez la jeune fille, mais qui n'avait point cessé de l'observer. Il finit par saisir au passage quelques-unes des œillades que les jeunes gens se lançaient à travers la rue, et il n'en fallut pas davantage pour confirmer ses soupçons. Les hommes du peuple, habitués à ce qu'on se joue de leur ignorance, sont généralement défiants et passent surtout, avec une rare promptitude, du soupçon à la conviction. Il leur suffit de faire une remarque pour en conclure mille autres qu'ils pensent devoir leur échapper. Aussi Bastien ne douta-t-il plus qu'une intrigue existait entre Anna et Édouard. Tout grossier qu'il fût, cette découverte le blessa au vif ; un homme du monde eût caché son dépit, il eût préparé adroitement sa vengeance et la perte de celle qui l'avait dédaigné ; il eût médité longtemps son assassinat : mais l'ouvrier Bastien n'avait ni autant de délicatesse, ni autant d'habileté ; sa langue était comme son poing, brutale, et frappant à découvert. Il alla répéter partout qu'Anna était la maîtresse d'Édouard, et on le crut, parce qu'on aime à croire le vice chez les autres, comme une excuse de sa propre indignité, ou un éloge indirect à ses vertus. Quelques voix pourtant se levèrent pour défendre Anna, quelques voix d'hommes !.. Les femmes souriaient ironiquement, car Anna était jolie ; et comment croire à la vertu d'une grisette qui se permet d'être jolie ! Ce don ne doit-il pas lui être fatal? n'est-ce pas une supériorité, et toutes les supériorités ne sont-elles pas un vice dans notre société?

Et pendant ce temps la pauvre jeune fille ignorait la rumeur accusatrice qui courait. Enfermée dans son nouveau sentiment, elle ne savait rien de ce qui se passait au delà. Sa petite chambre était devenue son monde, sa toile d'araignée. Elle n'avait conscience de ce qui se faisait au dehors que par le contre-coup qui venait y retentir. Elle avait enveloppé son âme dans son amour comme dans une chrysalide, prête à briser cette enveloppe si le soleil du bonheur venait la réchauffer, et à s'envoler vers le ciel radieuse et enivrée.

Les circonstances donnèrent bientôt de nouveaux aliments à son penchant encore naissant.

Madame Bottin, chez laquelle demeurait Édouard, reçut dans sa maison deux nièces dont la mère venait de mourir, et qui n'avaient plus au monde d'autre parent que leur tante. C'était une excellente femme que madame Bottin, gaie, indulgente, sans défiance; une femme de soixante ans, qui permettait aux autres de n'en avoir que dix-huit. Elle tâcha de donner des distractions à ses nièces; et, pour cela, elle installa chez elle, tous les dimanches, une belle partie de *loto-dauphin*. Les *chambriers* furent invités ainsi que quelques voisines, parmi lesquelles se trouvait Anna. Madame Bottin avait bien entendu quelques rapports sur cette dernière; mais elle avait assez d'expérience pour savoir avec quelle légèreté de pareils bruits s'accréditent: puis elle aimait la jeune couturière, parce qu'elle était douce et polie. Jamais il ne lui était arrivé d'aller chercher du feu ou allumer sa chandelle chez Anna sans que celle-ci ne lui donnât un beau tison et ne l'éclairât jusqu'au bas de l'escalier. Jamais elle n'avait éternué devant

la jeune fille sans entendre un : *Dieu vous bénisse!* Le dimanche matin même, il était arrivé, bien souvent, à l'ouvrière, quand elle arrosait et balayait la rue devant sa
porte, d'en faire autant devant celle de la mère Bottin; et
ce sont des services que les vieilles gens n'oublient pas.
Anna fut donc invitée aux parties de *loto-dauphin.* Elle
ignorait qu'Édouard l'eût été également; mais la seule
idée de passer la soirée sous le même toit que lui pensa
la rendre folle de joie. Peut-être le rencontrerait-elle dans
l'escalier; peut-être entrerait-il un instant chez madame
Bottin, pour remettre la clef de sa chambre avant de sortir!.. La pauvre jeune fille ne pensa pas à autre chose toute
la journée. Mais que devint-elle, mon Dieu! lorsqu'en entrant, elle vit Édouard près du foyer, causant avec la
mère Bottin!... Elle se mit à trembler, à rougir, à balbutier si fort que la bonne femme en eut pitié; elle la fit asseoir près d'elle, et bientôt la partie commença.

Je n'essaierai pas de décrire ce que cette soirée eut
d'enivrant pour Anna. Qui n'a éprouvé quelque chose de
semblable aux premières années de la vie? Qui n'a trouvé
délicieux, au sortir du collége, les jeux de gages, les charades et le loto, quand à ces jeux se trouvait la personne
attendue? Oh! à cet âge, il y a en nous tant de poésie à jeter sur les petites choses! le cœur est si riche et si facile
au bonheur! Alors on apprend l'amour comme la vie. Un
regard jeté, un mot interprété, un baiser pris dans une
pénitence, derrière un paravent, sont matière à rêver huit
jours. Heureux temps des sentimentales niaiseries où l'on
appelle sa maîtresse *mademoiselle*, et où il y a plaisir à se
trouver seul avec elle, pour lui parler du beau temps et
des petits fruits!

Édouard aussi trouva bien douce la soirée qui venait de
s'écouler. Elle se renouvela souvent, et chaque fois un

nouveau lien rattachait, l'un à l'autre, les cœurs des deux jeunes gens. Ils ne s'étaient pas dit encore qu'ils s'aimaient ; mais tous deux en étaient sûrs.

Un jour, l'on jouait au *portrait ;* Anna était sur la sellette. Quand vint le moment de répéter tout ce qui avait été dit sur son compte, la jeune fille chargée de recueillir les opinions commença : D'abord, Anna, on m'a dit que vous étiez coquette.

La pauvre enfant rougit.

— Que vous étiez amoureuse.

Elle perdit tout à fait contenance.

— Que vous étiez un ange.

Elle releva ses yeux pleins de larmes, et ses doux regards tombèrent sur Édouard... Un ange ! murmuraient visiblement les lèvres de celui-ci. Oh ! que ce fut un délicieux moment pour la jeune fille !

Cependant elle ne devina pas qui avait dit qu'elle était un ange.

Et elle resta sur la sellette !

Reprends tes sens. Regarde autour de toi : ce
sont les rues que tu ne parcourais que les dimanches pour te rendre modestement à l'eglise.
Tu t'y arrêtes, maintenant; tu parles, tu agis à
la vue de tout le monde. Reprends tes sens, ma
chère, à quoi nous sert tout ceci ?

GOETHE (Egmond).

L'ABBÉ. Vos armes? — RAFAEL. Peu m'importe.
Fer ou plomb, balle ou pointe. — L'ABBÉ. Et
votre heure? — RAFAEL. Midi.

ALFRED DE MUSSET.

Quatre jeunes gens étaient arrêtés devant la porte de
madame Bottin.

— Montez, Monsieur, dit l'un d'eux, en s'adressant à
Édouard, et apportez vos pistolets; je vous attends.

Édouard monta rapidement.

— Ainsi, Monsieur, dit Fontaine à celui qui venait de
parler, c'est un duel avec mon ami que vous voulez ?

— J'aurai son sang, Monsieur, ou il aura le mien.

— Propos de Cannibale!

— Monsieur, voulez-vous m'insulter ?

— Dans quel but ?.... Je ne me battrais pas avec vous, moi !

— Et pourquoi, Monsieur ?

— Parce que j'estime ma vie plus que la vôtre ; parce que, moi, je puis être utile, et que vous, vous ne pouvez être que nuisible.

— Monsieur, vous me rendrez raison...

— C'est la raison, Monsieur, que je voudrais vous rendre. Vous avez déjà porté la désolation dans trois ou quatre familles, en frappant à mort des hommes qui valaient mieux que vous. Aujourd'hui Édouard peut succomber ; mais je ne vous dis qu'un mot, Monsieur : si Édouard meurt, je vous tue, entendez-vous ? non pas en duel, mais comme on tue un chien enragé : mais avec mes deux mains, qui sont assez fortes pour-vous étrangler.

Dans ce moment Édouard descendit. Le duelliste voulut élever la voix.

— Assez, Monsieur, dit Fontaine gravement, ne parlez pas haut de manière à ce que tout le monde se détourne et voie que nous sommes avec vous : je n'aimerais pas à ce que l'on m'aperçût promenant avec le bourreau.

On entendit encore au loin un murmure de voix, et les quatre jeunes gens disparurent.

Un léger cri était parti en même temps d'une fenêtre ; et une jeune fille était tombée à genoux la face contre terre.

Anna avait tout entendu.....

D'abord, ce fut une folie stupide, un abattement sans pensées, sans autre sentiment qu'une atroce douleur ; ensuite vint le délire de la fièvre : la jeune fille courait dans sa mansarde, criait, pleurait, appelait Édouard.

Puis, devenue tout à coup maîtresse d'elle-même, elle prit son châle, et la voilà parcourant le faubourg de Brest, à pas pressés, calme en apparence, rendant les saluts à droite et à gauche ; elle se dirigeait vers les buttes Saint-Cyr.

C'est là d'habitude que les gens bien nés vont s'égorger, et l'on choisit pour cela une carrière abandonnée au-dessous du couvent des *Repenties*. Les duels ont lieu ordinairement le soir ou le matin, à l'heure où l'on entend les chants des recluses et la cloche des prières ! douces harmonies pour l'oreille d'hommes qui vont mourir !

Il était alors six heures du soir. Anna entendait les hymnes tristes et pieuses s'élever du monastère isolé. Il lui sembla qu'on chantait l'office des morts pour son Édouard !

Enfin, elle avait atteint les buttes, elle était au haut de la carrière ; son œil plongea jusqu'au fond... Personne !.. Ce n'était point là qu'ils étaient venus.

La pauvre fille sentit toutes ses forces l'abandonner ; elle tomba assise sur le gazon, et se mit à pleurer amèrement.

Elle demeura longtemps ainsi ; son premier accablement était revenu ; elle se trouvait dans une sorte de demi-évanouissement qui lui ôtait l'exercice de toutes ses facultés.

Quand elle revint à elle, elle voulut se relever, retourner vers la place du Calvaire, pour avoir des nouvelles d'Édouard.

Bientôt la marche ranima son sang, la fièvre lui revint ; elle courut, sans s'arrêter, jusqu'à la porte de madame Bottin : la fenêtre d'Édouard était ouverte et sombre. Édouard n'était pas de retour !

Anna remonta dans sa mansarde, et courut se placer à

sa fenêtre; elle resta là, dans une attente à laquelle il faut à peine comparer celle de la guillotine.

Neuf heures sonnèrent à Saint-Pierre. Édouard n'était pas rentré !

Oh ! que de fois, dans cette horrible incertitude, Anna pencha la tête, croyant reconnaître au loin le bruit des pas et des voix de plusieurs personnes ! Le bruit s'approchait, passait : ce n'était pas lui !

Dix heures sonnèrent; Anna quitta sa fenêtre, où elle ne pouvait plus tenir, et descendit dans la rue. Elle s'assît sur une pierre, posée devant la porte de madame Bottin, et attendit.

Bientôt, elle distingua la marche de deux hommes qui s'approchaient; ils s'arrêtèrent à peu de distance, parurent se dire adieu, et l'un d'eux seulement continua à s'avancer vers Anna.

Elle s'était relevée, la tête en avant, les mains étendues...

Tout à coup elle jeta un cri, et s'élança dans les bras du jeune homme qui venait de s'arrêter devant elle: c'était Édouard.

— Vous ici, mademoiselle Anna ! Mais qu'avez-vous, mon Dieu ! vous tremblez, vous êtes pâle. Au nom du ciel ! qu'avez-vous ?

Mais la jeune fille :

— C'est lui, mon Dieu ! il n'est pas tué ! C'est lui ! le voilà ! Et dans son délire elle serrait les deux mains du jeune étudiant, elle les embrassait, elle les couvrait de larmes.

— Comment, c'est pour moi ! Vous saviez donc que j'allais me battre.

— J'avais entendu de ma fenêtre. Je suis allée aux buttes Saint-Cyr vous chercher.

— Ange du ciel ! dit le jeune homme en la serrant sur son sein.

— Et vous n'avez pas de mal ? répétait Anna. Mon Dieu, il n'a pas de mal ! Oh ! regardez-moi ! il n'est point pâle ! Édouard, oh ! comme j'ai souffert !...

— Anna, mon Anna, est-il possible ! mais tu m'aimes donc ?

— Mon Dieu, si je t'aime !

Et la pauvre enfant le serra dans ses bras avec une passion convulsive, et Édouard ; la tête perdue, entassait les baisers sur ses lèvres !. . . . .

. . . .

. . . .

Le lendemain, lorsque le jour parut, Anna était assise sur les genoux d'Édouard ; la tête appuyée sur sa poitrine, elle le regardait de ses yeux enivrés et tout rouges de pleurs. Elle avait été emportée, demi-évanouie, par le jeune homme jusqu'à sa chambre, et n'en était plus sortie. Bien des larmes avaient coulé dans cette nuit ; larmes de faiblesse, d'amour, de remords ; mais Édouard les avait taries à force de baisers.

La fenêtre était demeurée ouverte depuis la veille. De l'endroit où elle se trouvait, Anna aperçut sa croisée, entourée de rosiers et de pois de senteur ; elle la montra silencieusement à Édouard, et ses yeux se remplirent de larmes.

— Qu'as-tu, mon Anna, mon ange ?

— Je pense, Édouard, à ma mansarde, d'où je sortis hier si malheureuse, et où je vais rentrer ce matin...

Elle s'arrêta.

— Si heureuse, n'est-ce pas ! Oh ! dis si heureuse.

— Oui, Édouard, oui, heureuse. Et pourtant, où nous conduira notre amour ? Si l'on sait, Édouard, que je me suis donnée à toi ! Songes-tu combien je devrai endurer de mépris ?

— Et qui le saura, ma bien-aimée ?

— Personne, je l'espère ; oh, personne, mon Dieu ! Si quelqu'un le savait, comprends-tu, Édouard, que je serais perdue ?

— Et on le sait ! dit une voix rude qui venait de la fenêtre.

Anna et Édouard jetèrent un cri et se levèrent en même temps. C'était un badigeonneur dont la tête paraissait à la croisée.

— Bastien ! cria la jeune fille en tombant sur sa chaise anéantie.

— Et d'où cet homme vient-il ? dit Édouard. Qui vous a permis de vous introduire ainsi :

Il courut à la fenêtre.

— Qui est-ce qui m'a permis ? Mais le propriétaire, apparemment... J'ai fait marché pour badigeonner la maison ; j'ai commencé ce matin. Quand vous avez des femmes chez vous, notre bourgeois, il faudrait au moins fermer la fenêtre ; parce qu'un badigeonneur, voyez-vous, c'est comme l'oiseau, ça voit à tous les étages.

— Bastien !... O mon Dieu ! Bastien ! répétait Anna.

L'ouvrier ricanait et sifflotait d'une manière infernale. Il y eut un silence. Enfin il reprit :

— Je conçois bien, maintenant, pourquoi la princesse faisait la fière avec moi. Un simple maçon, quand on peut avoir un homme bien couvert, et qui porte des chemises de calicot ! Avec cela qu'on a l'agrément de changer !

Anna se tordait les mains, folle de désespoir.

— Finissez, malheureux, vous la faites mourir !

— Laissez donc, Monsieur, nous savons ce que c'est que ça, des pleurs de femme...

— Écoutez, dit Édouard d'une voix basse et tremblante, ne prononcez pas un mot sur ce que vous avez vu; tenez, promettez-moi de ne pas chagriner cette jeune fille.

— Gardez votre argent; je veux rester libre de dire ce qui me conviendra.

— Malheur à vous, drôle! si vous abusez de ce que vous savez.

— Drôle vous-même, entendez-vous; je ferai ce qui me conviendra.

Bastien se laissa glisser, en jurant, le long de la corde à laquelle il était suspendu, et disparut.

V

LA CHAMBRE GARNIE.

Qu'il ait un caprice pour quelque petite ouvrière, qu'il lui fasse la cour, lui conte des sor-
nettes, et même, s'il le faut, lui parle sentiment !.. ce sont des choses que je trouve possibles,
pardonnables, mais !...

SCHILLER (l'Amour et l'Intrigue).

Le lendemain, tout le monde fuyait Anna; les personnes
qui lui fournissaient habituellement du travail lui en refusèrent, par respect pour la morale; et le propriétaire de
la maison où elle se trouvait lui ordonna de chercher un
autre logement, parce qu'il ne voulait avoir chez lui que
d'*honnêtes gens*...

Le propriétaire était un prêteur sur gages, congréganiste
depuis la restauration.

Enfin, les affaires de la pauvre jeune fille allaient chaque jour en empirant, si bien que, repoussée par le monde, elle arriva à faire publiquement divorce avec lui et à s'envelopper dans sa honte, comme dans son seul abri. Elle alla vivre avec Édouard.

Oh ! ce furent quelques jours enchantés, quelques-uns de ces jours de jeunes époux dont la solitude se peuple de caresses et de douces confidences, de ces jours que l'on passe les mains unies et le cœur dans le ciel. Dans cette existence nouvelle de passions, Anna devint plus intelligente, plus sensible. Fille du peuple, initiée tout à coup à l'intimité sentimentale et caressante qui ne se trouve que dans une classe plus heureuse, son cœur s'amollit à cette atmosphère nouvelle; en même temps que ses mains inoccupées devinrent plus frêles, plus blanches, plus délicates, sa pauvre âme se dépouillait aussi de ce *cale* dont l'avait entourée l'habitude du travail et de la peine. L'épiderme de son cœur devint, comme celui de son corps, sensible à un tact trop rude et facile à endolorir : aussi se trouva-t-elle sans force et sans défense pour les jours de douleur.

Ils ne se firent pas attendre longtemps. Au bout de quelques mois, la passion d'Édouard se ralentit. Mille petites souffrances qui s'étaient perdues dans l'immense bonheur d'une union naissante, commencèrent à se faire sentir à lui. On sut qu'il vivait avec une jeune fille, et Dieu sait si cela fit du bruit dans une ville aussi morale que Rennes, où les femmes mariées sont seules à avoir des amants. On cessa de l'inviter aux bals et aux soirées. On le reçut froidement dans les maisons où il avait coutume d'aller. Les jeunes personnes s'abstinrent, par pudeur, de lui parler, et les mamans lui lancèrent d'ironiques allusions. Ses amis même lui firent des observations sur le scandale qu'il causait, en l'engageant à renvoyer Anna où il l'avait prise, Anna, flétrie, méprisée, n'ayant plus de vie que par lui et pour lui! Édouard devint triste de tant d'oppositions contrariantes.

Les embarras matériels se joignirent à ses chagrins d'amour-propre. Il lui fallut songer à l'économie, réformer ses goûts dispendieux de jeune homme; et pour compensation de tant de sacrifices, qu'avait-il? une femme qu'il ne pouvait avouer, ni présenter nulle part; qu'il faisait sortir, en rougissant, quand quelqu'un venait le voir; avec laquelle il n'osait promener que le soir, le long du canal, et en tremblant toujours d'être reconnu!

Édouard n'était pas méchant; mais c'était l'homme de son époque, formé au moule des habitudes de la société actuelle. Les circonstances, l'insurrection momentanée de quelques mouvements passionnés l'avaient jeté, presque malgré lui, hors de la vie commune; mais, arrivé là, il se trouva tout étourdi de sa position. En sentant ces coups d'épingles qui l'égratignaient de toutes parts, le cœur lui faillit, et il se mit à regretter son passé. Il pleura les danses et les soirées, les coquetteries agaçantes des jeunes demoiselles, les duos chantés au piano, les lectures au salon; tous ces petits triomphes de vanité désormais perdus pour lui.

Et pendant ce temps, que faisait Anna? Sans doute qu'elle regrettait de son côté sa douce tranquillité d'autrefois; l'affection, l'estime de ses voisines, les belles promenades à la Prévalais le dimanche avec ses compagnes; sans doute qu'elle pleurait son nom flétri et sa couronne d'innocence changée en couronne d'infamie!

Non!... Anna, qui s'était donnée tout entière, corps et âme, pour un peu d'amour, ne pleurait que la tristesse d'Édouard et son insuffisance à le rendre heureux.

Cependant la famille du jeune étudiant avait été informée de sa conduite et du fâcheux effet qu'elle produisait à Rennes. Plusieurs lettres de sa mère lui avaient déjà adressé des reproches et des menaces à cet égard ; ne sachant qu'écrire, Édouard n'avait point répondu.

Un matin qu'il était sorti, et qu'Anna travaillait au fond de la chambre (car son ami lui avait défendu de se montrer à la fenêtre), la porte s'ouvrit brusquement, et une dame, en habit de voyage, se présenta.

Anna se leva, surprise et troublée.

La vieille dame la regarda fixément.

— N'est-ce pas ici que demeure M. Édouard Sainval ?

— Oui, Madame.

— Et je suis dans sa chambre ?

— Oui, Madame.

— Et d'où vient que vous y soyez, vous ?

— Moi, Madame...

— Qui êtes-vous ?

— Madame.... je suis...

La pauvre fille sentit les larmes qui la suffoquaient et la rougeur qui lui brûlait le visage.

— Eh bien ? dit avec un sang-froid poignant la vieille dame, qui s'était assise.

Anna se mit à pleurer sans répondre.

— Vous êtes sa maîtresse, n'est-ce pas ? On ne m'avait pas trompée.

La vieille se leva.

— Moi, Mademoiselle, je suis sa mère.

— Vous !... Mon Dieu !...

— Moi-même.... On ne m'attendait pas, je suppose.... Et où est mon fils ? Répondez.., vous pleurerez plus tard.

— Édouard est sorti, Madame.

— Où est-il ?

— A son cours.

— C'est bien : alors nous allons terminer ayant son retour. Vous comprenez sans doute, Mademoiselle, pourquoi
je suis venue? Des amis ont eu la bonté de me faire connaître la conduite déréglée de mon fils. Je lui ai écrit plusieurs lettres, qui sont restées sans réponse; enfin, je me
suis déterminée à venir moi-même pour faire cesser ce
scandale. Écoutez-moi, Mademoiselle : je ne suis pas dans
l'intention de vous faire des reproches : avec des femmes
de votre genre, ce serait peine perdue; mais je veux que
vous quittiez mon fils à l'instant même ; et comme je déteste le bruit, comme je veux éviter toute sale discussion,
voici un billet de trois cents francs que vous pouvez emporter. Maintenant, que tout soit fini, et retirez-vous.

— Mademoiselle, vous m'entendez?

— Eh bien, m'entendez-vous?

Anna demeura sans mouvement, les yeux grands ouverts, les deux mains pendantes, la bouche entre-bâillée. La
vieille dame lui saisit rudement le bras.

— Veuillons en finir. Vous m'avez comprise, n'est-ce
pas? Je veux que vous ayez quitté cette chambre avant le
retour de mon fils.

— Grâce, Madame! cria la jeune fille, en tombant par
terre à deux genoux; grâce, mon Dieu!

— Assez, assez! je n'aime pas les scènes. Ne m'obligez
pas à avoir recours à la force pour vous faire quitter cette
maison.

— Madame!... oh, Madame, au nom du ciel, ne me
chassez pas ainsi! Laissez-moi le voir encore une fois!...

— Pour tâcher de le séduire, n'est-ce pas? pour le préparer à la désobéissance?

— Oh! non, mon Dieu! non!... mais pour lui dire
adieu, pour l'embrasser!

— Quelle impudence! l'embrasser!

— Madame, si vous saviez!... c'est que je l'aime!...
Mon Dieu, je l'aime bien, allez!... Je me suis perdue pour
Édouard!... perdue... Je lui ai sacrifié ma réputation!

— Une réputation de couturière!... Et sans doute ce
n'était pas la première fois que vous en faisiez le sacrifice?

— Oh! Madame, ne dites pas cela; au nom du ciel!...
J'étais pure; oh, croyez-moi donc!... j'étais pure... Demandez à tous ceux qui me connaissent!... Madame!...
Mais regardez-moi donc : est-ce que j'ai l'air d'une fille
de la rue?... est-ce que vous ne voyez pas comme je souffre?... Si vous saviez combien je l'aime!... Sa femme ne
l'aimerait pas davantage, sa femme ne lui serait pas plus
fidèle. Informez-vous dans la maison. Je ne vois que lui,
je ne parle qu'à lui; jamais je n'ouvre, même la fenêtre,
parce qu'il me l'a défendu. Madame, ne me l'arrachez
pas, au nom du ciel! ne me l'arrachez pas!

— Vous êtes folle, Mademoiselle.

— Non, oh non! mais c'est qu'Édouard, c'est ma vie,
voyez-vous, c'est mon âme! Si vous me l'ôtez, autant vaut
me tuer. Je me suis habituée à le voir, à entendre sa
voix. Madame, permettez-moi de rester près de lui comme
sa domestique, sous quelque nom que ce soit; mais que je
le voie, mon Dieu! je vous en prie à deux genoux, mains
jointes... que je le voie!

— Je suis fâchée que vous mettiez tant d'exaltation
dans tout ceci, dit la vieille dame d'une voix un peu
moins rude; il se peut que vous soyez moins coupable que
vous le paraissez; mais cela ne me regarde pas. Je suis
venue pour faire cesser l'inconduite de mon fils. Demain
je repars avec lui : ainsi, résignez-vous à ne plus le revoir
et à l'oublier.

- — Madame, mais cela n'est pas possible!... Lui partir!... Comment, moi rester seule!... oh! mais j'en deviendrais folle!...

Et Anna, au comble de l'égarement, se relevait, bondissait, délirante!

Tout à coup elle saisit la main de madame Sainval, et, la portant sur son sein :

— Sentez-vous, Madame, sentez-vous?... c'est mon fils!... je suis enceinte!

— Malheureuse! s'écria la vieille dame, toute pâle de colère, oses-tu bien avouer cette preuve de ton infamie?

— C'est le fils de votre fils! reprit Anna en croisant ses mains et en pleurant.

— Et qui m'en assurera?

— Madame, oh! Madame, devant Dieu, c'est son fils!

— Auriez-vous la prétention de le faire reconnaître à ce titre? vous croyez peut-être m'effrayer ainsi par la crainte d'un éclat?

— Non, mon Dieu; mais c'est son fils... le vôtre... Que deviendra-t-il?

— Vous ne devez pas être si ignorante à cet égard, Mademoiselle; vous savez bien qu'il y a un tour aux hospices.

Jusqu'alors Anna avait gardé une attitude suppliante; mais, froissée jusqu'au dernier repli de son cœur, atteinte dans son précoce amour de mère, la faible jeune fille redressa tout à coup son front couvert d'une pâleur de mort; elle se leva de toute sa hauteur, droite et noble.

La vieille dame la regarda.

— Prenez ce billet de banque, Mademoiselle, et finissons-en.

Anna prit le billet de banque, le déchira froidement, et

retourna à la chaise qu'elle occupait lors de l'arrivée de madame Sainval.

— Attendons votre fils, Madame, dit-elle avec calme; nous sommes chez lui; et elle s'assit.

En vain la mère d'Édouard essaya de l'arracher à son noble silence; elle ne put obtenir d'elle un seul mot.

Furieuse, elle s'avança vers la porte :

— Adieu donc, je vais attendre son retour, mais il ne montera pas, même jusqu'à cette chambre, misérable! et vous ne le verrez plus.

Anna ne fit pas un mouvement, pas un geste, et la vieille dame sortit brusquement de l'appartement.

. . . .

. . . .

Édouard Sainval était de retour dans sa ville natale. Son départ avait été quelque peu difficile à obtenir. Une sorte de pudeur de cœur le forçait à la résistance. Il voulait voir Anna avant de la fuir; mais madame de Sainval était une femme de tête, une de ces femmes qui mènent leurs maris pendant leur vie, continuent leurs affaires après leur mort, marient leur fille à âge fixe avec un bon contrat de mariage, et ne permettent à leur fils d'aimer qu'avec assurance de dot. Du reste, probe et juste, tenant sa conscience en partie double, comme ses affaires, mais sans y avoir jamais ouvert de compte à l'article sentiment.

On conçoit qu'avec une telle mère Édouard dut céder; peut-être y eut-il dans son combat plus de remords que de vraie douleur; peut-être ne fut-il point fâché de rompre avec une situation qui avait dérangé ses habitudes, et de rentrer dans la vie vulgaire. La plupart des hommes sont ainsi, et ne demandent dans un engagement qui les gêne qu'une occasion de manquer de parole.

Cela s'appelle, je crois, dans le monde, *profiter de l'occasion*.

Édouard profita donc de la violence que lui faisait sa mère pour abandonner Anna, l'honneur sauf. Il lui écrivit une lettre de rupture, pleine de nobles sentiments, et dans laquelle il se représentait comme la seule victime immolée. Il y joignit une traite, comme escompte de son amour, et partit avec sa mère, assuré d'avoir agi en homme de cœur. Arrivé dans sa famille, on convint d'essayer à le distraire. Il y eut chez les cousines des dîners après lesquels on fit des duos de guitare, des soirées où l'on servit des tartines de beurre et du sirop de vinaigre. Puis vinrent les parties de vert, les repas sur l'herbe, les rondes dansées à la voix et tous les autres plaisirs qui rendent si délicieux le séjour des petites villes. Édouard ne put résister à tant de séductions : il retrouva toute sa gaieté, et les vacances passèrent ainsi.

VI

L'HOSPICE.

Et de quoi se plaint le peuple , n'a-t-il pas
l'hôpital ?
            Réponse d'un membre du parlement
            de Bretagne.

Dans une salle de l'hospice civil de Rennes, deux hommes se trouvaient près du lit d'une femme malade, qui paraissait plongée dans une sorte de sommeil d'accablement. L'un était le médecin, l'autre un élève.

— Eh bien, monsieur Fontaine, dit le premier, cette jeune fille est toujours dans la même situation ?

— Toujours, Monsieur.

— Des sueurs, la respiration courte, les pommettes colorées, n'est-ce pas ?

— Oui, Monsieur.

— C'est bien ce que j'avais prévu, dit le docteur avec un air de tranquille satisfaction et en prenant une prise de tabac ; seulement, je ne puis être sûr que le foie soit attaqué : il faudra voir cela, Fontaine. Cette jeune fille ne passera peut-être pas la journée; vous aurez soin d'en faire l'autopsie avec attention.

Fontaine baissa la tête, et une larme roula dans ses yeux.

— Ceci est très-important, voyez-vous ; car j'ai dans ce moment trois dames attaquées de la même affection, la femme de l'avocat général entre autres. Il est heureux que cette jeune fille nous soit venue; son autopsie pourra me servir singulièrement dans mon traitement.

Le docteur s'éloigna et s'arrêta à un autre lit.

Cependant, au bout de quelques minutes, la malade sembla se ranimer. Elle promena autour d'elle des yeux atones et ternis.

Presqu'au même instant le jeune élève s'approcha.

— Eh bien, Anna, comment vous trouvez-vous maintenant ?

— Mieux, bien mieux, j'ai dormi ; mais je suis si faible encore... Je m'ennuie, monsieur Fontaine; est-ce que je ne verrai pas mon fils ?

Le jeune homme tressaillit.

— Plus tard, Anna ; cette vue, maintenant, ne ferait que vous émouvoir et retarder votre guérison.

— Est-il bien, mon fils ?

— Très-bien, Anna, répondit Fontaine en baissant la voix...

Depuis trois jours il était mort.

Anna resta un moment silencieuse; puis, tendant la main à Fontaine, avec ce sourire indéfinissable de malade d'une tristesse à briser le cœur :

— Comme vous êtes bon pour moi, monsieur Fontaine!
dit-elle avec une ravissante douceur. Que serais-je devenue sans vous, qui m'avez donné du courage? car maintenant j'en ai, allez. Je sens bien que je dois me guérir
pour mon fils. Je veux travailler pour l'élever; je subirai
toutes les humiliations dont l'on voudra m'accabler; j'irai
mendier, s'il le faut, avec mon petit Édouard dans mon
tablier; mais il ne me quittera pas, du moins. Je dois remercier le ciel de ce que c'est un garçon : les garçons sont
bien plus heureux dans ce monde; quand ils naissent
pauvres, ils peuvent devenir riches en travaillant; s'ils
aiment quelqu'un, ils ne sont pas déshonorés pour cela.
Oh! j'aurais bien voulu être un garçon, moi!

Elle se tut un instant, croisa ses mains longues et maigres, et laissa deux larmes couler le long de ses joues
flétries.

Fontaine se pencha sur elle.

— Chère Anna, éloignez ces tristes souvenirs.

— Oui, oui, vous avez raison, cela me fait mal; et
puis l'on me voit pleurer, et les autres femmes de la salle
se moquent de moi. Oh! c'est encore cela, monsieur Fontaine, qui m'a fait souffrir quand je suis arrivée ici!
Toutes ces femmes riaient quand elles m'entendaient me
plaindre; elles m'appelaient hypocrite, et disaient que je
ne faisais ainsi la repentante que pour me mettre bien
avec les sœurs. Comme je trouvais dur, alors, d'être ainsi
dans une salle avec tout le monde! de ne pouvoir cacher
mon chagrin, prononcer son nom! Comme les riches sont
heureux d'avoir une chambre à eux tout seuls, pour pleurer et mourir!... Je n'étais jamais venue ici; mais c'est
horrible, l'hôpital!

Elle se tut de nouveau, et, cette fois, elle sembla céder
à un de ces assoupissements subits qui saisissent les per-

sonnes gravement malades. Son œil se referma et s'ouvrit alternativement pendant quelques minutes ; puis, elle s'endormit entièrement.

Le jeune homme quitta son lit. Il y avait déjà quatre mois qu'Anna languissait à l'hospice, et que Fontaine lui donnait des soins. Pendant sa longue maladie, il avait pu connaître cette jeune fille, et lui avait voué un profond sentiment de tendresse. Peut-être même qu'un regret instinctif s'était éveillé en lui à la vue de ce cœur si bien appareillé au sien, et que le hasard avait jeté hors de sa route ; il pensait avec douleur à cette fatalité qui éloigne l'une de l'autre des âmes sœurs, et qui ne les rapproche qu'au moment dernier, alors que l'une d'elles s'est déjà donnée, et que, fanée, elle n'aspire plus qu'à la mort.

Il se demandait quelquefois pourquoi Dieu n'avait pas marqué au front les êtres exceptionnels, comme une race à part dans la vie ; pourquoi, au milieu de cette tourbe d'âmes nègres, on ne pouvait reconnaître ces quelques âmes blanches, plus délicates et plus intelligentes : créations auxquelles semble dévolu le privilége de la débilité souffrante et des tortures intimes.

Mais toutes ces pensées, Fontaine ne s'y arrêtait pas ; il les repoussait avec force comme de dangereuses rêveries. Depuis quelques jours surtout, il était uniquement occupé d'adoucir autant qu'il dépendait de lui, pour la jeune fille, ses derniers moments qu'il voyait approcher.

L'état d'Anna empira en effet rapidement, comme cela arrive au terme d'une maladie mortelle. Le soir même du jour auquel nous avons repris notre récit, elle était en pleine agonie ; mais, conservant toute sa connaissance et se sentant mourir, elle fit demander Fontaine, qui avait évité de s'approcher d'elle, pour ne point rendre plus

douloureux, par une explication, ses derniers moments
d'existence. Elle le fit asseoir près d'elle.

— Je suis bien mal, monsieur Fontaine, je vais mourir, j'en suis sûre. Je vous ai appelé pour vous recom-
mander mon fils... mon fils, mon Dieu !

Et, dans ce moment, l'amour maternel exaltant tout
ce qui restait de vie dans ce corps épuisé, la mourante se
redressa seule dans son séant, et saisit les deux mains du
jeune homme.

— Apportez-moi mon fils ; je veux le voir encore, ap-
portez-le-moi !

— Anna, y pensez-vous ?

— Apportez-moi mon fils, mon pauvre orphelin ! Oh !
le laisser seul sur la terre ! Cette pensée me rend la mort
horrible.

— Oui, dit Fontaine, saisi brusquement d'une nouvelle
idée, son sort serait bien malheureux parmi les hommes ;
que ne pouvez vous l'emporter avec vous dans le ciel !

— Oh ! si je le pouvais ! dit la pauvre mère.

— Vous le pouvez.

— Que voulez-vous dire ?

— Votre fils est mort.

Anna fit un bond terrible sur sa couche, ses yeux étincelèrent, ses deux bras se raidirent ; mais ce ne fut qu'un
éclair.

— Mort ! dit-elle, oh ! mon Dieu, merci !

Et ses yeux se fermèrent doucement.

— Anna, dit Fontaine après un long silence, Anna,
n'avez-vous rien à me demander ?

— Rien. Mon fils est mort. Je vais le rejoindre.

— Anna, que voulez-vous que je dise ?...

— Mon fils !

— Que je dise à Édouard ?

— Oui, Édouard, mon fils...

— Anna, de grâce!...

Les lèvres de l'agonisante murmurèrent encore quelques sons inintelligibles.

Fontaine essuya ses yeux, qui étaient voilés par les larmes, et se pencha de nouveau sur la jeune fille.

— Anna, m'entendez-vous ?

— Elle est morte, dit une voix près de lui. Il se releva brusquement ; c'était l'infirmier qui rejetait le drap par-dessus la tête du cadavre.

Le lendemain, une vingtaine de jeunes gens se trouvaient réunis à l'amphithéâtre de l'école secondaire de médecine. C'était l'une des premières séances depuis le retour des vacances, et l'on renouvelait connaissance.

— Tiens, c'est toi, Sainval, s'écrièrent quelques voix ; depuis quand de retour ?

— D'hier seulement. Bonjour, mes amis. Bonjour, Fontaine.

Et le jeune homme, se levant, tendit la main à Fontaine par-dessus deux ou trois bancs ; celui-ci resta immobile et les bras croisés.

— Eh bien! est-ce que tu ne me reconnais plus ?

— Vous voyez bien le contraire, puisque je vous refuse la main.

— Qu'est-ce que cela signifie ?

— Vous le saurez plus tard, dit l'élève en médecine en se retirant.

L'arrivée du professeur arrêta là les explications.

Après avoir causé à voix basse avec Fontaine, qui semblait lui rendre compte de quelque affaire, et avoir soulevé la toile qui couvrait un cadavre étendu sur la table de dissection, le professeur commença sa leçon ; elle traitait des maladies de poitrine.

L'attention des élèves était ce qu'elle est toujours au commencement ou à la fin des années scolaires; c'est-à-dire fort distraite. Les conversations particulières continuaient à voix basse, et ce ne fut guère qu'au moment où le professeur écarta une partie de la toile qui couvrait le *sujet*, que l'attention fut un peu réveillée.

— Je vous ai dit, Messieurs, continua le docteur, quel était l'état du poumon lorsque les maladies de poitrine étaient parvenues à leur dernier degré d'intensité ; en voici une preuve. La jeune fille dont nous avons fait là l'autopsie...

Toutes les têtes se levèrent ; le mot de jeune fille avait frappé les oreilles ; tous cherchèrent des yeux le cadavre.

— Cette jeune fille est morte poitrinaire ; voici le poumon, vous pouvez l'examiner : quant à l'influence des causes morales sur ce genre de maladie, la femme que nous examinons est encore une preuve frappante de ce que je vous ai déjà dit. Un grand chagrin la minait, et ce chagrin avait même eu pour résultat de faire blanchir une partie de ses cheveux, comme vous pouvez le voir, quoiqu'elle n'eût que vingt ans.

Tous les étudiants se levèrent et se penchèrent vers la table de dissection. Fontaine soulevait la tête du cadavre. Tout à coup un cri perçant partit des derniers bancs, et Édouard Sainval tomba privé de sentiment.

Il venait de reconnaître la tête d'Anna.

— Qu'est-ce que cela ? demanda le professeur, prêt à se fâcher de se voir interrompre dans une démonstration.

— Rien, Monsieur, dit Fontaine froidement ; c'est M. Édouard Sainval qui vient de s'apercevoir que la jeune fille dont voilà le corps était sa maîtresse, et que c'est lui qui l'a tuée.

— Ah, diable ! murmura le professeur ; alors je conçois : faites emporter ce cadavre, monsieur Fontaine.

— C'est juste, dit le jeune homme à demi voix. Tu as travaillé, tu as souffert, fille du peuple ! maintenant, ta destinée est accomplie : ton corps a servi *aux plaisirs* et à l'*instruction* des heureux ; la société reconnaissante te donnera, en retour, ta part au trou commun du cimetière !

FIN DE LA GRISETTE.

LA BOURGEOISE

— Mon Dieu! que c'est beau le commerce! qu'un commerçant est un être noble et supérieur! Dites-moi, ne vous êtes-vous jamais arrêté, immobile de surprise, devant un de ces hommes-barêmes qui se sont faits livres à parties doubles, et dont l'intelligence entière est passée dans un carnet, à échéance? Quelle irrésistible force de volonté n'a-t-il pas fallu pour vider leur poitrine du cœur qui s'y trouvait, pour se faire hommes artificiels, se recomposer pièce par pièce, remplacer toutes leurs passions, tous leurs élans, par l'admirable calcul de l'intérêt simple et composé? Oh! je vous le demande avec sincérité, connais-sez-vous un être plus curieux, plus étrange, plus fantas-tique que l'épicier, tant et si lâchement raillé par ce siècle

gamin, qui siffle toutes ses gloires? Qui sut jamais mieux
que lui dompter les influences mesquines de la nature?
Brutus de la boutique, qui sut marcher plus obstinément,
plus irrévocablement dans la route tracée? N'y a-t-il pas
quelque chose de saisissant dans le calme de cet être humain qui a pris à deux mains toutes les illusions de la vie,
comme des fleurs qui voilaient son chemin, et qui les a
foulées aux pieds? N'est-ce pas un spectacle à épouvanter
que de le voir abdiquer gaiement sa part de paradis terrestre pour s'incruster à un comptoir, se souder à une balance, se faire trousse d'échantillons; et, matérialisé
ainsi, devenu une chose qui marche, qui compte, qui
vend, rester indifférent à tout ce que le Créateur a jeté de
beau et de caressant autour de nous; au soleil mourant
dans la mer, à un chant sortant, à minuit, d'une fenêtre
entr'ouverte, à une étoile brillant seule au ciel, comme la
nacelle enflammée d'un archange? O fantastique, ô presti-
gieux, ô prédestiné, ô dramatique épicier! pourquoi lord
Byron ne t'a-t-il pas connu?

Celui qui se répétait mentalement cette belle tirade sur
les épiciers, était un jeune homme d'environ vingt-quatre
ans, parcourant alors la *Fosse*, à Nantes, une main dans
son gousset et tenant de l'autre un crayon et un memento.
Trois énormes *barges*, chargées de café bourbon, débar-
quaient leur fret devant le *Sanitat;* mais le jeune commis
marchand, plus occupé de ses réflexions que du débarque-
ment, avait depuis cinq minutes les yeux tournés vers
l'horizon, du côté de *Trentemoux*.

— Faites donc attention, Bian! s'écria tout à coup une
voix qui sortait d'une tente élevée sous les grands arbres,
voilà trois balles que vous oubliez de marquer.

Le jeune homme se détourna vivement, et répara son
omission.

— Pardon, monsieur ·Durand, on ne fait pas un négociant en huit jours, dit Edmond Bian en souriant doucement.

Presqu'au même instant, celui à qui il parlait sortit de la tente.

C'était un homme grand, pâle, presque chauve et d'environ quarante ans. Il s'approcha du parapet, cracha dans la rivière, s'appuya le front sur sa main gauche, et se mit à regarder vers le bas du fleuve, d'un air mélancolique. Ses yeux semblaient s'égarer avec préoccupation sur cet admirable mélange de feuillages, de mâts et de maisons blanches, que présente la Loire du côté des *Salorges*. Edmond s'approcha.

— Eh bien! vous voilà comme moi en admiration devant ce spectacle, dit-il. Cet aspect est si beau! surtout par un temps de brume comme aujourd'hui, et avec ces barques qui glissent là-bas, sans que l'on sache si c'est sur le fleuve ou dans ciel. Cette île qui a l'air d'une corbeille de verdure flottant sur les eaux... Mais à quoi pensez-vous donc, tout silencieux?

L'homme chauve détourna sa figure pâle, et regarda le jeune homme avec des yeux bleu-porcelaine.

— Je pensais, dit-il, qu'il n'y a pas assez d'eau en rivière pour que *la Créole* puisse monter; ce retard nous fera perdre au moins un demi pour cent sur nos cafés.

Edmond fit un pas en arrière et tourna brusquement le dos sans répondre.

Depuis huit jours qu'il habitait Nantes, ce n'était pas la première fois qu'une parole glacée était tombée sur son enthousiasme comme une douche sur le front d'un aliéné.

Edmond Bian était venu apprendre le commerce chez son oncle Joseph-Anselme-Barnabé Poireau et compagnie. Il avait été reçu par celui-ci, sur lettre d'avis, avec autant

d'égards que la meilleure pacotille des Antilles, et l'on
commençait depuis quelques jours à l'initiér aux arcanes
du négoce.

Joseph-Anselme-Barnabé Poireau, de Nantes, était un
de ces êtres privilégiés qui plantent une graine de radis et
à qui il pousse un oranger. Avec des capacités médiocres
tout lui avait réussi. Il avait traversé heureusement les ré-
volutions, se tenant toujours sagement dans le parti du
plus fort. Administrateur d'une commune rurale dans laquelle il possédait une maison de campagne, il avait su se
maintenir à son poste sous tous les pouvoirs. A chaque
changement de dynastie, il écrivait à Paris pour *accuser
réception du nouveau gouvernement* et protester de son dévouement à l'ordre de choses qui venait de s'établir.
Il était arrivé ainsi jusqu'en 1830, acquérant la réputation d'un homme trop modéré et trop sage pour s'occuper
des affaires de son pays.

Comme je l'ai déjà dit, Edmond Bian fut reçu par l'honorable négociant avec tous les égards que l'on doit à sa
famille; car Barnabé Poireau avait hérité des vieux principes, et professait un égal respect pour les denrées colo-
niales et pour les cousins. On pouvait exiger son affection,
un acte de naissance à la main. C'était ce qu'on appelait
un bon parent.

Cinq jours après son arrivée à Nantes, Edmond écrivit
à l'un de ses amis, avocat à Angers, la lettre qu'on va lire.

« Mon cher Stanislas,

« Prépare ma mère à mon retour, car je ne pourrai me
résoudre à demeurer ici au milieu des balances, des bû-
ches de Campêche et des négociants.

« Mon oncle est un excellent homme (tu le connais),

rond, fleuri, gaillard ; un homme aussi facile dans la circulation qu'une bonne vieille pièce de cinq francs quatre-
vingts centimes que les juifs n'ont pas rognée. J'aimerais
beaucoup à le voir une fois par mois, après dîner, à
l'heure où je digère et où je ne pense pas ; mais pour mon
usage particulier, il est un peu trop positivement ennuyeux. D'ailleurs, il exige de ceux qui l'entourent une
ponctualité, une liberté d'esprit que je ne pourrai jamais atteindre. Il faut, depuis neuf heures du matin jusqu'à quatre heures du soir, calculer des bordereaux, jurer
contre des portefaix, marchander avec les pratiques, ou
faire peser du sucre terré et non terré ! Mieux vaudrait
fabriquer, pendant douze heures, des têtes d'épingles ou
des circulaires ministérielles !

« Pour toute société j'ai, dans la maison, l'ancien commis de mon oncle, aujourd'hui son associé, M. Durand, le
meilleur homme du monde aussi, mais la plus flegma-
tique, la plus commerciale, la plus arithmétique figure
que tu aies jamais pu rêver. Il était *saute-ruisseau* chez
M. Poireau, et à force de persévérance il est parvenu à
devenir son égal. C'est un homme qui ferait une balance
de comptes au milieu des débris du monde, et je suis sûr
qu'au jour du jugement il se réveillera en répétant sa
table de multiplication. Il fournit la preuve vivante de
cette vérité, que pour arriver à un but il suffit de le vouloir longtemps. Il est devenu riche parce qu'il n'a jamais
eu d'autres pensées. Aussi a-t-il tout pouvoir dans la
maison, et je dois dire qu'il n'en abuse pas. Vous verriez
une règle de trois se mettre en colère plutôt que lui. Il a
calculé combien la patience rapportait pour cent, et sait
au juste quel avantage il y a dans la douceur. Tu conçois
que sa réputation sur la place est excellente et qu'il jouit
d'un certain crédit dans la ville. C'est un de ces hommes

dont on fait des marguilliers ou des adjoints, selon que le pouvoir s'appelle Charles ou Philippe.

« Quant à ma cousine Rose, je ne t'en parlerai pas; c'est à peu près tout ce qu'on peut en dire. Figure-toi une petite personne pâle, ayant de grands yeux bleus et de fausses manches en toile verte, pour ne pas tacher sa robe. Elle tient le livre-journal, fait des factures en belle anglaise, et passe sa vie entre les cartons et la correspondance, les pains à cacheter et les grattoirs. Elle me fait ici l'effet d'une double porte; je ne la remarque pas tous les quinze jours.

« Juge, Stanislas, si j'étouffe au milieu de cette famille! Je serais déjà reparti sans ma mère. Elle voudrait me voir un état qui me promît de la fortune, elle pense que mon oncle pourra m'être utile; tout son avenir s'est basé là-dessus. Elle m'a bâti une vie à sa manière, à laquelle je n'ose pas encore toucher! Et pourtant, tu sais, ami, que je ne suis point né pour les étroites et tracassières occupations que l'on veut me donner. Soit folie, soit instinct, je sens parfois ma main qui se porte sur mon front, et je me dis comme André Chénier : *J'ai quelque chose là!*

« Malgré la prosaïque existence qui m'entoure, l'enthousiasme et le délire débordent en moi... Je ne puis voir un livre nouvellement imprimé sans éprouver un battement de cœur. Lorsqu'un nouveau nom surgit dans les arts, je me sens saisi, mécontent... Il me semble que toutes les places se prennent et qu'il ne m'en restera plus. Je suis triste de la gloire des autres; je résiste à la conviction de leurs triomphes, et il y a des heures (j'en rougis, ami) où je me crois envieux!.. Oh! c'est chose ignoble, en vérité, que le cœur humain!

« Adieu, mon *vultur togatus;* de bonnes digestions, et des procès.   « EDMOND BIAN. »

Huit jours après le départ de cette lettre, au fond d'une des maisons les plus obscures de la Fosse, dans un bureau de huit pieds carrés, séparé du reste de la chambre par un grillage de sapin, une jeune fille était assise, le corps droit, et sérieusement occupée à remplir de chiffres les colonnes d'un registre. A son petit bonnet de tulle, sous lequel paraissaient quelques papillottes en papier gris, à ses vieux gants tachés d'encre et coupés au bout des doigts, à son tablier noir à larges poches, à ses fausses manches vertes, et surtout à son front pâle et fané, il était facile de la reconnaître pour une de ces filles de marchand clouées dès l'enfance à un comptoir, et tout étiolées à l'air étouffant d'un cabinet d'affaires. C'était Rose Poireau.

Il eût été malaisé de dire si Rose Poireau était laide ou jolie. Elle passait dans le quartier pour peu favorisée de la nature, car elle n'avait ni la fraîcheur vermillonnante, ni les formes vigoureuses qui réjouissent un œil bourgeois : mais, sans posséder ce qui constitue la beauté à l'usage des commerçants en gros, Rose avait quelque chose qui l'eût fait trouver charmante dans une autre classe, sous un autre costume, et avec des habitudes différentes. Sa longue figure décolorée était à peine animée par deux grands yeux bleus, ses épaules étaient courbées, sa poitrine creuse, sa démarche embarrassée, et cependant il y avait à travers tout cela je ne sais quelle élégance aristocratique, caricaturée plutôt que détruite par des vêtements démodés et sans grâce. A la vérité, c'étaient là de ces nuances subtiles qui ne pouvaient s'apercevoir qu'après un long examen. En général, la première impression à la vue de Rose Poireau lui était défavorable. L'habitude de demeurer assise et accoudée lui avait donné des mouvements raides, saccadés; son corps, comme celui des poupées articulées, ne semblait composé que de trois pièces :

le buste, les jambes et les bras. Chacune de ces portions
évolutionnait à part, brusquement et d'un seul coup.

Cependant pour l'observateur attentif il était facile de
voir qu'il y avait entre la nature de Rose et la position où
le hasard l'avait placée, un contraste choquant qui se re-
flétait sur toutes ses actions. Elle semblait avoir deux
côtés gauches; chez elle, rien n'était à sa place, tout manquait d'aisance et de liberté.

Et comment en eût-il été autrement?... Rose n'avait
jamais eu d'enfance. A peine avait-elle su écrire, que son
père l'avait attachée à un bureau. Dépouillée des joies du
-premier âge, elle n'en avait jamais eu la gentillesse;
aussi avait-elle conservé cette gaucherie timide qui n'appartient ni à l'enfant, ni à la jeune fille, et que donnent
si fréquemment les éducations forcées des collèges. Car
l'élégance du corps dépend presque toujours du bonheur
des premières années; beaucoup d'hommes ne sont dis-
gracieux que pour avoir été malheureux. L'enfance est
comme une fleur, qui ne se développe qu'en plein air et
aux rayons d'un soleil caressant.

Cependant, depuis l'arrivée d'Edmond Bian, il s'était
fait quelques changements dans l'extérieur de Rose. Le
poétique jeune homme était tombé comme une étoile dans
la sphère obscure qu'elle habitait. C'était la première fois
qu'elle avait entendu un homme parler d'autres choses
que de tarifs et d'arrivages. Aussi, depuis quelques jours,
paraissait-elle plus distraite. Son visage s'animait d'une
rougeur subite en présence d'Edmond, et Barnabé Poireau
s'était aperçu, avec stupéfaction, que sa fille faisait des
pâtés sur ses registres et des erreurs dans ses additions.

Au moment où nous avons représenté Rose à son bureau, elle achevait le travail de la matinée. Lorsqu'elle
eut fini, elle s'appuya toute pensive sur son pupitre, les

yeux fixes et grands ouverts. Un pas vif qui se fit entendre
dans les escaliers l'arracha à sa méditation; elle se hâta
de reprendre sa plume, en rougissant jusqu'aux tempes.
Edmond entra.

Il s'approcha de la jeune fille et lui remit un papier.

— C'est le recensement du grand magasin, dit-il. Rose
le remercia.

— Encore du travail, ajouta le jeune homme; ce sera
long à transcrire et cela va bien vous ennuyer.

— Oh! du tout! au contraire.

Edmond sourit, et parut chercher quelque chose sur le
bureau.

— J'avais là un relevé de factures que mon oncle
m'avait prié d'achever.

— Le voici.

— Mille remerciements... Ah! mon Dieu que d'additions... J'en bâille d'avance.

Rose releva la tête, prit un petit carré de papier qui se
trouvait près d'elle, et le présenta timidement.

— Tenez, j'ai fait là cette somme, en m'amusant.
Elle est juste : vous n'aurez qu'à reporter le total sur le
livre.

— En vérité! s'écria Edmond; parbleu! ma cousine,
voilà une galanterie arithmétique que je n'oublierai
jamais.

Rose baissa la tête, humiliée. Elle avait eu l'intention
d'éviter à Edmond un travail qui lui déplaisait, elle n'avait
réussi qu'à s'attirer une plaisanterie ; elle sentit les effets
de sa maladresse habituelle.

Cependant Edmond s'assit, et commença à transcrire
quelques articles avec nonchalance. Pendant dix minutes
le plus profond silence régna dans l'appartement; mais
bientôt le jeune homme céda évidemment à l'ennui du

travail qu'il faisait et au désir de lier conversation. Il parlait à son papier, chantait tout bas; enfin il s'approcha de la fenêtre, comme pour tailler sa plume.

Rose écrivait toujours.

— Je vous admire, ma cousine, dit-il enfin, rien ne vous dérange. Comment pouvez-vous travailler par ce beau soleil?

— J'y suis accoutumée.

— Et quand le soleil rit sur la Fosse comme maintenant, vous n'avez jamais désir de quitter l'atmosphère de sucre et de cannelle que l'on respire dans cette chambre, pour sentir l'air qui a passé sur les arbres et entendre un oiseau chanter?

— Je n'ai pas le temps d'y penser.

— Vous ne vous promenez donc jamais?

— Pardonnez-moi, le dimanche après vêpres.

— Et vous ne trouvez pas cette vie monotone?

— Je n'en ai point connu d'autres.

— A quoi employez-vous les instants qui ne sont pas consacrés au bureau; vos longues soirées d'hiver, par exemple?

— Je tricote jusqu'à neuf heures, puis je me couche.

Edmond coupa en deux, d'un seul coup de canif, la plume qu'il tenait à la main.

— Décidément il n'y a pas moyen de vivre dans une pareille maison, pensa-t-il tout bas.

Puis, haut et d'un ton indifférent, il ajouta :

— J'envie votre résignation; mais je crains bien de ne pouvoir l'imiter. J'ai été habitué, moi, à vivre sous le ciel, en plein air; j'étouffe dans un bureau.

Rose leva ses grands yeux bleus et les fixa sur Edmond.

— Comment ferez-vous donc alors?

— Il faudra bien que je renonce au commerce. J'irai à Paris, j'écrirai...

La jeune fille croisa ses mains avec une expression d'une surprise douloureuse; puis, voyant que son cousin la regardait, elle baissa rapidement la tête, et parut plus occupée que jamais de son livre-journal.

II

Les rues de Nantes fourmillaient de promeneurs, les
cloches sonnaient à pleines volées; sur la Fosse, passaient
les pensions de jeunes demoiselles, en rangs, le livre de
messe à la main et lorgnant de tous côtés; sous leurs
grands chapeaux. Partout tourbillonnaient les commis à
longs cols, à pantalons militaires et à bottes éperonnées
(car le commis de commerce est éminemment guerrier
une fois par semaine). Les marchandes de violettes criaient
leurs bouquets aux coins des rues, et les vieux rentiers
lisaient en passant l'affiche du spectacle, longue de quatre
pieds, et qui présentait un total attrayant de dix actes!
C'était un dimanche.

Je ne sais pourquoi, le dimanche est toujours triste pour ceux qui sentent et qui pensent; mais il semble que l'air de fête de la foule, le bruit des cloches, le désœuvrement de toute la journéé assombrissent le cœur et l'isolent. Ce jour-là, point de promenades permises, de ces promenades faites, tête à tête, avec les arbres et le ciel. Impossible de poursuivre une inspiration dans les champs, sans la mettre, à chaque échalier, face à face avec un soldat qui écorche une baguette de noisetier, ou un bourgeois qui joue aux quatre coins avec ses deux enfants. C'est ce jour-là que se font les parties de galette, et que s'établissent les jeux de barres. Le rêveur est obligé de rester chez lui en état de siége; les boutiquiers tiennent la campagne !

Edmond était sous cette impression fatale de la journée du Seigneur. Il avait lu, écrit, chanté, joué de la flûte, regardé dans la rue, sans pouvoir chasser cet ennui tenace, ce *spleen* stupide, que le dimanche semble être en possession d'inspirer. Son esprit, lassé de tout, était comme les malades qui se retournent de tous côtés, sans pouvoir trouver une position à conserver. Ne sachant plus où prendre une distraction, et sentant ce dégoût de la solitude, ce besoin d'entendre une voix humaine qui parfois vous saisit vivement, il descendit au salon, où se trouvait sa cousine.

Le salon de Barnabé Poireau était situé sur le derrière de la maison. C'était une grande pièce obscure qu'encombrait un immense buffet en bois de chêne, espèce d'office dont nos ancêtres étaient si amoureux, et desquels un restaurateur moderne ferait, au besoin, un cabinet particulier pour deux personnes. Ce buffet contenait une lingerie accrue pendant cinq générations dans la famille Poireau, conformément aux principes de nos mères, *qu'on n'a ja-*

mais trop de linge dans un ménage. Le commerce avait envahi jusqu'à cette pièce, car quelques balles de sucre, dont
l'odeur coloniale se faisait fortement sentir, étaient entas-
sées dans un coin, derrière le grand buffet.

Rose était assise près de la fenêtre au moment où son
cousin entra. Elle rejeta vivement quelque chose derrière
sa corbeille de travail : Edmond s'approcha, et aperçut un
livre.

— Ah! vous lisiez, ma cousine?

— Oui... je... je parcourais... ce volume.

Elle était tremblante comme si elle eût commis une
mauvaise action. Le jeune homme étendit la main vers le
livre mystérieux, et en regarda le titre : *Victor, ou l'enfant de la forêt, par le citoyen Ducray-Duménil.*

— Comment donc? mais c'est un ouvrage superbe, avec
une belle image où l'on voit une femme évanouie aux
pieds d'un scélérat qui a de la barbe et un poignard. Et
cela vous a bien émue, sans doute?

Rose baissa la tête avec embarras. Elle ne connaissait
que bien peu de romans, et *Victor* occupait le premier
rang parmi ceux qu'elle avait lus jusqu'alors. Elle ressemblait à ces princesses madécasses, ignorantes des ornements de femme, et qui prennent des grains de verre
pour des perles.

Cependant elle se hasarda de répondre à Edmond.

— Oh! beaucoup!

Edmond referma dédaigneusement le livre, et le laissa
retomber dans la corbeille à ouvrage.

— Et ne lisez-vous que ces vieux romans? demanda-
t-il. Ne connaissez-vous aucun des auteurs modernes? aucun poëte de la nouvelle école?

— Oh! pardonnez-moi, j'ai lu aussi les satires de
M. Despréaux et les fables du chevalier Florian.

Edmond ne put étouffer un éclat de rire; Rose devint pâle et tremblante; de grosses larmes roulèrent dans ses yeux.

— Mon Dieu!... j'ai dit quelque sottise peut-être.. j'ai cru que vous me demandiez...

Elle fut suffoquée, et s'arrêta pour pleurer. Edmond en eut pitié.

— Pardon, ma cousine; mais vous ne recevez donc aucun journal ici?

— Nous recevons... l'*Écho des Halles* et la *Feuille commerciale*.

— Alors, je comprends!... la littérature n'est pas un article qui ait cours sur les places de commerce. Du reste, si vous désirez lire des feuilles plus attrayantes ou jeter les yeux sur des ouvrages modernes, je pourrai vous en procurer.

Rose, dont le cœur avait été froissé, et qui retenait à grand'peine ses lèvres, fit un signe de tête de remerciement en murmurant quelques mots inintelligibles.

Dans ce moment son père entra.

— Eh bien! Rose, tu oublies la messe, ma fille? La domestique t'attend; va, mon enfant, ou tu arriveras trop tard.

Rose sortit.

— Diable, mon oncle, dit gaiement Edmond, je ne vous savais pas si attentif au salut de ma cousine. Vous êtes donc dévot?

Barnabé Poireau regarda avec précaution si Rose était partie, ouvrit la bouche dans toute sa grandeur pour sourire, et, baissant la voix:

— Moi, dévot, mon bonhomme; laisse donc! ce n'est pas à mon âge qu'on est la dupe des prêtres: mais il faut de la modération en tout, mon cher ami. Certainement je

sais à quoi m'en tenir sur la religion ; aussi, quant à moi,
je n'ai pas de compte ouvert avec l'église ; mais pour les
femmes et le peuple, vois-tu, il en faut, il en faut absolument. Cela les retient. Aussi, j'exige que ma fille suive les
offices et fasse ses pâques, ça ne me coûte rien, et je suis
plus tranquille.

Edmond s'inclina sans répondre. Il y a de ces absurdités
devant lesquelles l'esprit s'arrête comme devant l'infini.

On conçoit sans peine l'impression que durent faire sur
notre jeune homme des conversations du genre de celles
que nous venons de rapporter. Comme tous les hommes à
vives émotions, il jugeait vite et d'après ses impressions
premières. Il confondit dans le même arrêt son oncle et sa
cousine, et ne se demanda pas si l'éducation avait seule
manqué à cette dernière et si son imbécillité apparente
n'était pas seulement de l'ignorance.

Malheureusement, ce qu'il y avait d'extérieur chez Rose
le confirmait dans le jugement défavorable qu'il avait porté
d'elle. Étrangère à tout ce qui avait fait l'objet des études
d'Edmond, elle était, par rapport à lui, comme ces Anglais qui ne connaissent point notre langue, et qui, en
cherchant à l'employer, nous paraissent ridicules et stupides.

Puis ce sentiment artiste qui ne se développe en nous
que par le contact fréquent des arts, cette délicatesse intelligente qui nous fait distinguer les nuances, deviner la
pensée, là où le vulgaire ne voit rien, tout cela manquait
à Rose et devait lui manquer. Peut-être son âme était-elle
comme ces pierres qui demandent la touche du lapidaire
pour devenir des diamants ; mais Edmond jugea ce qu'il
voyait. Mille occasions lui avaient révélé la gaucherie morale de sa cousine : il l'avait vue pleurer au *Fénelon* de
Joseph Chénier, et ne l'avait point entendue rire au *Mé-*

decin malgré lui. Thalberg avait joué devant elle, et elle s'était ennuyée à *la bella capriciosa* d'Hummel ; elle avait vu sur le bureau d'Edmond la prodigieuse *Ronde du Sabbat* de Boulanger, et avait préféré *Une tête de femme* par Dubuffe.

C'était trop pour la patience du jeune homme ; il la regarda dès lors comme incurable, et cessa totalement de s'occuper d'elle.

Ce fut un pénible désappointement, car il lui eût été doux de trouver dans Rose une amie, une sœur, à laquelle il pût confier une partie de ce qu'il avait dans le cœur. Sans y penser, il avait ressenti cette influence que le voisinage de la femme la plus ordinaire exerce sur un jeune homme. Tout en répétant que sa cousine ne pouvait le comprendre, il éprouvait un charme secret à entendre cette voix de jeune fille l'appeler par son nom de baptême, à sentir sa main satinée effleurer la sienne, à la voir tirer devant lui ses papillottes ou se chausser pour la promenade. Toutes ces familiarités de parente lui semblaient délicieuses, à lui, encore dans cet âge où, préparé à aimer toutes les femmes, on n'éprouve que l'embarras de se déclarer leur amant, et où l'on se passionne pour ses cousines, uniquement parce qu'on les a sous la main et qu'on ose leur demander un baiser.

Mais une fois le charme de ces premières sensations détruit, Edmond passa, comme cela devait être, de l'intérêt que Rose lui avait inspiré malgré lui, à une sorte d'hostilité aigre et irritante. Trompé dans une espérance, il en éprouva du ressentiment contre la jeune fille, et il affecta de lui montrer une froideur dédaigneuse.

Il en résulta pour lui un genre de vie plus isolé que jamais. Il continua pourtant à supporter une situation si peu conforme à ses goûts, par condescendance pour les

désirs de sa mère, par habitude, et aussi, peut-être, par
suite de cette nonchalance naturelle aux hommes de pensée, pour tous les dérangements matériels. Bientôt il s'accoutuma à remplir machinalement ses devoirs. Il faisait
tout ce qui lui était recommandé, mais sans intérêt, sans
intelligence.

M. Poireau trouvait rarement.occasion de le gronder,
jamais aussi celle de lui adresser un éloge. Edmond
fonctionnait avec l'aveugle régularité d'une machine à
vapeur. On l'eût cru stupide, tant il avait fait abstrac-
tion de son esprit, tant il s'était arrangé un *lui* animal et
d'habitude pour les heures de travail.

Le soir, seulement, retiré dans sa petite chambre, et la
porte fermée, il redevenait artiste, et s'occupait avec ardeur de l'accomplissement de ses projets futurs.

Déjà de nombreux travaux littéraires avaient été entrepris par lui; ses relations avec Paris s'étaient étendues. Il
avait réussi à faire insérer quelques articles, signés de son
nom, dans les journaux. A petit bruit, il se préparait
ainsi la carrière qu'il voulait parcourir. Au milieu du flux
de noms célèbres qui débordaient, il se réjouissait de voir
le sien se montrer de loin en loin, comme ces gouttes
d'eau qui suintent lentement d'un rocher, et finissent, à
la longue, par former une source.

Quant à ses rapports avec sa famille de Nantes, ils devenaient de moins en moins fréquents. Ses entretiens avec
son oncle et sa cousine étaient froids, courts et ne comprenaient guère que les observations classiques sur le froid
et le chaud, la pluie ou le soleil. Il continuait à travailler
dans le même bureau que Rose, mais il avait renoncé à sa
conversation. Son ouvrage terminé, il prenait un livre
qu'il cachait toujours soigneusement dans une case de son
pupitre, et lisait jusqu'à l'arrivée de Barnabé Poireau, qui

avait toujours lieu à la même heure. Dès qu'il reconnaissait son pas sur l'escalier, le volume proscrit était replacé
dans sa cachette, et une table de réduction des monnaies
où un prix courant en prenait la place.

Cette contrainte, qu'il s'imposait lui-même pour éviter
de pénibles observations, avait un charme indicible. Il se
plaisait à ces études secrètes, à ces lectures, d'autant plus
ravissantes qu'elles étaient volées sur un temps qui ne
lui appartenait pas. Il revenait à toutes ces terreurs délicieuses du collége, lorsque allumant clandestinement, la
nuit, le reste d'un cierge bénit dérobé à la chapelle, il
achevait, avec une fièvre de curiosité, un roman d'Anne
Radcliffe ou de l'abbé Prévost !

Si le hasard lui procurait une heure de liberté, il était
fou de joie. Il courait à sa chambre écrire quelque nouvelle pensée qui lui était venue en faisant débarquer une
partie de sucre ou en dressant un mémoire de frais; il trouvait tout le bonheur d'un avare qui compte son trésor, à
contempler ses travaux secrets, qui s'amoncelaient dans
son secrétaire; c'était comme une fortune cachée qu'il
grossissait en silence pour la montrer un jour dans toute
sa magnificence.

Heures charmantes de courage et d'illusions, que tout
artiste a connues dans sa jeunesse, alors que du fond de sa
province il voyait Paris, et au-dessus la gloire, brillant
pour lui, comme ces étoiles qui apparaissent au sommet
des montagnes et que les enfants croient pouvoir saisir en
montant sur le coteau! Hélas!... à mesure que l'on approche, gloire et étoiles s'élèvent bien plus haut que la
main ne peut atteindre ! et l'homme et l'enfant, trompés
dans leur espoir, poussent des cris ou versent des larmes !

Cependant, une remarque que fit Edmond piqua vivement sa curiosité. Il s'était aperçu que les livres et les

journaux qu'il cachait dans son pupitre disparaissaient
fréquemment, puis étaient remis à la même place. Son
oncle, non plus que M. Durand, ne pouvaient être accusés
d'une indiscrétion littéraire; tous ses soupçons retombaient donc naturellement sur sa cousine, et il acquit
bientôt la certitude qu'elle avait lu tous ses ouvrages favoris.

Cette découverte lui causa une surprise qui réveilla en
lui quelque intérêt pour Rose. Il se mit à l'examiner, ce
qu'il n'avait point fait depuis longtemps, et s'aperçut du
changement marqué qui s'était opéré en elle. La pâleur
habituelle de son visage avait augmenté, ses joues s'étaient
creusées, et un cercle brun entourait ses yeux, devenus
plus ardents. Son calme extérieur était toujours le même;
mais Edmond crut y démêler parfois une rêveuse préoccupation qu'il ne lui avait jamais connue.

Peut-être allait-il apprendre la cause de ce changement,
car il se préparait à une explication avec Rose, lorsque
celle-ci tomba malade. Elle garda le lit quelques jours,
sans que le jeune homme pût la voir, puis elle partit pour
la campagne de son père, où le médecin décida qu'elle devait passer quelque temps.

Tout cela s'était fait dans la maison avec une régularité
administrative. Le jour même où l'on recommanda à Rose
l'air de la campagne et l'exercice, elle quitta Nantes et fut
remplacée par un commis provisoire que M. Durand mit
au fait du travail. Edmond n'eut connaissance de ces nouvelles dispositions qu'en demandant des nouvelles de sa
cousine, au déjeuner du lendemain.

Par une belle matinée du mois d'août, un laid cabriolet d'osier s'avançait sur la route de Haute-Goulaine, tiré par un de ces chevaux demi-endormis que les camions ont usés sur les pavés de la ville.

La voiture était conduite par Barnabé Poireau, qu'accompagnait cette fois Edmond Bian. Ce dernier, jeté avec nonchalance dans un coin de la voiture, semblait distrait et ennuyé. L'oncle Poireau était au contraire vif, remuant, causeur. Ses yeux se promenaient incessamment des deux côtés de la route, et il faisait de fréquentes remarques sur la valeur des terres qu'il apercevait, sur les améliorations à y apporter : remarques auxquelles son compagnon de

voyage répondait avec une brièveté désespérante. Enfin,
le cabriolet s'arrêta devant une petite clôture de peu d'apparence, et les deux voyageurs descendirent.

— Ouvre la barrière, Edmond, dit le vieux négociant,
et conduis la voiture le long de la grande allée ; je vais
entrer par le jardin, pour voir l'oseraie qui est plus bas.

Edmond prit le chemin de l'avenue, ainsi que son oncle
l'en avait prié.

Comme il approchait du bosquet de châtaigniers, il crut
apercevoir de loin une jeune fille dans une position qu'il
eut d'abord quelque peine à s'expliquer ; mais, en regardant de plus près, il vit qu'elle était assise sur une escar-
polette, le bras gauche passé autour de la corde, et la tête
penchée sur ce bras. Un de ses pieds était légèrement retiré vers elle, tandis que l'autre pendait avec une gracieuse paresse, et effleurait le gazon. Un léger mouvement
que le vent imprimait à la balançoire, berçait la jeune
fille, qui semblait endormie. De beaux cheveux blonds,
presque détachés, retombaient sur son visage. A sa main
droite était suspendu un chapeau de paille rempli de fleurs,
et quelques feuilles arrêtées sur sa robe blanche se soule-
vaient à la brise, comme des papillons prêts à s'envoler.

Le jeune homme s'arrêta ravi devant ce charmant tableau ; mais le bruit du cabriolet s'étant fait entendre, la
dormeuse leva la tête, et écarta les cheveux de son visage
avec une grâce tout enfantine.

Deux cris partirent en même temps : c'était Rose Poireau.

Edmond s'approcha d'elle avec un étonnement qu'il ne
chercha même pas à cacher. C'était pour lui chose si nouvelle que sa cousine dans ce costume élégant et léger, qu'il
pouvait à peine en croire ses yeux. Jusqu'alors, il l'avait
toujours vue emmaillotée d'un large châle de grand-mère,

et il la trouvait aujourd'hui vêtue d'une seule robe blanche, et laissant voir de pâles épaules que couvrait mal un foulard dérangé dans le sommeil. Ce fut pour le jeune homme comme un de ces changements à vue de l'Opéra qui vous fascinent et vous enchantent.

Rose, de son côté, sembla, à l'aspect de son cousin, éprouver une commotion électrique. Elle ne s'attendait pas à le voir, et elle ne s'était habillée qu'à moitié pour sa course du matin, peu craintive d'être aperçue par les paysans ou les oiseaux. Elle demeura devant Edmond, honteuse, embarrassée, les deux mains pendantes et les yeux baissés.

— Je vous ai réveillée, ma cousine, dit le jeune homme d'une voix tout émue.

— ʼOui.... je me trouvais lasse de courir sous le soleil, j'étais venue m'asseoir là, et je crois que je m'endormais.

— Mais vous êtes bien maintenant, reprit Edmond en s'approchant davantage ; vous êtes bien, n'est-ce pas ? car vous voilà éblouissante de fraîcheur.

En disant ces mots, il tendait avec affection sa main à la jeune fille. Rose souleva cinq jolis doigts nus, et les présenta à son cousin, qui remarqua pour la première fois, en les serrant, leur délicatesse mignonne.

— Mon père n'est-il point arrivé avec vous ? dit la jeune fille, fort pressée d'interrompre la contemplation silencieuse d'Edmond.

— Il s'est rendu à la maison par l'oseraie.

— Allons le rejoindre alors.

Et Rose fit quelques pas en avant ; Edmond la suivit :

Lorsqu'ils arrivèrent à la porte de la maison de campagne, Barnabé Poireau était déjà occupé à discuter avec le fermier sur la valeur présumée des récoltes. Cependant il s'arracha un instant à cette intéressante conversation pour embrasser sa fille et lui demander de ses nouvelles. Rose s'occupa de tout préparer pour le déjeuner. Edmond prit un fusil, et descendit dans la vallée.

On ne se retrouva qu'à table. Durand était arrivé, et Rose s'était enveloppée dans un châle, sur l'observation de son père qu'elle s'enrhumerait. Le repas prit sa physionomie habituelle. Les deux commerçants parlèrent affaires, Edmond et Rose gardèrent le silence.

Aussitôt sorti de table, il fallut visiter des terres, dont Barnabé Poireau voulait faire l'acquisition. Le jeune homme fut chargé d'une chaîne d'arpenteur, qui devait servir à mesurer le terrain. Cette opération dura jusqu'à trois heures. Les deux associés, de retour, se mirent à calculer ce que l'argent rapporterait, s'ils achetaient les champs en question, et quelle augmentation pourrait avoir lieu dans leur valeur.

Edmond s'échappa du salon où ils s'étaient établis.

.   .   .   .

Avez-vous quelquefois éprouvé le bien-être que l'on ressent à se trouver seul après un long et fatigant entretien? Avez-vous pu, dans l'une de ces parties de campagne faites avec trente personnes, échapper un moment aux rondes et aux jeux de gages pour vous trouver seul sous quelque vaste ombrage, joyeux de mystère et de silence? Il semble alors qu'un poids affreux soit soulevé de dessus la poitrine! vous vous sentez respirer, penser et vivre.

Ce fut précisément ce qu'éprouva Edmond après s'être échappé de la compagnie de son oncle et de M. Durand. Il descendit le long du bois de châtaigniers jusqu'aux prairies. L'air était chaud et parfumé par l'odeur de l'herbe fraîchement coupée. Les oseraies frissonnaient avec un murmure tristement endormeur; à l'horizon, au-dessus de masses d'arbres d'un vert foncé, s'élevaient de petits villages tout blancs, avec leurs toits rouges et leurs clochers d'un bleu ardoisé; plus bas s'étendaient les prairies, vastes savanes, du milieu desquelles des troupes d'oies demi-sauvages montraient par instant leurs têtes grises. Les chants des paysannes au lavoir, les meuglements des vaches et les sons agrestes des flûtes de Pan ou des trompes d'écorce, interrompaient seuls la silencieuse monotonie de la vallée. C'était un de ces tableaux d'un calme mélancolique et pénétrant qui vous amènent les larmes aux paupières et les plus douces pensées au cœur.

Edmond côtoyait les prés, abattant avec distraction du bout de sa canne les églantiers qui descendaient sur sa tête. Il ressentait l'enivrement qui coule dans toutes nos veines pendant ces promenades à petits pas, faites au milieu du jour, lorsque la lumière et les mille harmonies de la campagne nous enveloppent et nous pénètrent de toutes parts; lorsque, rafraîchis par les suaves émanations de la terre et du ciel, nous sentons nos membres s'assouplir, notre front ardent s'attiédir mollement, et notre âme, qui s'épanouit comme une fleur, nous envoyer au cerveau ses parfums de douce joie, de croyance et de songeries. Il était dans un de ces moments où l'on nage dans la vie comme dans l'air, sans la sentir, où tout nous rit au monde, où l'on parle à l'oiseau qui chante, au papillon qui passe, où, le sein tout gonflé d'amour, nous semblons ouvrir nos deux bras devant la création pour la presser tout entière sur notre cœur ! Et, plongé dans cette extase délicieuse, il parcourait lentement les sentiers, les yeux au ciel, les mains pendantes, ne rêvant que d'arbres, de chaumières et d'étoiles ! Puis, à travers toutes ces vagues et berçantes sensations, une image céleste venait se glisser, l'image d'une femme aimée ! Il se mettait à bâtir une existence de solitude, écoulée loin des villes, avec quelque jeune fille que le monde n'aurait pas fanée ! Il sentait son bras sur le sien, sa fraîche haleine contre sa joue. Il entendait le bruit de ses pas sur le gazon, et, fasciné par cette ravissante hallucination, il n'osait ni se détourner, ni penser, de peur de perdre son rêve.

Sans qu'il le sût, occupé qu'il était de ses songes, il avait été reconduit par le sentier qu'il suivait jusqu'à la maison. Il entra, et, pour éviter son oncle, qu'il entendait dans le salon avec M. Durand, il monta l'escalier et ouvrit la première porte qu'il aperçut devant lui.

C'était une petite chambre bleue. Un lit de merisier, une commode du même bois et quelques chaises composaient tout l'ameublement. Au-dessus du lit, presque caché sous ses rideaux blancs, on voyait un buis béni le dimanche des Rameaux, et, à côté, une image coloriée de *Notre-Dame des Sept-Douleurs*. De petits souliers dans lesquels on eût fait tenir à peine trois doigts, étaient jetés dans un coin. Un gant lilas était tombé au milieu de la chambre, et, sur la commode, quelques festons commencés sortaient à moitié d'une corbeille créole. Il y avait entre les pensées qui occupaient alors Edmond, et l'aspect de cette chambre, où tout annonçait la présence d'une femme, une telle liaison qu'il en éprouva un saisissement joyeux. Il lui sembla entrer chez celle qu'il avait rêvée pour compagne. Ce fut une courte illusion (si même ce fut une illusion), mais il en ressentit comme le contre-coup.

Tout homme a eu dans sa vie une époque où la chambre d'une jeune fille a été pour lui un sanctuaire d'amour, où l'aspect inattendu d'une broderie posée sur un fauteuil, d'un chapeau oublié, de papillottes semées sur le parquet, l'a jeté dans une ivresse timide et agitée. Age où l'âme bouillonne en nous au moindre contact de l'atmosphère qu'a respirée une femme; âge de chaudes passions, où nous portons notre cœur sur notre main, l'offrant à toutes, comme ces drageoirs de pastilles parfumées que l'on promène dans un bal !

Edmond était accessible, plus qu'aucun autre, à ces sensations chatouilleuses. Il resta un instant debout, contemplant le lieu où il se trouvait, avec une joie muette; puis il s'approcha de la fenêtre, qui était entr'ouverte.

Au loin s'étendait la campagne qu'il venait de parcourir; une campagne paisible et riante, avec un ciel bleu au-dessus ! Quelques oiseaux traversaient les airs. A gauche, le petit bois de châtaigniers, où vibrait la balançoire. Et tout cela vu de la chambre d'une jeune fille !...

Bian s'appuya sur la fenêtre, dans un enchantement impossible à décrire, et demeura en contemplation. Là tout lui parlait d'une vie douce et simple, tout se trouvait en rapport avec ses goûts et ses espérances. Chaque objet extérieur venait frapper sur un point de son cœur, comme sur une touche sonore, et en faisait sortir un chant de bonheur.

Dans ce moment, Rose côtoyait l'oseraie, se dirigeant vers la maison.

Elle était telle qu'Edmond l'avait vue le matin; seulement, à son bras pendait une corbeille pleine de fruits et de fleurs. Elle marchait en répétant un vieil air du pays. Edmond ne l'avait jamais entendue chanter. A la ville, sa voix, ainsi que ses actions, semblait réglée sur un seul diapason; mais l'air de la campagne avait agi sur elle comme sur les oiseaux captifs, qui retrouvent leurs chants avec la liberté.

Elle s'avançait, légère et folâtre, cueillant des marguerites le long des fossés, s'arrêtant pour suivre de l'œil un papillon, où parler aux oiseaux. Comme elle passait, le gros chien du fermier montra sa tête ronde sur un écha-lier. Rose s'arrêta un instant, craintive, mais, en le reconnaissant, elle lui jeta son bouquet de fleurs; le dogue aboya, et la jeune fille se mit à imiter ses aboiements; puis, avec un charmant mélange d'audace et de timidité, elle s'approcha du paisible animal, qui était demeuré béant de surprise.

— Bonjour, mon Rustaut, dit-elle, bonjour, mon vieux sans dents, bonjour, mon ami d'enfance.

Et elle ballottait entre ses deux petites mains blanches la bonne tête du dogue, qui grondait de plaisir; et Edmond, stupéfait, enchanté à la vue de ces ravissants enfantillages, souriait et se sentait attendrir.

Souvent quelques heures suffisent pour modifier entiè-rement nos pensées; notre vie intérieure a aussi ses événements qui changent chez nous l'opinion la mieux arrêtée. Nos croyances de chaque jour se forment, s'al-tèrent, reviennent ainsi, par une série de perceptions à peine sensibles, successives et rapides. La mobilité que l'on reproche généralement aux hommes d'imagination est une suite nécessaire de la multiplicité de leurs sensa-tions. Chaque heure de rêverie est pour eux toute une existence qui a ses accidents, ses craintes, ses joies, ses convictions. Ils font *un roman en dedans* dont chaque cha-pitre ne dure qu'une minute, et dont le dénoûment est souvent aussi inattendu que promptement atteint.

On ne s'étonnera donc pas si Edmond, qui depuis le matin s'était senti entouré des fraîches images d'une union assortie, et qui rencontrait, par hasard, en face de son rêve, une jeune fille qui semblait pouvoir le réaliser, se laissa aller à un élan d'amour. Rose, dans ce moment,

se révélait à lui si belle, si poétique ; il éprouvait un regret et un étonnement si profonds de l'avoir méconnue,
qu'il aurait alors voulu la serrer sur sa poitrine et la baiser au front.

Plein de cette exaltation, il appela sa cousine à haute
voix. Rose leva la tête, aperçut Edmond, et à l'instant
toute sa gracieuse folâtrerie s'évanouit. Elle reprit l'attitude raide et gauche qu'elle avait habituellement sous les
yeux des autres, et s'avança honteuse vers la maison.

Ce changement subit produisit une sorte de contre-coup
sur Edmond. Son élan d'enthousiasme vint se briser
contre la raideur dont Rose s'était subitement enveloppée ;
il y eut en lui quelque chose de semblable à la sensation
qu'éprouverait un homme qui, dans un transport de tendresse, croirait saisir la main d'un ami, et ne rencontre-
rait entre ses doigts serrés qu'une main de bois articulée.

Cependant, Rose entrait dans la cour. Elle avait répondu à l'appel de son cousin et allait monter, lorsque la
voix de M. Poireau se fit entendre à la fenêtre du rez-de-
chaussée.

— Rose, te rappelles-tu à combien étaient cotés les
sucres, au Hâvre, lors de ton départ de Nantes, il y a
quinze jours ?

— Cinquante-trois centimes, répondit la jeune fille,
avec une présence d'esprit qui fit faire un bond à son
cousin.

— Et à combien nous sont-ils revenus à Nantes, tous
frais compris.

— Quarante-huit centimes, terme moyen.

— C'est bon, murmura le père Poireau.

Et il rentra dans le salon sa tête, qu'il avait avancée à
la fenêtre.

— Dieu me pardonne ! pensa Edmond, elle songeait

aux prix courants en montant le joli sentier de l'oseraie.

Les deux réponses de Rose et le ton bref et joyeux avec lequel elle les avait prononcées venaient de changer entièrement le cours de ses idées. Il avait un instant entrevu sa femme rêvée; maintenant il retrouvait sa cousine, *la teneuse de livres*. Cette seule pensée modifia subitement ses dispositions.

Aussi, quand Rose entra, la reçut-il avec un sourire hostile et moqueur.

Alors commença un entretien ironique dans lequel la pauvre jeune fille perdit bien vite tout avantage, et qui devint de plus en plus amer. Comme toutes les âmes vives, Edmond était porté à une certaine exagération de sentiment qui rendait ses désenchantements aussi acérés de langage que ses enthousiasmes étaient fascinants et communicatifs. Rose, accablée des sarcasmes de son cousin, sans connaître la cause de cette cruauté, demeura sous ses railleries comme les vierges chrétiennes qui, devant les flèches des bourreaux, croisaient les mains sur leur poitrine, et baissaient silencieusement la tête.

L'arrivée du père Poireau et de son associé Durand put seule mettre fin à son martyre.

IV

Pendant qu'Edmond continuait à se livrer toujours davantage à ses goûts favoris et à se séparer des habitudes de sa famille, les opérations de la maison Poireau s'étendaient de plus en plus, grâce au zèle et à la capacité de l'associé Durand. Plusieurs affaires, faites par celui-ci pour son compte particulier, et qui avaient réussi, accrurent considérablement ses capitaux, et une pensée, à laquelle il n'eût osé s'arrêter quelques années plus tôt, commença à germer dans son esprit. Il la soumit à un examen mathématique, et ayant trouvé qu'au total son exécution lui serait avantageuse, il songea sérieusement à lui donner suite.

En conséquence, à partir du lendemain, il témoigna à mademoiselle Rose Poireau une politesse tout à fait inusitée. Il passa pour elle trois articles au grand livre, et lui tailla une douzaine de plumes, faveur rare, qu'il accordait à peine à son ancien ami Barnabé. Car Durand avait acquis sur la place de Nantes une réputation incontestable pour la taille des plumes et pour la coulée anglaise, réputation qu'il tenait à conserver sans partage, et qu'il entourait, pour cela, d'un certain mystère.

Sa galanterie ne s'arrêta point là. Le jour de la fête de mademoiselle Rose, il lui fit présent d'un calendrier perpétuel en maroquin vert, et de deux vases en porcelaine garnis de tulipes artificielles. Enfin, lorsqu'il pensa que ses politesses avaient été assez multipliées et assez significatives, il demanda solennellement à son associé, à la suite d'un règlement de compte sur les bois de Campêche, la main de sa fille Rose.

Barnabé Poireau n'avait pas été sans s'apercevoir, depuis quelque temps, de la générosité singulière de Durand. Il avait cherché naturellement et commercialement quel profit son associé pourrait en retirer, et n'avait pas eu de peine à deviner son projet. Il avait fait aussitôt un relevé de ce que Durand avait dans la société, avait calculé que s'il lui donnait Rose, la dot de celle-ci resterait dans la maison, et avait fini par conclure que l'affaire était convenable et pouvait s'essayer.

Durand trouva donc l'esprit du brave bourgeois parfaitement préparé à sa proposition ; il lui tendit la main avec une franchise et une bonhomie dignes d'un négociant de la vieille roche, et l'on régla les conditions à l'instant même.

Rose Poireau fut avertie le soir, par son père, de ce qui venait de se conclure à son égard ; mais, à cette nouvelle,

soit surprise ou saisissement, la jeune fille devint pâle,
puis perdit connaissance. Elle prit la fièvre au sortir de
son évanouissement, et sa maladie dura près d'un mois.

Durand et Poireau furent extrêmement contrariés de ce
retard. Ce dernier voulait faire un voyage à Bordeaux,
et cette affaire, comme il le disait, *retardait toutes les*
autres. Barnabé Poireau ne manquait pas d'aller plusieurs fois par jour dans la chambre de sa fille pour lui
dire :

— Comment es-tu, ma petite ? mieux, n'est-ce pas ? je
te trouve moins pâle. Dépêche-toi de te guérir, car ta maladie nous retarde. Surtout ne te laisse point abattre, mon
enfant ; bois, mange, dors bien. Regarde-moi, je ne suis
jamais malade ; mais je suis agissant. Tu ne prends pas
assez d'exercice, ma chère ; il faut marcher.

Et le bonhomme, après avoir débité son protocole ordinaire, retournait à ses magasins ou à son comptoir.

Cependant Edmond avait appris le mariage de sa cousine le même jour qu'elle, son oncle lui en ayant fait confidence avec la mystérieuse solennité dont on use habituellement dans ces sortes d'affaires, que l'on confie *en secret*
à toutes ses connaissances.

Le jeune homme en avait éprouvé un étonnement
d'autant plus pénible que quelquefois peut-être, dans
ses projets, il avait, faute d'une autre et par voisinage,
donné la pâle figure de Rose à la femme de son avenir.
Mais cette cause de son mécontentement était trop cachée
pour qu'il y pensât. Il chercha à la justifier par d'autres
motifs, et ne manqua pas d'en trouver. Il songea, avec
dégoût, que cette union, arrangée entre son oncle et Durand, n'avait paru à tous deux qu'un complément d'association commerciale ; que sa cousine avait été considérée
comme une marchandise de plus à faire entrer dans le

— Pas encore cinq heures. Je me suis levé trop tôt.

En faisant cette réflexion à demi voix, Edmond jeta un triste regard sur les malles et les paquets étalés près de la porte du salon, et vint, contre la fenêtre, contempler le cours silencieux de la Loire, qu'il apercevait vaguement au milieu du brouillard du matin.

Il allait quitter son oncle, et partait dans une heure par la diligence de Paris.

Tant que sa mère avait vécu, il s'était résigné; mais il venait de la perdre, et son parti avait été pris à l'instant. Les observations de Barnabé Poireau avaient été inutiles : quant à sa cousine, elle n'avait rien fait pour le retenir; elle s'était contentée de dire tristement :

compagnie, eurent trouvé place, on partit pour Haute-
Goulaine, où le mariage devait avoir lieu à midi.

Tout avait été préparé avec une profusion de mauvais
goût. Barnabé Poireau, qui ne *devait marier sa fille qu'une
fois*, comme il le disait, s'était résolu à faire *un sacrifice*.
En conséquence, il n'avait rien négligé de ce qui devait à
ses yeux rendre une noce brillante. En arrivant, Edmond
fut épouvanté de ces gigantesques apprêts. Il aperçut sa
cousine donnant quelques ordres, et recevant les félicitations des nouveaux venus. Cette vue renouvela sa colère.
Il avait toujours eu en horreur la publicité donnée aux
mariages. Il avait honte pour les époux placés sous tant
de regards, qui tâchaient d'être malins et qui n'étaient
qu'impudents, sous tant de plaisanteries qui avaient la
prétention d'être fines et qui n'étaient qu'indécentes.
Aussi s'abstint-il, autant qu'il le put, de se mêler au tumulte de la journée, heureux que sa tristesse se perdît au
milieu du grand mouvement de la foule.

Quant à Rose, son atonie avait semblé s'accroître. Par
instants, elle n'entendait, ne voyait rien. On l'eût crue
frappée d'insensibilité, si l'on n'eût remarqué que son œil
vague et presque égaré suivait fréquemment Edmond, qui
se tenait à l'écart.

La journée s'écoula comme toutes les journées de ce
genre, sans aucun événement remarquable. Le soir, vers
neuf heures, les invités repartirent pour Nantes, après
beaucoup d'embrassements et de malignes allusions ; les
cousines emportant leurs ridicules bourrés de dessert pour
les fils et les frères qui n'étaient pas venus, et les cousins
enchantés d'avoir *tué une journée* à manger et à danser sur
l'herbe.

V

— Pas encore cinq heures. Je me suis levé trop tôt.

En faisant cette réflexion à demi voix, Edmond jeta un triste regard sur les malles et les paquets étalés près de la porte du salon, et vint, contre la fenêtre, contempler le cours silencieux de la Loire, qu'il apercevait vaguement au milieu du brouillard du matin.

Il allait quitter son oncle, et partait dans une heure par la diligence de Paris.

Tant que sa mère avait vécu, il s'était résigné; mais il venait de la perdre, et son parti avait été pris à l'instant. Les observations de Barnabé Poireau avaient été inutiles : quant à sa cousine, elle n'avait rien fait pour le retenir; elle s'était contentée de dire tristement :

— Cela devait être ; votre place n'est point parmi nous.

Et elle avait baissé la tête avec une douloureuse résignation.

Edmond n'avait pas été sans remarquer cette conduite. Depuis quelque temps, Rose lui semblait une tout autre femme. Depuis son mariage elle avait dépouillé une partie de sa gaucherie craintive, et Edmond l'avait entendue plusieurs fois, avec étonnement, faire preuve d'intelligence et d'âme. Elle avait aussi acquis, dans la maison, une importance et une liberté inaccoutumées ; car les deux associés étaient également esclaves du vieux préjugé bourgeois qui demande une soumission aveugle à la jeune fille, et permet sa part du pouvoir domestique à la femme.

Barnabé Poireau surtout avait pour sa fille une considération toute particulière depuis qu'elle s'appelait madame Durand. Jusqu'alors Rose n'avait été, comme il le disait dans son pittoresque langage de négociant, qu'*un grand livre tout blanc et sans valeur ;* aujourd'hui c'était un registre en usage et qui avait pris son numéro d'ordre.

La jeune femme avait profité de cette nouvelle situation pour redorer quelque peu sa terne existence. Elle était devenue moins assidue au bureau ; elle s'était hasardée à lire *ostensiblement ;* elle avait osé répondre à son cousin et montrer parfois qu'elle pensait.

Cette métamorphose modifia quelque peu ses rapports avec Edmond, mais sans les rendre cependant libres ni affectueux. Il y avait de la part du jeune homme trop d'irritation, de celle de la jeune femme trop de gêne et de silence, pour que leurs relations ne conservassent point leur première teinte de froideur. Il eût fallu, pour la faire disparaître, qu'une circonstance extrême rompît, d'un côté, les préventions, de l'autre, la timidité ; et cette circonstance ne s'était point présentée.

Le voyage de Paris fut donc décidé par Edmond, sans aucun regret, et subitement annoncé par lui à sa famille de Nantes.

Maintenant il était là, attendant l'heure du départ et en proie à la sensation pénible qui accompagne toujours les dérangements apportés dans une vie. Mille causes, puériles en apparence, produisaient chez lui ce vague malaise que l'on ressent dans les heures d'attente qui précèdent un départ. C'était l'heure inaccoutumée de son lever; l'air froid du matin, l'aspect des paquets de voyage qui encombraient le salon, le silence mélancolique qui l'entourait, la crainte de manquer la diligence de Paris; la perte de ses habitudes, de ses promenades ordinaires, de ses ennuis même (car les ennuis aussi sont un lien); la séparation de son oncle, brave homme qui, après tout, l'aimait à sa manière; de sa cousine, problème inexplicable, qu'il avait été vingt fois sur le point de haïr ou d'aimer; et plus encore que tout cela, sans doute, l'indicible attachement que nous ressentons pour les objets que nous quittons, et cet attendrissement tout puissant qui s'éveille dans nos cœurs au dernier pressement d'une main connue.

Tant de causes confusément entremêlées, mais agissant de concert, étaient plus que suffisantes pour disposer Edmond aux impressions de tendresse; aussi ne fut-ce point sans une larme sous la paupière qu'il jeta un dernier regard sur la Loire, la Fosse et l'entrée de la maison de son oncle.

Dans ce moment un léger bruit se fit entendre derrière lui; il se détourna, et vit sa cousine qui entrait au salon.

Rose fit un mouvement de surprise en l'apercevant.

— Déjà levé! dit-elle à voix basse.

— Je pourrais vous retourner, à plus juste titre, cette expression d'étonnement; vous n'avez pas l'habitude de vous réveiller si matin.

— J'ai craint que vous n'eussiez besoin de quelque chose.

— Vous êtes trop bonne : mais j'aurais voulu que l'idée de mon départ n'éveillât aucun autre que moi dans la maison; c'était dans ce but que j'avais fait hier mes adieux.

Rose le regarda fixement; puis baissa la tête, et dit avec embarras :

— Je voulais encore vous voir; pourquoi mentir? je voulais vous parler, à vous seul, avant votre départ. J'avais peur que le souvenir que vous emporterez de nous ne fût trop fâcheux.

— Je ne vous comprends pas, Rose.

— Pardonnez-moi, Edmond; vous nous quittez comme des indifférents. Nous, gens de commerce, vous pensez que nous ne sentons rien.

— Comment pouvez-vous croire?...

— Oh! j'en suis sûre; et cette pensée, que vous partirez sans nous connaître, que vous partirez avec la persuasion que personne ne vous aimait ici, j'en ai été tourmentée depuis huit jours : je voulais vous parler, et je n'osais. Oh! je m'en voulais de ma lâcheté! Enfin, ce matin, j'ai trouvé assez de courage pour venir. Edmond, je vous en prie, n'emportez pas un mauvais souvenir de nous.

Ses yeux bleus, voilés de larmes, étaient tournés vers le jeune homme, et elle lui tendait une main. Edmond la saisit.

— Oh! ne me parlez pas ainsi, s'écria-t-il tout ému; vous me feriez trop regretter mon départ.

— Nous le regretterons, nous, Edmond; moi surtout! Je m'étais fait une douce habitude de votre présence,

de votre entretien. Je n'osais pas toujours vous répondre ;
mais je vous écoutais en silence. C'était comme un tableau
que l'on regarde, comme un beau livre qu'on lit tout bas.
Bien des fois vous avez cru que je ne vous comprenais
point, parce que je restais muette, et pourtant j'ai retenu
vos paroles ; je les ai apprises par cœur, je me les répète
comme une prière.

— Que me dites-vous là, Rose ? Est-ce bien possible ?
Ah ! bien des fois j'avais cru que vous preniez intérêt à
moi, que vous trouviez plaisir à m'écouter ! Rose, ma
bonne Rose !

— Cher Edmond !

Tous deux se serraient tendrement les mains, et leurs
larmes coulaient.

— Et voyez, reprit le jeune homme, c'est au moment
de vous perdre que j'apprends à vous connaître ! Oh ! la
triste dérision que la vie ! Mais, dites-moi, pourquoi donc,
mon Dieu, restiez-vous toujours embarrassée ou silencieuse auprès de moi ?

— Et comment aurais-je osé être autrement, Edmond ?
Savez-vous quelle a été mon enfance ? savez-vous qu'à
douze ans j'étais assise devant un bureau, m'occupant de
chiffres ? Il a bien fallu me faire, à la longue, un extérieur
aussi arrangé que les colonnes de mon livre de caisse. A
force d'être une machine, j'en ai pris l'apparence. Quand
vous êtes arrivé, j'ai bien senti combien je vous paraissais
ridicule, mais qu'y faire ! j'entendais pour la première
fois parler d'art, de poésie ; tout cela me semblait bien
beau, mais c'étaient des mots nouveaux pour moi. Vous
aviez votre langue et moi la mienne : comment aurions-
nous pu nous comprendre ?

— Rose ! Et j'ai pu vous méconnaître à ce point ?

— Vous le deviez, Edmond ; mais moi, savez-vous tout

ce que j'ai souffert? car maintenant je suis hardie, j'ose tout vous dire. Vous étiez si méchant parfois; vos railleries me passaient si froides et si déchirantes dans le cœur! Et puis ces sourires dédaigneux, ces longs regards de pitié que vous laissiez tomber sur moi, et dont je me sentais enveloppée tout entière comme d'un linceul! Le moyen de n'être pas gauchement craintive! Il a fallu qu'une émotion me fît oublier tout mon effroi. Je me suis décidée à la pensée que je ne vous reverrais peut-être plus, et que vous emporteriez mon souvenir comme celui d'un meuble qu'on a vu quelque part. Ah! maintenant, je l'espère, il n'en sera pas ainsi; maintenant vous n'oublierez pas tout à fait votre cousine, n'est-ce pas, Edmond? Dites-moi que vous ne m'oublierez pas?

— Vous oublier! non, Rose, non; puissé-je seulement ne pas trop me souvenir de vous! Mais, voyez-vous, tout ceci me confond, me rend fou. Comment, c'est vous, là, ma cousine *la teneuse de livres?* Regardez-moi donc bien; dites-moi donc que je ne rêve pas! Rose, mais vous êtes un ange!

— Vous ne connaissiez que mon enveloppe, Edmond. Tant d'ennui avait assailli mes premières années, tant de désenchantements m'avaient meurtrie, que je m'étais ramassée dans cette froideur qui vous a frappé, comme dans un fourreau. Cette vie resserrée entre les grillages d'un comptoir, croyez-vous qu'elle me convînt plus qu'à vous? Croyez-vous que, le front penché sur ma plume, je n'avais pas aussi mes rêves flamboyants et mes espérances? Croyez-vous que je ne suivais pas quelquefois une douce chimère entre mes colonnes de chiffres? Je réalisais ce conte allemand que j'ai vu dans un de vos livres, et qui rapporte que l'âme d'un poëte fut incrustée par le démon à une mécanique à faire des bas, et forcée de servir de véhicule aux bras du métier! Dieu seul pourrait faire comprendre tout ce que j'ai bu de dégoûts avant d'avoir filé, autour de mon cœur, cette enveloppe insensible dans laquelle je l'avais abrité. Le ciel vous préserve, Edmond, de vous faire jamais comme moi chrysalide informe et froide, vous qui pouvez déployer vos ailes et chercher le soleil.

— O mon Dieu! Rose, mon Dieu! et je n'ai rien su deviner de tout cela! Mais, c'est moi qui étais enveloppé d'un triple nuage de préventions ineptes; c'est moi qui étais aveugle et sourd!

En prononçant ces mots, le jeune homme suffoquait de sanglots; il pressait les mains de sa cousine sur sa poitrine, sur ses lèvres. L'émotion de la jeune femme parut redoubler. Elle répondit aux caresses d'Edmond, et leva sur lui un regard tout fasciné; un de ces regards qui font monter jusqu'au cerveau une sorte de délire étourdissant. Tout à coup, une pensée amère traversa l'enivrement du jeune homme, ses mains se crispèrent convulsivement, et il écarta Rose de son sein.

— Pourquoi m'avez-vous dit cela maintenant? s'écriat-il; pourquoi ne me l'avez-vous dit jamais? Ah! il fallait me laisser dans mon indifférence. Je pars tout à l'heure, et vous venez me montrer tout ce que je perds! Mais, mon Dieu! pourquoi donc est-ce aujourd'hui que vous m'avez parlé, pourquoi pas il y a trois mois?

Rose baissa la tête confuse.

— Il y a trois mois, comprenez-vous? Alors j'aurais pu *rester*, et vous ne m'avez rien dit. Savez-vous que c'est horrible de voir ainsi le paradis s'ouvrir et se refermer au même instant? Songez-vous que si vous aviez dit un mot, il y a trois mois, au lieu d'un adieu aujourd'hui... Oh! cette pensée, c'est l'enfer!

L'exaltation d'Edmond était extrême. Rose, éperdue, tremblait.

— Assez, Edmond, assez, dit-elle. Mon Dieu! je ne voulais pas que notre entretien prît cette tournure. Partez, il le faut, partez, et que Dieu vous conduise!...

En disant cela, elle était pâle et près de s'évanouir. Il se sentit attendrir, et l'attira contre lui.

— Que vous importe un regret, Rose? un regret que peut-être vous ne partagez pas? Pensez-vous qu'un simple aveu soit coupable? Songez que je pars dans quelques instants, et pour ne plus revenir! Mes paroles sont comme celles d'un mourant; car la mort n'est qu'une absence; avez-vous donc peur d'un dernier rêve!

Il y avait dans les paroles d'Edmond, et dans l'air dont il les prononçait, une tristesse si déchirante que la jeune femme n'y put résister.

— Et croyez-vous être le seul malheureux? s'écria-t-elle au milieu des pleurs et des sanglots.

— Rose, est-ce vrai? quoi, vous aussi, vous voudriez retourner en arrière? Est-ce bien vrai? dites-le moi!

— Il ne m'a pas encore comprise! murmura-t-elle en se laissant aller sur la poitrine du jeune homme.

— Oh! c'est trop, je voudrais mourir maintenant, balbutia Edmond; Rose bien aimée! Rose! ne me suis-je pas trompé? C'est bien vrai, ce que vous venez de dire?

Et dans son délire il la pressait dans ses bras, il laissait rouler sa tête égarée sur la chevelure de Rose; mais celle-ci ne pouvait répondre.

— Oh! parlez-moi, Rose, parlez-moi sans peur; répétez vos paroles de tout à l'heure; songez que vous n'avez plus qu'un instant pour m'ouvrir votre cœur, et que vous aurez toute une vie pour me le cacher? Rose, au nom du ciel, répondez-moi?

— Et que vous dire? ne savez-vous pas tout maintenant?

— Ainsi ce n'est pas un songe; vous auriez été heureuse d'être à moi?

Et d'une voix plus basse à l'oreille de la jeune
femme :

— Tu m'aimes, Rose, tu m'aimes, n'est-ce pas?

— Oh! ne me demandez pas cela! dit-elle en cherchant
à se dégager.

— Non, non! tu as raison; ta bouche est trop pure pour
prononcer ce mot. Mais moi, Rose, je puis te dire que depuis tout à l'heure, depuis que je te connais, je donnerais
ma vie et mon honneur pour que tu fusses ma femme un
seul jour. Moi, Rose, je puis te dire que, si l'on m'offrait
la plus belle gloire de la terre et une place au ciel, je de-
manderais, en échange, une heure passée à tes genoux. Je
puis te dire tout cela, car tout cela est écrit dans mes
yeux, sur mon front, dans mes mains qui pressent les
tiennes! O Rose!... il eût été si doux de nous isoler tous
deux dans notre amour, de nous envelopper dans les bras
l'un de l'autre, et de sentir que notre univers ne dépassait
pas le bout de nos doigts!

— Grâce, Edmond! grâce!

Dans ce moment l'horloge sonna.

— Entendez-vous, Rose, dit le jeune homme d'une
voix grave et triste, dans un quart d'heure... nous nous
séparerons.

— O mon Dieu! Est-ce possible? Edmond! mon Edmond!

— Oui, Rose, ton Edmond: oh! pour un quart d'heure
du moins, ton Edmond. Mais, par pitié, qu'auparavant
j'entende un mot tendre de ta bouche! ma Rose, un mot
que je puisse emporter comme ces souvenirs d'amour que

l'on suspend sur son cœur. Aie compassion de moi, Rose!
tu vois bien ce que je vais devenir quand je t'aurai quittée : tous mes plans, tous mes espoirs sont détruits! A quoi
bon des succès maintenant? J'aurai laissé le bonheur en
arrière! Serre-toi, va, serre-toi sans crainte sur ma poitrine : ce n'est plus qu'une tombe toute pleine de projets
morts, d'illusions fanées. Rose, un seul mot, je t'en prie!
Je t'aime, moi, je t'aime; entends-tu? Mon Dieu! je
t'aime !

Il était à genoux devant elle, il serrait sa tête contre le
corps frémissant de la jeune femme. Tout à coup les deux
bras de celle-ci s'étendirent et l'enveloppèrent.

— Je t'aime, Edmond! répétait une voix délirante et
basse; je t'ai toujours aimé, depuis le jour où je t'ai vu
pour la première fois.

— Mon idolâtrée Rose! ma femme! Oh, oui, ma femme!
car ton âme est à moi.

— Toute à toi!

Le jeune homme tenait les mains de sa cousine pressée sur ses lèvres; il sentit le chaton d'une bague que
Rose avait autrefois reçue de sa mère, et qu'elle avait
toujours portée.

— Donne-moi cette bague, dit-il, comme souvenir de
cette heure. Depuis ton enfance elle est à cette place; elle
me parlera de toi.

Rose tendit la main, et laissa la bague couler entre les
doigts d'Edmond.

Il la baisa avec ardeur.

— Elle ne me quittera plus. Ce sera l'alliance du mariage de nos deux âmes. Elle me rappellera, dans mon
isolement, qu'il y a bien loin,... en Bretagne, un être qui
m'aime et qui me comprend; une femme qui me mêle à
ses prières.

V

— Pas encore cinq heures. Je me suis levé trop tôt.

En faisant cette réflexion à demi voix, Edmond jeta un triste regard sur les malles et les paquets étalés près de la porte du salon, et vint, contre la fenêtre, contempler le cours silencieux de la Loire, qu'il apercevait vaguement au milieu du brouillard du matin.

Il allait quitter son oncle, et partait dans une heure par la diligence de Paris.

Tant que sa mère avait vécu, il s'était résigné; mais il venait de la perdre, et son parti avait été pris à l'instant. Les observations de Barnabé Poireau avaient été inutiles : quant à sa cousine, elle n'avait rien fait pour le retenir; elle s'était contentée de dire tristement :

— Cela devait être ; votre place n'est point parmi nous.

Et elle avait baissé la tête avec une douloureuse résignation.

Edmond n'avait pas été sans remarquer cette conduite. Depuis quelque temps, Rose lui semblait une tout autre femme. Depuis son mariage elle avait dépouillé une partie de sa gaucherie craintive, et Edmond l'avait entendue plusieurs fois, avec étonnement, faire preuve d'intelligence et d'âme. Elle avait aussi acquis, dans la maison, une importance et une liberté inaccoutumées ; car les deux associés étaient également esclaves du vieux préjugé bourgeois qui demande une soumission aveugle à la jeune fille, et permet sa part du pouvoir domestique à la femme.

Barnabé Poireau surtout avait pour sa fille une considération toute particulière depuis qu'elle s'appelait madame Durand. Jusqu'alors Rose n'avait été, comme il le disait dans son pittoresque langage de négociant, qu'*un grand livre tout blanc et sans valeur ;* aujourd'hui c'était un registre en usage et qui avait pris son numéro d'ordre.

La jeune femme avait profité de cette nouvelle situation pour redorer quelque peu sa terne existence. Elle était devenue moins assidue au bureau ; elle s'était hasardée à lire *ostensiblement ;* elle avait osé répondre à son cousin et montrer parfois qu'elle pensait.

Cette métamorphose modifia quelque peu ses rapports avec Edmond, mais sans les rendre cependant libres ni affectueux. Il y avait de la part du jeune homme trop d'irritation, de celle de la jeune femme trop de gêne et de silence, pour que leurs relations ne conservassent point leur première teinte de froideur. Il eût fallu, pour la faire disparaître, qu'une circonstance extrême rompît, d'un côté, les préventions, de l'autre, la timidité ; et cette circonstance ne s'était point présentée.

œuvres, comme une religion, et elle le saura. Ce sera une correspondance mystérieuse et intime, qui pourra passer sous les yeux de tous sans que nous ayons à craindre, car seuls nous en connaîtrons le secret.

VI

Un an s'était écoulé depuis qu'un jeune homme, au front triste, était venu se loger à l'hôtel de Claire-Fontaine, rue des Mathurins-Saint-Jacques, à Paris. Il habitait la même chambre qu'il avait choisie en arrivant, et rien n'avait changé dans sa vie extérieure. Seulement ses yeux s'étaient creusés, et tout son corps avait perdu cette fraîcheur virile, si frappante chez les adolescents qui arrivent de province et qui viennent se racornir à l'air étiolant des hôtels garnis.

C'était un locataire tranquille, silencieux et rangé, qui sortait peu et ne recevait personne. On le voyait seulement, pendant les longs jours d'été, accoudé à sa fenêtre, regarder une petite échappée de ciel qui brillait entre deux

cheminées, ou bien la cime verte d'un chétif peuplier qui
dépassait de quelques pouces le mur d'une cour voisine.
Vers la fin du jour, il se rendait au Luxembourg, cherchait l'endroit le plus sombre, et s'y promenait seul quelque temps. Mais, dès que la foule commençait à se presser
dans les parterres enveloppés d'une atmosphère de parfums, il quittait son obscure allée. On le voyait passer,
d'un pas furtif et honteux, au milieu des groupes parés
et riants, comme à travers une fête donnée pour d'autres,
et il regagnait sa chambre humide, sa chambre de garçon, sans un seul sourire de soleil, sans une seule fleur
sur l'étroite croisée; triste réduit où se remarquait, non
le désordre poétique d'un cabinet de jeune homme, mais
l'arrangement pénible d'une pauvreté qui a honte, et se
déguise; où tout sentait l'abandon et l'isolement d'une
indigence fière et rapiécée qui croise et boutonne un vieux
vêtement; non pas l'indigence d'un jour, que l'on sup-
porte gaiement, misère charmante d'étudiant que régaye
un chapeau de femme jeté sur un lit sans rideaux, mais
une de ces misères sérieuses, qui sont seules et qui se
taisent; de ces misères qui tiennent la pensée resserrée
et flétrie, la heurtent à chaque instant au désir ou au besoin non satisfait.

Et tout cela était facile à voir, sans doute, pour qui aurait regardé la chambre du pauvre solitaire; tout cela
était bien propre à émouvoir la pitié des heureux! Mais
qu'importait aux heureux le jeune homme de l'hôtel de
Claire-Fontaine? Et d'ailleurs, qui se serait ému quand
il eût dit combien de cruels désenchantements étaient
venus l'assaillir depuis une année? Qui aurait eu compassion de tant de démarches sans résultats, de lettres sans
réponses, de promesses sans suites? Tant d'autres faisaient, comme lui, cette quête de réputation et tendaient

la main aux portes des journalistes ou des libraires!
Qui s'inquiétait de savoir si parmi cette foule de mendiants de gloire il s'en trouvait un plus fier et plus ir-
ritable, qui, lassé des refus, croiserait les bras et s'en-
velopperait dans son désespoir! Tous n'avaient-ils pas
commencé ainsi? Les plus fameux aujourd'hui n'avaient-
ils pas bu la honte, comme de l'eau, lorsque, encore igno-
rés, ils allaient, l'œil baissé et le chapeau à la main, proposer un manuscrit, d'éditeur en éditeur, pareils à des
commis marchands offrant de la rouennerie! N'était-ce pas
l'usage? pourquoi plaindre un sort subi par tous?

Aussi le jeune homme avait-il longtemps gardé le silence. Cependant, poussé à bout, il s'était déterminé à
s'adresser à un artiste que sa haute renommée d'écrivain
et sa réputation de bienveillance lui faisaient croire capable de comprendre sa situation.

Il lui écrivit pour lui exprimer énergiquement ses souffrances. Sa lettre, pleine d'une douleur loyale et digne,
peignait ces efforts acharnés, mais inutiles, d'un pauvre
provincial muré dans son obscurité comme Joseph dans
sa citerne, ne trouvant aucune issue pour la fuir, et cherchant en vain une main amie; il terminait en demandant une entrevue et la permission d'apporter un essai.

Une semaine entière s'écoula sans réponse. Enfin, le
huitième jour, le jeune homme reçut un billet qui lui as-
signait un rendez-vous pour le lendemain.

A l'heure fixée, il partit pour cette entrevue qui allait
décider de son sort.

Oh! heureux qui n'a jamais frissonné dans l'attente
d'une de ces visites extrêmes, qui n'a jamais compté les
minutes dans une étouffante angoisse, qui ne s'est point
senti froid à la vue d'une porte et n'en a pas saisi le marteau, comme une épée de duel, sans savoir si le succès ou

la mort était au bout. Hélas ! pour la plupart, il nous faut connaître cette heure poignante où notre destinée se décide entre deux coups de chapeau ; l'avenir de presque tous les hommes se joue sur une carte de visite !

L'homme célèbre reçut le jeune solliciteur avec bienveillance ; tous deux s'assirent vis-à-vis l'un de l'autre.

— J'ai lu votre lettre, Monsieur, dit le grand écrivain, j'en ai été touché. Moi-même j'ai connu les difficultés qui entourent les premiers pas d'un auteur, et je m'estime heureux lorsque je puis les rendre moins pénibles à quelque débutant. Voyons, que désirez-vous de moi ?

— D'abord, que vous me jugiez. Si je me suis trompé dans la carrière que j'ai embrassée, tout est dit ; mais si, au contraire, je suis appelé à quelque chose, je demande les moyens de prouver ce que je puis.

— Je ne doute nullement de votre talent, Monsieur ; vous m'avez, je crois, parlé d'un drame que vous désiriez livrer au théâtre ?

— Le voici.

— Il est bien difficile de réussir au théâtre, Monsieur ; moi-même j'y éprouve des entraves tous les jours. Puis, les journalistes, oh ! les journalistes sont les vampires de la littérature ; ils fanent, ils effeuillent toute idée ; impossible d'être nouveau avec eux, ils ont toujours une avance de vingt-quatre heures sur la plus rapide inspiration ; ils gâtent tous les sujets actuels. Ajoutez à cela l'esprit dénigrant et amer qui s'est emparé de la presse. Rien ne peut plus trouver grâce devant nos commissaires-priseurs littéraires. Le dédain est devenu de mode, on le revêt comme un costume ; puis nos *verts-verts* de feuilletons sont atteints d'un si profond blasement, qu'ils se meurent de dégoût sur les dragées que nous leur servons.

Cette tirade était prononcée d'un accent pittoresque et

incisif ; l'homme célèbre s'arrêta pour jouir de l'effet qu'il avait produit.

Son auditeur se contenta d'une approbation silencieuse ; il songeait au but de sa visite, qu'il tremblait de voir oublier. Son regard inquiet fut compris.

— Pardon, Monsieur, revenons à vous. Je verrai ce drame, si vous voulez bien me le laisser. Avez-vous autre chose ?

Tout ceci était dit un peu plus froidement qu'en commençant.

— Un roman historique, dont je vous apporte un chapitre.

— Ah ! ah ! malheureusement le public est un peu fatigué de ce genre de compositions. C'est une pâture trop solide pour les lecteurs actuels. L'intelligence, en France, est au régime ; il ne lui faut que des nourritures légères, des nouvelles de quatre-vingts pages et des tableaux de quatre pieds. Du reste, je verrai, Monsieur. Et jusqu'à présent vous n'avez réussi à rien placer chez aucun éditeur ?

— Rien, Monsieur.

— Vous ne connaissez aucun éditeur de journal ?

— Aucun.

— Le succès sera lent, alors ; mais il faut du courage, de la patience.

— J'en ai eu un an, Monsieur ; mais j'ai *besoin* de ne plus trop attendre.

Il appuya sur ce mot avec une douloureuse énergie, comme s'il eût pesé sur le manche d'un poignard qui lui fût entré dans la poitrine.

Il y eut un silence ; l'homme célèbre se leva.

— Je ferai tout ce que je pourrai pour vous servir dit-il ; je lirai d'abord ceci avec attention.

— Quand pourrai-je revenir ?

— Mais, dans huit jours.

Et il reconduisit le jeune homme jusqu'à la porte.

A peine fut-il sorti :

— Encore un fou qui eût mieux fait de rester dans sa province! murmura-t-il. D'après sa lettre, je m'attendais à voir un *Antony* littéraire, c'eût été à étudier; mais c'est un pauvre garçon, qui ressemble à deux cents autres : un habit noir, des gants blancs, et les poches pleines de manuscrits.

Il entra dans son cabinet en haussant les épaules.

Huit jours après, le jeune homme vint chercher son arrêt, il ne trouva personne; deux autres visites ne furent pas plus heureuses. Enfin, il reçut ses manuscrits avec une lettre de douze lignes.

Tout avait été trouvé fort bien; on l'engageait à continuer, en l'assurant d'un intérêt véritable, et l'on terminait en se disant son tout dévoué serviteur.

Tout était fini pour Edmond . . . .

. . . .

La semaine suivante, comme la famille Poireau était rassemblée à table, on apporta la correspondance.

— Une lettre pour toi, Rose, dit le père Poireau en lui jetant de loin un paquet timbré de Paris.

— C'est d'Edmond, remarqua Durand, dont l'habileté à distinguer, au premier aspect, toutes les écritures, était, au moins, égale à celle qu'il avait acquise pour la taille des plumes.

— Nous envoie-t-il enfin notre arrêté de compte? répartit M. Poireau; je lui avais ouvert un crédit chez Dupont, et je crains qu'il n'ait dépassé ce que nous avons ici à lui.

Dans ce moment Rose jeta un faible cri et s'évanouit. La lettre qu'elle tenait ouverte à la main lui échappa; un anneau en sortit et roula par terre; Poireau reconnut la bague qui avait disparu du doigt de sa fille depuis le départ d'Edmond.

Le même courrier apportait la nouvelle, répétée par tous les journaux du suicide d'un jeune poëte, M. Edmond Bian, demeurant rue des Mathurins-Saint-Jacques, hôtel Claire-Fontaine. Pendant huit jours, on donna des détails, dans toutes les gazettes, sur cette mort *prématurée et déplorable*. Ce fut la répétition de la triste comédie jouée sur la tombe d'Escousse et de Lebras.

L'homme célèbre auquel Edmond s'était adressé en dernier lieu, publia un choix des poésies du *jeune et infortuné* Bian, avec une préface dans laquelle on remarquait le passage suivant, qui fut cité dans tous les journaux.

« Il est mort comme Caton, parce qu'il avait désespéré
« de la république des lettres; il est mort, parce qu'au-
« tour de lui il avait vu l'avilissement des arts, l'aban-
« don des artistes et l'indifférence de la foule. L'existence
« lui a fait mal au cœur, il l'a rejetée comme une gue-
« nille sale et usée. Il a bien fait ! Qu'aurait-il attendu
« de la société au milieu de laquelle le hasard l'avait jeté?
« Où aurait-il trouvé une main amie à serrer dans ce
« bagne littéraire, où toutes les réputations sont soudées
« deux à deux, hostiles et voleuses entre elles? Le génie
« de Bian était trop fier pour se mettre à la solde d'un
« libraire, et son esprit n'était pas de ceux qui se débitent
« taillés à l'emporte-pièce de mode. Comme d'autres, il
« aurait pu vivre dans cette littérature marchande où les
« pensées se confectionnent à l'instar des bas de coton. Il
« aurait pu, flatteur des passions de chaque instant, leur
« demander des succès de circonstance ; mais Bian avait
« placé l'art trop haut au-dessus de la terre pour le des-

« cendre jusque-là. Sa mission lui avait paru trop sainte
« pour qu'il fît ainsi de sa robe de grand prêtre de l'ave-
« nir un misérable déguisement de carnaval. Qu'on passe
« près 'de sa tombe en disant : *Il était fou!* c'est bien ! Il
« est mort jeune ; le monde n'a pas eu le temps de lui dé-
« partir son lot d'injures et de dérision ; qu'il achève sur
« son cadavre ! mais ensuite gloire à lui ! car ce fut un
« martyr, mort pour avoir voulu racheter les arts de leur
« perdition !

« En tout cas, voici son livre : je l'ai recueilli, au milieu
« d'un prodigieux et confus amas de drames, de poëmes,
« de romans inachevés, éparpillé comme une rose effeuil-
« lée. Il m'a fallu le recomposer pièce par pièce. Triste et .
« doux travail pour qui avait connu l'auteur, serré sa
« main et entendu sa voix! Je l'ai pourtant achevé,
« comme un dernier devoir que je rendais à une mémoire
« amie. Après avoir inutilement essayé de consoler la vie
« du poëte, de l'encourager, de le soutenir dans la car-
« rière, il m'appartenait peut-être d'écrire son épitaphe
« glorieuse, et c'est ce que je fais ici. »

La préface et le livre eurent un immense succès ! Vu
la mort de l'auteur, les journalistes le louèrent sans res- .
trictions ; dès lors le nom d'Edmond Bian prit place parmi les plus renommés de l'époque.

On fit jouer ses drames ; on édita son roman historique, avec des vignettes de Tony Johannot, et bientôt ses
œuvres complètes parurent chez Renduel, ornées d'un
magnifique portrait de l'auteur et d'un *fac-simile*. L'homme.
célèbre fit encore une préface.

Un bel exemplaire de ces œuvres complètes fut envoyé
à l'oncle Poireau. En l'ouvrant, le brave négociant soupira profondément.

— Cela aurait fait tant de plaisir à ma pauvre Rose !
dit-il.

Et il ordonna à son premier commis d'accuser réception des volumes reçus.

Mais on ne les ouvrit point ; car il n'y avait plus personne qui lût des vers dans la maison Poireau et compagnie.

FIN DE LA BOURGEOISE.

LA GRANDE DAME

LA GRANDE DAME

Dans l'orage du monde une fois entraînée,
N'espérez plus reprendre une paix profanée,
Ni revenir au temps où les plaisirs du cœur
Vous créaient à l'écart un monde de bonheur !

POÈTE INCONNU.

PREMIÈRE PARTIE

JEUNE FILLE

Aimons-nous, as-tu dit? Oh! silence, silence!
Au-devant de mes vœux si ton être s'élance,
    Si mon envie est ton désir,
Il faut auparavant mettre dans la balance
    Mon cœur et le monde, et choisir!
Ah! viens, si ta pensée est plus haut que la foule,
Si le toucher du monde en ton sein te refoule,
    Si ton âme est ferme en ta foi,
Si tu veux de mon cœur pour te servir de moule,
    Si tu veux te fondre dans moi!

ÉLIE MARIAKER.

> Malheur à l'homme qui, dans les premiers
> moments d'une liaison d'amour, ne croit pas
> que cette liaison doit être éternelle!
>
> BENJAMIN CONSTANT.

5 juin.

. . . .

Cette campagne me plaît ; elle est solitaire et sombre.
Lorsque nous sommes arrivés, il y a deux jours, M. le
comte ne trouvait pas assez d'exclamations pour déplorer
l'abandon dans lequel elle a été laissée. Les ronces obstruaient le perron d'entrée, et l'herbe a crû jusque dans
la salle de réception. A la chapelle, les liserons entourent
l'autel d'un réseau de fleurs, et la cloche a disparu sous le
lierre. Les oiseaux nichent sous ses parois sonores !

Oh ! ce délaissement profond m'enchante. Ici l'on sent
partout l'absence des hommes. Je marche avec joie sur

cette verdure, que les pieds des biches et des chevreuils
ont seuls foulée depuis plusieurs années. Ici, je puis respirer un air qui n'a point été empoisonné par l'haleine de
mes semblables, et qui n'a caressé que des fleurs avant
d'arriver à ma poitrine. M. le comte me laisse du temps
et de la liberté. Mon emploi de secrétaire m'oblige, tout
au plus, à deux ou trois lettres par semaine. La vie est
pour moi aussi bonne qu'elle peut l'être après la perte de
ses enchantements. C'est une eau courante à laquelle je
bois sans soif, par habitude et parce qu'il le faut.

10 juin.

J'ai brûlé aujourd'hui la boucle de cheveux que je lui
avais dérobée ; c'était tout ce qui me restait d'elle !

Qu'était donc cette femme ? je l'avais vue si tendre, si
dévouée ! je l'avais vue sourire si dédaigneusement aux
préjugés du monde, que je la croyais forte et pure comme
les archanges !... Et qui eût pensé autrement ? c'était une
âme à laquelle rien ne paraissait manquer, ni l'amour
franc, ni la haine loyale. Elle n'avait pas cette indulgence
pour le mal qu'on nomme bonté, dans le monde, et qui
n'est qu'une première transaction de conscience ; elle osait
s'indigner, elle osait détester, elle osait être en colère.
Quoique femme, elle n'avait pas honte de la vérité ; elle
la disait, elle la souffrait. Et puis, comme elle comprenait
la vie ! comme les jugements de son esprit passaient par
son cœur, pour n'en sortir qu'étincelants d'amour ! comme
elle prenait en pitié et en dégoût cette existence vulgaire
que les autres se faisaient dans le monde ! Elle, du moins,
elle n'aimait ni les réunions, ni les fêtes, ni les bals ; elle
n'allait pas s'étaler à ces foires de femmes, où chaque

homme vient prendre, au hasard, celle qui lui plaît davantage. Elle aimait les saintes joies d'une union choisie, elle devinait cette vie intérieure où tous les bonheurs se concentrent dans un étroit foyer ; où, après une heure passée au dehors, on reprend avec délices toutes ses jouissances.

Qui aurait pu ne pas l'adorer ?

Aussi, oh ! combien je l'aimais, mon Dieu !

Et pourtant je me taisais ! car l'heure n'était pas venue. J'étais pauvre, et il me fallait le temps de lui bâtir un nid dans la vie.

Mais un jour, on vint me dire : Elle se marie !

Et cela était vrai.

La femme pure et forte avait cédé à la loi commune ; elle avait douté de son avenir, et, lasse d'attendre le paradis, elle avait accepté l'enfer.

Alors, la vie de toutes commença pour elle. Chaque soir, il lui fallut, *sans amour*, sentir un homme couché contre son flanc ; il lui fallut se dépouiller froidement de toutes ses modesties de jeune fille, et jeter sa pudeur au pied du lit nuptial avec ses vêtements ; il lui fallut donner tranquillement à un mari son corps pour ses plaisirs du soir, comme elle lui donnait ses repas ; le prendre sur son sein, comme elle eût passé son bras au sien pour une promenade ; se montrer à lui dans tout le déhonté des actions les plus immondes ! à lui, devant lequel elle n'eût osé dévoiler un seul repli de son cœur !

Et tout cela, elle put le faire sans mourir, elle le fit avec calme ; elle n'eut ni honte ni remords !

Et moi, qui l'avais aimée comme on eût fait d'un ange, en l'environnant d'une vénération sainte ; moi, dont la pensée avait été chaste jusqu'à n'oser soulever les tresses de ses cheveux et baiser ses paupières ; moi, qui l'avais

adorée de loin, à deux genoux devant elle, et ne voyant
que son âme ! le soir où elle se prostitua à son époux, j'é-
tais sous sa fenêtre, insensé ! arrachant de mes ongles la
chair de ma poitrine, voyant sa lampe s'éteindre, écoutant les rumeurs de la nuit, et criant son nom, comme
celui d'une femme aimée qui vient de mourir !

Oh ! que j'ai souffert cette nuit-là !

Mais, le lendemain, je la revis ; elle était aussi belle,
aussi souriante !

Alors je ne souffris plus ! Je méprisai.

12 juin.

Comment donc ! mais on dit qu'elle est heureuse !... Et
pourquoi ne le serait-elle pas ? Son mari a *une position*
dans le monde : il est médecin et a un oncle préfet ; savez-
vous tout ce qu'il y a là d'éléments de bonheur ?

A la vérité, c'est un homme de peu d'entraînement, et
qui lui est venu tout souillé de l'écume du monde. Il en est
beaucoup d'autres qu'elle lui préfère ; sa confiance en lui
ne va pas jusqu'à lui montrer les lettres qu'elle reçoit, et
elle ne lui parle guère que du temps qu'il fait ; mais aussi,
elle a un beau châle, on lui fait des visites, et elle porte
un nom que l'on trouve imprimé dans l'almanach du dé-
partement.

Puis, ils seront riches un jour ; ils ont *des espérances* ;
ils en parlent souvent, le soir, au coin du feu. Ils rêvent
à la mort de leur père, à la goutte de leurs oncles, à la
mauvaise santé d'une de leurs sœurs ; l'avenir leur sourit ; ils ne le voient jamais que le crêpe au chapeau et en
habit de deuil !

Aussi, elle, cette vie lui va maintenant; elle s'y est casée; elle aime à faire des confitures et à danser chez son oncle le préfet; elle est *maîtresse* d'elle-même; *maîtresse*, entendez-vous? C'est pour cela qu'elle s'est résignée à prendre un mari. Maintenant, on ne lui parle plus comme à une enfant; elle s'habille à sa fantaisie, elle peut aller voir ses connaissances sans une bonne pour conductrice.

Et que lui coûtent tous ces avantages, l'excellente femme? un peu de complaisance chaque soir.

— Et moi, Joseffa, sais-tu ce que je t'aurais donné, insensée? J'étais si fort avec mon amour! j'aurais atteint tous les buts, acheté toutes les joies que tu aurais désirées.

Tu aimais les richesses; eh bien, j'aurais gagné pour toi un palais d'Italie entouré de marbres, de statues, d'eaux jaillissantes. Le jour ne t'y serait venu qu'à travers les fleurs et les rideaux de soie; tes pieds auraient reposé sur des tapis plus doux sous les pas que la neige qui tombe; je t'aurais entourée de blondes, de velours, d'oiseaux de paradis; je t'aurais noyée dans les cachemires, dans l'or, dans les pierreries. Et, ébloui de tant de jouissances et d'éclat, ton œil fatigué se serait reposé sur moi, et tu te serais dit : Que cela est pauvre auprès de mon amour!

— Tu aimais la gloire? eh bien, pour toi j'aurais obtenu un de ces noms célèbres qui laissent un long retentissement sur la terre. J'aurais attaché à ton front une étoile brillante; je t'aurais abritée dans mon génie, je t'aurais mêlée à ma vie, jusqu'à ce que ton nom ne pût jamais être séparé du mien.

Et tu aurais marché dans la foule, fière jeune fille, honorée! chaque murmure t'aurait renvoyé au cœur le nom du bien-aimé; chaque œil de femme t'aurait dit que tu étais heureuse; chaque voix aurait répété : *C'est elle;* et les mères t'auraient montrée à leurs enfants, pour qu'ils pussent dire un jour qu'ils t'avaient vue.

Oh! je serais devenu tout ce que tu aimais, je t'aurais fait un Éden, et je me serais mis à sa porte comme l'archange, avec l'épée flamboyante, pour empêcher la douleur d'y entrer.

Au lieu de cela, Joseffa, tu as pris une place vulgaire dans le monde; tu t'es faite femme lâche et sans cœur.

Et je te hais, Joseffa, parce que tu as tué mon rêve, parce que tu as traîné ma belle couronne d'illusions dans le ruisseau; je te hais, parce que tu m'as appris ce que c'était qu'une femme !

Maintenant, sois maudite, et je rirai! Deviens laide et pauvre, et je ne dirai pas une fois : Pauvre Joseffa!

Tu t'es vendue comme une marchandise de chair, tu n'es plus *qu'une chose* pour moi, Joseffa!

Reste à ton maître.

15 juin.

La fille de M. le comte vient d'arriver de sa pension. Adieu ma douce paix et ma solitude! Il y aura des fêtes ici, sans doute; que deviendrai-je alors?...

Je l'ai vue, cette jeune fille, elle est belle et ingénue. Elle m'a demandé si on était bien heureux à la campagne, si les vaches donnaient de bon lait, et si les rossignols avaient commencé à chanter. Je plains M. le comte; que fera-t-il à Paris de cette ravissante enfant? elle a l'air trop naïf et trop bon pour le rôle qu'elle est appelée à jouer. Et M. le comte n'a que cette fille !... Pauvre père !...

Les nuits sont belles maintenant. J'aime à rester assis, le soir, sur mon balcon et à regarder les étoiles. Hier la fenêtre du salon était entr'ouverte; je voyais au fond mademoiselle Ernestine, immobile devant son piano. Entre les deux bougies qui l'éclairaient, elle m'a rappelé cette statue de vierge, si blanche et si belle, que, tout enfant, j'aimais à voir sur l'autel de ma paroisse, au milieu des cierges de l'office du soir. Bientôt elle a chanté! Je ne sais si mon âme était plus disposée que de coutume à l'émotion; mais cette voix de femme, s'élevant parmi les rumeurs vagues et étranges de la nuit, a remué toute la poésie de mon cœur. Dans le silence de la romance on n'entendait que le clapotement sourd de l'étang contre les roseaux, ou le soupir plaintif d'un oiseau, éveillé dans son nid de mousse. J'ai senti alors quelque chose d'ineffable qui se répandait dans tout mon être; j'ai cru assister à une de ces premières nuits de la création, alors que le premier homme, couché sur l'herbe d'une clairière, encore tout étonné de sa vie et promenant son œil enchanté sur les bois, sur les eaux, sur la voûte étoilée, penchait tout à coup l'oreille, et écoutait, ravi, l'hymne éloigné d'un ange, échappé du ciel pour venir voir l'univers qui était né.

Elle s'est tu enfin, et s'en est allée. Mais, moi, je suis demeuré là, longtemps, sous l'impression que je venais de recevoir. J'ai pris ensuite mon violon et j'ai improvisé; il me semblait qu'une main invisible touchait mes cordes; je ne sentais ni mon violon ni mon archet. Comme je

finissais, j'ai cru entendre une fenêtre se refermer doucement, vis-à-vis : m'aurait-elle écouté?

19 juin.

M. le comte m'a prié de donner à sa fille quelques leçons de musique. On a loué, dit-il, devant lui mes compositions musicales, que je m'obstine à cacher. Puis sont
venus de ces éloges que l'on donne à ceux dont on veut
obtenir un service. J'aurais refusé ; mais, pendant cette
prière de son père, *elle* me regardait d'un air si suppliant!... J'ai consenti. Au fait, cela me donnera plus de
plaisir que de fatigue. Mademoiselle Ernestine est déjà
forte, je reprendrai avec elle mes études musicales.

C'est demain que je commence; elle me l'a déjà rappelé
vingt fois.

30 juin.

La voyez-vous, comme elle court, la jeune fille, à travers les allées et les prairies? la voyez-vous, la jeune fille,
comme elle est belle ainsi, bondissante, crieuse, échevelée !

Sa joie est dans l'air, elle la respire. Elle rit, elle aime
vivre. Elle a moins de soucis que l'abeille qui passe, que
l'oiseau qui vole, que la cigale qui chante. Elle sait faire
des houlettes de marguerites et des chaperons de violettes.
Elle aime à chercher les vertes noisettes, au fond des tail-
lis, à cueillir les mûres luisantes, au milieu des haies
fleuries, à s'asseoir près du moulin, pour voir ses pieds
blancs nager au fond du ruisseau. Elle aime à venir en-

tr'ouvrir les feuillées, d'une main matinale, pour surprendre dans leurs nids des oiseaux endormis; elle aime
à poursuivre, à travers les prés, les demoiselles bleues et
les papillons couleur d'aurore.

Et puis, elle a des colombes qui viennent baiser ses
lèvres roses, elle a des agneaux qui accourent à sa voix et
passent sous ses mains leurs têtes douces et blanches; elle
a des magnolias qui fleurissent à sa fenêtre, et dont les
parfums l'éveillent dans sa couche. Elle a un étang dont
l'eau est calme et bleue, et sur cet étang une nacelle qui
flotte au milieu des fleurs de nénuphar.

Et quand, bercée dans la barque nonchalante, elle penche son front vers le flot endormi, le flot lui dit qu'elle est
belle!

Oh! combien elle est heureuse, la jeune fille! la nature
est à elle, elle l'aime, elle en est aimée; elle court dans la
vie comme dans le grand jardin de son père, ne voyant
tout autour que verdure et que fleurs... et sur sa tête le
ciel qui sourit!

Mais elle ne sait pas, l'enfant, que tout cela n'est à elle
que pour un jour, elle ne sait pas que le sort ne l'a point
créée pour ces simples joies, et que là-bas le monde l'attend avec ses pompes et ses déceptions.

Le jour est proche où il faudra relever ces cheveux qui
flottent sur ses épaules à la manière des cheveux d'enfant;
où il faudra déchirer cette robe blanche, briser cette couronne de marguerites.

Alors elle saura ce que pèsent au front les diamants et
l'or! Alors les bouquets sans parfums, et les sourires sans
bonheur!

Oh! qu'elle ne l'oublie pas! elle est la fille d'un comte!

Et pourquoi Dieu l'a-t-il fait naître ainsi? Que ne lui a-
t-il été donné de posséder une maison blanche au pen-

chant du coteau, avec un jardin, un grand arbre près du seuil, quelques mille francs à jeter à la vie matérielle chaque année, et une bonne vieille mère qui, les lunettes au nez et tricotant des bas, l'aurait regardée courir, uniquement occupée de la prévenir contre les entorses et les coups de soleil !

Alors, peut-être, il serait venu un jour vers elle quelque brave jeune homme, n'ayant aussi qu'une bien petite place dans le monde, mais ami des familières jouissances du foyer, et tous deux auraient pu vivre heureux en s'aimant.

Au lieu de cela, le sort a donné à la jeune fille un château avec de grands bois, et il lui faudra renoncer au calme des champs pour le luxueux tumulte de la ville. Son père viendra lui dire un jour : — Voilà un homme qui te convient; car il est duc et peut devenir ministre. Et la jeune fille devra lui promettre de l'aimer et d'être fidèle; elle deviendra sa femme !

Mais qui peut dire où la conduiront alors ses déceptions ? Que deviendra ce pauvre cœur, *malade d'un bonheur rentré*, qui n'aura plus où se prendre dans la vie, qu'aux turbulentes ivresses et aux étourdissements passagers de la société ? Alors, il faudra bien que sa sensibilité même tourne contre lui, et que la naïveté de cette âme, toute déflorée et tout aigrie, se transforme en impudeur.

Et cela doit être ainsi, enfant! car tu es la fille d'un comte !

5 juillet.

Mademoiselle Ernestine chantait ce matin une romance qui dit que l'on ne peut aimer deux fois !.. Cela est-il vrai?

Pour les femmes, je le pense; mais non pour nous.

Cette opinion est bizarre en apparence, et je la crois juste pourtant.

L'amour de la femme ne ressemble point au nôtre, il est plus exclusif et plus entier. Toute sa vie tourne autour de l'affection éprouvée, comme autour d'un pivot unique. Elle vient se presser sur la poitrine d'un homme en lui disant : — Défends-moi, et prends en retour toute mon âme et tout mon corps. Dès lors, son monde devient le foyer domestique; sans réticences, sans réserves pour l'avenir, elle se donne à celui qu'elle a choisi, pure de tout contact de la chair et de la pensée, avec des sens et un cœur dans tout le velouté de leur virginité. A lui de respirer ce parfum jusqu'à ce qu'il s'exhale à jamais! L'épouse ne gardera rien de caché pour lui; car elle est devenue *une part* de lui-même. Si le sort ou la mort le lui enlève, malheur à elle! c'est une fleur cueillie qu'a délaissée la main qui l'avait détachée de la tige.

Tel n'est point l'amour de l'homme. Dur combattant dans la vie, il ne s'offre à la femme que couvert de la poussière et de la fange de la carrière. Les passions ont pu pâlir son front et creuser ses yeux sans qu'il paraisse moins beau. Ce qui charme, c'est sa force et non sa pureté. Que la liane vienne s'appuyer à ce chêne rugueux et sombre, qu'elle jette ses fleurs autour de son tronc protecteur, et il s'élèvera joyeux, offrant à tous l'admirable mélange de la force et de la grâce. Mais si l'ouragan passe et brise la liane, le chêne restera debout, sombre et solitaire! Sans doute, sa rude écorce conservera longtemps l'empreinte des bras caressants de sa compagne perdue; mais, quelque jour, une liane nouvelle pourra étendre encore son réseau fleuri autour de l'arbre, puissant et beau comme autrefois.

De même, ce que l'homme a donné à une femme, protection et amour, il peut le donner à une autre.

Mais ce que la femme a livré au premier bien-aimé, toutes ces voluptés de jeunesse effeuillées dans un premier attachement, qui pourra les lui rendre?

Elle est désormais dans la vie comme ces bouquets flétris que l'on jette sur la rue, et que le peuple, aux sens lourds et aux goûts grossiers, ramasse pour orner ses greniers.

L'homme le plus dépoétisé éprouvera lui-même quelque dégoût à la lier à son sort, dans ses bras; une rougeur de honte lui couvrira le visage à la pensée que le corps d'un autre s'est déjà collé contre ce corps frémissant; qu'un autre cœur s'est approché, avant lui, de ce cœur de femme; que la virginité de son âme est perdue comme celle de son corps!

Et elle, elle ne pourra lui dire qu'elle lui a tout livré; elle ne pourra se parer à ses yeux de cette première pudeur qui résiste, de ces abandons combattus, de cette volupté qui s'interrompt et s'effraye, de toutes ces concessions entremêlées de larmes, de rougeurs et de baisers, qui sont autant de liens d'amour et qui semblent dire à l'époux: C'est à toi que je cède, à toi seul que j'aurais pu céder! Il n'y aura entre eux rien d'intime, rien des mystères à deux qui rendent la vie si belle.

Ce sera une union avec un tiers invisible toujours présent.

4 juillet.

Décidément elle est bonne, cette enfant; car c'est une enfant, et je veux la regarder ainsi. Quand je chante un air

triste, elle pleure à suffoquer; puis, elle est toute honteuse de son émotion, et elle s'enfuit. Pauvre petite, qui
a honte de son cœur, comme si elle pressentait que dans
sa condition il est ridicule d'en avoir.

6 juillet.

Elle me fait apporter tous les matins un bouquet de
fleurs, qu'elle cueille elle-même dans son parterre. Leur
parfum remplit la chambre que j'habite; et ce parfum est
comme un souvenir que je respire sans cesse. Elle dit
que ces bouquets sont *mes cachets!* M. le comte ne s'inquiète
pas de nous, fort heureusement; il est occupé avec ses
fermiers et ses forêts, qu'il fait abattre.

10 juillet.

Nous faisons des lectures maintenant dans le salon,
après notre leçon de piano. Elle est aussi pleine d'intelligence que de bonté. Notre intérieur s'est arrangé d'une
façon charmante, à l'insu de M. le comte, qui est presque
toujours absent. Nous vivons dans la douce intimité de
parents qui se connaissent depuis longtemps : j'aime cette
existence toute simple, ce sans-façon affectueux qui me
permet de m'amuser avec son gant, ou de lui prendre une
rose à sa ceinture. Je ne connais rien au monde de ridicule et d'indécent comme la pruderie que les usages ont
établie entre les jeunes gens et les jeunes filles. Nos demoiselles ont toujours l'air préoccupé d'une pensée de défense.
Elles ont peur d'un regard, d'un geste ; leur pudeur n'est
qu'un instinct d'impureté qui les précautionne sans cesse.

Elles ont toutes l'air de dire : Oh ! vous n'avez que faire, on ne nous prend pas nous autres ! filles bien apprises, allez, et qui savent quand il faut rougir !

12 juillet.

Il y a du monde au salon, du monde pour tout le jour. Je ne descendrai pas.

Oh ! je sens maintenant que j'ai eu tort de me créer de douces habitudes de famille qui ne pourront continuer. Dans un mois nous serons à Paris. Là, mademoiselle Ernestine ira dans le monde, et il me faudra renoncer à la voir, dans une intime et affectueuse égalité, comme je le fais ici. Fou que je suis de me préparer ainsi des regrets ! Mon cœur est comme ces plantes vivaces, toujours prêtes à se prendre à tout ce qui les environne et à s'y unir par des liens qu'il faut briser aux premiers jours ! C'est, chez lui, un vice de nature ; d'ici que je ne l'aie arraché et jeté dans la foule, il restera toujours prêt à pousser ses rameaux au loin. Peut-être un jour aurai-je le courage de lui greffer un peu d'égoïsme, pour arrêter cette pousse luxuriante. La voie du monde n'est large et facile que pour celui qui a vidé sa poitrine de toute sensibilité rétive. L'enthousiasme est comme la vapeur : ce n'est un véhicule heureux et puissant que pour un petit nombre de routes préparées ; partout ailleurs, c'est une cause de chutes. Les passions généreuses, les ambitions élevées, ne produisent que trouble et malheur. C'est en châtrant son âme qu'on trouve le repos. Heureux les eunuques d'intelligence et de cœur ; ils peuvent se promener sans désirs au milieu des joies de l'existence !

●

Ils ne sont point encore partis aujourd'hui. Quand
donc partiront-ils? Oh! que leurs voix et leurs rires me
blessent! que je souffre de les voir.

Et elle, elle paraît joyeuse de leur présence, elle rit avec
eux; elle court avec ces jeunes gens au milieu des charmilles; elle les appelle de loin; elle leur jette des fleurs,
l'imprudente!

Elle ne sait pas ce que sont ces hommes-là, qui déshonorent une femme avec un regard; qui dans une imprudence de jeune fille ne cherchent qu'un scandale; qui se
parent avec sa honte, comme d'un ornement de bon
ton. Elle ne sait pas...! Mais que m'importe après tout?
que m'importe? et pourquoi écrire toutes ces folies?

J'étais bien triste, ce matin; triste depuis plusieurs
jours; elle est descendue pour prendre sa leçon.

— Voilà longtemps que je n'ai eu l'honneur de vous
voir, Mademoiselle.

— C'est votre faute; pourquoi n'êtes-vous par descendu? je vous ai fait chercher trois fois.

— Je ne voulais pas troubler vos plaisirs.

Elle m'a regardé:

— Depuis quand, monsieur Alphonse, croyez-vous que
votre présence puisse troubler mes plaisirs?

— Ma figure triste eût glacé votre joie. Je n'aurais pu d'ailleurs lutter de galanterie, ni de gaieté, avec les jeunes gens que vous receviez. Puis, je n'étais pas présentable à vos amis ; je n'ai pu trouver, dans toutes mes malles, une paire de gants glacés.

— Une ironie n'est point une excuse. Peut-être y avait-il plus de politesse et de convenance à se présenter déganté, qu'à se faire demander trois fois, sans venir.

Elle avait dit cela, l'enfant, d'une voix tremblante d'un peu d'émotion et de colère, de cette colère de jeune fille qui est si près des pleurs ; j'aurais dû prendre sa main et lui demander pardon ; mais j'étais aigri, et, misérable orgueilleux que je suis, j'ai cru qu'elle voulait me blesser. Je me suis levé :

— Je suis secrétaire de M. le comte, ai-je dit : il m'a *loué* pour sa correspondance, et non pour amuser les gens qui le viennent voir ; mes écritures achevées, ma solitude est à moi.

Et j'avais fait quelques pas vers la porte. Des sanglots m'ont fait détourner.

Elle venait de fondre en larmes.

Oh ! alors, toute ma stupide fierté s'en est allée. Alors, 'ai couru vers elle ; j'ai osé prendre ses mains dans les miennes, je lui ai demandé mille fois de me pardonner.

Je pleurais aussi, et j'étais fou de regrets, de trouble, de bonheur !

Je lui ai dit, je crois, que j'avais été bien malheureux, que sa joie me faisait mal, que j'avais pensé qu'elle n'avait pour moi nulle amitié... Que sais-je ?...

Elle m'a tendu sa main, que j'ai pressée sur mes lèvres. Son autre main s'est abaissée sur ma tête... Je l'ai sentie frémir dans mes cheveux. Elle m'a nommé ! et elle s'est échappée en courant.

II

LE TONNERRE AU BAL

Il fallait qu'elles eussent bien souffert pour
s'amuser ainsi il fallait que leur existence privée fût bien malheureuse; car c'est une sûre
comparaison à faire celle-là, et la turbulence
ou la tranquillité d'une femme au bal, donnera
toujours l'exacte mesure du chagrin ou de la
joie qui l'attend au seuil de sa chambre a coucher.　　　　THADÉUS LE RESSUSCITÉ.

C'est que là, près de moi, vous parlez devant d'autres;
Des regards étrangers osent chercher les vôtres;
Je veux fuir, je m'arrête .. et puis, si je vous voi
Sourire, je me dis : Ce n'est donc pas pour moi !
　　　ED. TURQUETY (Esquisses poétiques).

La soirée était étouffante, et nul souffle d'air ne pénétrait dans la salle, magnifiquement éclairée; les six
fenêtres pourtant avaient été ouvertes : la campagne
lointaine, caressée par la lune, s'encadrait dans leurs ouvertures cintrées, comme les toiles d'un tableau, et l'on
eût dit six paysages de quelques grands maîtres, appendus
au mur du salon, tant cette nature était immobile et paisible.

L'espèce de tiède atonie de l'atmosphère semblait s'être communiquée aux invités, car la danse était languissante, les instruments se taisaient fréquemment, et les femmes, nonchalantes au plaisir, penchaient leurs têtes comme les fleurs qui pressentent l'orage.

Rien pourtant n'avait été négligé par M. le duc de Carthon pour que sa fête fût brillante ; la société la plus élégante de Paris avait été invitée, depuis huit jours, au bal qu'il donnait à son château de Saint-Cloud.

Là, se trouvaient les sommités de toutes les aristocraties de l'époque : des descendants de nos plus nobles races, de grands capitalistes, des avocats célèbres, des journalistes, des savants et des artistes. Dans la foule mélangée tous les rangs et toutes les gloires se confondaient sous l'uniformité lugubre du costume moderne, cette triste livrée républicaine qui semble avoir imposé à tous l'égalité du ridicule et de la laideur.

Selon l'usage importé en France d'Angleterre, avec les idées constitutionnelles, les femmes étaient assises à l'une des extrémités de la salle, tandis que les hommes s'étaient groupés à l'autre bout ; cela formait comme deux camps ennemis en présence, et déjà des deux côtés bien de périlleuses escarmouches avaient été tentées ; déjà bien des regards avaient traversé les cœurs.

On était à cette heure mitoyenne du bal où les imaginations, échauffées par mille images voluptueuses et non encore blasées par la fatigue, s'égarent dans d'ardentes rêveries. Je ne sais quoi d'enivrant se respirait dans l'air, tout imprégné d'émanations de fleurs et de femmes ; une moiteur brûlante suintait sur les fronts les plus purs ; il y avait quelque chose d'électrique dans cette atmosphère que l'on buvait avec les senteurs de la campagne et les regards noyés des jeunes filles.

Cependant déjà au milieu de cette chaleur fascinante, quelques éclairs étaient venus annoncer l'approche de l'orage.

Le tonnerre gronda, sourd d'abord, puis éclatant, profond, terrible !

En un instant, le tumulte rieur du bal fit place à une rumeur d'épouvante. Les femmes, toutes pâles, se regardaient ; le bruit des instruments cessa ; les voix s'abaissèrent. Il se fit un silence.

— Le tonnerre ! dit-on tout bas.

Et, à l'instant même, une lueur rougeâtre inonda la salle et un éclat strident la fit trembler sur ses fondements.

Les femmes s'enfuirent dans les appartements voisins, en criant de fermer les fenêtres. Presque tous les hommes les suivirent, attirés par le charme qu'ont pour l'être fort la faiblesse et la peur de l'être faible.

Dans l'effroi général, les fleurs s'échappaient des cheveux en désordre ; les bouquets fuyaient des ceintures dénouées !

L'épouvante croissait, non hagarde et livide, mais l'épouvante gracieuse qui vous pare et vous rend plus belle, l'épouvante avec ses cris étouffés, ses pâleurs charmantes, ses pleurs mal retenus et ses ravissantes familiarités.

Entre les éclats de la foudre, les voix d'hommes se faisaient entendre. C'étaient de tendres encouragements donnés tout bas et auxquels répondaient des sourires effrayés ; c'étaient de douces paroles écoutées avec un reste de la tendresse caressante qu'avait permise la terreur.

Car, alors, les aveux tombaient à l'oreille sans la blesser ; alors, bien des corps palpitants ne se relevaient qu'à demi des bras qui les avaient soutenus ; alors, bien des mains blanches, jetées dans une autre main au moment de l'effroi, y demeuraient oubliées.

Cependant la peur avait dispersé la foule en désordre ; les mères et les maris couraient de tous côtés, cherchant

leurs filles et leurs femmes ; les appels et les noms se
croisaient de toutes parts et le tumulte s'accroissait de
l'inquiétude de chacun.

Un petit nombre de femmes étaient restées dans la salle
de bal, quelques-unes de ces amazones de salon que rien
n'étonne. La musique avait été reprise sur leur demande,
et, riantes, elles bondissaient au milieu des éclairs et de
la foudre entre les bras des valseurs qui étaient restés pour
elles. Plus libres dans la solitude presque générale du bal
abandonné, elles se livraient sans réserve à leur joie
échevelée. Leurs pieds touchaient à peine la terre dans le
mouvement plus pressé de la valse effrénée ; leurs têtes
flottaient comme dans l'ivresse, et les exclamations d'un
plaisir insensé s'échappaient de leurs lèvres humides ; on
eût dit une ronde de bacchantes mêlées, sur les monts de
la Thrace, à quelque bande d'impurs corybantes.

Appuyé sur le balcon de l'une des fenêtres, Alphonse
considérait ce spectacle étrange avec un sourire de dégoût.
Il pensait, le cœur plein d'amertume, que ces femmes
aussi avaient été timides et pures ; que le contact seul du
monde les avait aussi souillées, et qu'un jour viendrait où
Ernestine peut-être dépouillerait à son tour son innocence, et passerait ainsi, de bras en bras, dans un bal,
l'haleine en feu et le corps palpitant. Tout entier à cette
cruelle pensée, il n'entendait ni le tonnerre ni une voix
qui l'appelait. Il se sentit saisi par le bras ; Ernestine était
près de lui, pâle et les cheveux en désordre.

— Ne restez point là, monsieur Alphonse, dit-elle, fermez cette fenêtre, au nom du ciel ! N'entendez-vous point
l'orage ?

— Que m'importe ? répliqua le jeune homme.

— Mon Dieu ! mais ne voyez-vous pas les éclairs ? Voulez-vous attirer la foudre ici ?

— Ce serait dommage, car ces femmes sont heureuses.

— Oh! ne raillez pas, et retirez-vous; vous me faites trembler à ce balcon...

— Trembler! Et pourquoi? Avez-vous peur que je ne serve ici de conducteur à l'électricité?... Rassurez-vous, Mademoiselle, Dieu a de l'éducation; il est incapable de lancer la foudre dans une société aussi respectable. A la bonne heure sur quelque chaumière!

Ernestine le regarda, étonnée.

— Et puis, en tous cas, être foudroyé, savez-vous que ce serait une mort de fort bon ton?

Demain j'aurais mon nom dans tous les journaux et vous pourriez raconter que vous avez vu le tonnerre tomber.

— Vous êtes cruel dans vos plaisanteries!

— Et pourquoi donc? je serais sûr du moins ainsi, que l'on parlerait de moi et que mes amis ne m'oublieraient pas de huit jours.

A la vérité, ajouta-t-il en riant, je ne réfléchis pas que mon accident aurait aussi son mauvais côté. Un cadavre foudroyé gênerait dans une fête; cela sent le soufre : vous seriez obligés de quitter la danse plus tôt.

La jeune fille joignit les mains avec une douloureuse expression de reproche.

— Mon Dieu! qu'avez-vous? dit-elle.

— Moi? rien. Je regarde danser; mais vous, Mademoiselle, vous êtes bien pâle; ce tonnerre a troublé vos joies, et ici vous l'entendrez plus terrible encore; ne craignez-vous pas de rester à cette fenêtre?

— Je n'ai pas peur, dit Ernestine en faisant un brusque mouvement qui la plaça à côté d'Alphonse, sur le balcon.

Dans ce moment, un éclair illumina tout le ciel.

Ernestine tressaillit, mais demeura les yeux fixes et grand ouverts.

Le coup de tonnerre qui suivit fut sourd et lointain.

— L'orage s'en va, dit Alphonse, les nuées rouges s'enfuient là-bas, et la brise s'élève; consolez-vous, Mademoiselle, le bal va recommencer.

Elle ne répondit rien, mais Alphonse crut entendre quelques soupirs étouffés, et se détourna pour la regarder.

Elle pleurait.

— Qu'avez-vous, Ernestine? dit-il; au nom de Dieu! qu'avez-vous?

— Vous êtes cruel, répéta la jeune comtesse, en cherchant à dérober ses pleurs.

— Ce que je vous ai dit peut-il donc faire couler vos larmes? Ne voyez-vous pas que je suis dans mes mauvais jours? Dans votre monde, vous savez que je suis bizarre et mécontent. Je souffre : mille choses ici me blessent.

— Mais que vous ai-je fait, moi, pour que vous vous plaisiez à me désoler?

— Pardon, Ernestine! C'est que je ne suis point le maître de retenir ce que j'ai d'amer dans le cœur. Voyez-vous, j'éprouve toujours une sorte de colère en vous voyant aimer les plaisirs que l'on prend ici. Il me semble que l'air que vous respirez vous profane.

— Mon Dieu! dit Ernestine avec un de ces sourires demi-pleureurs qu'aucune expression ne peut peindre, vous êtes plus sévère que le confesseur de mon ancienne pension; vous prêchez toujours contre les bals et la danse: c'est donc bien mal?

— Non; pas pour vous, Ernestine, pour vous, qui n'y cherchez que la joie du mouvement, et peut-être un innocent bonheur de coquetterie; mais la plupart de ces femmes qui viennent promener leurs poitrines nues et

leurs diamants!... Savez-vous bien que si, dans cet instant, l'on écrivait sur le front de chacune sa plus secrète
pensée, tout le monde détournerait les yeux comme devant une affiche infâme? Ces hommes! savez-vous que ce
sont autant d'assassins, qui dressent un guet-apens à la réputation de quelqu'une d'entre vous? Savez-vous qu'il n'y
en a peut-être pas trois là-dedans qui reculeraient devant
l'idée de vous perdre? Vous pauvre enfant! c'est-à-dire,
non pas vous, je me trompe, car vous, vous êtes riche et
noble; vous, ils trouveraient votre main plus profitable
que votre honte. Vous, ils vous épouseraient sans vous
connaître, sans vous aimer, sans s'informer si vous serez
heureuse, avec moins de précautions qu'ils n'en pren-
draient pour l'achat d'un cheval; et vous voulez, Ernestine, que je ne sois point triste, quand je vous vois rieuse
et confiante dans cette caverne? Vous voulez que je ne
m'irrite pas, quand vous jouez votre bonheur avec des
filous?

— Et croyez-vous donc, Alphonse, que je livre à tous
ces hommes autre chose qu'une main gantée pour la con-
tredanse? Je m'en sers comme des instruments qui guident
nos pas. Ce sont des moyens de danser tout un soir, voilà
tout. Le jour venu, je les tire de ma mémoire, en même
temps que les fleurs de mes cheveux, pour ne les reprendre
qu'à la prochaine occasion.

—Mais, ne voyez-vous pas que ces occasions deviendront
votre vie tout entière? Ne voyez-vous pas, Ernestine, que
cette société, que vous comparez à votre parure, ne vous
quitte pas plus que celle-ci? Ne sentez-vous pas que votre
cœur tient cercle toute la journée, et qu'il ne lui reste pas
un instant pour penser à ses amis? Il y a huit jours, Ernestine, que je n'avais pu vous voir seule et vous parler
ainsi, de confiance! Encore a-t-il fallu, pour cela, que le

hasard envoyât un orage; car, ajouta-t-il avec un mélancolique sourire, quelques minutes d'intime causerie sont un accident dans notre vie, comme le tonnerre dans ce bal.

La jeune comtesse avait écouté attentivement; elle devint pensive.

— Ce que vous dites est vrai, répondit-elle après un court silence, mais qu'y faire, mon Dieu?

— Rien : continuer à éparpiller votre âme jusqu'à ce que vous l'ayez toute effeuillée : votre rang vous y oblige, et oublier les amis obscurs qui ne peuvent vous suivre dans ce tumulte brillant.

— Ah! croyez-vous que je sois si tôt devenue sans cœur et sans souvenir?

— Travaillez à ce que cela soit. Il faut que le cœur d'une femme du monde soit de diamant, dur et brillant!

— Ne dites pas cela, au nom de Dieu! vous me feriez encore pleurer! Vous êtes méchant pour moi aujourd'hui! Mais que voulez-vous que je fasse, dites, je le ferai. Je puis me tromper; mais c'est mal de railler mon erreur sans me montrer la vérité. Quand un enfant égaré vous tend la main, vous ne le repoussez pas dans la foule en vous moquant. Alphonse, vous m'aviez promis que nous serions amis!

L'enfant, toute palpitante d'une naïve douleur, tendait sa main tremblante au jeune secrétaire.

Le mécontentement de celui-ci ne put tenir contre cette avance charmante. Il saisit avec amour la main qu'on lui présentait, la serra entre les siennes contre sa poitrine, puis sur ses lèvres.

— Ne m'en veuillez pas, dit-il. Oh! j'ai tort, vous êtes un ange! Mais si vous saviez!... je me suis fait une douce habitude de votre présence et de votre amitié; j'en ai tant besoin maintenant!

Et, regardant autour de lui pour s'assurer qu'ils étaient seuls :

— Vous ne savez pas tout ce que je rêve, Ernestine; je n'oserais vous le dire, mais je voudrais être deviné par vous! Dites, n'y a-t-il donc rien dans mon silence qui vous parle? Ne savez-vous pas pourquoi je souffre de vous voir recevoir les hommages des autres? Pourquoi je suis silencieux quand je me trouve seul avec vous? Regardez : je pleure en tenant votre main; je pleure sans avoir honte, quoique je sois un homme. Oh! quand je suis près de vous, je voudrais être bon, être beau, être célèbre; je voudrais être un ange pour vous entendre me dire : Ange! toute ma vie se teint de votre regard; triste ou joyeuse, selon que vos yeux sont tendres ou distraits. Ernestine, mon Dieu! ne comprenez-vous point tout cela?

— Qui vous dit que je n'ai pas compris? répondit-elle bien bas et courbant la tête.

— Est-ce bien vrai, Ernestine? Quoi! vous savez...

— Taisez-vous, Alphonse!... Taisez-vous! dit-elle effrayée.

Puis, comme pour expier ce mouvement de femme, elle jeta son autre main dans celle du jeune homme, et, confuse, laissa aller sa tête contre sa poitrine.

— Ernestine! dit celui-ci en la pressant contre lui avec ivresse.

— Alphonse!...

Un léger bruit les fit se détourner. La jeune fille se jeta brusquement de côté.

— Ah! tu es là, chère enfant, dit madame de Carthon, qui avançait la tête entre les deux rideaux. Je m'en doutais.

Et avec un sourire demi-aimable, demi-moqueur :

—J'espère, dit-elle, que monsieur Tersin voudra bien permettre que tu le quittes pour la danse. Les quadrilles se forment.

— Les quadrilles ? répéta la comtesse avec une expression de gaieté dont elle ne fut pas maîtresse ; j'ai promis la première à ton beau-frère, Nathalie.

Et elle chercha ses gants pour les remettre.

Avant de quitter le balcon, elle se tourna encore une fois vers Alphonse.

Alphonse, les bras croisés sur sa poitrine, la suivait froidement du regard.

III

On ne vit qu'une fois, on n'a qu'une fois de la force et de l'avenir; celui qui n'en use pas pour le mieux, qui ne se pousse pas aussi loin que possible, est un insensé. L'aimer, c'était naturel; lui promettre le mariage était une folie, et si tu avais tenu parole, c'eût été de la pure démence.

GOETHE (Clavijo).

Quand les demoiselles sont conduites dans le monde, elles peuvent VOIR, mais non CHOISIR. On leur montre les jeunes gens les plus aimables, et elles sont condamnées à épouser les plus odieux. Dans ces sortes d'unions, ou plutôt de contrats, les femmes qui ont le moins de sensibilité, ont le plus de chances, non-seulement d'être les plus heureuses, mais encore même de se bien conduire. D'abord elles ne débutent point par une fausseté. Le cœur qu'elles n'ont pas, elles ne peuvent affecter de le donner au mari; et cela vaut mieux que de le donner à quelqu'autre.

MARIA EDGEWORTH.

Ernestine, quoique levée depuis deux heures, n'était point encore habillée. Elle était étendue sur sa causeuse, frileusement enveloppée dans son peignoir de cachemire, et son pied blanc et nu jouait avec une pantoufle de velours œuvré.

Un feu joyeux brillait devant elle, et sa main effeüillait avec distraction les rares fleurs d'un oranger placé à ses côtés, dans sa caisse d'acajou.

La jeune fille était sortie du lit, toute nonchalante et toute soucieuse. Elle éprouvait cette langueur mélancolique qui rend si triste un lendemain de bal. Peut-être aussi, quelque tracasseuse pensée venait-elle se mêler à sa rêverie, lorsque la porte de sa chambre s'ouvrit doucement, et madame de Carthon entra en riant.

— Comment, encore au saut du lit! dit-elle en tendant les deux mains à Ernestine et l'embrassant sur les yeux; mais voilà une paresse du meilleur ton, et qui ne sent pas du tout la pension.

— Le bal d'hier m'a lassée.

— Et pourtant tu as plus causé que dansé.

Ernestine baissa les yeux, et rougit.

— Allons, enfant, je ne te dis pas cela pour te faire honte. Te voilà embarrassée comme si je voulais te gronder. Est-ce que j'ai l'air si terrible? je ne suis pas une grand'tante, qui regarde les amants comme des bêtes féroces. Envisage-moi donc bien; je n'ai ni lunettes ni barbe au menton.

La jeune comtesse ne put se défendre d'un sourire.

— Tiens, laisse là tes frayeurs, Ernestine, dit la jeune femme, en s'asseyant à côté de son amie avec une caressante familiarité, et lui passant un bras autour de la taille; tu n'as pas oublié, n'est-ce pas, que j'ai sauté à la corde avec toi, en pension? A la vérité, je faisais des amplifications sur *la bienfaisance* et *le lever du soleil*, lorsque toi, tu commençais à peine les verbes de la première conjugaison; mais cette petite différence d'âge s'est effacée maintenant : et voilà une grande demoiselle. Voyons, ma camarade, sommes-nous encore de bonne amitié?

— De bien bonne amitié, Nathalie.

— A la bonne heure, et ne m'appelle plus que par mon nom de baptême. Cela me rappelle le temps où nous faisions nos quatre repas, et où nos sarreaux sentaient toujours la tartine de beurre. Te souviens-tu?

Les deux jeunes femmes se mirent à rire comme deux pensionnaires.

— Mais, à propos de ton monsieur d'hier, sais-tu, ma petite, qu'il est très-bien?

— Tu parles de M. Alphonse Tersin?

— Fais donc l'ignorante, petite hypocrite; tu ne le connais pas, n'est-ce pas?

— Oh! je ne dis pas cela, Nathalie; c'est un bien noble et bien bon jeune homme.

— Et plein d'esprit.

— N'est-ce pas?

— Original un peu, seulement.

— Il a été si malheureux, va.

— Oh, oui, je sais; ils sont tous comme cela, ces jeunes gens qui ont de beaux fronts pâles et de grands yeux noirs. A les entendre, leur cœur est un cimetière, où ils ont enterré toutes les joies et toutes les espérances de la vie.

— Tu plaisantes, Nathalie; mais lui dit vrai, sois-en sûre.

— Non; sans rire, M. Tersin est un joli cavalier. Mais, mon ange, je te donnerai un conseil d'amie : tu lui laisses trop prendre de liberté près de toi. Il faut, vois-tu, qu'une demoiselle soit prudente. Quand on est mariée, à la bonne heure. On se met au-dessus de toutes ces choses-là. On fait ce que l'on veut. Mais, dans ta position, on finira par remarquer les assiduités de M. Tersin. Hier, déjà, on en parlait; on croit toujours le mal dans le monde. Cela pourrait te faire beaucoup de tort, pour ton établissement.

— Mais, ma bonne amie, je ne songe nullement, je t'assure, à me marier.

— Sans y songer, on prend des précautions. Il ne faut pas écarter un parti avantageux.

— Je serais trop heureuse que personne ne pensât à moi.

— Et pourquoi cela, ma chère? demanda Nathalie, en fixant un regard sérieux sur sa jeune amie.

— Pourquoi? murmura Ernestine en détournant la tête, toute honteuse et jouant avec le gland de sa causeuse.... pourquoi?... Parce que.... je ne désire pas me marier.

— Est-ce que tu songerais sérieusement à M. Tersin?

La jeune fille ne répondit rien; mais son trouble et sa rougeur répondaient pour elle.

Nathalie laissa échapper un long éclat de rire.

— Pourquoi ris-tu? demanda la jeune comtesse presque offensée.

— Oh! ne te fâche pas, ma petite, de grâce. Mais tu es bien la plus folle enfant!... Allons, ta main, et ne me boude pas. Chère Ernestine, va! Mais d'où a pu te venir une si singulière idée, mon ange? Comment, toi, épouser le secrétaire de M. le comte?

— Je ne t'ai pas dit cela; mais quand cela serait, que vois-tu là-dedans de si insensé? Est-ce parce qu'il n'est pas noble?

— C'est quelque chose déjà; mais je n'ai pas de préjugés, moi. Je pardonnerais à M. Tersin d'être le fils d'un avocat, s'il avait une position dans le monde. Mais songe, ma chère petite, qu'il n'en a pas.

— Il pourra s'en créer une.

— Et comment? il est sans fortune.

— J'en aurai, moi.

— Raison de plus pour que tu puisses prétendre à un mari qui t'en apporte. Et d'ailleurs, dis-moi, crois-tu que ton père consente jamais à une pareille union ?

— Je ne t'ai point dit cela, je ne t'ai point parlé d'épouser M. Tersin ; mais mon père l'estime, il dit que c'est un homme de talent. Et peut-être.... il consentirait....

— Jamais, ma chère ! Ton père connaît trop bien le monde pour te permettre une pareille étourderie. Eh ! ma charmante folle, qui n'a pas eu de ces inclinations-là, en sortant de pension ? Ça occupe, ça fait pleurer ; c'est bien gentil. On s'adore et on se désole ! Mais on ne s'épouse pas, ma belle ; parce qu'en se mariant, vois-tu, il faut songer au bonheur de toute la vie.

— Tu crois donc qu'on n'est point heureuse avec un mari qu'on aime ?

— Eh ! chère enfant, cela est bien beau.... dans le commencement ; mais cet amour, qui tient lieu de tout, crois-tu qu'il dure toute la vie ? Les mariages d'inclination sont toujours les plus malheureux. C'est triste, mais c'est une chose prouvée. Vois Caroline Arvou, qui a épousé son colonel, malgré sa famille !... Eh bien, il lui a mangé toute sa fortune. Madame Dortin, que tu connais !... C'était encore un mariage d'inclination, et son mari lui refuse le nécessaire : elle n'a seulement pas de cabriolet ! Le mariage, vois-tu, est une action sérieuse. Pour être bien sûre de ne pas se tromper, en la faisant, il ne faut pas être sous l'empire d'une passion, parce que la passion aveugle. Ainsi, il n'y a rien de dangereux comme d'aimer l'homme que l'on épouse. Il faut bien penser, mon enfant, que le mariage est une position dans le monde, et non pas un *sentiment*. Les jouissances qui résultent de la fortune sont de tous les instants...

— Et celles qui résultent de l'amour, Nathalie ?

— Ne tiennent qu'une bien petite place dans la journée, ma belle. Quelque amoureux que l'on soit, on passe plus de temps à s'habiller, à promener et à faire des visites qu'à s'aimer. Puis, dis, Ernestine, si tu te trouvais ainsi sans rang, sans fortune, confondue dans la foule, est-ce que toutes les fois que tu verrais tes anciennes amies plus riches, plus brillantes, plus heureuses enfin, que toi, tu ne regretterais pas d'avoir compromis ton existence pour une fantaisie d'enfant ? Les rangs, ma chère petite, ne sont pas une chimère, il n'y a que ceux qui n'en ont pas qui disent cela : c'est une phrase de journaliste. Au spectacle, tu ne changerais pas ta loge, n'est-ce pas, pour la dernière galerie, car tu t'y trouves mieux ? Eh bien, mon ange, les places du monde sont comme celles du théâtre : les plus chères sont les meilleures.

— Mais, Nathalie, en supposant que tout cela fût vrai, on n'est pas sa maîtresse d'aimer ou de ne pas aimer quelqu'un. Et quand on l'aime, on ne peut pas l'oublier !...

— Allons donc, enfant, cela est moins difficile que tu ne le crois. Écoute, je veux être confiante avec toi, parce que je suis sûre que tu seras discrète. Moi aussi j'aimais quelqu'un quand je me suis mariée. Oh ! si tu m'avais vue !... j'étais au désespoir !... Pendant trois nuits j'ai pleuré à m'en rendre laide ! Eh bien, mon Dieu ! après, cela m'a passé, sans que je sache comment.... J'ai eu des bals, une loge aux Italiens, un équipage ; je n'avais pas le temps de me rappeler mon chagrin. Et maintenant, je suis parfaitement heureuse.

— Mon Dieu ! dit Ernestine pensive, il me semble que moi je ne pourrais jamais faire ainsi !

— Essaie, répondit Nathalie, et tu verras.

La conversation continua quelque temps sur ce ton. Madame de Carthon plaisanta avec douceur et amitié son amie, mais en ayant soin de ne point heurter de front son jeune amour ; seulement, elle l'entoura de doutes et de captieuses objections.

Quand elle quitta Ernestine, celle-ci était plus mécontente peut-être et plus agacée qu'en se levant; mais elle était moins triste.

———

En rentrant chez elle, madame la duchesse de Carthon se jeta brusquement dans un fauteuil, avec un mouvement de mauvaise humeur qu'elle ne se donna même pas la peine de déguiser.

Un homme d'une quarantaine d'années, qui lisait le journal sur un canapé, leva la tête au bruit qu'elle avait fait.

— Ah ! c'est vous, Honoré? dit-elle en l'apercevant ; je croyais que c'était M. le duc.

— Non; mon frère est au Père-Lachaise. Il enterre un conseiller d'État, avec le discours d'usage.

— Oui, toujours le même. Ces messieurs de la Chambre haute fournissent des discours comme l'entreprise pour les pompes funèbres fournit les cierges et les crêpes noirs. Moi aussi je viens de faire l'orateur.

— Où donc? Vous avez l'air toute contrariée.

— Je suis d'une humeur affreuse. Je suis allée chez Ernestine.

— Ah !... Eh bien?

— Eh bien! ce que je vous avais dit est arrivé. Elle aime Tersin.

— Le secrétaire de son père? Mais ce ne peut être un obstacle, cet homme n'a rien.

— Est-ce qu'elle pense à cela, elle? Elle consentirait à aller à pied toute sa vie pour l'épouser. Elle est folle.

L'homme assis sur le sofa se prit à rire.

— Est-ce que vous croyez beaucoup à la ténacité de ces passions, ma chère sœur? Le cœur des femmes, voyez-vous, est comme ces peaux préparées que nous avons dans nos *memento*; il suffit de passer le doigt sur ce qu'on y a le plus solidement écrit pour l'effacer.

— Je sais que c'est votre opinion à vous, Messieurs, s'écria Nathalie en se levant avec colère. Il n'y a chez nous ni énergie, ni constance, ni volonté. Eh bien! monsieur mon beau-frère, voyez vous-même à passer le doigt sur le nom écrit au cœur d'Ernestine. Pourquoi me mêlerais-je de cette affaire? Puisque c'est chose si facile, vous suffirez bien à la traiter.

— Allons, allons, folle, vous vous fâchez? Vous savez bien que nous ne pouvons nous passer de vous; qu'il faut que ce mariage se fasse, que je le désire beaucoup, et que vous m'avez promis de me seconder.

Puis, ajouta-t-il plus bas et plus gravement, vous n'ignorez pas, Madame, que cela entre dans nos projets politiques. En alliant notre famille à celle du comte, votre mari et moi pouvons prétendre à tout.

— Et je sais tout cela, Monsieur. Mais je connais Ernestine mieux que vous. La présence de Tersin ici est dangereuse. Il faudrait l'éloigner.

— Cela n'est pas impossible; j'y aviserai. Chargez-vous de la jeune personne, ma chère Nathalie; moi, je verrai le comte et je préparerai les voies. A la Chambre des députés je puis, sans affectation, me rapprocher de lui. Je sais qu'il a pris des engagements avec le gouvernement pour appuyer le dernier projet de loi ; je devais parler contre, je le soutiendrai. Ce sera un acheminement à nous entendre.

— Mais ne craignez-vous pas l'impression que cela pourra faire dans le public ?

— Non. Mon libéralisme est assez bien établi pour que je me permette de temps en temps de ces velléités ministérielles. Cela donne même un bon air d'impartialité.

— Il faudrait que M. le duc agît de même à la Chambre des pairs.

— Il s'en gardera bien ! Nous aurions l'air de suivre un plan. Il parlera contre le projet, et votera pour ; comme cela les journaux et le ministère auront leur affaire.

La jeune femme et le député se regardèrent, et partirent ensemble d'un éclat de rire.

— Vous deviendrez ministre, dit Nathalie.

— Je l'espère bien, répondit Honoré de Carthon.

> Pour vivre dans le monde, il faut savoir
> traiter avec les hommes, il faut connaître
> les instruments qui donnent prise sur eux,
> il faut calculer l'action et la réaction de
> l'intérêt particulier.
> J.-J. ROUSSEAU.

> Il est une foule de cas où les femmes
> ne sont autre chose que les appoints d'un
> marché politique.
> BARNABÉ CRUX.

La famille de Carthon ne tarda pas à mettre ses projets à exécution. Le comte fut circonvenu de toutes parts, accablé de prévenances et de délicates politesses. Honoré de Carthon était chef, à la Chambre des députés, d'une de ces sections flottantes, toujours prêtes à faire pencher à droite ou à gauche une douteuse majorité. Il avait su donner à cette position prudente tout le coloris d'une généreuse indépendance. Son hermaphrodisme politique le faisait craindre et rechercher également des deux partis, autour desquels lui et les siens caracolaient en vrais pandours.

parlementaires. En lui se trouvait représenté cet éclec-
tisme politique qui avait la prétention de fusionner les
idées comme des liquides : tartufisme encore nouveau à
cette époque, et qu'avaient adopté tous les gens qui ne
voulaient point de cocarde à leurs chapeaux ; transaction
cachée de la conscience et de la peur ; espèce de juste milieu entre l'honneur et l'infamie.

Honoré de Carthon avait, du reste, adopté cette non intervention plutôt par calcul que par pudeur. C'était un
homme dévoué, par nature, au parti qui pouvait l'élever ;
mais la prudence avait chez lui borné l'ambition et la cu-
pidité. En fouillant d'une main dans la fange pour en retirer l'or et les honneurs, il gardait son autre main pure
et tendue vers ceux qui avaient refusé la corruption. Il
s'était partagé lui-même en deux êtres : à l'un il avait confié
son ambition, à l'autre sa probité. Aussi y avait-il en lui
une complaisance pour toutes les lâchetées fructueuses,
une sympathie pour tous les nobles élans. L'infamie et
l'honneur vivaient en communauté dans son âme.

On conçoit combien cette position dut rendre facile un
rapprochement entre lui et le comte, qui occupait un des
rangs les plus distingués dans le parti royaliste. Rien de
ce qui pouvait capter celui-ci ne fut négligé. Un journal,
qu'Honoré de Carthon avait à sa dévotion, fut chargé de
distribuer quotidiennement des éloges au comte, et l'on
eut soin de faire savoir à ce dernier quelle main avait allumé l'encensoir.

Deux ou trois fois, en prenant la parole à la tribune, le
député du tiers parti fit allusion au talent élevé et au noble
caractère de *l'un des honorables préopinants*, qui n'était
autre que le père d'Ernestine. Les journaux, qui remar-
quèrent cette galanterie constitutionnelle, en conclurent
un changement de ministère et une réaction royaliste. Ils

imprimèrent; à ce sujet, de fort beaux articles, à la suite desquels *le Constitutionnel* fut condamné à deux mille francs d'amende, et *la Gazette de France* perdit son principal rédacteur, tué dans une rencontre par le gérant du *Courrier Français*.

Cependant, le comte s'était bientôt aperçu des projets de la famille de Carthon. Les mêmes raisons qui avaient fait à ceux-ci désirer son alliance la lui firent envisager à lui-même sous un jour favorable. Il se prêta donc volontiers à toutes les avances qui lui furent faites, et bientôt les deux frères pensèrent qu'ils pouvaient hasarder directement une proposition. Le comte la reçut avec politesse, mais sans trop d'empressement, voulant garder tous ses avantages pour la discussion de la dot. Le duc, qui traitait cette affaire, s'aperçut de la réserve du père d'Ernestine sans s'en inquiéter.

C'étaient deux hommes qui connaissaient le monde. Après s'être éprouvés, ils se décidèrent à agir avec franchise, par l'impuissance reconnue de se tromper réciproquement.

Pendant ce temps rien n'avait été négligé par Nathalie pour étouffer chez Ernestine un amour contraire à ses projets. Elle avait entraîné la jeune fille dans un tourbillon de fêtes si étourdissant, qu'Alphonse ne put bientôt la voir qu'en passant et devant des tierces personnes. Il y avait bien parfois, chez la jeune comtesse, comme un remords de cette vie mondaine; parfois son souvenir se reportait sur le jeune homme auquel elle avait fait des promesses et dont elle se sentait détacher chaque jour : mais le bruit des fêtes étouffait bientôt ces voix secrètes; de beaux danseurs venaient lui dire tout bas qu'elle était belle; elle voyait la foule se ranger devant ses pas pour l'admirer; elle entendait un murmure flatteur qui bruissait derrière

elle, après son passage ! Quel moyen de retenir une triste
impression, au milieu de tant d'enivrement ! Puis, Nathalie ne la quittait pas ; Nathalie était près d'elle, comme
son mauvais ange, déshabillant pièce à pièce son âme de
ses langes d'enfance, et l'habituant à sa nudité. C'était sans
rudesse, c'était au milieu des cajoleries de l'amitié, qu'elle
détachait ainsi les croyances de son cœur, et Ernestine ne
pouvait s'en effrayer ni presque s'en apercevoir ; car la
main qui lui donnait sa couronne de jeune fille était
adroite et légère, la voix qui la tentait était pleine de
promesse et de mélodie. On ne choquait pas rudement ses
amours, on ne blâmait pas ses cultes de cœur : loin de là !
Nathalie vantait avec elle le généreux caractère d'Alphonse ; elle avouait avec elle qu'il eût été bien doux de
poser son bras, pour la vie, sur le bras de ce jeune
homme si puissant et si beau ; mais, toujours un soupir
terminait ses éloges, toujours avec tristesse et douceur
Nathalie démontrait l'impossibilité de cette union et le
danger de s'arrêter à une pareille espérance. Ainsi Ernestine s'accoutumait insensiblement à ne plus croire
elle-même à la possibilité du bonheur.

— Eh bien ! disait-elle alors, je ne me marierai pas,
car je ne veux être à nul autre qu'à lui.

Nathalie souriait légèrement, en secouant la tête.

— Le pourras-tu, chère enfant ? répondait-elle ; auras-
tu le courage de désoler ton père ? Pourquoi faire un demi-
sacrifice ?

Ernestine ne répondait rien ; mais l'espérance était
éteinte chez elle ; et l'âme humaine ne peut s'accroupir
dans un long désespoir : on oublie bien vite le bonheur
que l'on ne croit plus pouvoir obtenir.

Cependant le comte et Honoré de Carthon étaient tombés
d'accord sur une union qu'ils désiraient tous deux. Une

affaire commerciale servit de préliminaire à l'alliance projetée. Ils acquirent en commun des minières que l'on vendait alors en Alsace.

Avant cet achat, le comte avait eu quelques pourparlers avec le président du conseil; mais rien ne transpira sur ces entrevues. On remarqua seulement que deux projets du gouvernement, contraires à la liberté publique, passèrent à la Chambre des députés, grâce au tiers parti, dont Honoré était chef. Quinze jours après, le *Moniteur* contenait un long rapport du ministre de la guerre sur la nécessité de changer les baïonnettes de l'armée, et l'on sut qu'un marché de plusieurs millions avait été passé, à ce sujet, avec les forges de fer récemment vendues en Alsace.

Mais c'était là des faits vagues et insignifiants. Un journal ayant voulu en tirer quelques déductions défavorables à l'indépendance du député de l'Isère, Honoré de Carthon lui adressa une lettre pleine de dignité, où le nom de la charte se trouvait à chaque paragraphe. Il fut dès lors bien prouvé, pour tout le monde, que l'honorable représentant était demeuré aussi pur et aussi incorruptible que par le passé.

Cependant, la présence d'un homme habile dans lequel on eût une entière confiance était indispensable aux minières nouvellement acquises; d'après l'avis d'Honoré, le comte y envoya Alphonse avec les pouvoirs les plus étendus.

Depuis quelque temps de bien amères pensées préoccupaient le jeune secrétaire. Il voyait l'entraînement auquel cédait insensiblement Ernestine. Il sentait se dénouer chaque jour le lien qui avait uni le cœur de la jeune fille au sien. Plusieurs fois il avait essayé de se plaindre; alors Ernestine avait pleuré, avait laissé tomber

quelques douces paroles, et, facile à l'espoir, il avait cru
encore à son amour ! Il sentait pourtant que la quitter
c'était la perdre à jamais, et qu'elle ne serait pas assez
forte, lui absent, pour résister aux séductions du monde.
D'un autre côté, refuser d'obéir au comte était impossible ; c'eût été rompre avec lui sans motif apparent. Du
moins s'il avait pu voir Ernestine avant le départ !... mais
tout avait été prévu ; la veille même, elle était partie avec
madame de Carthon pour la campagne, et l'on ignorait
l'époque précise de son retour. Alphonse comprit qu'il
devait se résigner. Il se hasarda, du moins, à écrire ; sa
lettre fut confiée à une femme de chambre d'Ernestine,
dont il avait éprouvé déjà la discrétion et le dévouement.

Le lendemain même du départ d'Alphonse pour l'Alsace, le comte alla rejoindre sa fille avec Honoré. Ernestine remarqua que ce dernier l'entourait de politesses et
d'attentions inusitées. Elle n'eut pas longtemps à en chercher la cause : deux jours après, son père la prit à part
et lui annonça que son mariage avec M. de Carthon était
arrêté.

Ernestine fut saisie au point de chanceler. Elle chercha
un fauteuil pour s'appuyer.

— Qu'avez-vous ? dit le comte.

— Mon père ! cria la jeune fille... mon père !...

Ses mains se croisèrent, tout son corps tremblait, mais,
étouffée de sanglots, elle ne put continuer.

Le comte ne parut pas la comprendre.

— Allons, enfant, remettez-vous. Il n'y a rien là qui
puisse vous troubler. C'est un excellent mariage et qui
peut vous conduire à tout.

Dans ce moment Honoré de Carthon entra.

— Venez, mon cher ami, dit le comte en lui tendant
la main. Ernestine est prévenue. Voilà votre femme.

Honoré s'avança avec une politesse pleine de grâce, prit la main de la jeune fille, la porta à ses lèvres.

— Et puis-je espérer que mes prétentions aient reçu l'approbation de Mademoiselle ? dit-il.

— Qui pourrait en douter ? vous vous convenez si parfaitement !

Honoré avait trop de tact et de savoir-vivre pour insister davantage.

— Venez, mon cher, reprit le père d'Ernestine, et laissons un instant cette enfant se remettre. Elle vient d'apprendre si subitement l'honneur que vous nous faites, qu'elle en est encore toute saisie.

Le député salua et sortit avec son beau-père.

Ernestine versa bien des larmes, mais sans que sa douleur changeât rien aux projets de son père. Le comte feignit de ne remarquer ni sa pâleur ni ses yeux rougis. Un jour elle voulut se jeter dans ses bras et lui confier son secret; il la repoussa doucement, en lui disant :

— Calmez-vous, Ernestine, vous êtes folle, enfant.

Et après l'avoir embrassée au front il se retira.

Car le comte était un de ces pères qu'aucune faiblesse de cœur ne saisit devant les souffrances de leurs enfants, quand ils ont jugé ces souffrances nécessaires; un de ces pères qui règlent d'avance leur tendresse comme la dépense de leur maison, et qui ne dépassent jamais leur budget d'affection ou d'argent; arithméticiens de sentiments, dont les prières et les larmes ne peuvent déranger l'amour régulier, et qui coordonnent les mouvements de leurs cœurs dans le calcul général de la vie.

L'honorable député n'avait pas été sans deviner qu'un amour caché causait les douleurs d'Ernestine. Mais il avait tout disposé pour son union avec Honoré de Carthon, et des pleurs de femme ne pouvaient renverser des projets aussi résolûment formés. Il aimait sa fille, mais de cette affection qui distribue, jour par jour, à l'enfant, sa part légale de bonheur et de caresse; de cette affection de propriétaire soigneux pour la chose qui lui appartient. Attachement d'habitude, qui fait dire de vous, dans le monde, que vous êtes un bon mari ou un bon père, et auquel vous ne sacrifieriez ni une volonté ni une passion.

Il savait d'ailleurs que le temps guérit toujours ces blessures des cœurs battant sous les cachemires et la soie. Ce fut ce qui arriva.

Les pleurs d'Ernestine ne pouvaient toujours couler. Ils se tarirent pour faire place à une tristesse qui, elle-même, se dissipa peu à peu. La jeune comtesse, encouragée par Nathalie, s'habitua à regarder sa soumission comme un louable sacrifice fait aux volontés de son père. Elle habilla sa lâcheté d'une robe de dévouement, et finit par croire, de bonne foi, à ce déguisement hypocrite. Elle adora saintement son infidélité, qu'elle appela sublime courage. Loin d'éprouver des remords, elle s'admira, elle se respecta comme une noble victime. Les fêtes vinrent bientôt augmenter son angélique résignation. On reçut beaucoup de monde à la campagne, et Ernestine, plus recherchée et plus louée que jamais, prit en patience sa généreuse infortune, en dansant des galopes et des monférines.

Un mois s'écoula ainsi; on songea enfin à retourner à Paris. A cette pensée, Ernestine éprouva quelque trouble; mais Nathalie eut soin de l'avertir sans affectation du départ d'Alphonse pour l'Alsace. La pensée qu'elle ne le

V

UNE JEUNE FILLE ET SON DÉPÔT

Le jour était tombé : cependant les rideaux du salon
du comte avaient été abaissés, comme pour conserver
encore la clarté. On ne distinguait, dans l'appartement,
que les larges dorures des tableaux que l'ombre,
l'ombre, et les facettes chatoyantes d'un
suspendu au plafond. Les portes fermaient avec
soin, et un feu abandonné
respirait la solitude et le

ce lieu avait été apprêté pour quelque rendez-vous de
mystère et de volupté.

Une femme était assise au fond de l'appartement ; son
visage était si pâle qu'il se détachait en blanc dans l'obscurité, comme celui d'une statue de marbre ; près d'elle,
un homme tranquillement étendu sur un canapé semblait attendre.

C'étaient Honoré de Carthon et Ernestine.

La jeune fille s'était décidée à cette démarche désespérée après un jour et une nuit d'angoisses déchirantes.
La lettre d'Alphonse l'avait si fortement émue, que tout
lui avait semblé préférable au malheur d'épouser Honoré
de Carthon. Le franc et pur amour que respirait cet
adieu du jeune homme avait subitement brisé tout l'é-
chafaudage d'excuses qu'elle avait dressé autour de son
cœur pour le défendre du remords. Ce qu'il y avait encore de généreux en elle se révolta à cette lecture ; elle
eut honte d'elle-même. Alors, comme ces lâches qui,
poussés à bout, deviennent téméraires, elle passa de sa
résignation indifférente à un désespoir exagéré. Son exaltation s'accrut dans les larmes et dans la solitude, et
bientôt elle se décida à une démarche extrême qui devait
la sauver ou la perdre entièrement. Elle résolut de tout
déclarer à monsieur de Carthon, et d'en appeler à sa générosité.

Cependant, prête à effectuer ce projet conçu dans l'é-
garement de la fièvre et de l'insomnie, elle sentait le
courage lui faillir. Déjà toute sa confiance avait fait place
à l'embarras et à la honte.

Depuis quelques minutes elle était assise près du député, qu'elle avait mandé, et elle ne savait comment dé-
buter dans cette difficile explication.

Honoré avait remarqué son trouble, mais sans chercher à le dissiper. Une soupçonneuse prudence régnait dans toutes ses manières, comme s'il eût senti la nécessité de se tenir sur la réserve dans l'explication qui allait avoir lieu.

Enfin, Ernestine sentit qu'il devenait plus embarrassant encore de se taire que de parler.

— J'ai voulu vous voir seul... Monsieur... dit-elle d'une voix entrecoupée, et si basse, que son interlocuteur fut obligé de pencher la tête pour l'entendre. Dans quelque trouble que me jette la démarche... que je fais près de vous... j'ai cru devoir m'y résoudre.

Elle s'arrêta; mais Honoré de Carthon garda le silence.

Ernestine sentit s'accroître sa timidité. Elle commença à se repentir d'avoir entrepris cette explication, et, cependant, elle sentait l'impossibilité de la suspendre. Oubliant alors tous les discours qu'elle avait préparés avec soin, elle voulut aborder directement le sujet de cette entrevue.

— Monsieur, balbutia-t-elle, je voulais... j'aurais désiré... le projet de mon père...

Les larmes la gagnèrent, elle ne put continuer.

— Qu'avez-vous, mademoiselle Ernestine? Pourquoi ces larmes? Parlez sans crainte; ne devez-vous pas avoir toute confiance en moi?

— Ah! Monsieur, s'écria la jeune fille, soulagée par cette réponse, vous êtes bon et noble! Il dépend de vous de sécher mes pleurs...

— Comment cela?

— Cette union, dont vous êtes convenu avec mon père... je l'ai apprise subitement... Pardon!... Monsieur... Oh! ne vous offensez pas de mes paroles... Je sens tout ce que votre recherche à d'honorable pour moi; mais... je me

trouve heureuse telle que je suis... Un changement d'état
m'épouvante.

Aux premiers mots d'Ernestine, Honoré avait tressailli; il se remit presque aussitôt, et répondit d'une voix
émue.

— Ce que vous me dites là m'étonne et m'afflige. Quand
votre père m'a présenté à vous, pour époux, et que vous
avez laissé votre main aller dans la mienne, j'ai cru que
vous aviez consenti...

— Ah! j'ai eu tort!... Pardonnez-moi; mais j'étais
éperdue!... Je n'ai pu parler.

— Et moi, mademoiselle Ernestine, votre silence a dû
me paraître une approbation. Moi, j'ai dû m'abandonner
tout entier à une espérance de bonheur. Savez-vous qu'il
est cruel de voir ainsi un seul mot briser en deux votre
vie! Que n'ai-je pu deviner plus tôt le dégoût que je vous
inspirais!

Honoré avait des larmes dans la voix; Ernestine était
désespérée.

— Ne parlez pas de dégoût, Monsieur... Oh! vous me
comprenez mal... Mon Dieu! je souffre de vous faire
souffrir...

— Pourquoi me repousser, alors?

— Ne m'interrogez pas!

— Ernestine, dit le député en s'approchant davantage,
je ne suis plus un enfant. En vous désirant pour épouse,
je n'ai pas cédé à un caprice frivole. Non, je songeais à me
reposer de l'agitation de la vie politique, à me créer une
occupation pour mon intérieur; le soin de vous rendre
heureuse!... J'aurais aimé vos goûts, joui de vos fantaisies. A l'âge mûr, auquel je touche, on aime toute cette
nature adolescente qui vous embellit; cette naïveté qui
nous parle de notre enfance. Vous auriez reteint ma vie,

que l'expérience a décolorée. Vous auriez lui sur mon
me, comme un rayon d'aurore. Et, en retour de toutes
les joies que je vous aurais dues, vous auriez pris, Ernestine, tout ce que ma vie pouvait vous offrir de bonheur :
un beau nom, un rang dans le monde, le luxe, qui rend
plus belle, la fortune, qui permet d'étendre la main partout où se promène le désir. Maintenant vous voulez que
je renonce à tout cela ! Dites, est-ce bien de me montrer un
beau rêve et de me l'ôter après ? Et cela pour une crainte
que vous n'expliquez pas, pour une répugnance sans
motif !

— Monsieur, oh ! ce n'est point un caprice ! croyez-
moi ; quel plaisir trouverais-je à vous désoler ? Votre bonté
me pénètre. Vous avez toute mon estime, toute mon amitié ; mais je ne puis, Monsieur.... je ne peux être votre
femme.

— Et pourquoi cela ?

— Qui vous dit, s'écria la jeune comtesse avec un
éclat de larmes, que je sois encore libre ? que je n'aie point
fait des promesses auxquelles je doive être fidèle ? qu'il n'y
ait pas quelqu'un à qui j'ai juré d'unir mon sort, avant
de vous connaître ?

— Assez, mademoiselle Ernestine, je ne veux pas en entendre davantage. Vous avez déjà fait cette confidence à
Nathalie ; elle m'en a parlé.

— Se peut-il !

— Et cependant je n'ai point renoncé à vous, car je savais que ces promesses étaient vaines. Vous avez cédé à
l'exaltation d'un cœur chaud et pur, vous avez pris un
rêve pour une espérance....

— Qu'importe ? j'ai promis.

— La promesse d'une chose impossible est nulle, Ernestine. Aviez-vous donc compté sur quelque miracle ?

— J'avais compté sur le temps... sur le hasard...

— Écoutez-moi. Je suis plus vieux que vous, je connais mieux la vie, et je puis juger avec sang-froid ce que vous jugez avec passion. Moi aussi je sais comprendre avec le cœur. Dieu m'est témoin que s'il ne fallait que renoncer à mes espérances pour vous assurer une union capable de vous rendre heureuse, je ne balancerais pas un instant. Mais, il n'en est pas ainsi. Vous n'êtes point faite, Ernestine, pour une obscure et misérable position. Lors même que vous voudriez vous y cacher, votre père s'y opposerait, car il vous aime et vous désire heureuse. Cependant, si je me trompais, si mes prétentions seules empêchaient la réussite de vos projets, parlez, Ernestine, et je suis prêt à renoncer à vous, quelque peine que j'en doive souffrir. Vous vous êtes confiée à moi; vous avez pensé que j'étais capable de sacrifier mon bonheur au vôtre; merci, je ne faillirai pas à cette généreuse confiance. Ernestine, la main sur votre cœur, répondez-moi. Espérez-vous obtenir celui que vous aimez, si je me retire? Le véritable obstacle, est-ce moi ou lui-même?

— Je ne puis mentir, dit la jeune comtesse en pleurant, c'est lui-même!

— C'est vous qui l'avez dit, Ernestine. Maintenant vous avez réglé ma conduite. Puisqu'une main plus chère ne peut vous donner le bonheur, permettez que ce soit la mienne. Bientôt, je l'espère, au milieu des soins d'une tendre amitié, vous oublierez une imprudente illusion. Votre époux, Ernestine, sera peu exigeant; il ne vous demandera, pour tout son amour, qu'un peu de l'affection d'une sœur ou d'une amie. Dites, cela vous paraît-il trop?

— Oh, Monsieur! vous me confondez. Je voudrais vous répondre.... vous faire comprendre....

Honoré se leva.

— J'ai tout compris; assez sur ce sujet, maintenant. Il vous fait pleurer, il m'attriste; nous n'y reviendrons plus, n'est-ce pas? Je vous laisse seule. Ernestine, quand le cœur est troublé, il faut l'ombre et le silence. A demain.

Il porta la main de la jeune fille sur ses lèvres, et réussit à y laisser couler une larme.

Il sortit ensuite en portant son mouchoir vers ses yeux.

Ernestine le regarda partir d'un air de stupide étonnement.

Honoré, en rentrant chez sa belle-sœur, lui dit:

— Elle est à moi, mais ce n'a pas été sans peine. Il a fallu dépenser ce soir plus de rhétorique, avec cette petite fille, que pour trois projets de loi.

— C'est un noble caractère, disait Ernestine au même instant; pourquoi ne l'ai-je pas connu plus tôt?... ou jamais!

Mais elle ne pleurait plus.

SECONDE PARTIE

FEMME

Jamais les cœurs sensibles n'aimèrent les
plaisirs bruyants, vain et stérile bonheur des
gens qui ne sentent rien.
J.-J. ROUSSEAU.

Un tel hymen est l'enfer de ce monde.
VOLTAIRE.

Alphonse Tersin était placé devant un immense bureau
tout couvert de papiers, d'expéditions de jugements et de
livres de droit. Dix ans l'avaient bien cruellement changé.
Son visage était blême, maigri, et des cheveux gris retombaient des deux côtés sur ses tempes, laissant à découvert son haut front chauve.

Près de lui se trouvait assis un jeune homme d'environ vingt ans, à la chevelure blonde, à l'œil bleu et
limpide, à la voix chaude, harmonieuse et pleine de caresse.

C'était Henri de Vernon, son pupille, arrivé à Paris seulement depuis quelques mois.

Alphonse Tersin, alors avocat en réputation, avait, peu d'années auparavant, sauvé la fortune du père d'Henri de Vernon ; et celui-ci en mourant lui avait légué le soin de veiller à l'héritage et à la conduite de son fils jusqu'à sa majorité.

Tersin avait d'abord accepté cette charge ainsi qu'un devoir ; mais peu de temps lui avait suffi pour s'intéresser à son pupille comme à un fils.

En effet, jamais cœur de jeune homme n'avait été plus pur, plus candide, plus ardent pour le beau et le bien, que ne l'était celui de Henri ; jamais plus puissantes facultés ne s'étaient alliées à plus de générosité tendre et dévouée.

Déjà quelques essais heureux publiés par lui avaient fait concevoir à Tersin les plus brillantes espérances sur son talent. Au moment même où le jeune homme entra dans son cabinet, il achevait un article signé de son nom, qui venait de paraître dans l'une des *Revues* les plus célèbres de Paris.

— J'étais avec vous, Henri, dit l'avocat en souriant, et montrant au jeune auteur le journal qu'il avait devant lui. J'aime ce que vous avez écrit là ; mais j'aurais voulu le trouver ailleurs.

— Et pourquoi cela, Monsieur ?

— Parce que les hommes d'avenir ne doivent pas, comme la sibylle, écrire leurs oracles sur des feuilles volantes, et que d'ailleurs il y a toujours danger à ces publications morcelées et incomplètes.

C'est pourtant ainsi que se font les réputations promptes et les fortunes littéraires. Un journal est un crieur public qui apprend votre nom dans tous les carrefours.

— Et c'est justement cette facilité de profit et de succès
que je redoute. Elle séduit et fait sacrifier les études
consciencieuses à une littérature éphémère. Les journaux sont les maisons de prostitution de la pensée. Vous
qui les faites, vous êtes le sérail mercenaire auquel
la foule vient demander le plaisir d'un instant. Vous
amusez, mais c'est tout. Aucun lien de confiance, d'admiration, d'amour ne rattache votre lecteur à vous. Lorsque vous faites un bon livre de bonne foi, vous pouvez
vous dire : « Certes il y a par le monde quelqu'un pour
qui cette œuvre sera une révélation de lui-même, quelqu'un qui m'aimera à cause d'elle. Mon livre va établir
de mystérieuses alliances entre mon âme et d'autres âmes
éparses dans la foule. Qui sait combien d'amis il va me
faire ! Combien de femmes, peut-être, qui vont devenir
mes secrètes amantes, et pour lesquelles mon nom sera
culte désormais ! » Et ces persuasions parfument le cœur de
je ne sais quelle fraîche confiance ; elles encouragent à être
grand et loyal à son génie. Alors le travail sincère devient
un besoin ; et l'on est beau parce que l'on tâche d'être vrai.

— Ah ! ce que vous dites là, Monsieur, je le pensais
comme vous, je l'ai senti bien des fois. Je n'ai pas confondu la gloire avec la célébrité. Moi aussi il me semble
que le génie ne doit pas jeter chaque jour sa carte de visite au public, qu'il ne doit pas ressembler à ces femmes
à la mode qui promènent partout leur beauté. Il faut que
la muse habite le sanctuaire, qu'elle chante loin des vagues
et des cabales. Jeune fille modeste, brodant près de sa
mère, cultivant les roses de sa fenêtre, et regardant les
étoiles, le soir, c'est dans ce doux et pur *retirement* qu'elle
deviendra belle et digne de l'amour des cœurs choisis.
Oui, je sens tout cela, Monsieur. Vous avez raison. Je
n'écrirai plus dans les journaux.

— Et vous ferez bien, Henri ; ne vous mêlez au monde que pour l'étudier. Mais, poëte des misères et des passions de la vie, il faut observer celle-ci d'après nature. Ne tombez pas non plus dans une exagération d'isolement qui vous empêcherait de connaître le milieu dans lequel vous êtes plongé. Voyez la société, pour la peindre. C'est une galerie où vous trouverez de quoi couvrir votre album. Vous continuez à voir le comte et sa famille ?

— Toujours, Monsieur. On m'a reçu sur votre présentation, avec une bonté dont j'ai été touché.

Tersin sourit.

— Oui ; oh ! ce sont des gens fort bien nés, et prudents.

— Ils ont pour vous une estime et une admiration bien senties.

— Cela doit être ; je les méprise, moi ! j'ai leur infamie en portefeuille, et je n'aurais qu'à remuer un peu toutes ces existences, pour faire monter là fange qu'elles cachent au fond. Puis, ils savent que j'ai quelque influence, ils la ménagent.

Songez-y bien, ajouta l'avocat en souriant, je vous ai donné simplement une carte d'entrée pour voir la comédie de salon ; mais n'allez pas prendre cela pour une réalité, et croire que ces gens sont autre chose que des acteurs qui jouent leur rôle.

— Vous exceptez sans doute de ce jugement madame Honoré de Carthon ? dit le jeune homme en rougissant ; celle-là ne peut tromper, car la sensibilité et la bienveillance rayonnent sur son visage. Elle paraît belle de sa bonté, encore plus que de sa beauté.

— Je n'excepte personne, Henri. Personne, entendez-vous ?

L'avocat était devenu grave au nom de madame de

Carthon. Dans ce moment quelqu'un entra, et Henri de Vernon se retira.

Environ deux mois après cet entretien, Alphonse Tersin revenait d'un bal donné chez le comte, et auquel, contre son ordinaire, il avait assisté. Son jeune pupille était encore près de lui, et la voiture roulait rapidement sur le quai d'Orsay.

Alphonse paraissait sombre. Henri était préoccupé. Tous deux gardèrent un long silence. Enfin Tersin le rompit brusquement.

— Madame Honoré de Carthon vous plaît beaucoup, Henri ?

Celui-ci tressaillit et devint pâle. Cette révélation subite de sa pensée la plus intime le déconcerta au point qu'il ne put répondre sur-le-champ.

— Beaucoup, dit-il enfin.

— Oh, beaucoup ! reprit Tersin, en secouant la tête avec tristesse; on m'en avait averti, et je l'ai vu moi-même ce soir. Vous aimez cette femme.

— Moi, Monsieur ?...

— A quoi bon ce mystère, Henri ? Parce que mes cheveux tombent, et que mon front se ride, croyez-vous que je sois un vieillard sans cœur qui ne peut rien comprendre aux passions ? Il fait nuit, Henri, vous ne voyez dans ce moment ni ces rides ni ces cheveux, vous n'entendez que ma voix qui vous parle, et c'est une voix encore jeune, une voix d'ami ! Votre main, enfant. Causons d'amitié, et parlez-moi à cœur ouvert. Je ne vous verrai pas rougir.

— Vous êtes bien bon avec moi, monsieur Tersin ; je ne puis ni ne veux vous tromper; mais la question que vous m'avez faite, je n'avais point osé encore me l'adresser à moi-même.

— Ne voyez-vous pas que vous ne pouvez vous passer un jour de cette femme? que vous la poursuivez partout? que vous êtes jaloux de ceux qui l'approchent? que ce soir, quand elle vous a parlé amicalement, en vous touchant de son éventail, vous êtes devenu pâle de joie et que le cœur a failli vous manquer, je le parie?... N'est-ce point de l'amour tout cela? Et elle-même, ne vous suit-elle pas partout du regard? ne voyez-vous pas qu'elle vous préfère à tout?

— Vous croyez? s'écria Henri.

— Je le crains, car je prévois les suites funestes d'une telle liaison. Si votre amour n'est qu'un sale désir, honnêtement habillé, je n'ai rien à dire; mais si, au contraire, cet attachement est pur et profond, prenez garde, Henri, car vous allez, les yeux bandés, sur un abîme. Vous ne savez point tous les périls que vous courez.

— Les choses n'en sont point là, Monsieur; un amour silencieux ne peut blesser la susceptibilité de l'époux le plus ombrageux, et...

— Vous me comprenez mal. Croyez-vous donc que je veuille vous faire peur du mari? Qu'importerait sa colère? Que me fait à moi qu'elle soit mariée? La faute d'une femme ne déshonore que celui qui en souffre, et non celui qui en profite. La société l'a voulu ainsi. Elle a enlevé aux croyances la garde des mœurs pour la remettre aux tribunaux de police correctionnelle. L'adultère n'est plus qu'une contrebande tarifée, comme celle du tabac, et l'on peut filouter, code en main, l'honneur d'un mari. Cela est bien, et cette loi nous va! D'ailleurs ce Carthon mérite tout. Y aurait-il encore une morale, que l'on pourrait lui en refuser les profits. Puis, ne sais-je pas aussi, moi, que le bonheur vaut bien qu'on l'achète, fût-ce par un crime? Si vous trouviez cet homme en travers de la porte

du paradis, je vous dirais : Tuez-le et entrez! Mais, prenez garde, Henri, le paradis que vous croyez voir, c'est
l'enfer!

— Oh! si vous connaissiez Ernestine, Monsieur!

— Et qui vous dit que je ne la connais pas? Vous avez
été séduit par quelques lueurs d'exaltation qui brillent
en elle? Elle avait du cœur, cette femme. Ce n'est point
sa faute si la société le lui a desséché. C'est un être malheureux qui n'a pu faire entièrement le vide dans son
âme. Mais ne vous laissez prendre ni à la rêveuse tristesse
que vous verrez parfois flotter sur son visage, ni à ses
élans de sensibilité, ni à sa passion d'un instant. Tout
cela est chez elle à fleur de cœur, rien ne va jusqu'au
fond. Plaignez-la, cette femme, car elle doit bien souffrir;
mais ne l'aimez pas, car le monde lui a ôté la puissance
de rendre un homme heureux. Vous aurez toujours pour
rivaux, dans son cœur, les bals, les diamants et les titres.
Si elle vous aime aujourd'hui, c'est que son existence est
déserte et tourmentée, c'est qu'elle cherche quelque chose
à quoi se reprendre, qu'elle a trouvé l'amour sous sa main
et qu'elle veut en essayer. C'est qu'après avoir tout usé, il
lui est tombé dans la pensée de restreindre sa vie et qu'elle
a rencontré chez vous un reflet de ses premières sensations, un souvenir de ses jeunes années. Elle espère se re-
tremper dans cet attachement. Route obligée que suivent
toutes ces femmes dont le monde a mangé le cœur! Quand
l'ennui des fêtes est venu, elles tentent l'amour. Puis, ces
aiguillons deviennent trop émoussés pour leur blasement,
et alors elles essaient le vice! comme ces malheureux
dont le palais, brûlé par l'ivresse, ne sent bientôt plus le
bouquet des vins délicats, et qui cherchent un dernier
chatouillement dans les liqueurs les plus âcres et les plus
dévorantes.

Et ne croyez pas que votre contact puisse l'épurer ni la
raviver, qu'un amour durable prenne jamais racine en
elle ; non, la société l'a foudroyée. Au dehors, elle a conservé la forme humaine; mais au dedans ce n'est plus que
poussière. Lier votre cœur de jeune homme à ce cœur
brûlé, c'est coudre une étoffe neuve à une vieille. Vous
emporterez la pièce, Henri, je vous en avertis.

— Oh ! je ne veux pas vous croire, Monsieur. Non, si
cet ange était ce que vous dites, il faudrait douter de tout.
Cela ne peut être ; et quand cela serait, je ne voudrais pas
le savoir. Ah ! vous ne m'éveilleriez pas, si vous saviez
combien mon songe est doux et beau !

— Et croyez-vous que je ne le connaisse pas ? Pensez-
vous donc que je sois arrivé où je suis sans avoir aussi
dormi quelque temps dans mes illusions ? Et qui n'a rêvé,
au moins une fois, une femme dont il pût faire sa
madone ? J'ai caressé toutes ces chimères, et je sais que
lorsqu'elles sont perdues, il faut s'envelopper la tête
comme César, et attendre que la vie ait achevé de vous
tuer.

— Pourquoi voulez-vous me les ôter, alors ?

— C'est parce que je veux vous les conserver, au contraire, que je vous crie de prendre garde. Je vous vois
avec épouvante prêt à tomber comme moi dans l'indifférence et le mépris. Ah ! vous ne savez pas ce que c'est,
enfant, que de s'envelopper dans l'amertume de son doute
comme dans un suaire ! que de croiser ses bras sur sa poitrine, A JAMAIS ! pour ne plus les rouvrir !... Vois-tu,
Henri, quand l'incrédulité et le dédain pour tout vous
prennent à la gorge, il n'y a plus pour vous rien de doux
sur la terre. Vous devenez le démon qui flétrit les fleurs
qu'il voudrait cueillir ; vous lisez à travers les poitrines ;
vous devinez la cause de chaque chose ; vous n'avez plus

même le bénéfice de l'erreur. Oh ! l'indifférence, vois-tu !
c'est la lèpre ! elle rejette hors de la création, sépare de
tout... et l'on n'en guérit pas ! Je le sais, moi, mon Dieu !
oh ! je le sais !

La voix de Tersin était toute vibrante de larmes.

— Moi aussi je comprends tout cela, dit le jeune homme
avec émotion ; mais la souffrance vous a rendu défiant,
mon ami, vous venez de le dire. Vous pouvez douter
d'une âme qui mérite que l'on croie en elle. Pensez-vous
donc que tous les cœurs se corrompent sous la soie, et que
rien de pur, de dévoué et de fidèle ne puisse se cacher
sous cette écorce mondaine?

— Écoutez-moi, s'écria l'avocat en saisissant la main
de son pupille. Il le faut !

Ceci est une vieille histoire. Il y a dix ans au moins de
cela, j'étais jeune encore et j'avais confiance, quoiqu'une
fois déjà j'eusse été trompé.

Il tomba dans ma nuit une jeune fille de dix-sept ans,
plus belle et plus ingénue que je ne puis le dire. Elle prit
en pitié ma tristesse, et bientôt je sentis qu'elle voulait
m'aimer.

Je résistai d'abord, car j'avais peur. Je savais que cet
attachement pourrait se briser quelque jour, et que tout
le bonheur de ma vie resterait au bout ! Mais elle pleura,
et ma prudence fut oubliée.

Oh ! alors le ciel descendit en terre pour moi.

Cela dura des mois entiers. Je commençais à rire de
mes craintes d'autrefois ; je me demandais s'il était vrai
que j'eusse pu redouter la fin d'un tel amour.

Je partis pourtant, forcé que j'y étais, et je fus deux
mois absent.

Quand je revins !..

La jeune fille s'appelait MADAME HONORÉ DE CARTHON.

Henri poussa un cri.

— Cette histoire est instructive, qu'en dites-vous? demanda Alphonse avec un sourire à faire pleurer.

Mais le jeune homme n'entendit pas. Sa tête s'était plongée dans ses deux mains avec un sourd gémissement, et les larmes passaient à travers ses doigts entr'ouverts.

Tous deux restèrent longtemps silencieux.

— Eh bien! Henri, dit enfin Tersin en se penchant vers son pupille, eh bien! n'avez-vous rien à répondre?

— Je l'aime! dit le jeune homme en sanglotant.

LA PETITE FILLE.

L'unique soin des enfants est de trouver l'endroit faible de leurs maîtres comme de tous ceux à qui ils sont soumis; dès qu'ils ont pu les entamer, ils gagnent là-dessus et prennent sur eux un ascendant qu'ils ne perdent plus. LA BRUYÈRE.

Toute méchanceté vient de faiblesse; l'enfant est méchant parce qu'il est faible. J.-J. ROUSSEAU,

Point de mère, point d'enfants. Entre eux les devoirs sont réciproques, et s'ils sont mal remplis d'un côté, ils seront negligés de l'autre. LE MÊME.

Neuf heures venaient de sonner à l'horloge de la petite chapelle que le conseiller d'État M. Honoré de Carthon avait fait bâtir depuis peu à son château de Saint-Cloud. Une petite fille, âgée de sept ans environ, descendait les grands escaliers, en tenant la main de sa bonne. Comme elle arrivait sur un des paliers, une porte s'ouvrit, et M. Honoré de

Carthon parut en robe de chambre et des journaux à la main.

— D'où viens-tu donc, Élisabeth? dit-il à l'enfant en passant une main dans ses cheveux.

— Je viens de me lever, mon papa.

— Mais tu ne couches pas en haut?

— Pardonnez-moi, Monsieur, répondit la femme de chambre, madame l'a fait monter depuis quelque temps.

— Et pourquoi ce changement?

— Je ne sais, monsieur; on avait, je crois, besoin de cette chambre.

— Oui, pour la donner au monsieur pâle, dit la petite, en relevant la tête d'un air colère et menaçant.

Le conseiller d'État regarda la femme de chambre, comme pour lui demander une explication.

— C'est M. Henri de Vernon qu'Élisabeth appelle ainsi.

— M. Henri de Vernon occupe donc cette chambre?

— Oui, Monsieur.

Honoré ne répliqua rien, il se retourna vers le couloir, y jeta un regard rapide; mais il eût été impossible de dire si ce regard avait pour but de remarquer la proximité de la chambre en question de l'appartement d'Ernestine, ou si c'était un mouvement simplement instinctif et sans intention. En tout cas, il se contenta de frapper deux ou trois coups légers sur les joues de la petite Élisabeth, en lui recommandant d'être bien obéissante, et il s'éloigna sans l'embrasser.

L'enfant se dirigea, avec sa bonne, vers la chambre de sa mère.

La porte était entr'ouverte; Élisabeth la poussa doucement. Madame de Carthon lui tournait le dos; elle était assise, la tête appuyée sur l'une de ses mains, regardant avec attention un médaillon qu'elle tenait de l'autre.

La petite fille s'approcha doucement et sans que le bruit
de ses pas, étouffés par un riche tapis, avertît sa mère de
son approche. Elle grimpa avec précaution sur un fauteuil
placé derrière celle-ci, et passa sa tête par-dessus son
épaule.

— Le portrait du monsieur pâle! dit-elle, en poussant
un éclat de rire bref et aigu.

Madame de Carthon jeta un cri, et se leva si brusquement qu'elle faillit renverser la petite.

— Misérable enfant! s'écria-t-elle en apercevant sa fille,
quelle peur tu m'as faite! Descends de là, descends... Mon
Dieu!.. j'en tremble encore.

Et la jeune femme, toute troublée, se rassit.

— Pourquoi ne frappez-vous pas, Thérèse? reprit-elle
en s'adressant à la bonne; vous aviez donc laissé la porte
de ma chambre ouverte en vous en allant? Voyez, vous
m'exposez à être surprise; ce pouvait être un autre aussi
bien que cet enfant. Vous êtes bien peu attentive, bien peu
attachée.

Thérèse parut comprendre la gravité du reproche, car
elle se contenta de répondre avec timidité :

— Cela ne m'arrivera plus, Madame.

— Et vous, Élisabeth, continua Ernestine, je ne veux
pas que vous me fassiez peur ainsi. Si cela vous arrive
encore, vous ne viendrez plus chez moi.

L'enfant ne répondit rien, mais resta debout, les deux
mains dans ses poches de tablier, l'air boudeur et mau-
gracieux.

Madame de Carthon cacha dans son sein le médaillon
qu'elle avait encore à la main.

Élisabeth la regardait faire.

— Viens ici, dit la jeune mère.

La petite s'approcha lentement.

— Embrasse-moi, voyons, et ne garde pas cette figure de mauvaise humeur.

En parlant ainsi, Ernestine l'attira contre ses genoux et renversa sa tête en arrière en l'embrassant. Le visage brun d'Élisabeth parut alors tout entier dégagé de ses cheveux d'un noir bleuâtre.

Il y avait quelque chose d'étrange dans les traits de cette enfant. Ils rappelaient ceux d'Ernestine, mais comme Satan rappelle l'ange après sa chute. Son œil rond lançait un regard âpre, pointu, qui gênait ; le rire ne sortait de ses lèvres minces que par bouffées rapides et éclatantes ; l'habitude de son visage était grave, mais d'une gravité sans calme, mélangée de je ne sais quelle mobilité raide et métallique, comme pourrait l'être celle d'un masque articulé.

Si parfois une expression de douceur faisait fléchir le sérieux de sa physionomie, c'était une douceur rusée, comme celle d'un chat, une douceur qui ne passait point l'épiderme, et qui n'était pas montée du cœur au visage. Cependant, après une étude attentive de ses traits, on y découvrait un reflet d'Ernestine et d'Honoré de Carthon : c'était l'âme de ce dernier, perçant à travers l'enveloppe de la seconde. Cette enfant révélait quelque mauvaise nature au berceau.

Madame de Carthon sembla être saisie de cette même pensée, car elle releva brusquement la petite, et lui dit :

— Maintenant, va jouer dans le petit bois, Élisabeth, et sois sage ; je te verrai de ma fenêtre.

— Je ne veux pas aller dans le petit bois, répondit l'enfant.

— Pourquoi cela ?

— Hier j'étais là, et le monsieur pâle m'a renvoyée. Il m'a dit d'aller jouer dans le grand jardin.

— Parce que tu le dérangeais, sans doute. Peut-être il voulait lire.

— Oh! non, car tu es venue de suite après, et il est allé se promener avec toi. .

Ernestine fit un geste d'impatience.

— Que vous importe, Mademoiselle? dit-elle à l'enfant, vous avez toujours quelques plaintes à faire de monsieur Henri!

— Je n'aime pas le monsieur pâle, répliqua la petite d'une voix sourde, et en secouant sa chevelure noire comme une crinière.

— Méchante enfant! et pourquoi? lui qui vous donne des bonbons! Emmenez-la, Thérèse. Allez, Mademoiselle, je ne vous aime pas!

Élisabeth prit la main de sa bonne en jetant à sa mère un regard irrité.

Dès qu'elles furent dehors, Thérèse la secoua rudement par le bras.

— Vilaine petite, pourquoi fâches-tu ta mère ainsi? Il ne faut jamais dire que tu l'as vue avec M. Henri; jamais, entends-tu? ou tu lui feras bien du chagrin.

— Et cela fera-t-il aussi du chagrin au monsieur pâle?

— Sans doute. Tais-toi; ne pense plus à lui, et occupe-toi de tes jeux.

— Ah! je pourrai faire du chagrin au monsieur pâle, répéta la petite fille!

Et elle sourit.

III.

EXPLICATIONS.

Êtes-vous donc déjà blasée sur le reste,
belle dame ? C'est de l'amour maternel qu'il
vous faut maintenant ? Le caprice vous en
prend trop tôt, vraiment!

MICHEL MASSON.

Mais d'où pouvait donc venir cette haine d'Élisabeth
pour Henri de Vernon ? Quelle offense avait amassé tant
de ressentiment dans une si jeune âme ?

C'était une longue histoire que nul n'avait cherché à
suivre ni à connaître ; pour la raconter, nous serons obligé
de reprendre d'un peu plus haut.

Lorsque Ernestine devint enceinte, deux ans après son
mariage, elle en ressentit d'abord un vif dépit. Elle s'af-
fligea à la pensée qu'une grossesse allait lui gâter la taille
et lui ôter cette virginale expression qui la faisait prendre
par les étrangers pour une demoiselle à marier ; mais ce

sentiment fut court. Bientôt elle éprouva ce mystérieux instinct de mère, le seul qu'il n'ait point été donné à la société de détruire ; elle devint fière d'avance de cette ombre d'être humain qu'elle portait en elle ; elle se respecta, comme si elle eût senti que désormais elle avait sur la terre une tâche d'utilité à remplir ; elle aima d'avance cet enfant inconnu qu'elle sentait remuer au-dessous de son cœur. La nouveauté de ce sentiment vint encore en accroître la vivacité. Ernestine reporta sur lui tout ce qui lui restait d'enthousiasme. C'était quelque chose d'inaccoutumé à ressentir ; une passion à mettre dans sa vie à la place de plaisirs déjà presque épuisés. Elle se fit d'avance mille images charmantes de sa nouvelle existence, toute de dévouement ; elle rêvait l'enfance entourée de toute cette poésie que nous lui prêtons, comme ses langes, qui vient de nous-mêmes et non d'elle. Aussi, fut-ce avec des transports d'ivresse qu'elle embrassa la fille qui lui était née.

Le peu de joie que témoigna Honoré de Carthon, lorsqu'il apprit le sexe de l'enfant, accrut encore l'amour d'Ernestine, en y ajoutant le charme d'une contradiction. Elle ne voulut confier à personne le soin de la nourrir. Il lui semblait que c'eût été mettre sa maternité en société avec une autre femme. Elle-même voulut veiller sa fille, apaiser ses plaintes, étudier ses capricieuses fantaisies.

Ce fut pour elle mille soins charmants et nouveaux. Ce balancement du berceau, ces cris de nouveau-né, ces chants de nourrice pour l'endormir ; tout cela était un monde inconnu qui s'ouvrait devant elle. Elle était heureuse comme le jour de son premier bal, ou de sa première communion.

Mais bientôt la fatigue amortit son zèle. Elle se vit dans une glace blême et les traits tirés ; elle en pleura de cha-

grin. Puis, Élisabeth grandissait sans réaliser ses rêves ;
Élisabeth était, comme toutes les autres petites filles de
son âge, uniquement et brutalement occupée de vivre.
Son amour était de la faim. De sa mère, elle ne connaissait et ne cherchait que le sein qui la nourrissait.

— Regarde-moi donc, petite, disait quelquefois la jeune
femme, dans ses folles tendresses de mère ; tu m'aimes
bien, n'est-ce pas, petite ?

Et la petite jetait sur elle son regard vague et stupide,
et ses yeux ne disaient rien, les ingrats ! quand ceux de
sa mère brillaient d'amour.

Alors celle-ci secouait la tête tristement, car elle voyait
qu'un enfant c'était déjà comme un homme : un je ne sais
quoi de chair, pétri avec de l'égoïsme.

Ses belles illusions s'envolèrent, et son ardeur mater-
nelle se ralentit.

Puis l'hiver était venu, et avec lui les fêtes.

Elle se rappela alors que le monde lui imposait des devoirs ; elle avait accompli, et au delà, les fonctions de mère,
sa fille avait été nourrie de son propre lait : maintenant
elle pouvait s'en occuper moins exclusivement. Tant qu'É-
lisabeth n'avait été qu'une masse inerte qu'il fallait laver
et nourrir, c'eût été chose honteuse de la livrer à des soins
étrangers ; mais aujourd'hui, qu'elle allait sentir et connaître, aujourd'hui qu'il était descendu une âme dans son
corps, et qu'elle allait devenir un ange ou un démon,
qu'était-il tant besoin de l'exclusive attention d'une mère ?
Tout le monde pouvait la remplacer désormais ; l'enfant était sevrée !

On fit comprendre tout cela à madame Honoré de Carthon, d'autant plus facilement que son éloignement mo-
mentané du monde l'avait réattirée vers ses joies. Les
meilleures mères d'ailleurs ne faisaient-elles pas ainsi ?

Elle se résigna donc à reprendre ses habitudes d'autrefois ; surveillant, à ses moments perdus, les soins que
l'on donnait à Élisabeth.

Celle-ci avança en âge, ainsi confiée à des mains louées.
Elle grandit au milieu des mercenaires, entendant calculer ce que chaque action rapporterait, et sa jeune âme
se modela sur cet égoïsme à gages. Ernestine s'aperçut de
la sécheresse de cœur qui se développait chez sa fille; elle
vit qu'elle économisait déjà ses caresses (seule chose
qu'elle eût à donner), pour en tirer le plus de parti possible. Un jour, un étranger qui était venu voir M. Honoré
de Carthon voulut la prendre dans ses bras; il était laid,
et elle se refusa avec de grands cris à ses caresses : sa mère
l'attira vers elle, et lui fit des reproches tout bas, en l'engageant à ne point fuir ce monsieur.

— Que me donneras-tu, si je l'embrasse ? répondit l'enfant en la regardant.

Toute son éducation était dans ces mots.

Mais les efforts que fit madame de Carthon, dans le but
de détruire ce caractère naissant, n'eurent ni assez de
suite ni assez d'énergie pour produire un résultat. Peut-
être aussi y avait-il chez cette enfant une nature malheureuse, incapable de tourner au dévouement : l'âme de
son père pouvait avoir été contagieuse, car qui sait jusqu'à quel point les mauvais penchants ne sont pas héréditaires comme les maladies ?

Quoi qu'il en soit, Ernestine, trompée dans ses espérances de mère, chercha ailleurs de quoi occuper son
cœur. Les prestiges du monde s'étaient évanouis tour à
tour ; fatiguée de tout, elle se mit à regretter ses joies de
jeûne fille, son naïf et premier amour. Elle devint l'être
blasé qu'Alphonse Tersin avait peint si complétement,
quand il avait dit à son pupille : *C'est une femme qui*

a perdu sa faim, et qui voudrait encore pouvoir manger.

Ce fut à cette époque qu'elle connut Henri.

Et Henri devint son amant !

Alors, ce qui restait d'amour maternel au fond de son cœur, se noya dans cette passion neuve et puissante. Élisabeth fut complétement oubliée.

La petite fille s'en aperçut, et en conçut une profonde colère ; non qu'elle regrettât les lueurs de tendresse de sa mère ; mais elle s'était habituée à ses complaisantes faiblesses, à ses caresses, qu'accompagnaient toujours des présents ou quelque plaisir accordé. Elle sentit , l'enfant précoce et intelligente, que Henri lui avait enlevé sa place de favorite, et que le cœur de madame de Carthon, occupé ailleurs, ne se retournait plus sur elle que par oisiveté ou vide d'amour. La jalousie lui vint alors, sentiment si vivace dans les cœurs d'enfant! Elle commença à être plus assidue près de sa mère, parce qu'elle s'aperçut que sa présence gênait. Il fallut l'écarter de force, et sa colère s'en accrut.

Henri, de son côté, ne l'aimait pas ; car elle lui rappelait Honoré de Carthon ; et d'ailleurs sa tracasseuse importunité avait rompu trop de fois les entretiens les plus intimes avec Ernestine, arrêté sur les lèvres de celle-ci des aveux prêts à s'échapper. Il en avait témoigné son impatience, et était ainsi devenu souvent la cause du mauvais accueil fait à l'enfant, d'un brusque renvoi, ou même de quelque punition infligée. Élisabeth avait remarqué tout cela, et ses griefs contre le monsieur pâle, comme elle l'appelait, avaient lentement amassé en elle un sentiment rancuneux et féroce.

Peut-être aussi qu'un germe de haine naturelle pour Henri dormait au fond du cœur de cette enfant. De même qu'il est des attirements magnétiques et réciproques, il est des antipathies mystérieuses, innées, qui rendent certaines natures hostiles l'une à l'autre ; de ces inimitiés préconçues qui s'allument en entendant un nom pour la première fois, à la simple approche d'un inconnu. Intentions vagues, mais senties, dont la manifestation est généralement un avertissement plus sûr que la raison !.

Quoi qu'il en soit, Élisabeth était arrivée à détester Henri de Vernon de toutes les forces de son âme. Sa jeune méchanceté lui avait confusément révélé qu'elle pouvait lui nuire, et elle tenait sa petite main toujours levée et prête à le frapper dès que l'occasion s'offrirait. Chez elle pourtant, cette disposition n'était ni la suite d'une résolution arrêtée, ni même d'un vœu intérieurement formé ; c'était quelque chose de plus invariable, de plus patient, de plus implacable que tout cela ; c'était un instinct !

Déjà quelques-uns de ses rapports malveillants avaient éveillé l'attention du conseiller d'État, auquel le long séjour de Henri de Vernon à son château de Saint-Cloud commençait à devenir désagréable et suspect. Le mécontentement d'Honoré s'envenimait chaque jour de quelque observation nouvelle.

D'ailleurs, des contrariétés croissantes avaient exalté depuis quelque temps son irritabilité. Sa situation politique, en se dessinant, l'avait forcé à prendre une allure plus franche devant le public, et son léger masque de libéralisme lui avait fondu au visage. Cette transfiguration ne s'était pas accomplie sans lui attirer de justes reproches, d'amères insultes. La presse, longtemps jouée par lui, se vengea en lui infligeant toutes ses tortures. Impuissant à arrêter ces attaques, Honoré de Carthon s'en aigrit. Comme tous les hommes peu généreux que la souffrance rend méchants, il chercha autour de lui une cause de plainte, afin de laisser déborder sa rancune quelque part. Furieux de ne pouvoir atteindre ceux qui le frappaient, il désira au moins une vengeance par représentation. Il sentit ce besoin de faire souffrir quelqu'un qui saisit si vivement dans les rages d'une colère étouffée, et son cœur devint d'autant plus facile au soupçon qu'il était plus désireux de trouver une faute à punir.

Il existait de plus une vieille hostilité entre Ernestine et lui.

Les semblants de générosité dont il s'était paré aux yeux de la jeune fille avaient bientôt disparu aux yeux de l'épouse. Celle-ci avait vu l'homme qui s'était montré si noble, dépouiller ses bons sentiments comme un incommode déguisement ; elle avait découvert combien de lâcheté et d'égoïsme croupissait sous la surface de loyauté qui l'avait séduite. Trompée dans ses espérances, elle comprit que son mariage avait été un guet-apens, et que cet homme avait assassiné son bonheur.

Alors, elle en eut horreur et dégoût.

Lui-même se trouva mal à l'aise devant sa bassesse, quand il sentit qu'elle était comprise.

Ils conservèrent pourtant tous deux les apparences d'un contentement réciproque ; des deux côtés la haine et le mépris restèrent polis.

Mais il y avait sous cette tranquillité apparente le germe de mille tempêtes. Le choc des circonstances pouvait, à chaque instant, briser ces dehors de bonne intelligence ; car la communauté des intérêts matériels liait seule ces deux natures antipathiques.

IV

LE KIOSQUE.

Il est là !...

DELAVIGNE (École des Vieillards).

. . . .

— Déjà t'en aller, déjà, Henri ! Oh ! reste encore !

— Tout le monde me croit parti depuis deux heures, Ernestine ; ton mari m'a lui-même conduit jusqu'à l'avenue ; si l'on me retrouvait ici, songe que nous serions perdus !

— Mon Dieu ! pourquoi n'es-tu pas resté ? Que m'importe sa mauvaise humeur et ses soupçons ? Nous pouvions nous voir du moins quelques instants, et maintenant combien de jours vais-je passer sans toi ? sans tes regards, Henri ! sans tes regards qui me brûlent, et tes baisers qui me rendent folle. Henri !

La jeune femme jetait avec passion ses deux bras autour du cou de son amant. Celui-ci l'attira sur sa poitrine, et l'y tint pressée, dans un long embrassement.

— Ange, ne me retiens pas, je t'en prie. Laisse-moi mon courage. Il faut te quitter. Un plus long séjour ici compromettrait tout notre bonheur. Bientôt, nous nous retrouverons à Paris... Et je t'écrirai.

— Oh! oui, tous les jours, n'est-ce pas? A l'adresse de Thérèse; cette fille est fidèle et dévouée, nous pouvons compter sur elle.

Ils s'approchèrent de la porte du kiosque.

— Mon cheval est derrière le petit bois, dit le jeune homme; je n'ai pour le rejoindre qu'à traverser le verger.

Ernestine tourna les yeux vers une fenêtre ouverte qui regardait la route.

— Oui, le voilà là-bas, regarde. Méchante bête! elle piétine d'impatience. Elle a l'air de t'appeler. Oh! je voudrais bien être à sa place, moi! Henri; si j'avais eu une bonne fée pour marraine, je lui aurais demandé de faire passer mon âme dans ton cheval de promenade, ou dans ton chien favori. Oh! je t'aurais suivi partout, je me serais couchée à tes pieds, j'aurais léché tes mains, j'aurais senti tes doigts passer sur mon cou! Oh! Henri, je voudrais être ton chien, ton cheval! tout ce qui t'appartient! pour ne jamais me séparer de toi.

— Céleste folle! murmura Henri, en prenant sa tête à deux mains, et la couvrant de baisers, ne me parle pas ainsi, ou je ne partirai pas. Ne me parle plus du tout.

Il s'arracha de ses bras.

— Au revoir, Ernestine! regarde s'il n'y a là personne qui puisse me voir sortir du kiosque.

La jeune femme avança la tête à la fenêtre.

— Personne, dit-elle. Ah!.. pourtant... attends... J'entrevois quelqu'un à travers la charmille... C'est Élisabeth... je crois...

— Infernale enfant! elle est partout sur mes pas comme un mauvais génie.

— Elle n'est pas seule... Ah! mon Dieu!.. M. de Carthon!..

— Ton mari!

— Ils viennent de ce côté. Ne sors pas, Henri. Ils te verraient. Les voilà tout près.

— Prends garde qu'ils ne te voient toi-même.

La jeune femme se retira vivement, et tous deux prêtèrent l'oreille.

Le conseiller d'État faisait en effet le tour du kiosque, en longeant une haie de rosiers.

Bientôt ils distinguèrent sa voix.

— Tu ne peux pas avoir vu M. de Vernon traverser le verger tout à l'heure, Élisabeth; voilà deux heures qu'il est parti.

— Mon papa, je suis bien sûre, va. Même, je ramassais des marguerites quand il est passé tout près de moi. Il allait vite, vite...

Et tiens, ajouta-t-elle en se baissant, vois-tu, mon papa, voilà un de ses gants.

Elle montrait effectivement un gant de daim qu'elle venait de ramasser.

M. de Carthon le prit :

— Et tu as vu ta mère aussi venir, après, de ce côté?

— Oh! non, mon papa! c'était avant.

Le conseiller d'État et Élisabeth débouchèrent par le petit chemin qu'ils suivaient, et se trouvèrent à l'entrée de la clairière, au milieu de laquelle le kiosque s'élevait sur un rocher de quelques toises.

M. de Carthon jeta un regard rapide autour de lui :

— Il n'y a personne ici, dit-il.

— Dans la petite maison, mon papa, répondit Élisabeth plus bas.

Il s'avança vers le pavillon.

Mais Ernestine et Henri avaient tout entendu.

Aussi, lorsque le conseiller d'État ouvrit brusquement la porte du kiosque, sans frapper, la jeune femme, qui lisait assise sur le canapé, leva la tête avec un tressaillement de surprise plein de naturel.

M. de Carthon embrassa d'un coup d'œil le cabinet.

Ernestine était seule.

— On a bien de la peine à vous trouver aujourd'hui, dit-il d'un ton brusque ; je vous cherche depuis une heure sans qu'on ait pu me dire où vous étiez.

— Si je l'avais prévu, Monsieur, je vous aurais épargné cette peine, répondit Ernestine avec bienveillance.

— Depuis quelque temps, vous aimez bien ce kiosque, Madame ! Votre appartement me semblerait pourtant au moins aussi commode pour la lecture que ce cabinet éloigné. A moins que ce ne soit son éloignement même qui vous charme !

Ceci avait été dit avec une ironie évidemment hostile ; mais Ernestine ne voulut pas comprendre, et elle répondit de l'air le plus naturel :

— Cela se peut : l'éloignement et la vue de la campagne, qui est fort belle de cet endroit.

— Fort belle ! d'autant plus que l'on aperçoit la grande route, et que l'on peut y suivre longtemps, des yeux, les voyageurs qui partent.

— C'est réellement une distraction, répondit la jeune femme avec une préoccupation nonchalante.

Honoré de Carthon laissa échapper un geste d'impatience.

— Il faudra pourtant, Madame, dit-il, que vous renonciez à ce lieu enchanté, car dans trois jours nous retournons à Paris.

— Vraiment! s'écria Ernestine avec une joie qui, cette fois, n'était pas feinte.

— J'étais sûr que vous en seriez ravie, Madame : cette campagne vous paraîtrait bien solitaire et bien triste, maintenant que nous y voilà seuls.

— Mais il me semble, Monsieur, que depuis longtemps nous n'y avons reçu personne!

— Monsieur Henri de Vernon est-il donc déjà de la famille, Madame?

— Ah! un ami intime!..

— Beaucoup trop intime! s'écria le conseiller, porté au dernier degré d'irritation par le sang-froid étudié d'Ernestine. Et je dois vous déclarer que cette intimité me déplaît, et que je ne souffrirai pas qu'elle continue à Paris.

— Mon Dieu, Monsieur, voilà une colère bien étrange!

— Madame, au nom du ciel! quittez cet air de surprise et de douceur hypocrites. Entre nous c'est un mensonge gratuit. Je me suis tu tant que vos imprudences n'ont pas fait d'éclat; mais je ne souffrirai pas que vous salissiez mon nom du scandale de votre conduite.

— Monsieur...

— Écoutez-moi, Madame, vous parlerez après; écoutez-moi. Je ne vous demande rien de l'attachement que j'aurais droit d'attendre de vous; non, je sais combien vous êtes au-dessus de ces faiblesses de la nature. Je me suis résigné à l'abandon des jouissances de cœur...

— Ne parlez pas de cœur, Monsieur, interrompit à son tour Ernestine avec une indignation retenue, n'en parlez pas, au nom du ciel! cela est inutile. Il n'y a que Dieu et moi à vous entendre maintenant, et Dieu et moi nous vous connaissons.

— Et moi aussi je vous connais, Madame : plus d'affection entre nous, je vous l'ai dit, je n'y compte plus ; mais je saurai arrêter des folies qui me déshonorent. Je ne veux pas, entendez-vous, être un de ces maris faciles qui respirent dans leur honte, comme dans l'air ; je ne veux pas que l'on me montre partout du doigt. Après avoir tout préparé pour la réussite de mes projets, je ne souffrirai pas qu'un grain de sable m'arrête en chemin, que l'inconséquence d'une femme me rende la risée publique et m'enveloppe dans le ridicule. Je ne veux pas surtout, après avoir vaincu les attaques graves et puissantes de la haute presse, succomber sous les piqûres des petites feuilles., et voir cette canaille de journalisme pendre ma réputation à la lanterne ! Non, je ne le souffrirai pas, Madame, entendez-vous, je ne le souffrirai pas !

— Monsieur, Monsieur, c'est du délire ce que vous dites là !

— C'est de la vérité, Madame ! cria M. de Carthon, en fermant les poings et frappant du pied. Déjà, grâce à vous, les insultes sont venues me frapper. D'abord vagues et équivoques, elles se renouvellent chaque jour plus claires, plus flétrissantes. Bientôt (et je vous le devrai !) mon nom deviendra un de ceux que l'on ne peut lire ni entendre sans l'accompagner d'un rire insultant. La nuée des calomniateurs à la page va s'abattre sur ma réputation comme sur une charogne à dépecer. Ils mettront ma honte en adjudication publique, offrant une prime au mensonge le plus fangeux, à l'injure la plus meurtrière. Déjà, Madame, ils ont commencé cette guerre à mort !.. Voyez vous-même !..

Le conseiller d'État déroula, d'une main tremblante,

un journal qu'il tenait plié et froissé entre ses doigts; il le tendit à Ernestine.

— Là, Madame, dit-il en posant le doigt sur une colonne, lisez, lisez haut, je vous prie.

La jeune femme commença effectivement à demi voix; elle s'arrêta tout à coup, son œil parcourut la fin de la colonne, et elle rougit jusqu'au front.

— Quelle infamie! dit-elle.

— Et vous voyez, Madame, que toutes les personnes y sont bien désignées; même le poëte dont les assiduités passent pour vous être agréables.

— Monsieur, s'écria Ernestine, et vous n'avez point encore tiré vengeance d'une telle insulte?

— De laquelle, Madame? de celle du poëte ou de celle du journaliste? Pour celle du poëte, c'était trop tard, il était parti quand j'ai reçu cette feuille.

— Monsieur...

— A la vérité, il se pourrait que toutes deux partissent de la même main. M. de Vernon est jeune, il a sa réputation à faire, et le scandale est un sûr moyen. Je sais qu'il écrit dans les journaux, et il est possible qu'il soit lui-même l'auteur de l'article dont il est le héros.

— Ah! quelle horreur, Monsieur! supposer une telle lâcheté!...

— Et qui vous dit que M. de Vernon n'est pas un lâche!

— Monsieur! cria Ernestine en se levant épouvantée, assez, de grâce!

— Qu'avez-vous, Madame? Craignez-vous qu'il ne m'ait entendu!

Cette question était faite avec une interrogation si directe, que la jeune femme se laissa retomber sans forces sur le canapé.

— Comment aurais-je cette crainte? balbutia-t-elle; ne sais-je pas qu'il est maintenant à Paris? ⁎.

— En êtes-vous bien sûre, Madame?

— Mais.... je.le présume.... au moins.... vous-même l'avez vu monter à cheval.

M. de Carthon secoua la tête sans répondre.

Il y eut un moment de silence.

— Le monsieur pâle n'est point parti, dit tout à coup une voix basse qui venait d'un coin.

Ernestine tressaillit, et le conseiller d'État se détourna.

Élisabeth, qui était entrée doucement pendant la conversation précédente, se trouvait alors à la fenêtre ouverte qui donnait sur le verger, et c'était elle qui avait parlé.

— Comment sais-tu cela? demanda vivement M. de Carthon.

Sans répondre, la petite fille montra du doigt l'extrémité du bosquet.

Il regarda dans cette direction.

— C'est vraiment son cheval que je vois là-bas, dit-il.

En prononçant ces mots, il se détourna brusquement et surprit le regard d'Ernestine, qui s'était porté plein d'effroi vers la fenêtre opposée à celle où il se trouvait.

Son œil suivit cette direction.

Un gant d'homme, semblable à celui qu'Élisabeth avait ramassé près des charmilles, était tombé au pied du rideau, fermé avec soin.

Honoré de Carthon comprit tout.

Il demeura un moment immobile de stupeur; les yeux de la jeune femme se fixèrent sur les siens, et ses mains se joignirent avec supplication et désespoir.

Honoré fit deux pas en avant, puis, s'arrêtant tout à coup :

— Sortez, Élisabeth, dit-il d'une voix sourde.

L'enfant sortit.

Le conseiller d'État s'élança alors vers la fenêtre, d'où il n'avait pas détourné les yeux, en écarta brusquement le rideau.

Et Henri de Vernon se trouva devant lui !

V

LE JEUNE HOMME

L'amour porte à la folie les esprits jeunes
et tendres; ils se fanent dans leur fleur, perdent la fraîcheur de leur printemps, et tout
le fruit des plus douces espérances.

SHAKSPEARE (Gentilshommes de Vérone.)

Consolation!... mot absurde.
A. LUCHET.

Peu de jours après ce que nous venons de rapporter,
Henri de Vernon et Alphonse Tersin se promenaient ensemble au bois de Boulogne. Une rencontre devait avoir
lieu entre le premier et M. Honoré de Carthon.

La cause avouée de la querelle n'était autre que la pu-
blication d'un article assez vif de Henri de Vernon, inséré
la veille dans un journal, et dirigé contre le conseiller
d'État. Tersin seul connaissait le motif véritable du duel.
Quelque plausible que fût celui mis en avant, il n'en
avait point été dupe; la veille, il avait arraché la vérité à

son pupille, et il avait appris de lui que M. de Carthon lui-même avait proposé cet expédient, qui évitait tout scandale et motivait le combat.

Alphonse s'était expliqué facilement l'intention qui avait guidé le conseiller dans le choix de ce prétexte singulier.

Il marchait depuis quelque temps près de Henri, lorsqu'il s'arrêta tout à coup et regarda sa montre.

— M. Honoré de Carthon est du meilleur ton en toute chose, dit-il; il se fait attendre pour se couper la gorge comme pour un bal. Savez-vous quel est son témoin?

— Je l'ignore.

— Quelque duc et pair au moins! car il faut que cette affaire ait de l'éclat. Un conseiller d'État qui se bat, c'est assez rare pour être mis dans les gazettes.

— Je pense que vous vous trompez. M. de Carthon doit éviter tout ce qui pourrait donner l'éveil à des interprétations qui le déshonoreraient.

— Enfant! croyez-vous donc que ce soit une vengeance de cœur ou d'amour-propre qu'il cherche à satisfaire contre vous? Ne voyez-vous pas encore que ce duel est un calcul politique? Il espère effrayer les écrivains qui l'attaquent, en montrant qu'il sait punir une injure. Forcé de vous demander raison, il a pensé du moins à tirer parti de son courage obligé. Il sait que le ridicule tue un homme politique, et il voudrait faire peur, afin de ne plus faire rire. Il pense que s'il se farde avec votre sang, on n'osera désormais le regarder d'aussi près au visage. Puis, il a craint peut-être que vous n'allassiez publier votre bonne fortune; et il a besoin, non de l'honneur de sa femme (que lui importe?), mais de sa réputation. Oh! il a senti tout cela, allez; c'est un homme habile. Il sait tourner chaque chose à l'avantage de son plan. Tout lui devient marche-pied; l'infamie porte graine avec ces gens-là !... Soudez-leur un carcan au cou, et ils parviendront à le dorer et à s'en faire un collier de haute chevalerie.

Henri écoutait Tersin avec une grave tristesse.

— Tout ce que vous dites peut être vrai, répondit-il; mais que me faisait cet homme et ses arrière-pensées ? Il fallait qu'Ernestine ne fût point compromise; il me proposait un moyen, j'ai dû accepter.

— Ah ! puisqu'il voulait un article qui justifiât un duel, que ne me l'avez-vous dit, Henri ? Je vous aurais fourni les faits, moi ! J'ai de quoi mettre cet homme au bagne de l'opinion publique !

Henri allait répondre, mais un tilbury parut au milieu d'un nuage de poussière.

— C'est lui ! dit le jeune homme.

M. de Carthon et son témoin descendirent presque aussitôt, et s'avancèrent vers ceux qui les attendaient.

Le conseiller d'État s'excusa de son retard, et tous quatre s'enfoncèrent davantage dans le bois. Enfin ils s'arrêtèrent.

Tersin et le témoin d'Honoré de Carthon se rapprochèrent pour régler les conditions du combat.

— Je ne vous parle point d'accommodement, Monsieur, observa ce dernier; car M. de Carthon m'a déclaré n'en point vouloir souffrir.

Tersin sourit amèrement :

— Je le sais, Monsieur; il faut qu'il y ait un coup de pistolet de tiré, pour que les gazetiers l'entendent de leur bureau. Nous sommes prêts.

Les adversaires se placèrent à vingt pas, vis-à-vis l'un de l'autre.

Les deux coups partirent en même temps.

La balle de Henri alla se perdre dans les feuilles, celle de M. de Carthon dans la poitrine du jeune homme.

Le soir, tous les journaux parlèrent de la rencontre qui avait eu lieu entre MM. Honoré de Carthon et Henri de Vernon, en annonçant que l'on craignait pour la vie de ce dernier.

Les attaques contre le conseiller d'État cessèrent le même jour.

Cependant, Henri ne mourut pas de sa blessure : grâce aux soins de son tuteur, il se rétablit lentement ; mais sa convalescence dégénéra en une langueur qui résista à tous les efforts de la médecine. Bientôt Tersin s'aperçut avec effroi que le danger n'avait fait que changer de forme, et que le traitement qu'avait suivi Henri, en épuisant chez lui les sources de l'existence, lui avait laissé les germes d'une maladie de consomption, à laquelle il semblait devoir succomber.

Une cause nouvelle vint bientôt accroître ces dangereux symptômes.

Tant que la blessure de Henri de Vernon avait fait craindre pour ses jours, madame de Carthon s'était informée de sa situation avec une scrupuleuse exactitude. En apprenant sa convalescence, elle se sentit joyeuse, et comme déchargée d'un grand fardeau. Sûre de ne l'avoir point tué, elle commença à réfléchir à cette liaison, qui lui avait déjà causé tant de douloureuses inquiétudes. Quelques mois de séparation avaient amorti le premier élan de sa passion ; elle s'était accoutumée à l'absence de Henri, et son amour était presque une habitude perdue. De retour à Paris, elle avait été de nouveau entourée de tous les alléchements du grand monde. Elle se demanda si cet attachement exclusif et jaloux, dans lequel elle s'était isolée à la campagne, ne lui deviendrait pas une

chaîne bien lourde au milieu des plaisirs tumultueux de
la ville. C'était d'ailleurs un sentiment dont elle avait désormais respiré tout le parfum, et qui ne lui laissait l'espoir d'aucune émotion nouvelle. Elle avait voulu savoir ce
que c'était que l'amour d'un poëte de vingt ans, et maintenant elle le savait. Ce jeune homme était un roman lu
jusqu'à la dernière page ; il pouvait y avoir ennui à le
feuilleter de nouveau.

Puis, quelques rumeurs avaient couru le monde relativement à la rencontre du conseiller d'État et de M. Henri
de Vernon. Le nom d'Ernestine avait été vaguement mêlé
à ces récits ; il était peu sage de renouer, en face de l'attention publique, une liaison qui avait été déjà rompue
une fois, d'une manière si terrible. La loyale ardeur du
jeune homme était elle-même à redouter, car il ne savait
pas s'envelopper des précautions qui évitent le scandale ;
et elle savait déjà, la prudente femme, que le vice est
moins dangereux dans le monde que la passion, parce
qu'il sait mieux se cacher.

Enfin, n'était-ce pas exposer de nouveau Henri à quelque sanglante catastrophe ? Cette seule pensée la faisait
frémir !

Tant de raisons la déterminèrent.

Avec un admirable à-propos, elle se rappela les devoirs
que lui imposait son titre de mère et d'épouse.

Et elle se résolut de leur faire le noble sacrifice de ce
qui lui restait d'amour.

En conséquence, elle écrivit à Henri une lettre pleine
d'une douloureuse résignation, qu'elle terminait en rede-
mandant son portrait.

Henri s'évanouit en lisant cette lettre.

Revenu à lui, il envoya à madame de Carthon ce qu'elle
lui demandait ; sans réponse.

Madame de Carthon ne vit dans cette conduite qu'un manque d'égards.

Mais Henri !... Il sentit dès lors qu'il était frappé à mort, et il s'en réjouit : si la maladie ne l'eût pas tué, il eût fallu qu'il se tuât lui-même.

Car Henri n'avait pas pour cœur un de ces airains sonores, qui, sous le choc de la passion, jettent un éclat terrible, et dont la vibration meurt et s'évanouit insensiblement ; chez lui tout était fort et vivace ; c'était un de ces hommes fidèles qui s'enveloppent dans leur croyance, de manière à ne faire qu'un avec elle, qui y concentrent toute leur vie, que l'on peut tuer avec une pensée, et au cœur desquels chaque sentiment entre jusqu'au manche, comme un poignard !

L'abandon d'Ernestine ne fut pas seulement pour Henri la perte d'une affection, ce fut la destruction d'un culte. Cette femme avait été pour lui une formulation vivante de toutes ses chimères de bonheur ; en la perdant, il perdait le monde qu'il s'était créé. Il n'avait plus confiance ni espoir ; IL DOUTAIT !

Et il était si jeune, si échauffé d'enthousiasme, si haut placé dans la vie !... Ce désenchantement était la chute de Phaéton, du ciel aux enfers !

Oh ! c'est alors qu'il comprit les avertissements que Persin lui avait donnés ! mais il était trop tard. Il sentit qu'il ne pouvait, comme celui-ci, se faire une armure du mépris, et se résigner à marcher seul dans l'existence. La maladie qui l'avait brisé, ne lui avait pas laissé assez d'énergie pour accepter cette dure destinée ; il préféra mourir !

Alors il se laissa aller au désespoir qui pouvait aider à cette résolution. Il s'empoisonna avec ses souvenirs, il se suicida avec son âme, jour par jour, heure par heure. Ce fut une longue agonie que lui-même se faisait, qu'il contemplait, et qu'il souffrait.

Enfin, il sentit que l'heure était venue.

Une dernière fois, il voulut parler à celle qui l'avait tué. Il lui écrivit, en lui renvoyant ses lettres et un médaillon, renfermant une boucle de ses cheveux, qu'il avait toujours porté suspendu sur sa poitrine.

Mais madame de Carthon ne reçut pas ce message. Elle était à la campagne, et n'arriva que le lendemain.

Sa calèche découverte suivait la longue et étroite rue Saint-Jacques, se dirigeant vers le Luxembourg. Devant elle, se trouvait sa belle-sœur, madame la duchesse de Carthon, avec Élisabeth ; à ses côtés, un jeune et blond colonel allemand, attaché à l'ambassade d'Autriche.

Elle causait gaiement et à demi voix. Le jeune étranger avait pris familièrement son éventail, dont il s'amusait, et ses regards tombaient sur ceux de la jeune femme, tout humides d'une tendresse voluptueuse.

— Mon Dieu, l'infâme rue ! dit tout à coup Ernestine, en respirant un flacon de senteur ; comment peut-on vivre dans cette fange, sans soleil, sans fleurs et sans arbres ?

— Ces gens y sont habitués, ma chère, observa la duchesse ; le peuple n'a pas besoin d'air pour vivre.

— Qu'importe d'ailleurs ? reprit l'officier blond et rose, avec une mélancolie charmante, il y a quelque chose qui tient lieu de soleil, de fleurs et d'arbres.

— Et quoi donc, colonel ?

— Le regard d'une femme, Madame, le regard aimé ! Il éclaire, il parfume, il rafraîchit.

Les yeux d'Ernestine s'abaissèrent sur le jeune militaire, avec une expression ravissante de douceur.

Dans ce moment, un embarras de voitures arrêta la calèche.

— Qu'est-ce que cela? demanda Ernestine?

— Un convoi, Madame.

— Ah, mon Dieu! quelle malheureuse rencontre!... Cela attriste et fait mal!

— Il y a bien des voitures de deuil, dit la duchesse; il paraît que c'est quelqu'un de né que l'on enterre. Qui donc ce peut-il être?

— Monsieur Henri de Vernon, répondit une voix austère.

Les deux femmes se retournèrent vivement à ces mots; Ernestine en poussant un cri et toute pâle; la duchesse se mit à rire.

— Ah! c'est vous, monsieur Tersin! dit-elle, je ne savais d'où venait cette voix; vous m'avez effrayée!

L'avocat s'inclina silencieusement.

— Comment, M. de Vernon est mort? reprit Nathalie. Quel dommage!

— Le monsieur pâle? s'écria Élisabeth. Ah, tant mieux!

Et elle fixa, en souriant, ses yeux âpres et étincelants sur le corbillard qui passait.

— Quel est ce jeune homme? demanda le colonel allemand; le connaissiez-vous, Madame?

— Un peu, balbutia Ernestine.

Au même instant la calèche partit.

Tersin la suivit des yeux, puis, reportant la vue sur le cercueil qui montait la rue Saint-Jacques, demi-caché sous les draperies du chariot funèbre:

— Heureusement que les cadavres n'entendent pas! pensa-t-il.

TROISIÈME PARTIE.

———.

VIEILLE.

VIEILLE.

Ils sont tous dans la tombe ceux avec lesquels j'ai vécu ; les choses de mon temps sont
entrées dans la terre Heureux mille fois celui
qui n'est pas obligé de vivre avec ce qui est
plus nouveau que lui !

SCHILLER (Guillaume Tell).

Vieille !... Elle était vieille maintenant !

Être vieille ! Il n'y a que la femme du peuple et la
grande dame qui sachent tout ce que ce mot renferme de
tristesse. La vieillesse, pour la première, c'est l'indigence ;
pour la seconde, l'ennui. Pour celle-là, la faim des en-
trailles ; pour celle-ci, la faim de l'âme !... Car l'une
manque du pain nécessaire, l'autre des plaisirs accou-
tumés.

Et la vieille du peuple, du moins, a la borne du carrefour pour accroupir ses membres, quelque embrasure de
porte pour s'abriter, le lit et la soupe de l'hospice pour
nourrir son corps épuisé.

Mais la vieille du grand monde, elle, elle n'a point où asseoir son âme. Elle n'a point de quoi la nourrir. Les joies mondaines qui la remplissaient sont perdues sans retour, et le vide y est.

Pourtant, elle ne peut recommencer maintenant l'existence ; il lui faut les visites, les causeries frivoles, les triomphes de salon ; elle a vécu dans cette atmosphère. Que voulez-vous qu'elle mette en place de tout cela ?

A d'autres les affections de famille, les soins d'enfants, les faiblesses de grand'mère, toutes les jouissances du foyer ; la grande dame, devenue vieille, n'a point d'intérieur. Elle a vécu au bal, et aujourd'hui, qu'elle n'y peut plus aller, *ses filles y vont!*

Elle est seule. Ses souvenirs mêmes sont des regrets ; car, en se rappelant qu'elle fut belle, elle se voit laide ; en songeant combien elle fut recherchée, elle pense davantage à l'abandon dans lequel on la laisse maintenant. Elle s'était faite heureuse de tout ce qui rend belle, remarquée ; elle avait placé sa joie dans l'admiration de la foule, et ce bonheur en plein air s'est desséché au souffle de l'âge.

Folle, qui ne savait pas que pour le conserver inaltérable, il faut le cacher au fond de son cœur !

Voilà que tout ce qu'elle a aimé lui échappe. Aussi elle souffre, mais sa souffrance n'a rien de touchant ; c'est le mal des âmes frivoles et blasées, un mal qui suppure l'envie, la haine et la méchanceté ; le mal des vieux qui n'aiment pas !

Et telle était Ernestine devenue vieille.

Elle avait traversé la vie factice des riches dans toute sa longueur ; maintenant, elle se trouvait au bout, telle que la route l'avait faite. L'égoïsme avait plu sur elle et l'avait traversée jusqu'à la moelle des os. Sa première nature s'é-

tait effacée lentement dans les froissements de la société ;
elle était arrivée au même point que toutes, sans un vice
de moins, ni une espérance de plus.

M. de Carthon était mort au moment d'être nommé ministre, et Ernestine avait pleuré la haute situation qu'elle
perdait avec lui.

Élisabeth était mariée depuis longtemps à M. de Sarlof
ambassadeur de Russie. La femme avait tenu tout ce que
promettait l'enfant. Déjà, deux fois, sa mère avait eu à
défendre contre elle ses intérêts devant les tribunaux.

Depuis son veuvage, madame de Carthon s'était sentie
abandonnée. Son crédit, sa beauté n'étaient plus ; la
foule, qui ne pouvait plus attendre d'elle ni profit ni plaisirs, l'avait bientôt délaissée.

Une seule liaison n'avait reçu aucune altération du
changement de fortune et d'âge ; c'était celle qui existait
entre madame de Carthon et la duchesse sa belle-sœur.

La conformité de leur situation, et la communauté de
leurs ennuis devinrent, au contraire, un nouveau lien
pour ces deux femmes. Toutes deux avaient suivi la même
voie, et étaient arrivées au même but. Mais Nathalie avait
accepté plus philosophiquement qu'Ernestine le rôle nouveau que la vieillesse lui imposait. Moins richement
douée, elle avait joui du monde sans passion, elle souffrit son abandon sans désespoir. La vie n'avait jamais été
pour elle une inspiration, mais un rôle convenu et appris
par cœur. Quand le moment fut venu, elle passa de l'emploi des *grandes coquettes* à celui de *duègne*, sans trop de
douleur, pensant, pour se consoler, que cela *était toujours ainsi*. Elle joua son nouveau personnage comme elle
avait joué l'autre, et récita sa vieillesse comme elle l'avait
fait de sa jeunesse. Dépouillée des joies d'autrefois, elle
songea à faire place dans son cœur à tous les plaisirs qui

lui étaient encore permis. Elle accepta les prédications, l'office à Saint-Sulpice, les parties de cartes et les médisances, en échange du bal, des intrigues et du grand Opéra. Ne trouvant plus d'amant, elle prit un confesseur. Nature heureuse et souple, comme toutes celles qu'une âme ne gêne pas !

Quant à Ernestine, elle resta dans la vie de l'excellente duchesse comme une habitude qu'il lui était permis de garder. Elle continua à la rechercher sans l'aimer; uniquement parce que ses chevaux connaissaient la route qui conduisait à l'hôtel de Carthon.

Au moment où nous reprenons notre récit, les deux amies étaient réunies chez la veuve du conseiller d'État, devant un feu pétillant, qui répandait dans la chambre une douce chaleur.

Ernestine, faible et maladive, était ensevelie dans un vaste fauteuil; un oreiller soutenait sa tête, rejetée en arrière.

Son visage, osseux et jaune, n'avait conservé aucune trace de son ancienne beauté. Sa décrépitude même n'était point empreinte de ce caractère de langueur qui peut la rendre parfois touchante. C'était je ne sais quelle laideur fardée et coquette, comme pourrait l'être celle d'une tête de mort en toilette. Ses yeux creux chatoyaient dans leur orbite, demi-cachés sous les somptueuses dentelles d'un sautoir de Malines, dont sa tête était entourée.

Près d'elle était assise la duchesse, moins changée par l'âge. Elle avait conservé cette sorte de fraîcheur fanée particulière aux vieillards que l'on appelle *bien conservés*. Sur ses traits, respirait toujours le même sourire inamovible, la même bienveillance vague, à travers lesquels l'œil attentif pouvait aussi retrouver la même expression de froide dureté.

— Y a-t-il longtemps que vous n'avez vu l'abbé Garnier? demanda la duchesse à Ernestine, après un silence d'ennui, dans lequel toutes deux étaient plongées depuis quelques minutes.

— Oui... Je crois que oui. Au reste, il me déplaît, cet homme. Je ne puis souffrir ces prêtres du beau monde qui passent leur temps à faire des visites en escarpins, et apprennent la politesse à la religion. Ces gens-là ne croient pas fortement; ils n'ont rien de leur saint ministère. Ce sónt des hommes à la mode, portant soutane; et ils me font l'effet de cette croix de perles fines que je portais autrefois à mon collier de bal, comme parure et non comme signe religieux.

— Vous êtes étrange, ma chère! vous préférez donc un prêtre fanatique à un prêtre tolérant? En vérité, ma belle, c'est aussi par trop d'orthodoxie! Mais si vous aviez suivi les conférences de ce bon Garnier, je suis sûre que vous seriez revenue de vos préventions. Vous n'êtes jamais venue l'entendre prêcher à Saint-Sulpice?

— Jamais.

— Vous avez tort, ma bonne; tout le Faubourg y vient. C'est bien mieux composé qu'à Saint-Germain. Aussi je n'y vais plus du tout, à Saint-Germain. Puis l'heure de Saint-Sulpice est commode, et l'église moins froide.

— Tout cela est fort séduisant, chère duchesse; mais je suis si mal portante que je ne puis me résoudre à sortir. Je voudrais bien pourtant, je vous assure, trouver de quoi remplir mes journées; devenir dévote, comme vous; faire son salut, ça prend du temps. Mais à propos, ma chère, et votre demande?.. votre titre de grande chanoinesse, où en êtes-vous?

La duchesse soupira.

— Ah! ne me parlez point de cela, ma belle, vous renouvelez ma mauvaise humeur. Je n'ai encore reçu aucune réponse.

— Votre gendre, pourtant, peut vous être fort utile dans cette affaire, il est lié avec monseigneur l'archevêque.

— Il a promis de s'en occuper ; mais vous savez mieux que personne, ma chère, quels services on peut attendre d'un gendre.

— Est-ce que vous auriez aussi à vous plaindre du général? Je vous croyais fort bien avec vos enfants.

— Je dois le paraître, ma belle. A quoi me servirait une rupture ? Ils pourraient me nuire, et je ne puis leur rien faire, moi. Puis il faut pardonner à ses ennemis. Mais pensez-vous que je ne sois pas indignée du peu d'égards que l'on me témoigne? Croiriez-vous, enfin, qu'ils ont eu, la semaine dernière, un dîner de cinquante personnes sans que j'y aie été invitée !

— Du moins, dit sourdement Ernestine, vous n'avez pas à défendre votre bien contre votre propre fille, et moi j'en suis déjà au troisième procès !

— Ah ! cela ne m'empêche pas d'être une bien malheureuse mère, allez! Alexandrine n'a voulu suivre aucun de mes conseils ; son mari lui-même l'a encouragée à ne me point écouter. Il pourra bien s'en repentir un jour. Il verra ce que c'est qu'une jeune femme qui n'a plus personne pour la surveiller.

— Quoi ! aurait-elle commis aussi quelque imprudence? demanda Ernestine.

La duchesse baissa la voix.

— Oh ! ma chère, des horreurs !

— C'est donc comme ma fille?

— Mille fois pis ; elle se compromet avec son cousin !...

— Et la mienne ! le comte d'Artot ne la quitte pas.

— Et le général ne voit rien?

— Et M. de Sarlof est l'ami intime du comte.

— Quel scandale, ma belle!

— Quelle infamie, duchesse!

Et les deux vieilles femmes, penchées l'une vers l'autre, se regardaient avec des yeux où l'indignation brillait bien moins qu'un plaisir haineux; et c'était un spectacle à voir que celui de ces deux mères trouvant une sale joie à raconter la honte de leurs filles.

Elles continuèrent ainsi jusqu'à ce qu'on vint annoncer à madame de Carthou que son notaire était arrivé. La duchesse se retira.

> C'est que sa mère est une grande dame,
> voyez-vous ! et les grandes dames savent mieux
> mentir que les autres.
>
> MICHEL MASSON.

> J'embrasse... mais c'est pour étouffer.
>
> RACINE.

Le notaire d'Ernestine lui apportait divers papiers,
qu'elle signa. C'étaient des actes de vente simulée, de fictives reconnaissances d'emprunts qu'elle avait fait préparer afin de réduire sa fortune apparente et de diminuer
ainsi la réserve que la loi l'obligeait à laisser à Élisabeth.

Ne pouvant déshériter ouvertement celle-ci, elle employait tous les moyens frauduleux qui pouvaient la conduire au même but ; car elle s'indignait que le Code, qui
n'avait point su punir l'ingratitude de sa fille, voulût lui
imposer la portion de tendresse légale réglée par l'article 913. Mais la nécessité où elle se trouvait de tenir ces

dispositions secrètes la forçait à d'interminables précautions. Son notaire, M. Aubry, ne lui cacha pas que plusieurs mois étaient encore nécessaires pour qu'elle pût arriver aux arrangements définitifs qu'elle avait préparés.

Cependant sa santé s'altérait de plus en plus. Les plaisirs rongeurs du monde avaient usé sa riche organisation, mais non comme l'eût fait la misère ou la fatigue, en engourdissant chez elle la sensation; loin de là! celle-ci devint elle-même une irritation maladive et habituelle qui s'exalta chaque jour. Il ne lui fut pas donné de goûter cet assoupissement d'une vieillesse affaissée qui prépare doucement à la mort, comme à un sommeil. L'âge lui avait apporté tous les maux de ces caducités nerveuses, débiles et frissonnantes qui semblent n'avoir conservé que pour la souffrance les facultés de sentir, et qui punissent d'ordinaire si cruellement les existences dissipées dans la foule.

Bientôt madame de Carthon fut forcée de garder le lit.

Mais, malgré tout, l'espoir de vivre ne put s'éteindre en elle! la mort lui faisait peur, et elle chercha à se cacher à elle-même son approche. Elle continua à farder son visage pour ne pas se voir pâle dans les miroirs. Elle sentait ses forces revenir, disait-elle; elle n'attendait que le printemps pour se lever et chercher le soleil. Puis, c'étaient des projets de voyages, de plaisirs! Et si le cœur se serrait en entendant cette bouche, qui déjà sentait le cercueil, parler d'un long avenir; si on gardait le silence à ces folles paroles d'espérance, elle se récriait, colère et indignée. Elle accusait d'indifférence. Elle forçait de prendre part à ses rêves! comme si elle eût demandé à tout de lui crier qu'elle vivrait, lorsqu'elle-même se sentait mourir.

Elle était dans ces dispositions, lorsqu'une lettre d'Élisabeth lui fut remise. Après le premier instant de surprise, elle lut :

Ma Mère,

« J'ai appris hier que vous étiez malade, que vous gardiez le lit. Et depuis, cette pensée me tourmente et me rend malheureuse.

« Permettez-moi, je vous en prie, de vous aller voir. Je ne puis m'accoutumer à l'idée que vous êtes soignée par des mercenaires ou des étrangers, et que moi, votre fille, je ne sois pas près de vous.

« Vous me trouvez bien des torts, sans doute ; mais peut-être quand vous m'aurez vue et écoutée me jugerez-vous avec indulgence. Lorsque la femme a pris un mari pour maître, ses actions ne lui appartiennent pas plus que sa fortune. Avant de la condamner, il faut savoir jusqu'à quel point elle a été libre. Je vous ouvrirai mon cœur, ma mère, et, j'en suis certaine, vous me pardonnerez.

« Oh ! je vous en conjure, dites-moi que vous voulez bien me recevoir. Qu'on ne dise pas que votre fille vous a abandonnée dans un moment aussi terrible ! Ma mère, faites-moi seulement un signe de tête, et j'accourrai !

« ÉLISABETH. »

Madame de Carthon resta un moment pensive après la lecture de cette lettre.

Puis elle sourit ironiquement.

— Oui, se dit-elle, on leur aura fait accroire que j'étais mourante, et ils ont eu peur pour mon héritage. Ma fille est d'ailleurs une fille bien née ; elle sait que les enfants doivent être là quand les parents meurent... pour prendre les clefs ! Elle veillera à ce qu'on ne m'ensevelisse pas dans un drap tout neuf, et à ce qu'on me retire mes bagues avant de me coudre dans le suaire. Mais elle sera trompée, je ne veux pas d'elle ici, pas de mes enfants près de moi ! Ils m'étoufferaient pour hériter !

Elle demeura quelques minutes demi-suffoquée par l'émotion ; puis, elle se calma peu à peu, et une nouvelle pensée lui traversa l'esprit.

— Mais on l'a trompée, ajouta-t-elle en elle-même ; je ne suis point malade comme elle le croit, bientôt je serai mieux. Je puis, en attendant, m'amuser de ses prévenances intéressées ; la recevoir, feindre un retour d'affection pour elle, et tout disposer cependant pour que ma fortune lui échappe !..

La vieille sourit à cette pensée.

— Oh ! oui, je veux faire cela. Son hypocrisie m'amusera. Ah ! elle veut maintenant accuser son mari des torts qu'elle a eus ! Homme généreux ! il se sera dévoué à prendre le rôle de tyran dans cette comédie de société ! Eh bien ! j'y veux jouer mon rôle aussi, moi ! Ils me croient déjà les deux pieds dans la fosse. Ah ! ah ! je leur prouverai que la vieille n'est pas encore en enfance ; qu'elle a l'esprit net, et qu'elle comprend. Je le leur prouverai !

Et madame de Carthon, ravie de son nouveau projet, frappa l'une contre l'autre ses mains ridées, et poussa un rire aigre qui laissa voir sa bouche livide et sans dents.

Élisabeth reçut une réponse qui lui donnait rendez-vous pour le lendemain.

Après avoir lu le billet de sa mère, madame de Sarlof regarda son mari, et tous deux échangèrent un sourire significatif.

III

LA MÈRE ET LA FILLE.

Quelle bizarre conséquence, quelle extrava-
gante conclusion, qui veut que les esprits soient
en harmonie, parce que les corps se sont rapprochés; qui, du lien de la naissance, établit le
lien des affections.

SCHILLER (les Brigands).

— Ils se sont fait mille amitiés !
— Ah! les misérables! ils veulent se jouer
quelque mauvais tour.

BARNABÉ CRUX.

— Je ne sais, dit un matin Élisabeth à son mari, mais il me semble que madame de Carthon se moque de nous. Avez-vous remarqué, hier, avec quelle affectation elle nous parlait des changements que nous pourrions faire à sa campagne de Saint-Cloud, lorsqu'elle nous appartiendrait? J'ai cru voir une maligne joie dans ses yeux. Elle est capable de nous leurrer de ces espérances de succession, et de prendre toutes ses précautions, en secret, pour nous déshériter.

— Croyez-vous ! Cela serait affreux. Après nous être astreints à tant d'ennuyeux égards, nous jouer ainsi !

— La femme de chambre, qui est dans nos intérêts, m'a avertie qu'il venait continuellement chez elle des gens d'affaires, et M. Aubry entre autres. Je crains que, malgré toutes nos prévenances, elle ne persiste dans l'intention de nous dépouiller.

— Mais au profit de qui ?

— Que sais-je ? Elle peut avoir quelqu'un à qui elle s'intéresse.

— Au fait, c'est une vieille pécheresse, observa M. de Sarlof après un instant de réflexion. Il se peut, Madame, que vous ayez de par le monde quelque frère que le bon conseiller d'État n'a jamais connu, et qu'elle veuille favoriser.

— Je ne le pense pas, répondit froidement Élisabeth ; quoi qu'il en soit, il faut éclaircir cette affaire. Il est fort inutile que nous continuions à voir ma mère si nous n'avons rien à espérer.

— Sans doute : dans ce cas, il vaudrait mieux renouveler l'action judiciaire que nous avons suspendue.

— Mais il faut se presser.

— Incontestablement, Madame, d'autant que votre mère s'affaiblit tous les jours, et qu'en attendant nous pourrions nous trouver pris entre une inscription et une mort.

— Ce serait fort désagréable, dit Élisabeth d'un air pensif : tâchez de savoir quelque chose par les hommes d'affaires, Monsieur ; de mon côté, je vais voir ma mère.

M. de Sarlof promit de prendre des informations, et, peu après, Élisabeth se rendit chez madame de Carthon.

En entrant à l'hôtel elle rencontra la femme de chambre.

— Eh bien, Rose, la malade ?

— Bien souffrante, Madame. Les faiblesses se multi-
plient. Elle s'est évanouie trois fois depuis ce matin.

— Il n'est venu personne ?

— M. Aubry la quitte ; il est venu deux fois aujour-
d'hui. Je crois que ce sont toutes ces affaires qui fatiguent
Madame. Dans ce moment elle lit encore des papiers que
ce monsieur lui a apportés.

Élisabeth n'en entendit pas davantage.

Elle s'avança vers la chambre de sa mère, et ouvrit
brusquement la porte.

En l'apercevant, madame de Carthon jeta un cri de surprise ; elle rougit, et cacha vivement, sous son oreiller,
les papiers qu'elle tenait à la main.

Au mouvement de sa mère, Élisabeth s'était arrêtée
près de la porte.

— Vous m'avez fait peur, Madame ! dit la vieille d'une
voix fêlée ; est-ce qu'on entre aussi brusquement dans la
chambre d'une malade ?

— Pardon, ma mère, je ne savais pas que vous fussiez
en affaires !

— Je n'étais point en affaires, mais vous êtes tombée
ici comme le tonnerre.

Élisabeth ne répondit rien, et s'assit près du lit.

Mais Ernestine était irritée d'avoir été troublée et
presque surprise : ses douleurs croissantes la rendaient
d'ailleurs peu disposée à continuer la comédie que depuis
quelque temps elle jouait avec sa fille ; elle garda un silence mécontent.

— Vous avez l'air mieux aujourd'hui, dit enfin celle-
ci, espérant flatter par ces paroles le caprice de la malade.

— Il faut que mon air soit bien menteur, alors, répli-

qua la vieille avec aigreur ; car je souffre plus que je n'a-
vais encore souffert.

— C'est l'adieu de l'hiver ; la santé vous reviendra avec
le beau temps.

— Pourquoi me dire cela, si vous ne le pensez pas ?
Croyez-vous donc que je sois aveugle et stupide ?... que je
ne sente pas que mon état empire tous les jours ?

— Oh ! ces pensées vous font mal, ma mère, il faut les
chasser.

Madame de Carthon s'agita dans son lit avec impatience.

— Oui, dit-elle, que je chasse le mal, n'est-ce pas ? que
je chasse la vieillesse ! C'est si facile de dire à un malade :
Chasse la mort !

— Ma mère, au nom du ciel ! ne parlez pas de cela !
s'écria Élisabeth, en se penchant sur le lit de madame de
Carthon, en tendant ses bras vers elle, comme pour l'embrasser.

La vieille fit un bond, pour se retirer en arrière. Le
mouvement de sa fille en paraissant donner à ce qu'elle
avait dit, dans un moment d'humeur, plus d'importance
qu'elle n'y en avait attaché elle-même, acheva de l'irriter.

— Pourquoi donc n'oserais-je prononcer le nom de
mort ? dit-elle ; est-elle si près de moi que je doive trembler qu'elle ne vienne si je l'appelle ? Ne craignez rien,
Madame, avant que ce moment n'arrive j'aurai encore le
temps de faire connaître mes dernières volontés et de remplir mes devoirs. Car je n'oublierai pas que j'ai une fille,
Madame !

Et, en parlant ainsi, la vieille femme posa sa main des-
séchée sur l'oreiller qui recouvrait les papiers qu'elle y
avait cachés, et ses yeux dardèrent sur Élisabeth les
rayons d'une hideuse ironie.

Madame de Sarlof devint pâle, comme si elle eût compris ce regard.

— J'ai toute confiance dans un amour déjà tant de fois éprouvé, dit-elle, je sais combien excellente est ma mère !

L'amertume sarcasmatique de cette réponse entra jusqu'au cœur de madame de Carthon. Ses yeux étincelèrent ; elle se dressa dans son séant ; ses lèvres frémirent comme si elle eût voulu parler. On voyait que la colère luttait encore chez elle avec un reste de prudence ; mais ce combat était trop fort pour elle. Ses bras se raidirent tout à coup, ses yeux se tournèrent, et elle perdit connaissance.

Le premier mouvement d'Élisabeth fut de courir à la sonnette pour appeler du secours ; mais elle s'arrêta tout à coup, saisie d'une pensée subite.

Elle regarda autour d'elle.

Elle était seule !

Elle s'approcha alors du lit. D'une main adroite elle souleva la tête froide et immobile de sa mère, et chercha sous l'oreiller les papiers qui y étaient cachés.

Elle les déploya avec précaution, et les parcourut d'un regard rapide.

Vingt fois, au milieu de sa lecture, ses yeux se levèrent avec effroi vers le lit ; mais sa mère était toujours évanouie.

Enfin, une note de M. Aubry tomba sous sa main. Elle contenait la désignation des valeurs déjà soustraites à l'héritage, et des détails sur la marche qui restait à suivre.

Élisabeth comprit tout, et les papiers lui échappèrent des mains.

Dans ce moment ses regards tombèrent encore sur la malade.

Elle venait de sortir de son évanouissement, et la contemplait les yeux fixes et grand ouverts.

Il y eut un instant où ces deux femmes semblèrent fascinées l'une par l'autre.

Madame de Carthon, la première, fit un effort pour se soulever.

— Mes papiers, balbutia-t-elle ; qui vous a permis de prendre mes papiers ?

Mais Élisabeth, les lèvres serrées et les narines gonflées, les avait saisis de nouveau, et les froissait entre ses mains convulsivement fermées.

— Mes papiers ! répéta la vieille. Je les veux ! Rendez-moi mes papiers !

La jeune femme la regarda avec un ricanement farouche.

Il y avait tant de haine dans ce rire et ce regard, que sa mère eut peur.

— Je garderai les papiers, dit-elle enfin d'une voix creuse ; je les garderai pour montrer au grand jour votre infamie ! J'ai les preuves maintenant, Madame, j'ai les preuves !

— Mes papiers ! répéta la malade en cherchant à les saisir et à attirer Élisabeth par ses vêtements. Madame de Sarlof s'éloigna de l'alcôve.

— Ah ! je le savais, ma mère, je le savais bien, que votre âme resterait fardée comme votre visage jusqu'à la mort. Mais ces actes sont infâmes ; je les produirai au grand jour. Il faut que l'on sache comment vous filez un linceul de mensonge et de vol ; car ce sont des faux cela, Madame, des faux à vous faire river à un carcan. Ce sont des vols ; car une partie de ces biens appartiennent à mon père, m'appartiennent à moi !... Et vous avez pensé que vous me dépouilleriez ainsi sans appel ; et vous avez cru que je le souffrirais ! Je vous ferai interdire, ma mère, et je vous clouerai dans votre lit, entre un tuteur et une nourrice !

— Mes papiers ! hurla la vieille en sortant à moitié de sa couche et se montrant dans une hideuse nudité.

— Vous les retrouverez devant les tribunaux ! lui cria Élisabeth ; et elle sortit.

IV

DEUX VIEILLARDS.

Quantum mutatus ab illo!...
>
> VIRGILE.

Qui sait, Madame, et quelque jour, peut-être,
Vous reverrez, dans un brillant salon,
Des traits flétris que vous croirez connaître,
Et, les montrant, on vous dira mon nom.
Lui, direz-vous, tremblante et sans sourire
Si vieux... mourant!. Alors, Madame, en vous,
Pensez au jour où vous aurez pu dire.
Oublions-nous.

> UN POÈTE INCONNU.

Les menaces d'Élisabeth ne tardèrent pas à se réaliser.

Le procès qu'elle avait intenté à sa mère recommença, et celle-ci se vit de nouveau accablée de tous les embarras et de toutes les inquiétudes d'un débat judiciaire.

Cependant, la surexcitation qu'occasionna en elle ces débats ne fut pas assez puissante pour la relever de son lit de malade.

Cette seule circonstance donna un immense avantage à madame de Sarlof. Elle ne négligea ni visites, ni sollicita-

tions, et sut détourner habilement sur sa mère tout l'o-
dieux du procès engagé. Bientôt l'opinion généralement
répandue dans le monde fut que madame de Carthon avait
frustré sa fille d'une partie de l'héritage de son père, et
qu'elle tentait de la dépouiller de tout ce qui devait légi-
timement lui revenir à sa mort. Aussi, le cri d'indignation fut général.

Ce fut par suite de ces manœuvres, et de beaucoup d'autres qu'il serait trop long de rapporter ici, que madame
de Carthon reçut un jour une lettre de son avoué, qui lui
annonçait la perte de son procès, et sa condamnation à
d'immenses dommages-intérêts envers sa fille.

D'abord, Ernestine demeura comme écrasée sous cette
terrible nouvelle; mais bientôt la rage et le désespoir ré-
veillèrent en elle l'énergie.

Il existait un homme dont elle ne se rappelait jamais le
nom sans trouble, que souvent elle avait voulu consulter,
mais dont elle avait toujours redouté la présence.

Seul, il pouvait l'aider dans les circonstances extrêmes
où elle se trouvait, car son habileté égalait sa loyauté;
elle se décida à implorer son appui.

En conséquence, le soir même, Tersin reçut une lettre
qui le suppliait de se rendre chez madame de Carthon,
pour une affaire pressante.

Cette lettre était écrite d'une main que la vieillesse et la
maladie avaient rendue tremblante; et pourtant, avant
de lire, l'avocat en avait reconnu l'écriture. Après l'avoir
achevée, il réfléchit un instant.

— J'irai, dit-il enfin à la femme de chambre de madame de Carthon.

Une heure après, on annonçait à Ernestine M. Alphonse
Tersin. L'avocat entra: la vieille femme fit un effort pour
se mettre dans son séant.

Les deux vieillards s'inclinèrent et restèrent muets l'un devant l'autre.

Le silence de madame de Carthon n'était que de l'embarras, mais celui de Tersin était de la stupeur, de l'épouvante! Il ne reconnaissait pas Ernestine!..

Oh! cela ne vous est-il jamais arrivé? Après une longue séparation; en voyant des traits longtemps aimés, n'avez-vous jamais demandé : Quelle est cette femme?

Son nom vous tombe alors sur le cœur comme un éclat de tonnerre.

Tersin éprouva sans doute cette sensation douloureuse, car il appuya sa main sur le dossier du lit de la malade et resta debout, sans pouvoir parler, la tête penchée sur la poitrine.

Les réminiscences du passé lui montèrent un instant au cerveau, comme un parfum connu, et qui enivre. Puis, par une sorte de réaction intuitive, il crut revoir ses illusions de jeunesse, son roman de cœur, ses extases et ses chimères d'autrefois, tout cela desséché, ridé, devenu cadavre déjà, et personnifié par ce je ne sais quoi qui était là, mourant devant lui, et qui avait été une femme aimée!

Il lui sembla assister à l'agonie de ses propres espérances et de ses plus doux souvenirs. Il sentit son cœur se serrer, et un froid aigu courir dans ses cheveux.

Cependant madame de Carthon s'était bientôt remise. Après avoir adressé à l'avocat quelques excuses; entremêlées de remerciements, elle l'engagea à s'asseoir.

Cette voix sèche et saccadée vint, comme un son magique, briser l'espèce d'hallucination de l'avocat.

Il tressaillit, et ne vit plus devant lui qu'une vieille femme qui lui parlait de dommages-intérêts. Le sentiment vrai de sa situation lui revint.

Il s'assit.

Alors, madame de Carthon l'instruisit de tout ce qui s'était passé, et lui remit en main les pièces du procès. Tersin avait déjà suivi au palais les débats de cette affaire ; il étudia pourtant avec soin les papiers qui lui étaient présentés.

Enfin, après un long examen :

— Votre cause est perdue, Madame, dit-il. Il ne vous reste aucun moyen de droit d'en changer les résultats.

Ernestine, à ces mots, se laissa retomber en arrière avec accablement. Son dernier bonheur venait de lui échapper sur la terre : elle venait d'acquérir la certitude qu'elle ne pourrait se venger.

V

> Ils me fuient, ils m'abandonnent dans la mort.
> Malheur! malheur! Personne ne veut-il, par
> pitié, soutenir ma tête? Personne ne veut-il dé-
> livrer mon âme de son agonie? Point de fils,
> point de fille, point d'amis!
>
> SCHILLER (les Brigands).

Un matin, Tersin entra chez madame de Carthon, au moment même où la duchesse en sortait.

— Ah! celle-là du moins, dit-il à Ernestine, ne vous a point abandonnée!..

— Non, répondit la vieille femme amèrement; elle vient me voir pour faire la comparaison de ses infirmités avec les miennes; pour pouvoir se dire en sortant d'ici : — Je suis encore plus forte qu'elle; elle mourra avant moi! — Car c'est là tout le secret de l'amitié des vieillards.

— C'est vrai, dit Tersin d'un air sombre. Vous connaissez le cœur des hommes, Madame!

— Oh! oui, reprit-elle, je sais ce que c'est maintenant,
allez. J'ai vu le monde, moi! J'ai appris à ne plus croire
à rien... à rien, répéta la vieille femme. Hier, tenez, je
puis vous dire cela à vous; hier, j'ai eu peur! J'ai fait
venir un prêtre! je l'avais envoyé chercher au quartier
Saint-Marceau. C'était un prêtre habitué à voir mourir les
pauvres. Je pensais que celui-là devait savoir consoler; eh
bien! non, non, Tersin! Il était uniquement occupé du
beau fauteuil sur lequel je l'avais fait asseoir. Il regardait
les dorures de mes tableaux en me parlant du paradis!...
Le luxe inaccoutumé qui l'entourait l'occupait plus que
son ministère. Je lui ai demandé de m'enseigner une
prière qui pût apaiser le cœur; et il m'a indiqué je ne
sais quelle litanie latine! Il m'a recommandé de pardonner à ma fille: et, à son détriment, il a voulu me faire
doter les séminaires et son église! Voyez-vous, Tersin,
l'argent! partout l'argent! Tous ceux qui sont ici autour
de moi, c'est pour de l'argent qu'ils viennent! Quand ils
me tendent une main pour me soulever, je vois l'autre
ouverte et qui guette sa récompense!.. Celui-là aussi voulait me vendre le paradis, comme on me vend mes tisa-
nes. On sent leur égoïsme de prêtre entre le crucifix et
les lèvres mourantes! Savez-vous que c'est affreux cela?
Savez-vous que moi, il y a vingt personnes au monde qui
désirent ma mort, et pas une seule intéressée à ce que je
vive? Savez-vous que je suis seule, toute seule ici à me
vouloir vivante et à m'aimer? Mon Dieu! toute seule, Alphonse! comprenez-vous!

L'accent dont la vieille avait prononcé ces dernières
paroles était si déchirant; ce nom d'Alphonse avait été
jeté avec un désespoir si vrai, que le vieil avocat en fut
touché. Il lui sembla qu'il avait entendu la voix d'Ernestine, au temps où elle l'appelait Alphonse!..

Il se rapprocha de l'alcôve, ému jusqu'aux larmes.

— Moi, je suis ici, dit-il avec une douceur mélancolique ; et, prenant la main ridée de la malade, il la serra dans les siennes.

Madame de Carthon le regarda : deux larmes coulèrent le long de ses joues livides.

— Ah ! oui, répondit-elle tout bas, vous, vous êtes revenu, quand tous les autres s'en étaient allés. J'aurais dû ne jamais vous quitter, vous !.. Mais ils m'ont trompée.

Puis, comme si cet élan eût usé toute la sensibilité de ce vieux cœur :

— Mais ma fille, ma fille, où est-elle ? Oh ! ma fille ! Dans ma mort savez-vous ce qu'elle regrettera ? La nécessité de porter le deuil ! Un deuil de mère, c'est si long quand on aime le bal !

Elle s'arrêta tout à coup. Sa tête, comme accablée sous une pensée subite, se courba ; ses mains, convulsivement fermées, s'ouvrirent.

Elle ajouta d'une voix basse :

— Moi aussi j'ai pleuré de porter le deuil de mon père. Je m'en souviens.

Les larmes couvrirent alors son visage. Tersin fut saisi de douleur et de pitié.

— Oui, reprit Ernestine au milieu de ses sanglots, oui, je n'ai pas droit de me plaindre. Je veux lui pardonner à ma fille. Qu'elle vienne, j'oublie tout. Je veux voir ma fille. Je veux qu'elle me dise qu'elle m'aime. Je veux qu'elle mente, qu'elle me trompe. O mon Dieu ! que je meure en croyant que quelqu'un m'aime ! Allez chercher ma fille, je veux la voir.

Dans ce moment un grand bruit se fit entendre dans le vestibule. On distinguait les pas de plusieurs personnes ; des voix qui disputaient.

La femme de chambre entra.

— Qu'est-ce que cela ? demanda Tersin.

— Mon Dieu, Monsieur! dit la jeune fille, ils sont là plusieurs hommes, ils veulent entrer partout, ils disent qu'ils ont ordre de saisir le mobilier de Madame.

— Saisir mon mobilier! s'écria Ernestine: et de quel droit?

— Je ne sais, Madame; je crois que c'est de la part de M. Sarlof.

— Mon gendre!... ma fille!

Elle ne put prononcer que ces deux mots.

— Je vais parler à ces gens, dit Tersin en sortant.

Son absence fut courte. Il rentra peu après avec un papier à la main.

— C'est la suite de ce procès, dit-il à Ernestine; vous n'avez pas rempli les formalités nécessaires, ils sont dans leur droit.

— Eh bien, qu'ils en usent, Monsieur! Ils sont là ces gens?

— Oui, Madame; ils sont conduits par un homme de loi.

— Faites-le entrer.

L'homme de loi entra.

— Approchez, Monsieur, dit Ernestine, qui était parvenue à se redresser dans sa couche, approchez. Vous êtes chargé par ma fille de saisir tout ce que contient cette maison? Faites-le, je ne m'y oppose pas; mais je vous prie de faire savoir de ma part, à Madame de Sarlof, que sa mère lui demande qu'on lui laisse cette chambre pour mourir. Ajoutez, Monsieur, de peur qu'elle ne soit trop impatiente, que je m'engage à ne vivre que peu de jours; peu d'heures peut-être! Et pour qu'elle croie à ma promesse, regardez-moi bien, Monsieur, regardez-moi. Vous voyez, je suis bien pâle, bien faible, bien vieille; vous lui pourrez assurer que sa mère ne la fera pas attendre longtemps. Et le bonheur qu'elle éprouvera de cette nouvelle la rendra peut-être indulgente, et elle voudra bien me prêter ce lit pour finir mon agonie. Allez, Monsieur.

Et, sur un geste, l'homme de loi sortit.

Ernestine avait épuisé ce qui lui restait de force ; elle tomba dans un long évanouissement.

Lorsqu'elle en revint, le délire de l'agonie s'était déjà emparé d'elle. Elle ne reconnaissait plus ceux qui l'entouraient, elle parlait haut, et ses discours étaient étranges, entrecoupés.

Un instant pourtant elle parut reconnaître Tersin. Elle l'appela avec un signe mystérieux.

— Écoutez-moi bien, lui dit-elle ; quand je serai morte, ils voudront prendre tout ce que j'ai. Cachez bien mon linceul et ma châsse. Ils mettraient les scellées dessus ; cachez ma châsse là, sous mon lit, car ma fille me la prendrait, et je serais enterrée dans une vieille toile, comme une femme du peuple. Poussez ma châsse, poussez-la sous mon lit, qu'ils ne la voient pas !

Bientôt sa folie prit un autre cours : elle joignit les mains, murmura une prière et approcha sa bouche de l'oreille de Tersin.

— Oh ! mon père, j'ai commis bien des péchés. Je suis comme la Madeleine, mon père ; mais je serai pardonnée comme elle, n'est-ce pas ? Écoutez, je vais vous dire ceux que j'ai aimés.

Et alors, elle prononçait des noms connus ; elle entrait dans d'impurs détails, comme si elle eût répondu à des questions qui lui auraient été faites.

C'était affreux à voir et à entendre.

Tersin s'éloigna du lit, ne pouvant plus supporter un tel spectacle.

Mais il entendit tout à coup son nom prononcé à haute voix.

Ernestine était à genoux sur sa couche; elle semblait cueillir des fleurs et en faire un bouquet.

— Alphonse, viens donc voir, disait-elle à demi voix: c'est pour toi tout cela! pour toi, mon Alphonse. Eh bien! vous ne me remerciez pas, Monsieur?

Et elle tendait les lèvres comme si elle eût démandé un baiser; puis elle reprenait:

— Ange, va, que tu me fais heureuse! Oh! merci de m'avoir sauvée du grand monde!

Et comme si elle eût toujours parlé à la même personne:

— Tu m'as ouvert un asile dans tes bras, toi, Henri; avec toi j'ai oublié les fêtes, les bals, tout.

Et ce mot de bal sembla tout à coup changer ses souvenirs. Elle sourit, se mit à pencher la tête avec coquetterie, et à arrondir les bras, comme si elle eût valsé.

Elle murmura encore quelques paroles presque inintelligibles.

— Trop vite... Monsieur... La valse... Étourdie...

Insensiblement son corps s'affaissa et fléchit.

Tersin courut vers son lit et lui saisit la main; la main était déjà froide.

Il lui souleva la tête. Un sourire grimaçait encore sur sa bouche entr'ouverte.

— Tout est fini, dit l'avocat, elle s'est éteinte comme elle devait le faire, croyant valser avec la mort, qui lui a laissé sur les lèvres son cachet de femme du monde: un sourire qui ment!

PIN DE L'ÉCHELLE DE FEMMES.

TABLE

—◦◦◦—

LA FEMME DU PEUPLE.

		Pages.
I.	— Une naissance au Pont de Terre	3
II.	— Un entrepreneur	14
III.	— Scène de nuit	21
IV.	— Tentation	30
V.	— Vol de nuit	37
VI.	— La cour d'assises	46
VII.	— Conséquences	54
VIII.	— L'auberge	58
IX.	— Catherine	72
X.	— Une exécution	79

LA GRISETTE.

I.	— Une fenêtre de mansarde	89
II.	— Un vis-à-vis	97
III.	— La connaissance	103

Pages.

IV. — Le duel.................................... 108
V. — La chambre garnie......................... 115
VI. — L'hospice................................. 124

———

LA BOURGEOISE.

I. — Une maison de commerce................... 135
II. — Rose et Edmond.......................... 146
III. — A la campagne........................... 150
IV. — Mariage................................. 160
V. — Départ.................................. 165
VI. — Conclusion.............................. 183

———

LA GRANDE DAME.

PREMIÈRE PARTIE. — JEUNE FILLE.

I. — Fragments d'un album..................... 197
II. — Le tonnerre au bal....................... 213
III. — Deux amies.............................. 223
IV. — Manœuvres.............................. 232
V. — Une jeune fille et un député.............. 244

SECONDE PARTIE. — FEMME.

I. — Dix ans après............................ 251
II. — La petite fille........................... 264
III. — Explications............................. 266
IV. — Le kiosque.............................. 273
V. — Le jeune homme... 282

Pages.

TROISIÈME PARTIE. — VIEILLE.

I. — Vieille.................................... 293
II. — Une réconciliation....................... 300
III. — La mère et la fille..................... 304
IV. — Deux vieillards.......................... 311
V. — Une agonie............................... 315

FIN DE LA TABLE.

LAGNY. — Typographie de VIALAT.

ŒUVRES COMPLETES

D'ÉMILE SOUVESTRE

OEUVRES COMPLÈTES

D'ÉMILE SOUVESTRE

Format grand in-18

AU BORD DU LAC............ .... 1 vol.
AU COIN DU FEU...... . ... 1 vol.
CHRONIQUES DE LA MER.... .... 1 vol.
CONFESSIONS D'UN OUVRIER..... . . .. 1 vol.
DANS LA PRAIRIE.. .... 1 vol.
EN QUARANTAINE. .... 1 vol.
HISTOIRES D'AUTREFOIS. .... 1 vol.
LE FOYER BRETON........ .... 2 vol.
LES CLAIRIÈRES. .... 1 vol.
LES DERNIERS BRETONS................... .... 2 vol.
LES DERNIERS PAYSANS . ... 1 vol.
CONTES ET NOUVELLES....... . ... 1 vol.
PENDANT LA MOISSON......................... .... 1 vol.
SCÈNES DE LA CHOUANNERIE..... ... . 1 vol.
SCÈNES DE LA VIE INTIME.... . ... 1 vol.
SOUS LES FILETS......................... .... 1 vol.
SOUS LA TONNELLE.... . · .... 1 vol.
UN PHILOSOPHE SOUS LES TOITS... .... 1 vol.
RÉCITS ET SOUVENIRS.......... .. ,............ 1 vol.
SUR LA PELOUSE....................... .... 1 vol.
LES SOIRÉES DE MEUDON...................... .. 1 vol.
SOUVENIRS D'UN VIEILLARD... .... 1 vol.
SCÈNES ET RÉCITS DES ALPES.... .... 1 vol.
LA GOUTTE D'EAU.. . ... 1 vol.

Paris. — Typ. de Mᵐᵉ Vᵉ Dondey-Dupré, r. Saint-Louis, 46.

CHRONIQUES

DE LA MER

PAR

ÉMILE SOUVESTRE

NOUVELLE ÉDITION

PARIS

MICHEL LÉVY FRÈRES, LIBRAIRES-EDITEURS

RUE VIVIENNE, 2 BIS

1857

Droits de reproduction et de traduction réservés.

1 Fiction, Freud

M. VULLIEMIN

DE LAUZANNE.

La mer a eu, à toutes les époques, son histoire aussi bien que les continents. Arène ouverte aux chercheurs d'aventures, elle a passée, comme la terre habitée, par des phases changeantes, subi des dominations nombreuses, vu se succéder des mœurs et des ressources variées. Toutes les grandes évolutions de l'humanité se sont tour à tour traduites sur ses flots et ont eu ainsi, outre leur physionomie terrestre, une physionomie maritime.

Où pourrait-on trouver, en effet, une expression mieux résumée d'une civilisation, que dans ces arches flottantes qui, comme celle de Noé, emportent avec elles un abrégé de la terre qu'elles abandonnent ? Un navire ne concentre-t-il pas, dans son étroit espace, toutes les industries du siècle auquel il appartient, n'a-t-on pas épuisé pour lui tous les efforts de l'intelligence, rassemblé tous les moyens de conservation ? n'est-ce pas l'image amoindrie de toute une société, un échantillon du monde détaché de la terre et lancé sur l'abime ?

Sans doute les conditions particulières de l'existence entre le ciel et l'eau, ont créé dans tous les temps, une spécialité d'habitudes et de caractères ; c'est là précisément l'originalité de ce côté de l'histoire et ce qui fait de la navigation, à chaque époque, un chapitre particulier du récit général. Aussi croyons-nous fermement que l'étude des marines chez les différents peuples et dans les différentes civilisations, présenterait un des sujets les plus curieux, les plus instructifs et les plus émouvants qui puisse tenter la science aidée par l'imagination.

Nous n'avons point l'audace d'une pareille entreprise. Ce que nous publions aujourd'hui sous le titre de *Chroniques de la Mer*, n'est qu'un recueil d'esquisses empruntées à des époques maritimes trop peu connues et dont la poésie diverse nous a tenté. Nous avons essayé d'ouvrir dans cinq courts récits, quelques perspectives sur la mer, sous cinq rayons de soleil bien distincts : celui de l'antiquité, celui des Normands, celui de la renaissance Hollandaise, celui de l'Angleterre, celui de la France. Si nous avons rattaché ces épisodes nautiques à l'histoire de chaque époque, c'est que la mer nous semble seulement *un chemin* que tout navire cingle vers une terre et que la vie des eaux n'est qu'une attente ou un passage.

LES

PIRATES DE CILICIE.

I.

Les vapeurs du matin venaient de s'entr'ouvrir ; le soleil illuminait les pointes arides de Pharmacuse et dessinait les rivages ombreux de Chypre. Les oiseaux marins, que la prévision de la tempête rapproche des eaux, s'élevaient joyeusement dans l'azur du ciel pour annoncer un beau jour. De tous les enfoncements de la grande île sortaient des barques qui couvraient les flots, aussi nombreuses que les nids des alcyons vers le solstice d'hiver. Mais, plus loin du rivage, et vers la haute mer, un seul navire venant de Crète, cinglait alors vers Salamine.

C'était un vaisseau bithynien, construit pour le plaisir de la navigation, non pour la guerre. A sa proue sans éperons étincelait un soleil d'or, dont les rayons semblaient sortir des flots, tandis qu'une lune d'argent ornait sa poupe couleur de saphir. Le roi Nicomède, en le plaçant sous la double protection d'Apollon et de Diane, lui avait donné le nom grec de *Didyme* (deux.) Il conduisait à Chypre un Romain, son hôte, que les guerres civiles avaient forcé de fuir l'Italie.

Le jeune praticien se trouvait alors à la poupe du *Didyme*, assis sur une chaise d'ivoire. L'expression de son visage, naturellement fier, était aimable au premier abord; mais, en le regardant avec plus d'attention, on y découvrait un fonds d'orgueil et d'inflexibilité qui lui donnait quelque chose de redoutable. Bien qu'il sortît à peine de la première jeunesse, il était déjà chauve, infirmité que tout l'art du *tondeur* n'avait pu cacher. Cependant il s'était évidemment appliqué à la déguiser. Ses cheveux, frisés et enduits de cinnamome, avaient été soigneusement ramenés sur la partie dépouillée, et la roideur du cou prouvait l'habituelle attention du jeune praticien à respecter cet arrangement trompeur. Toute sa personne, du reste,

annonçait un des élégants oisifs que le peuple railleur
de Rome désignait sous le nom général de *Trossules* (1)·
Ses jambes et ses bras, épilés au moyen du dropax,
étaient, de plus, polis à la pierre ponce ; chacun de ses
doigts portait un anneau, et ses brodequins d'écarlate
avaient pour agrafe un croissant d'or comme ceux des
sénateurs. Aucune ceinture ne serrait sa longue tuni-
que. et, parmi les plis savamment préparés de sa toge
violette, on reconnaissait le fameux *Sinus* dont les
seuls habitués du Portique d'Octavius connaissaient
la forme et le mouvement. Il tenait à la main un stylet
d'argent dont il frappait avec distraction le bras de son
siége, tandis qu'un secrétaire, agenouillé à ses pieds,
lisait à haute voix les poëmes d'Ennius.

Derrière lui, se tenaient quelques amis qui gardaient le silence, moins par admiration pour le
vieux poëte que par condescendance pour le jeune
patricien ; plus loin, quelques esclaves attendaient

(1) Les chevaliers, ayant pris Trossula, ville d'Etrurie, sans
le secours de l'infanterie, furent appelés *Trossules*. Plus tard,
lorrsqu'ils cessèrent de servir dans l'armée, on le leur conserva.
mais comme raillerie et par antiphrase. (Voy. Pline et Cice-
ron.)

ses ordres dans une attitude humble et attentive.

Tout à coup, le jeune homme souleva la main et fit claquer son doigt contre son pouce ; le lecteur s'arrêta à l'instant, roula le manuscrit qu'il fit entrer dans un de ces étuis nommés *forules ;* et, passant à son poignet la courroie de cuir rouge, alla rejoindre ses autres compagnons. Les amis du proscrit se rapprochèrent.

— Nous avons pour nous les dieux, fit observer ce dernier d'un ton riant. Comme le disait tout à l'heure Ennuis : « Les Néréides poussent d'une main blanche notre carène, et tous les vents heureux se jouent à travers nos voiles. » Voyez quel calme dans le ciel et sur les flots ?

— Mais ces flots et ce ciel ne sont pas ceux de l'Italie ! objecta un jeune homme qui, pour se préserver de la fraîcheur du matin, s'était enveloppé dans un de ces manteaux d'étoffe épaisse, qu'on avait coutume de ne prendre qu'au sortir du bain.

— Voyez la merveille ! reprit le patricien ; le soleil de janvier glace Florus en Asie, et la lune de février le réchauffait à Rome, près de la porte de sa belle fiancée !

Et comme Florus voulait répondre :

— Ne cherche point à t'excuser, continua-t-il affec-
tueusement, puisque cet attachement, rompu pour suivre un ami, prouve la générosité de ton âme; mais ne
crois pas être le seul envers qui j'aie contracté une
pareille dette. Voici Agrippa qui n'a pas fait un moindre sacrifice que toi-même ; car, si tu as cessé pour
moi d'aller écrire chaque soir un distique sur la porte
de Clécia, lui, il a renoncé aux huîtres du Lac Lucrin,
à l'huile de Vénafre, au falerne et (ce que je n'ose dire
qu'avec une pitié mêlée d'horreur) aux fameuses truies
à la troyenne ! Nous n'avons, hélas ! à lui donner ici,
pour dédommagement, que les escargots d'Afrique.

— Bien, bien, répliqua le gros homme auquel ces
paroles s'adressaient; mais que direz-vous alors du
dévouement de Lélius qui a abandonné ses meubles de
sistre, ses bronzes de Corinthe, ses vastes murrhins
et la meute de molosses à colliers d'or qui couraient devant ses équipages, contre une petite table à trois
pieds, une fiole d'huile et quelques vases en terre de
Campanie ? Aussi, voyez comme il porte le deuil de son
ancienne royauté ! Cette barbe hérissée ne vous rap-
pelle-t-elle point Ulysse errant loin de sa patrie, et
ne dirait-on pas, à voir ce visage blanc, un des versifi-

1*

cateurs si nombreux au quartier d'Argilète, race vide
et sonore qui s'abreuve de cumin pour que sa pâleur
témoigne de son génie ? Du reste, la nature même semble prendre part à la douleur de notre ami, et les pleurs
du notus ont laissé leurs traces sur son *paludamentum*.

L'air marin et l'humide poussière des vagues avaient,
en effet, taché le manteau de voyage de Lélius, dont la
tenue négligée justifiait les plaisanteries d'Agrippa.

Le jeune patricien l'en consola par un regard amical.

— Vous avez tous montré un égal désintéressement
dit-il, et j'ai honte de penser, qu'après vous avoir in-
fligé cet exil, je sois le seul à n'en point souffrir.

— Se peut-il que tu ne sois poursuivi par aucun souvenir de Rome ? demanda Florus.

— Rome n'a point de place pour moi, répliqua le
proscrit avec une nuance de dépit plutôt que de tristesse ; elle est pleine de Sylla ! nul ne peut y vivre
qu'avec lui ou par lui.

— Et cependant il t'a vainement ordonné de rompre
ton mariage avec la fille de Cinna, objecta Lélius ; tu as
fait plus ; tu t'es mis sur les rangs pour obtenir le sa-
cerdoce, comme si tu eusses voulu te rappeler à la
haine du dictateur !

— Je n'aime pas qu'on m'oublie, répliqua le jeune homme avec une nonchalance hautaine.

— Aussi ne l'as-tu pas été, reprit Florus ; Sylla est resté insensible à toutes les prières.

— Je le sais, dit le patricien en souriant. Il a répondu à ceux qui me présentaient comme un enfant, « qu'il y avait dans cet enfant-là plusieurs Marius ! » C'est un éloge dont ma fierté tient compte au dictateur. Quant au voyage forcé qu'il nous impose, pourquoi s'en plaindre, Lélius ? Ceux qui peuvent avoir un jour à conduire les hommes doivent les étudier davantage, et ne pas s'exposer, comme dit Plaute « à creuser un puits au moment de la soif. » Voyez plutôt si chacun de nous n'a point augmenté depuis quelques mois son trésor d'expérience. Toi, par exemple, Lélius, tu as su que les petits chars couverts pouvaient être attelés de quatre chevaux, ce qui, lors de ton retour à Rome, te permettra de faire une révolution dans les équipages ; toi, Agrippa, tu t'es rassuré de la sauce à laquelle on devait apprêter les scares de la Cilicie ; toi, Florus, tu as appris du musicien de Nicomède des chansons égyptiennes ; moi-même enfin, je suis devenu marin assez habile pour distinguer un

mât d'une antenne ; chose merveilleuse pour un chevalier romain !

— Ajoute, ce qui est le véritable profit de notre voyage,
reprit Agrippa, que nous n'avons ici rien à craindre des
vengeances de Sylla. La mer a toujours été le sûr asile
des malheureux et des vaincus, car elle est sans maître !

— Non pas celle-ci, objecta une voix nouvelle dont
l'accent asiatique annonçait un étranger.

Les Romains se retournèrent et aperçurent le pilote
du *Didyme*. C'était un Bithynien de Drépane qui avait
vieilli sur la mer, et qui connaissait toutes les baies et
tous les promontoires depuis Tyr jusqu'au Phase. Il
avait vu autant de navires engloutis sous ses pieds
qu'un vieux cavalier thrace a pu voir tomber sous lui
de coursiers de guerre ; mais, dans tous les naufrages,
une vague propice l'avait reporté au rivage, comme le
dauphin d'Arion, ce qui lui avait fait donner par les Romains le surnom de *Salvus*. Cette visible protection des
dieux, jointe à son habileté et à son courage, l'avait
rendu agréable à l'hôte de Nicomède, aussi ne s'offen-
sa-t-il point de son interruption.

— Et quels sont les maîtres de cette mer, *Salvus* ?
demanda-t-il avec bonté.

Le pilote souleva sa main ridée en montrant plusieurs voiles qui venaient d'apparaître au loin, et qui s'avançaient vers le *Didyme* poussés par le souffle de l'Eurus.

— Les voilà! reprit-il, ce sont les Ciliciens.

A ce nom, une visible inquiétude se peignit sur tous les visages. Le proscrit seul demeura impassible.

— Que pouvons-nous craindre! dit-il avec tranquillité; le *Didyme* n'appartient-il pas au roi de Bithynie, et les Ciliciens ne sont-ils pas ses alliés?

Le pilote, qui tenait sa barbe d'un air pensif, ne parut point rassuré.

— Les gens de Soloé, de Calenderis et de Coracésium ne s'arrêtent point devant de pareilles raisons, dit-il, et, quand leur avantage s'y trouve, ils ne manquent jamais *d'excuses à la Thrace* pour violer une alliance. Ici, comme ailleurs, la toute-puissance est l'ennemie de la justice, et le devoir des Ciliciens se mesure à leur volonté.

Le jeune homme se redressa vivement, comme si ces paroles eussent blessé sa fierté; il jeta autour de lui un regard rapide qui semblait compter les matelots et les passagers du *Didyme*; mais, alors même que leur nombre eût eté insuffisant pour conseiller la résis·

tance, leur attitude ne permettait point d'y songer. A
l'annonce des Ciliciens, tous s'étaient précipités vers
la proue du navire afin de mieux voir, et l'on entendait
retentir leurs lamentations. Le nombre des vaisseaux
augmentait d'ailleurs à chaque instant ; ce n'était déjà
plus quelques pirates, mais une flotte tout entière.

Lélius, Agrippa et Florus étaient restés près de leur
ami avec le pilote, et bien qu'aucun signe de faiblesse
ne parût sur leur visage, ils ne pouvaient détacher
leurs yeux des voiles qui semblaient sortir de la mer.

Leur préoccupation n'était, du reste, que trop jus-
tifiée par tout ce que l'on racontait des Ciliciens.

Ce nom avait été donné à des pirates dont les principaux postes étaient placés sur la côte méridionnale
de l'Asie. Malgré les six vieilles proues de vaisseaux
andates qui décoraient le forum et semblaient annoncer la prétention de Rome à la souveraineté des eaux,
celles-ci avaient jusqu'alors échappé à son empire.
Carthage y survivait tout entière, et y régnait avec Tyr,
son aieule, avec Alexandrie, sa sœur, avec Rhodes,
Chypre et la Sicile, ses émules, mais non ses ennemies. Ce fut-elle qui couvrit d'abord de corsaires la mer
intérieure ; elle fut imitée par les autres peuples ma-

ritimes, et la piraterie devint bientôt le champ commun où tous les aventuriers semèrent leurs désirs. Des milliers de nouveaux Argonautes s'élancèrent à la recherche de cette Colchide qui flottait partout, et revinrent avec des lambeaux de la Toison d'or.

Depuis deux semaines que le *Didyme* naviguait sur la mer Égée et sur celle de Cilicie, la prudence avait réussi à lui faire éviter la rencontre des pirates; mais cette fois, elle se trouvait mise en défaut, et toute tentative pour leur échapper eût été inutile. Les navires ciliciens arrivaient avec la rapidité d'une troupe d'oiseaux de proie, la vergue à mi-mât, les rameurs courbés sur leurs bancs et le pont couvert de soldats.

Tous ces navires étaient armés d'un double éperon d'airain, et avaient les deux bords exhaussés par des claies qui servaient de remparts aux combattants. Des peintures étincelantes et des métaux précieux ornaient leurs flancs d'où sortait un seul rang de rames. Ils s'avançaient disposés en croissant, gardant entre eux une distance égale et suffisante pour la manœuvre.

A l'une des extrémités volait la galère amirale, reconnaissable à son navire d'escorte placé hors de la ligne,

et plus encore à sa merveilleuse richesse. Ses voiles et
ses cordages étaient teints en pourpre tyrienne; sur
ses étendards d'étoffe de Sérique serpentaient mille
broderies de perles, et au-dessus de sa poupe flottait
une tente en fine toile d'Egypte. Quant au corps même
du navire, il était décoré d'autant de sculptures qu'une
coupe sortie des mains d'Évandre; les chénisques sou-
tenaient deux ancres en argent massif; les rames, les
mâts, les antennes étaient incrustés d'or, et les immenses tapis de Perse, qui couvraient le pont, pendaient jusque dans la mer.

Ce spectacle retenait les Romains immobiles à la
même place. *Salvus* qui avait ordonné d'amener les
voiles du *Didyme*, afin d'éviter un choc, était resté
près d'eux et ne pouvait cacher son admiration. L'instinct maritime du vieux pilote dominait, pour ainsi dire,
son inquiétude et le rendait plus attentif à la beauté des
navires ennemis qu'inquiet de leur attaque. Ne pouvant
d'ailleurs rien faire pour l'éviter, il attendait avec cette
ferme résignation des hommes habitués à regarder la
mort sans se mettre de profil.

Les Romains apprirent de lui que cette flotte était
celle du Carthaginois Isidore, le plus puissant des Cili-

ciens. Il leur fit admirer sa galère amirale, encore plus merveilleuse pour sa construction que par sa magnificence. *Salvus* déclara que, vu sa légèreté, elle ne pouvait être construite en bois d'épine noir, ni même en cèdre d'Afrique, mais seulement en sapins de Sanir. Le grand mât, solidement appuyé sur un second mât oblique, soutenait une antenne relevée vers les déux bouts. La voile, proportionnée au navire, égalait exactement le tiers de sa longueur, et était retenue par une seconde antenne inférieure qu'une roue faisait mouvoir. Au lieu des tours qui chargeaient les deux extrémités des *Baris* égyptiens, la galère carthaginoise n'avait que deux logettes destinées aux guetteurs : au haut du mât s'élargissait une gabie remplie de frondeurs et d'archers. *Salvus* fit remarquer aux passagers du *Didyme* que les courtes rames, en chêne de Basan, étaient fixées à des scalmes d'airain, et blâma seulement les deux *pales* dressées à la droite et à la gauche de sa poupe.

— Voici, en effet, d'autres navires ou un seul matelot tient la *clef* et gouverne, fit observer Lélius.

— Ceux-là sont des vaisseaux rhodiens, répondit *Salvus*; toutes les nations maritines ont grossi la flotte d'Isidore. Derrière sa galère, vous voyez les Phéniciens avec leurs voiles rouges; vers le milieu du cercle sont des Grecs, des Pamphyliens, des Thraces, et quelques petits navires venus de la Sicile et de l'Apulie; à l'autre extrémité naviguent les *baris* d'Égypte, reconnaissables à leurs voiles de papyrus, garnies de clochettes, et à leurs étendards de trois couleurs; enfin, aux derniers rangs, s'avancent quelques grosses barques gauloises dont les voiles de cuir sont teintes en azur de mer.

Pendant ces explications du vieux pilote, la flotte continuait à s'avancer dans le même ordre. L'aile gauche avait déjà dépassé *le Didyme* lorsque, se repliant par une manœuvre hardie, elle rejoignit l'aile droite qui volait à sa rencontre, et referma le navire bithynien dans un cercle infranchissable.

Salvus, qui avait suivi ce mouvement avec un intérêt pour ainsi dire involontaire, se prit la barbe, et murmura à demi-voix.

— Des archers de Syrie ne conduiraient pas leurs chevaux plus sûrement; la mer est aux Ciliciens.

Cependant la galère amirale s'était détachée du cercle. Arrivée à la poupe du *Didyme*, elle tourna légèrement sur elle-même et vint flotter bord à bord. Les matelots bithyniens étaient tombés à genoux, les mains tendues comme des suppliants, et les esclaves épouvantés avaient caché leurs visages sous un pan de leurs robes. .

Mais *Salvus*, accouru au pont mobile que les pirates venaient de jeter entre les deux navires, échangeait avec eux de rapides explications en langue punique. Il revint bientôt vers les Romains et les avertit de passer dans la galère Cilicienne.

Tous quatre le suivirent en silence et arrivèrent devant Isidore, qui se tenait debout près de la vaste chambre construite au pied du grand mât. Bien que ses traits ne pussent laisser de doute sur son origine africaine, il portait le costume grec, et avait la tête couverte du *pallium.* Un faisceau dénoué de javelots syriens était à ses pieds, et sa main gauche s'appuyait sur un trident doré à manche d'ébène. *Salvus* lui ayant dit que *le Didyme* arrivait de Crète et se rendait à Chypre, il crut que ses prisonniers étaient Grecs, et se servit du dialecte ionien pour leur demander qui ils étaient.

Le jeune praticien répondit :

— Des hôtes du roi Nicomède, ton allié.

— Il ne l'est plus, dit Isidore, depuis que ses vaisseaux ont refusé de nous payer le tribut.

—Neptune a donc abdiqué entre tes mains la royauté de la mer? demanda le Romain avec une gaîté libre.

— Non pas Neptune, répondit le corsaire, mais le tout puissant Mithra, seul dieu adoré par les Ciliciens.

— Et c'est également lui sans doute qui t'a substitué aux droits d'Apollon et d'Esculape dont tu viens de recueillir les héritages à Épidaure et à Claros?

Cette allusion aux deux temples récemment pillés par les Ciliciens, fit sourire le front d'Isidore; mais ce ne fut qu'une passagère lueur; il reprit aussitôt d'un accent plus brusque et avec une sorte d'emphase.

—'Qui a donné au roi Nicomède le droit de fatiguer nos mers de ses vaisseaux? N'a-t-il pas à lui le Pont-Euxin et l'Hellespont que nous n'avons point encore redemandés? D'où lui viendrait le privilége de traverser impunément le domaine que laboure la proue de nos galères?

— Qu'à cela ne tienne, reprit le proscrit; puisque tu t'es fait le Cerbère du détroit cilicien, nous ne refuserons point de te donner pour droit de passage le gâteau de farine et de miel.

Les yeux d'Isidore étincelèrent sous son pallium de pourpre. La liberté du jeune homme, qui l'avait d'abord surpris, venait de le blesser. Il sentait, sous cette légèreté insouciante, l'orgueil qui méprise et qui brave ; ses sourcils se rapprochèrent ; sa main serra le trident doré sur lequel elle s'appuyait.

— Celui qui ne possède rien peut-il donc donner quelque chose ? demanda-t-il d'un ton de raillerie menaçante. As-tu oublié que les dépouilles du prisonnier appartiennent au vainqueur ? La proie pouvait être plus opulente ; mais la mer qui produit l'ambre roule aussi des écumes.

— Alors, répliqua le jeune homme légèrement, ta générosité renoncera sans peine à un si pauvre butin !

— Le butin est, en effet, peu de chose, dit Isidore ; mais je trouverai un dédommagement dans les personnes. Le revendeur d'esclaves dont je garnis les tréteaux demande surtout des Grecs et t'achetera sans marchander ainsi que tes compagnons.

Ceux-ci, qui jusqu'alors avaient gardé le silence, poussèrent tous à la fois un cri de surprise.

— Nous vendre ! répéta Lélius effrayé.

— Au prix de trois mille sesterces, continua Isidore : c'est ce que vaut une *chose* de ta taille et de ton âge.

2*

— Ceci ne peut-être qu'une menace, objecta Agrippa d'un accent inquiet.

— Quant à toi, tu rapporteras peu, interrompit le pirate, qui le mesura d'un regard dédaigneux : que faire d'un homme dont le ventre commence au menton ? Mais en revanche, ton ami, (il désignait le proscrit) pourra remplir l'office de chien à la porte de quelque riche marchand d'Antioche ou d'Alexandrie; je fournirai moi-même le collier.

— Ton audace n'ira pas jusque-là! s'écria le jeune homme troublé à son tour, non de crainte, mais d'indignation.

Pour toute réponse, Isidore se tourna vers les matelots en disant :

— Frottez-leur les pieds de gypse, et mettez-leur la couronne.

Les pirates s'empressèrent d'obéir, et, en moins d'un instant Lélius et Florus se trouvèrent dépouillés de leurs vêtements; mais leur compagnon échappa

(1) On frottait de gypse les pieds des esclaves qui venaient d'un pays séparé du lieu de la vente par la mer, et on leur mettait une couronne pour avertir que c'étaient des prisonniers de guerre. (Voy. Aulu Gelle, Pline et Nvipe.)

aux mains de ceux qui l'entouraient, et s'élançant vers Isidore, il s'écria :

— Tu ne peux nous vendre comme des esclaves, car nulle nation n'oserait nous acheter. Notre langage t'a trompé, Isidore ; nous ne sommes point Grecs, nous sommes citoyens Romains !

Ces mots produisirent sur les pirates une impression singulière. Il y eut un premier mouvement de surprise générale ; puis tous les yeux s'arrêtèrent sur le Carthaginois pour lui demander ses ordres.

Un éclair de haine avait traversé les traits du corsaire ; mais ce fut comme la lueur d'un astre à l'instant voilé par les nuages. Il fit un geste d'étonnement effrayé, se frappa la cuisse et s'écria :

— Citoyens romains !... Par tous les dieux supérieurs, que n'avez-vous parlé plus tôt !... Citoyens romains ! Et, malheureux que nous sommes, nous avons violé, sans le savoir, la majesté des maîtres du monde. Que Junon, souveraine de l'Olympe, nous obtienne le pardon, et je promets d'aller comme les vieilles femmes, peigner sa statue dans le temple de Samos !

En parlant ainsi, il levait les mains avec l'expression du repentir, et tous les matelots imitaient son mouvement, mais s'adressant, tout à coup, à ceux qui se trouvaient le plus près de lui :

— Qui vous retient, insensés, reprit-il ; attendez-vous que le fils de la louve n'emprunte, pour vous frapper, les foudres de Jupiter, ou qu'un corbeau, ami de Rome, ne vienne dévorer vos prunelles ? Vite, rendez la toge à ceux que vous avez dépouillés, et re-passez au petit doigt de leur main gauche l'anneau d'or afin qu'on puisse les reconnaitre pour chevaliers romains.

Les Ciliciens se hatèrent d'obéir en rapportant les vêtements des prisonniers, les chaussant eux-mêmes, et leur présentant le miroir les yeux baissés. Lors-qu'ils eurent achevé, tous tombèrent aux genoux des Romains avec de grands gémissements. Les uns se tor-daient la barbe en signe de désespoir, d'autres cour-baient leurs fronts jusqu'à terre. Il y en avait même qui versaient des larmes !

Isidore leur fit signe de se relever.

— Rome a toujours été une bonne mère pour les Cili-ciens, dit-il ; depuis longtemps elle les habille des tissus fabriqués pour elle en Égypte et en Phénicie ; elle les nourrit du blé qu'elle achète en Sicile, et elle leur prodigue les trésors fournis par toutes les nations. Espérez donc en sa clémence, et, pour la mériter, laissez ces généreux patriciens retourner librement dans leur patrie.

Les pirates coururent chercher une échelle et la placèrent au bord du navire, le bout appuyé sur les vagues (1).

Isidore la montra aux prisonniers.

— Allez, reprit-il, en portant la main à sa bouche, et tournant le corps de droite à gauche, selon l'usage romain, que les frères d'Hélène vous guident heureusement, et puissiez-vous faire connaître, par votre exemple, le respect d'Isidore pour les fils de Quirinus.

Les matelots prirent alors chaque prisonnier sous les bras, comme pour les aider à marcher, et les entraînèrent vers l'échelle qui devait les précipiter dans les flots; mais tous quatre opposèrent une résistance inattendue, et le jeune proscrit ayant arraché à un soldat son épée et son bouclier, s'appuya à la pavesade où il se mit en défense. Isidore saisit vivement un des javelots qui se trouvaient à ses pieds; mais, avant qu'il eût pu s'en servir, un léger cri poussé derrière lui arrêta sa main; il se retourna et aperçut une jeune

(1) Voy. Plutarque, Vie de Pompée.

femme qui venait de paraître à la porte de la chambre construite sous le grand mât.

Un seul regard suffisait pour faire connaître la matrone, initiée de longue main à l'emploi de cet arsenal de luxe et de coquetterie que l'on appelait à Rome *le monde d'une femme*. Ses cheveux, naturellement bruns, étaient devenus blonds grâce à l'emploi du savon des Gaules; de petits croissants noirs collés sur ses joues en faisaient ressortir la blancheur. Ses pieds étaient chaussés de cothurnes de pourpre; une *rica* de gaze tombait de sa tête jusqu'à ses épaules; elle tenait dans sa main droite une boule d'ambre qui, en s'échauffant, exhalait un léger parfum, et avait autour du cou un serpent vert émeraude dont les plis glacés la rafraîchissaient. Des crotulés de perles suspendues aux oreilles, des colliers et des bracelets de diamants, des anneaux enrichis de pierres magiques complétaient ce costume qu'un des *fénérateurs*, établis aux arcades de Janus, n'eût point estimé moins de vingt millions de sesterces (1).

A ses côtés marchait un vieillard vêtu de la robe prétexte, et suivi de deux licteurs.

(1) Environ 3,400,000 francs.

Elle s'était arrêtée à quelques pas d'Isidore, en le voyant prêt à lancer le javelot, et avait jeté le cri auquel le pirate s'était retourné.

Le visage de ce dernier s'adoucit à la vue de la belle Romaine et cependant il dit brusquement :

— Que cherches-tu ? Tes oreilles ont-elles si aisément reconnu l'accent des hommes de ta patrie.

— Y a-t-il donc ici des Romains ? demanda-t-elle surprise.

— Et qui se vantent de l'être, reprit Isidore.

— Par Hercule ! ils auraient besoin de trois grains d'antioyre ! s'écria le vieillard à la robe bordée de pourpre ; ne savent-ils pas que c'est courir à leur perte ?

— Le fils de Pelée est parmi eux, objecta ironiquement Isidore ; armé du bouclier et de l'épée, il espère vaincre seul la flotte des Ciliciens.

— Où est-il ? demanda la Romaine, dont les regards cherchèrent le prisonnier.

— Celui qui va mourir salue sa cousine la belle Plancia ! dit le jeune homme, en écartant un peu le bouclier dont il avait couvert sa tête et sa poitrine.

A cette voix, la patricienne tressaillit ; elle fit quelques pas en avant, aperçut le prisonnier, et laissa tomber sa boule d'ambre en criant :

— Julius César !

— Julius ! répéta le vieillard.

— Qui n'espérait pas rencontrer. ici le préteur Sextilius et sa fille, ajouta le prisonnier.

— Serait-il véritablement de tes parents ? demanda Isidore à la Romaine.

— Il vient de te le dire, répliqua Plancia ; la terre et la mer ont également trahi notre famille ; l'une t'a livré César, et l'autre mon père et moi-même.

— Oui, soupira le vieillard piteusement ; ils m'ont enlevé, moi préteur, dans ma propre province, enlevé avec ma litière, mes bagages, mes licteurs...

— Est-ce là ce qui t'étonne, Sextilius ! dit Isidore avec orgueil ; avant toi, Bélinus avait eu le même sort. Je l'ai vu tout un jour à la place de ce jeune Achille sans cheveux, attendant de moi la vie ou la mort.

— Mais le tout puissant Isidore lui laissa la vie ! se hâta d'ajouter Plancia, et il ne sera point aujourd'hui moins magnanime !

— Qui te l'a dit ? demanda le pirate dont le regard venait de heurter le regard hautain du prisonnier, et qui sentait sa colère renaître.

—Songe, reprit la Romaine à de mi-voix, que César est l'allié de Cinna et de Marius.

— Sont-ce des Ciliciens ou des amis de Carthage?

— C'est le plus noble sang de Rome !

— Offrons en donc une libation à Mithra ! s'écria le Carthaginois en relevant le javelot.

Mais Plancia se jeta devant lui les bras ouverts.

— Arrête ! dit-elle ; si tu peux fermer l'oreille aux conseils de la Romaine, tu ne repousseras pas au moins la prière de la femme. Songe que pour me faire céder à ton amour, tu m'as promis d'accomplir tous mes souhaits. Aujourd'hui je te demande la vie d'un de mes proches ; tu ne peux me la refuser ; le sang que tu veux répandre est le même que mien !

Son accent avait à la fois tant d'autorité et de séduction qu'Isidore parut troublé.

— Plancia ignore, dit-il avec embarras, que ces hommes sont condamnés, que j'ai promis leur mort à ceux qui nous écoutent...

Un murmure de matelots confirma ses paroles.

—Leur mort ! répéta Sextilius, sincèrement étonné ; vous voulez les tuer ! des patriciens qui peuvent payer une forte rançon ?

3

Cette réflexion, échappée à l'avarice du préteur plutôt qu'inspirée par sa sollicitude, produisit chez les
Ciliciens un changement subit. Leur avidité l'empor-
tait encore sur leur inimitié ; l'espoir d'une riche
rançon par les Romains remplaça le désir de leur
supplice, et, loin de continuer à les menacer, ils commencèrent à les examiner de ce regard joyeux et ami
dont on couve un trésor. Les plus prompts calculaient
déjà, à demi-voix, ce que l'on pourrait en obtenir, et
tous répétaient que ce serait folie d'abandonner aux
flots de telles richesses. Plancia, qui, de son côté, avait
entraîné Isidore à l'écart, employait, pour le fléchir,
toute son influence. Quelque puissante que fût la haine
dans le cœur du Carthaginois, la voix de la jeune épouse
l'était encore davantage ; il laissa tomber son javelot.

— Que le prisonnier se rachète donc, puisque c'est
la volonté de Plancia, dit-il subjugué.

— Très-bien, reprit Sextilius ; le généreux Isidore
se rappellera que j'ai été le premier à lui conseiller
cette fructueuse clémence ; il ne reste plus qu'à fixer
la rançon et l'époque du paiement.

— La rançon sera de vingt talents, répliqua le
pirate, tout près de quitter le pont avec la Ro-

maine ; et je les attends avant les calendes de mars.
Le préteur parut effrayé de l'énormité de la demande ;
mais César, qui avait repris toute sa tranquillité et
s'occupait sérieusement à reformer les plis de sa toge,
releva la tête ;

—Isidore pense-t-il avoir en sa puissance un con-
fiseur du Velabre ou quelque marchand du quartier des
Carènes, dit-il dédaigneusement; César promet pour lui
et ses amis cinquante talents, et il les payera avant les
ides de février.

Les pirates applaudirent avec de grands cris de joie.
Ils admiraient également le courage du jeune Romain,
sa magnificence, et jusqu'à cette liberté hautaine ! car
pour qui n'a pas la noblesse du cœur, le mépris ressemble au bruit du fouet qui fait au chien deviner son
maître. Il fut convenu sur-le-champ qu'Agrippa et Lélius
partiraient pour la Grèce, suivis de quelques esclaves,
afin de réunir les cinquante talents, tandis que César
resterait en ôtage avec Florus.

Les deux messagers furent immédiatement réem-
barqués sur *le Didyme*. Les adieux se firent avec beaucoup d'embrassements et de larmes.

—Allez, dit César à ses amis, et que l'Eurus vous

conduise sans dangers jusqu'aux ports de l'Ioni ; surtout profitez-y de votre liberté ; toi, Lélius, pour prendre des bains et essayer les parfums d'Asie ; toi, Agrippa, pour retrouver le goût du *garum des associés* (1) que tu te plaignais, avec attendrissement, d'avoir oublié. Quant à moi, soyez sans inquiétude, il me reste à finir la lecture du vieil Ennius.

Le navire bithynien mit à la voile, et la galère d'Isidore se dirigea, avec toute sa flotte, vers Coracésium.

Cependant Julius avait été rejoint par le père de Plancia, toujours suivi de ses deux licteurs, qui donnaient à sa captivité une sorte de majesté plaisante dont les Ciliciens s'amusaient. Sextilius appartenait à cette noblesse dégénérée dont la bassesse avait lassé la corruption de Sylla, et préparait, de loin, les monstruosités de Néron et de Tibère. Préposé au gouvernement de Cilicie, il y avait tout mis à l'encan jusqu'au moment où les plaintes de la province s'étaient fait

---

(1) *Garum sociorum*, fameuse sauce dont parlent presque tous les auteurs de l'antiquité. C'était une saumure de maquereaux. On en trouve la recette dans les Géoponiques ; elle était fort chère et fabriquée par une compagnie de négociants associés pour la pêche du poisson qui la fournissait.

entendre. Il venait précisément d'être rappelé à Rome, où ses exactions devaient être dévoilées et punies, lorsque le hasard l'avait fait tomber entre les mains d'Isidore.

La captivité était donc pour lui une sorte de refuge ; il la subit d'abord sans plainte, puis songea à en tirer parti. La beauté de Plancia avait frappé Isidore qui se proposa pour époux. La jeune Romaine résista longtemps ; mais enfin les promesses du pirate et les obsessions de Sextilius la vainquirent ; elle devint la femme du Carthaginois. Le préteur en pleura de joie ! Le pouvoir de Plancia sur Isidore ouvrait mille perspectives dorées à son avarice ; Plancia pouvait devenir pour lui comme ces cordes merveilleuses au moyen desquelles les magiciennes font passer les richesses d'un voisin dans leur propre cassette. Grâce à elle, la main du pirate était toujours ouverte, et il n'avait qu'à tendre au-dessous le pan de sa robe prétexte.

Lorsqu'il se trouva seul avec Julius, il s'avança vers lui et l'embrassa en pleurant, car ce rocher avait le don des larmes.

— Par les dieux immortels ! c'est moi qui t'ai sauvé, dit-il : sans moi, le noble, le charmant

3*

Julius tombait victime de ces sangliers africains.

— C'est un service dont je ne perdrai point le souvenir, dit César, et pour lequel je voudrais pouvoir te promettre ma reconnaissance...

— Ne parlons point de cela, mon fils, interrompit le préteur; ton salut est ma plus belle récompense. Ne sais-je point d'ailleurs qu'ils t'ont ravi tout moyen de montrer ton grand cœur? Hélas! j'ai vu moi-même il y a un instant, tes bagages enlevés par les vautours ravisseurs!... Et n'espère point ressaisir quelque chose de ce naufrage, infortuné Julius; le gouffre de Charybde est moins avide.

— Puissent les dieux te consoler aussi aisément que moi de cette perte, généreux Sextilius, dit le prisonnier en souriant; quand le butin a peu de prix, c'est le ravisseur qu'il faut plaindre.

— Bien, bien, dit le préteur en baissant la voix, tu fais prudemment de mépriser en apparence ce qu'on t'a enlevé; les nouveaux possesseurs se montreront moins exigeants dans la vente.

Le sage Sextilius compte-t-il donc se mettre au rang des acheteurs? demanda le jeune praticien ironiquement.

— Que ne ferais-je point pour toi, Julius, reprit amicalement le vieillard; tes meubles, tes habits, tes bijoux, je puis tout racheter maintenant, et je te les rendrai plus tard sans autre profit que la surenchère indispensable pour déguiser la substitution.

Julius éclata de rire.

— Ah! je reconnais l'honnête Sextilius, s'écria-t-il; toujours dévoué à ses amis... sans s'appauvrir!...

Hélas! la pauvreté ne peut venir où elle est déjà arrivée, dit plaintivement le préteur. Ma bourse, mon fils, ressemble à celle des *trossules*, où, selon le proverbe, *l'araignée fait sa toile!* Mais que peut attendre de mieux un malheureux livré d'avance à ses accusateurs! Car la délivrance même ne changera rien à ma misère, Julius; mes ennemis n'ont-ils pas obtenu la saisie de tous les biens que je possédais à Rome, jusqu'à ce qu'ils puissent me traîner moi-même devant les juges!... Hélas! en échappant aux Ciliciens, je n'aurai plus qu'à prendre le bâton entouré de bandelettes (1).

— Tu auras encore une ressource, infortuné Sextilius, reprit César, ce sera de faire peindre à la cire lo

(1) Le bâton des mendiants, à Rome, était entouré de bandelettes.

tableau de ton désastre, de le suspendre sur ta poitrine
et d'aller, la tête rasée, solliciter la pitié des Qui-
rites (1); car comment ne tirerais-tu point parti de ton
propre malheur, toi qui t'es enrichi de celui des autres.

Sextilius parut ne point comprendre.

— As-tu donc oublié cette bande d'esclaves, malades ou estropiés, que tu entretenais à Rome pour
mendier, reprit César, et qui te rapportait chaque
jour jusqu'à cinquante sesterces d'aumône (2)?

— Julius est toujours plaisant ! dit le vieillard avec
une gaîté forcée; mais qu'il songe à ma proposition :
lui et ses compagnons se trouvent dans un de ces cas
où *il faut en venir aux triaires*. (3)

Lorsque les pirates abordèrent à la côte cilicicienne,
le soleil descendait derrière les promontoires de la
Pamphilie, et rougissait les vagues de ses flammes.
La flotte s'avançait maintenant sur deux rangs, et formait comme deux armées navales dont l'aspect offrait

(1) Voy. Horace.
(2) Voy. Sénèque. Controverses.
(3) C'était un proverbe romain pour exprimer la nécessité
d'en venir aux dernières ressources. Les *triaires* étaient de
vieux soldats de réserve qu'on n'engageait qu'à la dernière extrémité. (Voy. Tite-Live.)

un contraste singulier. Celle qui se trouvait à l'orient était déjà ensevelie dans les ombres du soir, et fendait une mer sombre sous un ciel d'un bleu terne, tandis que celle du couchant, inondée par les mourantes clartés du jour, naviguait dans des flots de feu, au milieu d'une atmosphère de pourpre et d'or.

Julius, debout à l'avant de la galère, contempla quelque temps cet étrange spectacle ; puis ses regards se portèrent sur le rivage qu'éclairait un dernier rayon. Partout s'élevait des tours d'observation dressées par les pirates pour surveiller la mer ; les chantiers couverts de vaisseaux en construction, des magasins destinés aux approvisionnements. De loin en loin, des flottes de navires tirés à sec et reposant encore sur leurs rouleaux ferrés, étaient entourés de palissades qui en formaient autant de camps retranchés. D'immenses machines, armées de câbles, servaient à retirer les galères et à les remettre à flots ; enfin, au fond de la baie, s'élevait la ville de Coracésium elle-même défendue par de hautes murailles, au sommet desquelles veillaient en sentinelles des archers crétois.

Dans les premiers jours qui suivirent l'arrivée d'Isidore, sa flotte fut successivement réjointe par celle du
grec Iphicrate, de l'Égyptien Narcisse, du Romain
Stellus, et d'autres chefs syriens thraces ou espagnols.
Telle était, en effet, la prospérité toujours croissante
des Ciliciens, que, « les hommes les plus riches et les
« plus distingués par leur naissance ou leur génie ne
« balançaient pas à monter sur des vaisseaux pour les
« aller rejoindre (1). » Aussi trouvait-on réunis dans
la baie de Coracésium des vaisseaux de toutes formes,
de toutes grandeurs et de tous pays. A côté des *baris*

(1) Plutarque, Vie de Pompée.

égyptiens se montraient les *camères* helléniques,
que leurs ponts arrondis en voûtes rendaient semblables
à des amphores, les *liburnes* de Syrie et les *myopares*
auxquels leur petitesse et leur vivacité avaient mérité
ce nom de *rats de Paros.*

Au moment où nous reprenons notre récit, c'est-à-
dire environ deux mois après les événements rapportés
dans le chapitre précédent, tous ces navires étaient
rangés le long du môle, couchés sur les chantiers du
radoub ou mis à sec dans les camps nautiques, et trois
galères seulement se trouvaient à l'ancre en vue du
rivage. L'une était *le Didyme,* déjà de retour ; l'autre
une *liburne* d'Alexandrie, dont Lélius et Agrippa
s'étaient prudemment fait accompagner ; enfin la troisième était le vaisseau d'Isidore lui-même, près de
remettre à la voile pour une mission inconnue.

On se trouvait au second jour des ides de février,
époque où les Ciliciens célébraient la grande fête de
Mithra. En attendant l'heure de la cérémonie, la plupart des chefs s'étaient réunis dans la tente d'Iphicrate,
accroupis sous des fourrures précieuses, à la manière
des barbares, ou assis sur des sièges, selon l'habitude
de la Laconie. Ils jouaient à différents jeux de hasard

en buvant le vin cuit de Crète. César les regardait,
couché sur un lit de repos, et Sextilius, debout à quelques pas, élevait de temps en temps la voix pour déplorer les pertes ou pour envier les gains des joueurs.

Quant à Isidore, il se tenait à l'écart, occupé à
compter les *aurei* renfermés dans un coffret de cèdre
que des esclaves venaient d'apporter. C'était la rançon
de César ramassée à Millet par ses deux amis. Le
Carthaginois, près de se remettre en mer, voyait avec
un dépit farouche le jeune praticien lui échapper. Depuis qu'il le retenait captif, il avait trop souffert de sa
fierté railleuse pour ne point arriver à le haïr. L'intervention de Plancia avait jusqu'alors préservé son
parent de la rancune du pirate ; mais il ne pouvait se
faire à l'idée que le Romain allait repartir sain et sauf
après l'avoir impunément outragé. Mille projets confus
roulaient dans son esprit pendant qu'il continuait à
compter avec distraction les pièces d'or de la cassette.

Quant à César, il continuait à entretenir les joueurs
avec une libre gaieté. Bien que la rencontre des Ciliciens lui eût été coûteuse, il se réjouissait d'a-
voir vu leur singulière colonie. Une seconde visite
lui paraissait seulement inutile, et, ne voulant plus s'y

4

exposer en montant une galère désarmée, il renonçait
au *Didyme*, et devait s'embarquer le lendemain sur
la *liburne* égyptienne, que ses amis lui avait amenée.

Isidore, dont la haine cherchait uu prétexte, se mit
à railler le jeune praticien sur cette résolution. En
montant le *Lotus*, il espérait sans doute épouvanter
les Siliciens ; l'apparition de son vaisseau devait produire sur leurs flottes le même effet que la vue du
milan sur les volées de cailles, et les éperons d'airain de
la *liburne* allaient nettoyer la mer intérieure comme le
soc de la charrue nettoie le champ couvert de ronces !

— Que les fils de Mithra se résignent à implorer
leur vainqueur ! ajouta-t-il ironiquement ; chacun devra bientôt lui rendre dix fois la rançon qu'il paie aujourd'hui.

— Isidore croit-il que je lui ressemble ? répliqua César avec une nonchalance hautaine ; le pirate peut
vendre la liberté du chevalier romain que le hasard lui
a livré ; mais le chevalier ne vend point celle du pirate.

— Et qu'en fait-il donc ? demanda le Carthaginois.

— Interroge Stellus, dit César, il t'apprendra le
sort que l'on réserve aux bandits de la forêt *Galinaria*,
et des marais Pontins.

— Ils sont étranglés au *Tulianum*, fit observer
Stellus.

— Eh bien! je ne serai pas moins justes pour les
bandits de la mer, dit Julius; je les accrocherai à l'antenne de mon navire en renouvelant le souhait de Dio-
gène : « Plût aux Dieux, que tous les arbres portas-
» sent de pareils fruits! »

Stellus éclata de rire et les autres pirates l'imitè-
rent. La fierté du jeune romain excitait la leur; ils ne
voulaient se montrer ni moins libres de craintes, ni
moins plaisants. Mais Isidore se mordit les lèvres.
Vaincu dans cette guerre de railleries, il sentit s'en-
venimer sa colère, et résolut d'en finir avec un ennemi qui l'insultait jusque dans les fers.

Il ne voulut point cependant recourir à une violence
ouverte, sachant que plusieurs chefs qui ne parta-
geaient point sa haine contre Rome eussent pu s'y
opposer; l'instinct punique le faisait d'ailleurs incliner,
sans effort, vers la trahison. Il profita, en conséquence,
du moment où le signal de la fête obligea tous les
joueurs à se séparer, pour appeler à lui un archer laconien, exécuteur habituel de ses vengeances. Il l'entraîna à l'écart, lui parla longtemps à voix basse, et

ne rejoignit ses compagnons qu'après l'avoir vu dispa
raitre derrière la tente dressée pour Julius et pour ses
amis.

César venait d'y entrer avec son secrétaire. Dès
qu'ils furent renfermés dans la partie la plus reculée
de la tente, le jeune patricien se dépouilla rapidement
de la toge violette garnie de franges qu'il portait ; il
aida l'esclave à s'en revêtir, et celui-ci alla se placer
au fond de la galerie ouverte où Julius se tenait ordinairement pour lire et travailler. Vu par les gardes
qui veillaient à l'extérieur, il endormait ainsi tous les
soirs leur surveillance, tandis qu'une entrée dérobée
permettait à son maitre de s'échapper.

Le stratagème semblait, ce jour-là, à peine nécessaire ; car la fête avait interrompu toutes les surveil-
lances, et la plupart des soldats destinés à la garde
des prisonnniers avaient déserté leurs postes.

Venu de Perse, le culte de Mithra avait été apporté aux
Ciliciens par les initiés de la Syrie ou de la Cappadoce,
et il avait servi à rapprocher ces associés de races différentes en leur créant une nationalité religieuse. Presque tous les pirates l'avaient adopté, et ils accouraient à
la fête, portant, selon l'usage, divers déguisements qui

leur donnaient l'apparence des bêtes fauves. Des femmes, également masquées, se trouvaient parmi eux :
c'étaient, selon le langage du culte mystérieux, les
hyènes et les lions se rendant à l'antre de Mithra, où
devaient se célébrer les grandes initiations.

Au moment où ces troupes bizarres dépassèrent les
tentes dressées pour les prisonniers du *Didyme*, un
homme à tête de loup s'élança vers eux et se mêla à
leurs rangs. Il passa rapidement avec la multitude
hurlante et effrénée devant les camps domestiques où
s'abritaient les galères mises à sec, au pied des tours
d'observation que couronnaient des feux nocturnes, le
long des villas construites pour les loisirs des chefs
Ciliciens ; mais en arrivant au campement des captifs
destinés a être vendus comme esclaves, il voulut se
dégager de la foule et rester en arrière ; le flot, toujours grossissant, l'emporta malgré lui ; il fut forcé de
passer outre et d'arriver avec tous les autres jusqu'au
temple de Mithra.

C'était une caverne profonde creusée dans la colline
et dont l'entrée regardait l'orient. Sur le seuil se tenaient les candidats à l'initiation, amaigris par leurs
cinquante jours d'abstinence, pâles d'une longue re-

4*

traite dans les ténèbres, et le corps saignant de fustigations cruelles ; car les épreuves ne devaient laisser aucun doute sur leur courage ni sur leur patience. A l'arrivée de la foule, les prêtres les conduisirent vers le sanctuaire où s'élevait l'image de Mithra, assis sur le taureau qu'il frappait avec le glaive d'Ariès. On adressa aux candidats plusieurs demandes ; on leur répéta les instructions du culte mystérieux ; enfin les cérémonies de l'initiation commencèrent.

Trois furent d'abord arrosés par l'eau symbolique destinée à les laver du passé, et marqués d'un signe qui les rangeait au nombre des adorateurs de Mithra. On leur offrit ensuite l'eau et le pain ; et on leur présenta la nymphe du ver de Sérique (ver à soie), emblème d'une résurrection future ; enfin un prêtre apporta une couronne soutenue par une épée à chacun des initiés qui la repoussa en répétant que *Mithra était sa couronne*. A cette réponse, des clameurs de joie s'élevèrent, et la foule se dispersa, en entraînant les nouveaux frères marqués au sceau du dieu.

Cependant le soleil commençait à descendre derrière les hauteurs de Coracésium ; une brume rosée s'élevait de la mer et se déployait lentement vers le rivage.

Les initiés, revêtus de leurs déguisements de bêtes fauves, étaient dispersés sur le sable fin des grèves, aux lisières des bois ou sous les rochers sonores, et s'abandonnaient à tous les plaisirs de la fête. Partout se montraient des tentes de lin passées au safran, des voiles de pourpre ou des abris de feuillages sous lesquels étaient dressées les tables du festin ; partout brillaient des feux et tournoyaient de folles ombres. On n'entendait que chants accompagnés par les joueuses de flûtes, que clameurs effrénées, que retentissement de sistres et de tambours.

Au milieu de cet éclat et de ce bruit, un seul lieu restait terne et muet : c'était le campement des captifs ! Les Syriens, chargés de leur garde, les avaient remis à la chaîne afin de pouvoir rejoindre leurs compagnons, et la plupart étaient couchés sur le sable, la tête enveloppée dans un pan de leur manteau. Les riantes rumeurs qui arrivaient jusqu'à eux, en réveillant le souvenir de joies passées, leur rendait l'aiguillon de la servitude plus déchirant. Chacun se rappelait ses jours de liberté et de triomphe ! le Romain se voyait en marche, à la tête de sa légion, le casque d'airain suspendu au cou, le bouclier couvert de son enveloppe de cuir, les épaules

chargées de ses bagages et de ses armes ; il entendait
les fanfares des *tibicines* : il voyait accourir les populations vaincues qui s'inclinaient devant le dragon d'or
de chaque cohorte, il entendait au loin le bruit des
chariots qui suivaient l'armée, chargés de dépouilles
opimes ! Le Grec, lui, pensait aux mille vaisseaux qui
se pressaient dans le port de sa ville natale, aux gains
du commerce, aux plaisirs du théâtre, aux cours des
rhéteurs, aux courses olympiques ! L'Égyptien rêvait
à ses grandes cités avec leurs avenues de sphinx accroupis, aux plaines ondoyantes d'épis et aux barques
d'osier à têtes de béliers, glissant sur les eaux am-
brées du Nil ! L'Espagnol se rappelait ses discordes
civiles, les victoires de son parti, et cette vie agitée,
changeante, éternel champ de bataille parcouru au
galop de toutes les passions ! Le Gaulois revoyait ses
forêts sombres que gardait Irmensul, ses druides
aux vêtements de lin, passant sous les grands chênes
avec la faucille d'or, ses chariots chargés de femmes
aux cheveux blonds et d'enfants demi-nus ; villes
roulantes, toujours en marche vers un climat plus
doux ! Ainsi tous évoquaient de lointaines images !
tous suivaient, dans le passé, quelques souvenirs

aimés qui ravivaient en eux la douleur ou la rage !

Les dernières lueurs du jour venaient de s'éteindre ;
les mille captifs étaient immobiles au milieu de ces
demi-ténèbres, et le cliquetis des fers interrompait seul
le silence du campement. Tout à coup, un pas rapide et
léger retentit dans la nuit ; une ombre parut au détour du rivage : c'était l'homme-loup qui avait enfin
échappé à la fête ! il regarda d'abord autour de lui
pour s'assurer qu'il ne pouvait être aperçu ; puis, se
glissant vers l'entrée que les gardes avaient abandonnée, il écarta vivement le rideau de cuir qui la
fermait, et disparut sous la tente des prisonniers.

Quel était le visiteur mystérieux qui fuyait ainsi la
fête pour pénétrer dans cet asile du désespoir ? Son
masque ne permettait point de deviner ses traits ; mais
il était sans doute attendu ; car, à sa vue, plusieurs
prisonniers se relevèrent vivement, et quelques-uns se
mirent en sentinelle à toutes les issues, tandis que les
autres s'entretenaient à voix basse avec l'inconnu.

— Eh bien ! aurons-nous des armes ? demandè-
rent en même temps plusieurs xoix

— Si vous osez les prendre, répliqua l'homme
masqué.

— Où les trouverons-nous ?

— Au camp nautique, près de la troisième porte, est l'arsenal de la flotte.

— Mais des soldats gardent le camp ?

— Ceux qui ne sont point absents auront été enivrés par mes esclaves.

— Quand faudra-t-il être prêts ?

— A la seconde veille.

— Nous serons au lieu convenu.

— Mais vos fers ?

— Ils seront brisés.

— Et vous marcherez tous ?

— Jusqu'au dernier !

L'inconnu fit un geste de joie ; attirant à part un des prisonniers, il lui donna à l'oreille quelques instructions rapides, murmura un mot d'ordre, et regagna l'entrée par laquelle il disparut.

III.

Les astres nocturnes marquaient la troisième veille ;
les bruits joyeux s'étaient insensiblement affaiblis. On
avait vu les torches disparaître comme des étoiles de
fête que la satiété éteint l'une après l'autre. A peine en-
tendait-on encore, au fond des anfractuosités les plus
solitaires, quelques voix isolées chantant les scolies
ioniennes, et quelques modulations de flûte et de lyre
emportées par le vent de la nuit. Bientôt ces derniers
bruits eux-mêmes s'éteignirent ; on ne vit plus que
les lueurs vacillantes des feux abandonnés, et l'on
n'entendit que le grand murmure de la mer, revenant

à intervalles égaux comme la respiration puissante d'un géant.

A bord des navires, même obscurité et même silence.

Le vaisseau d'Isidore, *la Nouvelle-Carthage*, n'avait point encore levé l'ancre. Les rames étaient rentrées et la voile carguée à cinq plis. Les matelots reposaient couchés sous leurs bancs, les pilotes dormaient près du double gouvernail, et les vigies elles-mêmes s'é-taient assoupies au haut de la gabie. Mais Isidore pro-longeait la veille dans la chambre amirale; l'archer laconien, auquel il avait donné un ordre secret avant le commencement de la fête, venait d'arriver au vais-seau. A sa vue, le Carthaginois referma vivement la porte, et s'assura qu'ils étaient seuls.

— Eh bien! demanda-t-il enfin, en baissant la voix, tu es allé à la tente romaine?

— J'y suis allé, répondit le Lacédémonien du même ton.

— Et qu'as-tu fait?

Selon tes ordres, j'ai attendu derrière les arbres aux épines noires que les lampes se fussent allumées; puis j'ai gagné, en rampant, la grande galerie dont j'ai soulevé le rideau! Un homme était assis loin du seuil, la tête penchée sur un rouleau de *papyrus*.

— Et tu as reconnu César?

— A sa toge violette.

— Alors tu as tendu ton arc?

— Les deux flèches lancées en même temps l'ont percé sous l'épaule; il a poussé un faible cri; il est tombé...

— Et il n'a plus fait aucun mouvement?

— Il était mort!

Le regard du pirate étincela d'une joie sauvage.

— Enfin, murmura-t-il, que Mithra soit loué! Il y a un Romain de moins, et ses insolences auront été punies.

Mais il s'arrêta tout-à-coup pour prêter l'oreille. Une rumeur semblait sortir des flots aux deux flancs de la galère; elle fut interrompue presque aussitôt par un cri de commandement suivi de cliquetis d'armes, de gémissements, et d'un bruit de pas précipités.

Au même instant, la porte fut violemment repoussée et laissa paraître Julius portant au bras gauche le bouclier rond des Vélites, et la main droite armée d'une épée espagnole. Il était accompagné d'une troupe de

5

captifs qui traînaient encore les débris des fers qu'ils venaient de briser.

Trompé par le costume, l'archer laconien avait frappé le secrétaire de César, tandis que celui-ci profitait d'un déguisement pour préparer la révolte des prisonniers. Le désordre de la fête leur avait permis de piller l'arsenal du camp nautique, de s'emparer des barques attachées au rivage et de surprendre, pendant la nuit le vaisseau d'Isidore. Ce dernier n'eut point le temps de se mettre défense; sur un signe de César, il fut abattu et garrotté.

Maître de la galère cilicienne, le Romain y laissa une partie de sa troupe; il envoya son ancien équipage sur *le Didyme*, et, passant lui-même sur *le Lotus* avec les pirates qui avaient survécu, il ordonna aux trois navires de déployer leurs voiles, et de se diriger vers l'Ionie.

En mettant le pied sur *la liburne* égyptienne, César rencontra Sextilius qui avait été entraîné par les captifs romains, et ainsi délivré malgré lui. Il éclatait en malédictions sur cette liberté conquise à contre-temps, et énumérait tout ce qu'il avait abandonné à Coracésium de meubles, d'esclaves et de créances.

Après s'être amusé un instant des lamentations de l'avare préteur, César le quitta pour donner à Agrippa quelques instructions ; puis il s'occupa des prisonniers ciliciens.

Jetés près de la sentine, ils se tenaient serrés l'un contre l'autre, pâles, silencieux et hagards comme des bêtes fauves que les chiens tiennent assiégés dans leurs tanières. Autour d'eux s'agitaient les vainqueurs les javelots à la main, et n'attendant qu'un signal pour venger les longues tristesses de leur captivité.

Julius promena sur le groupe des prisonniers un œil qui cherchait Isidore, et qui ne s'arrêta qu'en le rencon'rant.

Le Carthaginois se tenait aux derniers rangs, dans l'attitude d'Ajax foudroyé. Il avait le corps droit, la tête haute et le visage menaçant. Le regard du Romain fit d'abord étinceler le sien, puis un sourire amer entr'ouvrit ses lèvres.

— Gloire au descendant de Quirinus ! dit-il à haute voix ; la trahison en a fait un autre Scipion !

— Il faudrait pour cela que tu fusses un autre Annibal, fit observer César, et tu n'es pas même un Cacus. J'ai seulement voulu te prouver que les chevaliers romains ne parlaient point légèrement. Hier je t'ai promis une place au bout de l'antenne du *Lotus ;* je viens aujourd'hui pour tenir ma promesse.

— Tu agiras sagement, vaillant Thésée, répliqua le pirate, car j'ai en toi la preuve que laisser vivre un ennemi, c'est épargner un aspic.

— Aussi montrerai-je plus de prudence, dit Julius ; mais auparavant, je dois te payer une dernière dette, afin de ne rester en rien ton débiteur. Tu as été mon hôte, Isidore ; je veux être le tien. Lève-toi donc, car Agrippa fait préparer le *triclinium* (1) ; les convives sont prévenus et la place consulaire te sera réservée.

A ces mots, il fit un signe, et les liens qui garottaient le pirate furent dénoués. Isidore secoua ses membres engourdis, et jeta autour de lui un coup d'œil rapide, comme s'il eût cherché un moyen de fuite ; mais il rencontra le sourire du Romain ; une légère rougeur monta à sa joue, et l'orgueil fit taire le désir du salut.

César marcha devant lui jusqu'à la grande chambre du *Lotus.*

(1) La troisième place du lit du milieu.

Bien que l'on eût dépassé l'heure du quatrième repas, et que celle du premier ne fût point encore venue, Agrippa avait donné tous les ordres nécessaires pour un grand festin. Le *triclinium* de la *liburne* égyptienne, orné par les soins de Lélius, était tendu d'étoffes attaliques, et meublé de lits d'ivoire, au chevet desquels on voyait sculpté l'âne de Silène couvert de pampres et de raisins. Les housses étaient d'un riche tissu babylonien, représentant les travaux des différentes saisons, et au-dessus de la table ronde à un seul pied, flottait un voile de pourpre retenu par des cordes de soie et d'or. Un peu plus loin se dressaient plusieurs *abaques* garnis de vases précieux.

Avant d'entrer, chaque convive fut déchaussé par un esclave qui lui lava les pieds et les mains. Isidore revêtu d'une robe blanche pour le banquet, fut conduit par César au lit du milieu, où il prit la troisième place, et l'on fit apporter les couronnes. Agrippa dut s'excuser de ne pouvoir les offrir ni en myrthes ni en amarantes d'Égypte, mais seulement en raclures de corne, imitant les violettes de tusculum. Le Carthaginois allait poser la sienne sur son front lorsqu'il s'arrêta : ses

5*

yeux fixés sur le *repositorium* (1) venaient de rencontrer, au milieu des fleurs, un squelette d'argent dont le geste grimaçant et le rire terrible semblaient s'adresser à lui.

César, qui avait vu son hésitation, le rassura d'un signe de tête.

— Cette image n'est point ici pour toi, mais pour tous les convives, Isidore, dit-il gaiement ; c'est la divinité domestique des sages ; car elle avertit de jouir comme le clepsydre avertit de se hâter.

Et élevant la coupe vers le squelette :

— Reçois donc nos remerciements, ô prudente conseillère, ajouta-t-il, et accepte ta part de cette libation faite aux dieux pénates.

En parlant ainsi, il laissa tomber sur le *repositorium* quelque gouttes de Chio, vida la coupe, puis ordonna d'apporter des dés qui devaient décider de la royauté du festin.

Isidore les fit rouler le premier ; mais le hasard

(1) Plateau sur lequel les plats étaient posés. On l'enlevait à chaque service pour lui substituer un autre plateau chargé de nouveaux mets. C'était là ce qu'on appelait *prima mensa*, *secunda mensa*, *tertia mensa*.

semblait le poursuivre ; il amena le coup du *chien ;*
les autres convives amenèrent tour à tour ceux du
char, d'*Hercule* ou du *vautour.* César seul obtint le
coup de *Vénus.*

— Éricine ne pouvait faire moins pour son petit-
fils ! dit le père de Plancia d'un ton de flatterie.

— Résigne-toi alors à m'accepter aujourd'hui pour
maitre, répliqua gaiement le jeune praticien ; et,
comme première preuve de soumission, Sextilius, vide
ta coupe autant de fois que, pour un *stips* prêté, tu t'es
fait rendre dix sesterces.

— Dieux immortels ! exiges-tu donc qu'il meure ?
s'écria plaisamment Lélius.

— Hélas ! dit Sextilius en soupirant, la jeunesse
est sans pitié pour les malheureux qui la secourent de
leurs biens.

— Entends-tu ceci ? s'écria Florus ; le loup se
plaint de la cruauté de la brebis qu'il dévore !

— Le préteur a raison, répondit César ; ses pareils
sont nos bienfaiteurs. Mon premier hommage est pour
les grands dieux ; mais le second appartient aux *fœné-*
rateurs (usuriers).

— Julius peut rire de la misère des autres, fit ob-

server le père de Plancia ; lui dont la fortune est telle,
qu'au dire du peuple, il n'a jamais pu la calculer.

— Le peuple se trompe, Sextilius, répliqua le jeune
homme ; j'ai fait ce calcul, et je puis te le communiquer, à quelques *stips* près. Je ne possède au juste
que quatre cent quinze talents...

— Quatre cent quinze talents !... répéta le préteur.

— ...De dettes ! acheva César.

Sextilius le regarda avec une stupéfaction épouvantée.

— Mais je suis encore jeune, continua Julius, et
j'espère bien doubler la somme ; ma réussite est à ce
prix.

— Parles-tu sérieusement? demanda Sextilius.

— Ne sais-tu donc pas, reprit César, que, pour arriver aux hautes dignités, il faut agrandir le cercle de ses
clients, trouver des soutiens dans la noblesse et dans
le peuple? Quoi de meilleur pour cela que les dettes?
l'argent que j'emprunte aux sénateurs me gagne l'amitié des plébéiens, et je m'assure un double suffrage, car
ceux-ci me poussent par reconnaissance pour mes dons,
ceux-là par crainte pour leurs créances. Tu vois que je
fais l'usure comme toi, digne Sextilius, mais avec plus

de hardiesse et de grandeur. La tienne ne peut te rendre maître que de quelques *îles* (1) au champ de Mars,
ou de quelques domaines en Campanie; tandis que la
mienne peut m'acquérir des royaumes.

— A la bonne heure, dit le vieillard; mais César
a-t-il oublié que c'est à Rome qu'on les distribue? S'il
veut profiter de la bonne volonté du peuple et des sénateurs, que ne fait-il sa paix avec Sylla, et que ne
cherche-t-il à acquérir près de lui la seconde place?

Le jeune Romain ne répondit rien; mais s'adressant
au Carthaginois qui avait jusqu'alors tout écouté en
silence :

— Isidore se rappelle sans doute le vieux pirate
égyptien qu'il me montra l'autre jour, près du mole de
Coracésium? dit-il.

— Je me le rappelle, répondit le prisonnier.

—Son navire n'était qu'une grande barque d'osier,
enduite de limon et de poix, reprit César; des nattes
de papyrus lui servaient de voiles, et son équipage ne
comptait que quelques matelots.

(1) Groupes de maisons.

— Oui, dit le Carthaginois, mais il leur commandait en roi.

— Tu l'as dit, Isidore, s'écria vivement Julius ; et, seulement à cause de cela, j'aimerais mieux être le vieux pirate égyptien, maître absolu sur son navire, que le jeune consul soumis à l'autorité de Sylla.

Tous les convives se regardèrent avec étonnement ; Isidore seul parut comprendre.

—Ah! tu sens donc aussi que rester le second, c'est faire l'office d'une ombre, s écria-t-il ; l'ombre ne marche pas elle-même ; elle flotte derrière ou devant, toujours forcée de suivre. Eh bien! comme toi, César, j'ai voulu n'avoir de maître que ma volonté! Ta race commandait à la terre ; je me suis réfugié sur les flots.

— Et tu espérais y fonder une nouvelle Carthage ? demanda Julius en faisant remplir la coupe du pirate.

Celui-ci la vida d'un seul trait ; puis échauffé par la liqueur de Lesbos, il s'écria :

— Elle est fondée, César !

— Quoi! ce nid de fugitifs et de bandits, objecta le Romain avec mépris ; prends-tu donc une ligue de rapine pour une république ?

— Et toi, as tu oublié d'où Rome est sortie ? reprit vivement le pirate. Ne vois-tu pas qu'en ouvrant un champ d'asile contre votre tyrannie, nous appelons à nous tous les audacieux et tous les désespérés ? Sais-tu quelles sont déjà nos forces, Julius ? Nous avons des ports fortifiés et des arsenaux en Cilicie, en Grèce, en Syrie, en Égypte, en Sicile ! Nos vaisseaux sont au nombre de huit cents, montés par vingt mille combattants. Le Taurus est plein de nos citadelles, où nous pouvons abriter, en cas de revers, nos familles et nos trésors. Mais que pourrions-nous craindre ? Deux cents villes nous ont déjà ouvert leurs portes, et les richesses de vos temples ont servi à dorer les poupes de nos galères ! Retenue dans ses guerres civiles comme une lionne dans les toiles du chasseur, Rome n'a point pris garde à ce qui se passait sur mer, et la mer lui a créé une rivale.

— Buvons-donc à la nouvelle reine des eaux ! dit César, qui força encore le pirate à vider sa patère, et apprends-nous quand ses fils doivent remonter le Tibre pour assiéger le Capitole.

— Non pas seulement le Capitole, mais toute l'Italie, reprit Isidore, de plus en plus animé par le vin ; car

bientôt, grâce à nos galères, Rome attendra en vain
les blés de *l'annone*, et le peuple-roi, enfermé dans la
faim, n'aura, comme Midas, que de l'or pour ses
festins.

Julius fit un mouvement.

— Ah! c'est là votre projet? dit-il plus sérieusement; et tu crois que nos armes ne pourront briser ce
cercle de famine?

— Si elles n'étaient point occupées ailleurs, César!
Mais tandis que nous attaquerons Rome par mer, le
roi de Pont l'attaquera en Asie. Relevé de ses défaites,
il a rassemblé de nouvelles armées ; ses ambassadeurs
vont de royaume en royaume, semant la haine du nom
romain ; nous les avons vus, il y a quelques jours, à
Coracésium, et j'allais porter moi-même à Mithridate
la réponse des Ciliciens.

Julius garda le silence : les menaçantes révélations
du Carthaginois l'avaient évidemment ému ; il resta
immobile et pensif, tandis que les esclaves, pour réveiller la gaieté, répandaient sur les convives une rosée
d'eau de verveine.

Enorgueilli de l'effet qu'il venait de produire, Isidore
reprit l'aveu de ses projets et de ses espérances. Mi-

thridate, en se relevant, pouvait forcer Sylla à quitter
Rome, et son absence, jointe à la famine, devait réveiller toutes les tempêtes du Forum. A la guerre du dehors
allait se joindre bientôt la guerre du dedans; aux défaites du Pont les victoires de l'Italie ! La lice s'ouvrait
pour les violents, les corrupteurs et les ambitieux.
Rome allait ressembler à une galère battue par l'orage,
où les droits du pilote sont méconnus et où chaque
matelot peut réclamer le commandement.

A mesure qu'il parlait, le Carthaginois s'exaltait lui-
même au bruit de sa parole; la haine se redressait
dans son cœur sous le rayon de ces espérances, comme
un serpent que ranime le soleil ; sa voix s'élevait, son
geste devenait menaçant, ses yeux lançaient des flammes ! Il appelait tous les ennemis de Rome au combat,
il les comptait à la manière d'Homère, il célébrait d'a-
vance leur victoire avec l'emphase du barbare et la confiance que donne le vin ! Tout entier à son enivrement;
il avait oublié sa captivité; il ne pensait plus que cette
nuit était la dernière qui lui fût accordée, et il continuait
son hymne de triomphe, sans remarquer que les flam-
beaux du festin pâlissaient et que les premières lueurs
de l'aurore glissaient entre les colonnes de cèdre!

6

Julius sortit enfin de sa rêverie, regarda vers la fenêtre du *Triclinium*, et se leva en disant :

— Voici le jour !

Ce mot fut pour le pirate comme la flèche aiguë qui frappe l'aigle au milieu des nuées. Brusquement arrêté dans son enthousiasme, il retomba du haut de son rêve dans la réalité ; mais se remettant presque aussitôt, il souleva la coupe qu'il tenait encore à demi-pleine :

— Que ce soit le jour pour César, dit-il avec un fier sourire ; pour Isidore, c'est la nuit ! A elle donc cette dernière libation, et à la mort, sa sœur, cette dernière offrande !

Il vida la patère, retira la guirlande qui ornait son front et en couronna le squelette.

Tous les convives avaient quitté la table ; les esclaves apportèrent les chaussures, et l'on gagna le pont de la galère.

L'orient était inondé de flammes qui empourpraient les flots. Les trois navires poussés par un vent favorable s'avançaient presque de front, assez voisins l'un de l'autre, pour que l'on pût distinguer les pilotes et les rameurs. Aux pieds du mât du *Lotus*, plusieurs matelots étaient groupés tenant les cordes destinées au

supplice des pirates. Isidore, qui avait conservé la robe
blanche du festin, s'avança vers eux d'un pas ferme,
et présentant le cou au nœud funeste :

— Que Mithra veille sur les Ciliciens, s'écria-t-il
en étendant les mains vers le soleil ; et pour que mon
espoir s'accomplisse, puisse-t-il faire passer mes volontés avec mon souffle au cœur du plus digne !

— Ainsi, dit César, qui le regardait fixement, ce
plan de guerre contre Rome était ton ouvrage?

— Oui, Julius, répondit le pirate avec liberté.

— C'est grâce à toi que ces pirates de toutes nations
ont formé un seul peuple ; qu'ils ont fortifié des ports,
élevé des tours, construit des arsenaux ?

— Grâce à moi ! répéta le condamné plus fier.

— Toi seul leur a fait accepter l'alliance de Mithridate et la lutte contre le peuple romain ?

— Tu l'as dit, César.

— Et si maintenant le hasard te rendait la liberté,
tu n'abandonnerais point la trame si laborieusement
commencée?

— Je la reprendrais comme le tisserand reprend sa
toile, Julius, au fil où je l'ai laissée !

César se rapprocha.

— Fais-le donc, Isidore, s'écria-t-il ; suis jusqu'au bout ces hardis projets ; il ne sera pas dit que César aura tué dans l'œuf tes aiglons ; qu'ils prennent leur vol, nous les retrouverons quand ils auront grandi.

A ces mots, il fit un signe qui fut répété par le pilote du *Lotus ;* les trois navires laissèrent tomber leurs voiles, puis se rapprochèrent. Isidore et les amis de César semblaient également surpris. Le premier regardait le jeune Romain avec hésitation, car il ne pouvait croire ; les autres avec inquiétude, car ils ne pouvaient comprendre ; mais César ordonna de rendre la liberté aux pirates et de les faire passer avec Isidore sur la galère cilicienne. Il se tourna ensuite vers Sextilius, et lui montrant *le Didyme :*

— Je t'avais promis un dédommagement, honnête préteur, dit-il ; toutes les dépouilles des corsaires ont été transportées à bord du navire bithynien ; je te les abandonne ! Vas en prendre possession, et hâte-toi de faire voile vers l'Italie. Ton innocence est désormais certaine, car tu emportes de quoi acheter le peuple et le sénat.

Le préteur voulut douter d'abord, puis remercier ; mais Julius lui cria de se hâter, et Sextilius, crai-

gnant quelque changement de résolution, s'élança sur
le Didyme.

Les deux galères eurent bientôt remis à la voile, et
toutes deux rangèrent *le Lotus,* qui n'avait pas encore
repris sa course. César salua successivement Isidore
et Sextilius, puis, secouant la tête :

— Allez, murmura-t-il, ô navires de bon augure !
Vous portez peut-être dans vos flancs la fortune de
César. Deux divinités amies vous conduisent : l'Avarice et la Haine ! Que toutes deux sèment leurs moissons, et que Rome s'ébranle ! C'est quand le ciel est
près de crouler qu'on cherche Atlas.

Et comme ses amis, toujours immobiles et muets
d'étonnement, regardaient les deux vaisseaux s'éloigner :

— Vous le voyez, reprit César tout haut, le vent
leur est également favorable : l'un va à la fortune,
l'autre à la lutte...

— Et nous, César, demanda Lélius, où veux-tu
nous conduire ?

Le jeune Romain releva la tête, et reprenant son air
de légèreté insouciante :

— Nous, Lélius, répéta-t-il, nous allons à Rhodes

6* •

pour écouter les leçons du philosophe Apollonius
Molon.

— Quand la guerre va s'allumer partout, s'écria
Lélius ; et que veux-tu donc qu'Apollonius nous ap-
prenne ?

César le regarda et répondit :

— A attendre !

GANG-ROLL.

— DIXIÈME SIÈCLE. —

I.

« Malheur à ceux qui se trouve dans la forêt quand
on a irrité le loup, » s'était écrié la mère de Roll au
moment où le roi Harold exila ce dernier, et sa menace
avait été comme une prédiction funèbre pour l'Europe.
Chassé de Norvége, Roll le *marcheur* réunit une
troupe de ces hommes « qui n'avaient jamais dormi
sous un toit de planches, ni vidé la coupe auprès d'un
foyer abrité ; » et, proclamé par eux *roi de mer*, il mit
à la voile dans l'intention de se faire un héritage avec
les richesses des chrétiens.

La plupart de ses compagnons étaient, comme lui,

des *kaëmpes* condamnés à l'exil dans les things de justice, ou des aînés que la loi du royaume obligeait à
l'émigration ; car chaque année, selon l'auteur du Rou,
« les pères disaient aux fils les plus âgés d'aller chercher des habitations dans d'autres pays, et de se procurer des terres par force ou par amour. » Tous partaient donc sans possibilité de retour, attirés par l'espérance, poussés par la pauvreté, et ils chantaient
d'une seule voix en cinglant vers l'ouest :

« La force de la tempête aide le bras de nos ra-
« meurs ; l'ouragan est à notre service, il nous jette
« où nous voulons aller. »

Ce n'était pas la première fois que les Norvégiens
s'abattaient sur les riches contrées du couchant. Celles-ci connaissaient depuis longtemps le son terrible
de leurs trompes de corne qu'on appelle le *tonnerre du
Nord*. Mais l'invasion du fils de Roqueval et d'Holdis
allait faire oublier toutes les autres. Après avoir ra
vagé l'Écosse, l'Angleterre et la Frise, il envahit la
France qu'il ne quitta plus. Depuis Attila, rien de pareil ne s'était vu dans les Gaules. Les villes devinrent
la proie des flammes ; les campagnes restèrent en
friche, les religieux s'enfuirent des monastères en

emportant les reliques consacrées ; et leur terreur fut telle, que, selon l'expression d'un historien normand, ils écrivirent, un siècle plus tard, le récit de ces désastres *avec des mains qui tremblaient encore.* L'ile-de-France, l'Orléanais, la Gascogne, l'Anjou, le Maine, l'Auvergne, la Bourgogne furent successivement saccagés par ces terribles *Vikings* ou *enfants des Ansés.* Après avoir remonté les fleuves sur leurs scaphes d'osier recouvertes de cuir, ils devenaient de marins cavaliers, et, si on les poursuivait de trop près, ils se faisaient avec les cadavres de leurs chevaux un rempart et une nourriture. Le roi de France, Charles le Simple, incapable de résister à cette avalanche d'hommes, avait offert à Gang-Roll, une province en fiefs ; mais le fils d'Holdis répondit :

— Je ne veux être soumis à personne ; ce que j'aurai conquis m'appartiendra sans réserve.

Et comme il avait fait de la Neustrie un désert, il se retourna contre la Dommonée (1).

Ses *jarles* essayèrent en vain de la défendre : vaincus dans plusieurs combats, ils finirent par l'abandon-

(1) La basse Bretagne.

ner avec toute la noblesse pour chercher un asile au pays de Galles.

Un seul chef sût défendre sa terre, ce fut Even, jarle du Léonnais. Alors que les pays de Bro-Erech, de Porhoët, de Rohan, de Tréguier, de Goëllo, et de Cornouaille n'offraient plus qu'un champ de bataille, dévasté par le fer ou la flamme, le Léonnais, gardé par la vaillance de son chef, n'entendait aucun des bruits du combat, et apercevait à peine, de loin, la fumée des incendies. On eût dit qu'un cercle magique défendait cette heureuse contrée. Là retentissaient toujours les cloches des monastères et les *guers* des laboureurs; là passaient, le long des coulées herbeuses, les troupeaux de vaches noires gardés par des enfants.

Mais c'était principalement loin des marches du comté, au fond des vallons arrosés par l'Elorn, que tout était paisible comme aux plus beaux jours de Salomon ou de Gardlon-Mur. Jamais voile normande n'avait dépassé le détroit gardé par les pierres blanches *(Mein-gan)*, ni pénétré dans ce long golfe, au fond duquel le bourg de Lan-Ternok s'élevait parmi les ombrages. Ce canton était gouverné par le mactiern

Galoudek, dont la *ker* occupait le sommet du coteau qui regarde le pays des Deux-Meurtres *(Daou-las)*. Son père avait fait partie des deux cents compagnons avec lesquels Gurwan défia les douze mille soldats d'Hasting, et le fils ne démentait point un tel sang : aussi Even avait-il étendu son pouvoir sur plusieurs trèves, et joint à son domaine la forêt de Kamfront, que le maetiern faisait défricher.

Lui-même avait surveillé les travaux tout le jour, et revenait de la forêt avec ses deux fils Fragal et Witur, qui se tenaient debout sur le devant du chariot chargé de ramées, tandis que le père marchait près du joug, l'aiguillon à la main. Les roues pleines et garnies de fer imprimaient une longue trace sur la mousse jaunâtre ; les bœufs, sentant qu'ils retournaient vers l'écurie, pressaient le pas, en poussant, par intervalles, de sourds meuglements, et le pâle soleil de février, qui glissait à travers les arbres noircis, éclairait cette scène de ses dernières lueurs.

L'attelage allait atteindre les limites de la forêt lorsque les deux frères aperçurent devant eux, sur la lisière du fourré, un jeune garçon d'environ seize ans, qui semblait les attendre au passage. Son costume de

peaux de chèvre, sa stature élevée et ses cheveux
blonds formaient un constraste frappant avec les habits
de laine, la taille courte et les cheveux noirs du mactiern et de ses fils. Le cachet des races du nord n'était
pas moins visible chez lui que l'origine cambrienne
chez ces derniers. Il s'appuyait sur un arc de frêne et
portait plusieurs flèches passées à sa ceinture ; devant
lui était étendue une bête fauve souillée de sang et les
quatre pattes liées par un hart de saule.

Le mactiern arrêta l'attelage, tandis que les deux
jeunes Bretons se penchaient pour reconnaître l'a-
nimal.

— Par la croix ! c'est une louve, s'écria Fragal.

— C'est toi qui l'a tuée ? demanda Witur surpris.

— Je ne la cherchais pas, fit observer modestement
le jeune garçon, car je chassais pour la table du mactiern ; mais l'animal avait faim, il s'est élancé à ma
rencontre...

— Et tu as pu l'éviter ? dit Galoudek.

— Je l'ai percée de trois flèches, répliqua Andgrim,
dont le pied montrait le flanc de la bête fauve.

C'était une louve de la plus grande espèce, aux
dents jaunâtres et au poil grisonnant. Le sang coulait

encore, goutte à goutte de ses blessures ; sa langue pendante était couverte d'une écume visqueuse, et ses yeux, retournés par les dernières convulsions de l'agonie, ne montraient qu'un orbite blanc et sans regard.

Le mactiern, qui avait examiné les blessures avec l'intérêt d'un chasseur, remua la tête, et, se retournant vers Fragal et Witur :

— J'ai deux fils, dit-il d'un ton de chagrin, deux fils dont le plus jeune dépasse Andgrim d'une année, et je cherche en vain lequel eût pu lancer trois flèches d'une main aussi ferme et aussi sûre.

Les frères rougirent, mais avec des expressions différentes.

— Que notre père et seigneur nous excuse, dit Witur d'un accent altéré, si nous sommes moins habiles que les démons du Nord à combattre de loin, nous les défions pied contre pied et poitrine contre poitrine.

— Pour moi, ajouta Fragal ironiquement, ce que j'admire, ce n'est point l'adresse du Saxon à manier l'arc, mais qu'il n'ait point hésité à s'en servir avec tant de résolution contre un *Normand!*

Le mactiern sourit involontairement. L'audace des

7

loups, multipliés par la dépopulation de la Domnonée, leur avait effectivement fait donner, depuis peu, ce nom d'une race dont ils rappelaient la férocité ; mais Andgrim ne parut point goûter la plaisanterie du jeune Breton, et son œil s'alluma.

— Fragal se trompe, dit-il, en regardant fixement le fils de Galoudek ; le bras qui a frappé est seul normand, la louve était bretonne.

— Alors tu l'as tuée par surprise ou par trahison, reprit Witur, avec emportement.

— Non, répliqua Andgrim d'un air froidement dédaigneux ; je l'ai tuée lorsqu'elle fuyait comme les hommes de la Domnonée au combat du Havre-Noir *(Abert-il-du)*.

Ce souvenir d'une sanglante défaite essuyée, quelques années auparavant, par les Bretons, fit monter le sang au visage des deux frères, et Witur exaspéré avança brusquement la main vers la hache suspendue devant le chariot ; mais le mactiern s'entremit.

— Puisque le Saxon parle du Havre-Noir, rappelle-lui le Havre des Cailloux *(Aber-vrach)*, dit-il tranquillement ; car si, dans le premier lieu, le sang des

nôtres a coulé comme la rosée, dans le second le sang
des siens a coulé comme des sources.

— Èt lui-même, ajouta Fragal, ne doit la vie qu'à
votre pitié.

— Oui, reprit Galoudek; en le relevant du milieu
des blessés, j'espérais que ses jeunes oreilles pour-.
raient entendre la sainte parole des prêtres; mais on
a tort de vouloir apprivoiser le petit du sanglier.

Andgrim ne répondit pas : l'intervention du mactiern avait produit sur lui le même effet que la parole
du maître sur le dogue irrité, et il laissa le chariot
s'éloigner.

Ce que venait de dire Galoudek était d'ailleurs la
vérité. Recueilli après la bataille, l'enfant fut conduit
dans la *Ker* armoricaine, où il avait d'abord vécu farouche et à l'écart, jusqu'à ce qu'un autre enfant de
son âge eût fini par dompter son humeur sauvage :
c'était Aourken, pauvre orpheline trouvée à la lisière du
bois par le mactiern qui l'avait adoptée. Chargée de conduire aux friches les troupeaux de bœufs, de vaches et
de génisses, elle avait grandi dans les landes sans autres compagnons que le ciel et l'Océan ; mais la solitude
qui aigrit les corrompus améliore les bons. Elle de-

vina les souffrances du captif, et, comme un chien que
la tristesse sollicite, elle vint se placer à ses pieds, les
yeux tendrement soulevés vers lui. Andgrim finit par
l'apercevoir; deux abandonnés devaient se comprendre; la compassion avait attiré l'orpheline, la reconnaissance attacha le prisonnier.

Cependant le chariot était arrivé devant la *Ker* bretonne. Le placis qui servait de cour d'entrée, et vers
le milieu duquel il venait de s'arrêter, offrait, dans ce
moment, un spectacle singulièrement animé. Les serviteurs arrivaient des champs et étaient reçus par les
femmes ou par les jeunes filles avec lesquelles ils échan-
geaient mille saillies suivies de longs éclats de rire. On
voyait passer les charrues, le soc retourné, les cavales
qu'accompagnaient leurs poulains farouches, et les
troupeaux de moutons conduits par un chien fauve au
collier garni de pointes d'acier.

Le mactiern promena autour de lui ce rapide regard du maître qui ne laisse rien échapper, et demanda où était Aourken. Elle n'avait point encore paru!
Un pareil retard, venant de tout autre, eût causé peu
de surprise; mais l'exactitude de la jeune orpheline
était passée en proverbe à Kermelen, et depuis huit

années que le Galoudek lui avait confié un troupeau à surveiller et à défendre, c'était la première fois qu'elle rentrait aussi longtemps après l'heure indiquée. Le soleil avait, en effet, presque complétement disparu derrière les coteaux ; de grandes ombres s'étendaient vers les grèves, et le vent du soir, qui s'élevait de l'Océan, apportait jusqu'au manoir les senteurs marines.

Galoudek allait se décider à gagner le revers de la hauteur, d'où le regard embrassait la baie, lorsqu'un sourd retentissement sembla tout-à-coup ébranler la colline. On reconnut bientôt le bruit produit par la course précipitée d'un troupeau mêlé à des meuglements d'abord confus, puis plus distincts, plus élevés, et qui éclatèrent enfin dans toute leur force. Presqu'au même instant les bœufs, les vaches et les génisses parurent au penchant de la lande, fuyant avec terreur devant un ennemi invisible. En tête s'élançait le taureau noir sur lequel Aourken se tenait à demi couchée.

Tous se précipitèrent confusément dans le placis, fouettant l'air de leur queue et la tête baissée, comme si la terreur eût éveillé leur colère.

Les serviteurs effrayés franchirent les murs peu élevés qui servaient de clôture, tandis que Galoudek et ses fils se rendaient maîtres du taureau noir.

A leur vue, Aourken poussa un cri et se laissa glisser à terre. Ses traits agités d'un tremblement convulsif, ses cheveux flottants sur ses épaules, et les lignes sanglantes tracées par les ronces sur ses jambes nues, témoignaient, à la fois, de la violence de sa peur et de la rapidité de sa course. Elle demeura un instant haletante aux pieds du mactiern ; enfin la voix de celui-ci sembla la ramener à elle-même. Après avoir promené de tous côtés un regard effaré, elle se redressa sur ses genoux, écarta des deux mains les cheveux qui lui couvraient le visage, et s'ecria d'une voix rauque :

— Je l'ai vu, maître, je l'ai vu !

— Qui cela? pauvre innocente, demanda Galoudek, que l'effroi de cette rude et vaillante créature saisissait malgré lui.

— L'animal... le démon... je ne sais comment dire, maître ! Ce devait être un dragon de mer... ou peut-être *le grand ennemi.*

— Mais où l'as-tu vu? Que s'est-il passé?

— Voici, maître : j'étais sur la grève où je rassemblais le troupeau pour revenir, quand j'ai aperçu tout

à coup, sur la mer, quelque chose qui venait à moi :
c'était long comme le manoir, rond comme un tonneau
et la tête, qui sortait des vagues, ressemblait à celle
d'un bélier !

— Se peut-il ?

— Vers le milieu du dragon, on voyait s'élever une
montagne d'où sortaient des roulements de tonnerre. Il
y avait au-dessus une aile rouge pareille à une voile de
navire, et au-dessous douze griffes vertes qui lui servaient de nageoires.

— Tu es bien sûre de cela?

— Sûre, bien sûre, maître! Mais à mesure que je
voyais mieux, j'avais plus peur ; mes jambes tremblaient sur le taureau. Alors la *chose* a passé tout près
du bord; il y a eu un sifflement qui a épouvanté Terv-
du; il s'est enfui vers la *Ker* avec tout le troupeau, et
il m'a emportée !

Des exclamations de surprise et de terreur s'élevèrent de toute part. Quelque étrange que fût le récit
d'Aourken, il ne rencontra aucun incrédule. On touchait encore aux temps où des bêtes féroces, trans-
formées en dragons par l'imagination populaire, avaient
ravagé les campagnes de la Domnonée. La légende

liait le souvenir de ces monstres à celui des apôtres
du Léonnais et de la Cornouaille; elle en avait fait une
pieuse croyance, et douter de leur réalité eût été douter
des saints bretons eux-mêmes. Les hommes commencèrent à regarder autour d'eux avec inquiétude, et
les femmes à fuir vers la maison.

Dans ce moment, un long et puissant appel de corne
marine s'éleva dans les ombres du soir, courut le long
dês côtes et vint mourir contre les murs du manoir!

Tous les habitants de la *Ker* tressaillirent.

— Ce n'est point là le cri d'un dragon! dit le
mactiern.

— Ni la corne des pâtres de la baie, ajouta Witur.

— Écoutez ! interrompit une voix forte et haletante.

Galoudek se retourna et aperçut Andgrim. Il était
debout à quelques pas, la louve sanglante sur une
épaule, l'arc pressé contre sa poitrine et l'oreille tendue vers la mer avec une avidité palpitante.

Il y eut un assez long silence. Toutes les têtes s'é-
taient penchées comme celle du jeune Normand ; enfin
un second appel retentit plus puissant et plus prolongé.
Il passa par dessus Kermelen et alla se perdre au loin
dans les landes.

Les traits d'Andgrim s'épanouirent.

— Tu connais le son de cette corne ? s'écria Galeu-
dck qui le regardait.

— Oui, mactiern, dit le jeune garçon.

— Et qu'est ce donc enfin ?

— C'est *le tonnerre du Nord !*

II

Le soin que semblaient prendre les Normands d'annoncer leur arrivée était trop contraire à leur tactique habituelle pour ne pas exciter la surprise et la défiance du mactiern. Aussi, après le premier moment de confusion, se hâta-t-il de donner tous les ordres nécessaires pour la défense de la *Ker*. Lui-même se mit ensuite à la tête de quelques serviteurs armés, afin d'aller reconnaître l'ennemi dont la corne avait cessé de se faire entendre.

La petite troupe se dirigea silencieusement vers la mer, protégée par les genets qui la dérobaient aux

regards, et par les bruyères qui étouffaient le bruit
des pas. En tête marchait Galoudek avec ses fils ; derrière ceux-ci venaient Aourken et Andgrim. L'orpheline avait suivi le mactiern d'inspiration, comme le
chien suit le maitre qu'il aime, et le jeune Normand
s'était laissé entrainer, sans y penser, par cela seul
que sa place lui semblait près de la jeune *pastour*.

La petite troupe eut bientôt atteint le point du coteau où la baie se laissait apercevoir tout entière. La
décision du mactiern avait été si subite et si promptement exécutée que le soleil n'avait point complè-
tement disparu lorsqu'il arriva avec ses gens au bord
de la mer. De mourantes lueurs rougissaient encore
les flots et éclairaient les grèves. Tous les regards
parcoururent rapidement les sinuosités du rivage, puis
s'arrêtèrent sur un objet de forme singulière qui flottait
contre les récifs les plus rapprochés. Galoudek reconnut au premier aspect le prétendu monstre décrit par
Aourken. C'était un navire qui venait d'amener sa
grande voile et dont on voyait alors clairement tous les
détails. Andgrim les fit remarquer à l'orpheline qui s'é-
tait arrrêtée saisie, non de ce qu'elle apercevait, mais
du souvenir de ce qu'elle avait cru apercevoir.

— Aourken voit maintenant que son dragon est conduit par des matelots, dit-il à demi-voix. Ce qu'elle a pris pour la tête du monstre n'est qu'une proue sculptée ; les douze nageoires étaient douze rames vertes, et ces grondements qui l'ont effrayée venaient du toit de cuir qui se dresse près du mât ; qu'elle prête l'oreille, elle entendra encore la voix de *la Camérette*.

Un sourd murmure, mêlé à des sifflements entrecoupés, s'élevait en effet, par raffales, de l'étrange navire. *La Camérette*, ainsi qu'Andgrim l'avait appelée, était, dans la marine du Nord elle-même, une exception bizarre empruntée, si l'on en croyait son nom, aux mers africaines. Sur le toit de cuir arrondi, qui lui donnait l'aspect d'un court serpent marin, s'élevait une double éminence percée d'ouvertures obliques par lesquelles la brise pénétrait dans un dédale de replis d'où elle ressortait avec mille retentissements. Singulier appareil qui remplaçait sur les flots le bruit des cymbales ou des clairons, et qui préparait la victoire, en jetant d'avance l'effroi au cœur des ennemis !

Ainsi que nous l'avons dit, le navire se trouvait à l'ancre près des rochers. Les rames avaient été ren-

trées, et l'on apercevait à peine quelques *rothras* (1)
couchés sur leurs bancs.

Le maotiern ne savait que penser de cet abandon,
lorsqu'il lui fut expliqué par l'apparition d'une troupe de
Normands qui gravissaient le coteau. A leur vue, ses
compagnons tendirent leurs arcs; mais Galoudek leva
vivement la main et murmura :

—Un enfant!

Tel est le respect des bretons pour l'être faible qui
naît à la vie, que la haine nationale elle-même demeura un instant suspendue. Tous venaient, en effet,
d'apercevoir, à la tête de la troupe, une femme richement vêtue, qui tenait dans ses bars un nourrisson dont
les cris plaintifs trahissaient les souffrances. Près
d'elle marchait un homme de haute taille, armé d'une
de ces massues à pointes d'acier, connues sous le nom
d'*étoiles du matin*, mais dont l'attitude et les regards
n'avaient rien d'hostile. Il se tournait fréquemment
vers la mère éplorée, qu'il s'efforçait de calmer par
de douces paroles, puis regardait autour de lui avec
une impatience inquiète.

(1) Rameurs.

Comme il allait atteindre le sommet du coteau, le fourré de genêt qu'il avait jusqu'alors côtoyé cessa tout à coup, et il se trouva en face du mactiern et de ses gens.

Il y eut des deux côtés un premier cri, suivi d'un brusque mouvement : les deux troupes avaient reculé en préparant leurs armes; mais le chef normand arrêta les siens du geste, fit un pas vers les Bretons en baissant sa massue, et leur adressa vivement la parole.

Andgrim, qui s'était approché, poussa une exclamation de joie à ces sons chers et connus !

— Tu le comprends? demanda le mactiern.

— C'est la langue du Westfold, répéta le jeune homme avec ravissement.

— Et que dit-il? reprit Galoudek.

— Il avertit le mactiern, répliqua le jeune homme, que lui et les siens ont abordé ici comme des hôtes, et non comme des ennemis.

— Dis lui que nous n'avons pas de place à nos foyers pour les visiteurs qui lui ressemblent, répliqua vivement Galoudek, et que s'il avance plus loin, nous le recevrons comme les taureaux reçoivent les loups.

Andgrim n'eut point le temps de traduire cette der-

nière réponse de Galoudek. La jeune mère avait suivi
leur rapide dialogue avec une anxiété haletante; bien
qu'elle ne comprit point les deux interlocuteurs, l'accent du chef breton lui fit deviner un refus. Elle chan-
gea d'abord de visage; puis, par un de ces élans
inattendus dont les femmes seules ont l'audace, elle
souleva son fils avec un cri éploré, courut à Galoudek
et le posa à ses pieds.

Il y eut parmi les Bretons un mouvement général de
surprise; le mactiern lui-même semblait hésiter sur
ce qu'il devait faire; mais la jeune *pasfour*, qui avait
tout vu des derniers rangs où on l'avait repoussée à
l'approche des ennemis, écarta brusquement ceux qui
l'entouraient, courut à l'enfant et le prit dans ses bras.

Galoudek, dont la défiance combattait l'émotion, la
rappela vivement.

— Laissez cet enfant, Aourken, s'écria-t-il; laissez-
le, sur votre tête! C'est encore une ruse des Wikings.
Gardez votre pitié aux fils de l'Armor, et ne la dépen-
sez pas pour l'enfant d'une païenne.

— Sur mon salut! celle-ci ne mérite pas un tel nom,
interrompit l'orpheline en montrant la jeune mère

penchée vers son fils, car elle porte au cou la croix du Christ.

Le mactiern regarda l'étrangère, et fit un geste de surprise.

— C'est la vérité, dit-il, et son costume même n'est point celui des femmes du Nord.

— Aussi n'y est-elle point née, fit observer Andgrim, qui avait continué à entretenir le chef normand, Popa est fille du seigneur de Bayeux.

— Le comte Bérenger ! s'écria Galoudek, ce n'est pas un inconnu pour moi ! Nous nous sommes autrefois rencontrés chez le comte de Poher où nous avons chassé avec les mêmes chiens, dormi sous la même couverture et communié de la même hostie ! Mais je veux m'assurer si le Wiking a dit vrai.

Il baissa son épée, fit un pas vers l'etrangère et lui adressa la parole dans la langue du Besin.

La jeune femme qui, au premier mot, avait tressailli, joignit les mains.

— Ah ! vous pouvez m'entendre ! s'écria-t-elle ; que la mère de Dieu soit bénie ! Vous ne repousserez pas mes prières.

— Est-ce bien la fille du seigneur de Bayeux que

je retrouve dans les rangs des païens? reprit le mactiern.

Les yeux de l'étrangère se remplirent de larmes.

—Hélas! le faible ne choisit point sa place, dit-
elle tristement. Les hommes du nord sont arrivés avec
la marée sur nos grèves ; ils ont tué tous les guerriers
qu'ils ont rencontrés, puis se sont emparés des chevaux de labour pour en faire des coursiers de guerre.
Un matin que nous étions sans crainte, nous avons vu
paraître, tout à coup, à l'horizon, un nuage de flamme
et un nuage de poussière. Le nuage de flamme était
l'incendie, le nuage de poussière, les Normands !

—Et personne n'a songé à se défendre !

—Les plus braves serviteurs de mon père l'ont
essayé ; mais tous sont tombés l'un après l'autre, et
lui-même le dernier. J'allais périr également lorsque
Gaunga m'a sauvée.

—Pour vous faire son esclave ?

—Sa compagne, mactiern ; car il a toujours été
bon pour moi ; il m'aime, il est le père de cet enfant.

Et ainsi ramenée à l'objet de ses inquiétudes, elle
reprit le nourrisson des bras d'Aourken.

—Voyez, continua-t-elle, en mouillant de ses pleurs

les joues marbrées de son fils ; il souffre, il se meurt !
tous les charmes des scaldes ont échoué contre le mal
qui le tue ; mais un pêcheur de la baie pris ce matin
par *la Camarette* a parlé des miracles qui s'accomplis-
saient à l'abbaye du grand Val, et Gaunga a consenti
à essayer les prières des prêtres du Christ. Ce sont
elles que nous allons chercher, mactiern ? Si vous avez
jamais aimé quelqu'un, vous ne nous ôterez pas ce
dernier espoir, et vous laisserez la route libre.

— Je voudrais pouvoir accorder cette grâce à la
fille d'un seigneur chrétien et ami, répondit Galoudek,
mais le vaillant Even m'a confié cette terre à défendre ;
je dois être son bouclier ; et qui peut répondre de l'a-
venir quand l'épée de l'ennemi a passé entre le corps
et la cuirasse ?

— Vous craignez quelque piége ! s'écria Popa ;
faites suivre nos pas, prenez des otages, imposez vos
conditions ; mais faites vite, car l'enfant souffre, et
Gaunga s'irrite de l'attente ! Ne le forcez pas à faire
lui-même sa route avec la hache.

Le mactiern n'avait pas besoin de cet avertissement
pour comprendre les dangers d'une lutte contre des
hommes que l'habitude du succès rendait plus redou-

tables. L'expérience avait amorti chez lui la fougue
de la jeunesse en lui donnant le tranquille courage
qui ne craint ni ne cherche le combat. La visite du
roi *de mer* au grand Val était d'ailleurs sans péril,
car rien ne pouvait tenter l'avarice de l'*enfant des
Anses* chez ces humbles solitaires qui, selon les chro-
niqueurs du temps, « célébraient le saint office sur
des blocs de granit, et buvaient le sang du Christ dans
des calices de hêtre. » Voulant seulement prévenir
tout désordre et toute querelle, Galoudek exigea que
les *Kœmpes* retournassent à bord de *la Camérette*,
où ils resteraient surveillés par un poste breton. Ces
conditions furent exécutées sur-le-champ, et le chef
des Wikings prit la route de l'abbaye avec Popa et
quelques compagnons.

Lorsqu'ils y arrivèrent, la nuit était close, et l'humble monastère leur apparut à la clarté des étoiles. Ce
n'était point un seul édifice solidement bâti de pierres,
mais une réunion de logettes construites avec les
arbres de la forêt et les gazons de la vallée. Sur les
faites d'argile de leurs toits de chaume, se dressaient
des croix de bois auxquelles pendaient les couronnes
de fleurs de la dernière fête d'été. Vers le milieu, on

apercevait la chapelle aussi humble, mais plus vaste,
et qu'enveloppaient les lierres et les chèvrefeuilles;
enfin les champs cultivés par les religieux occupaient
le penchant du coteau, tandis que plus bas s'étendaient quelques prairies qu'encadraient des touffes
d'aunes ou de saules argentés.

La troupe conduite par le mactiern franchit l'enceinte de branches enlacées qui défendait les moines
contre les attaques de bêtes fauves, et se trouva enfin
à l'entrée de leur saint campement.

Bien que l'heure du repos fût venue pour les plus
diligents, toutes les logettes étaient éclairées et retentissaient du bruit du travail. On entendait le traquet
des moulins à bras qui broyaient le blé, les coups du
marteau qui forgeait le fer, les grincements de la scie
qui préparait le bois, le battement des métiers qui
façonnaient le lin mêlé à la toison des brebis. Mais au
milieu de tous ces bruits, les voix des moines s'élevaient dans une commune prière; ils répétaient un
chant grave et doux qui semblait l'expression harmonieuse de tous ces instincts de zèle et de sacrifice qui
se révélaient, par le travail, sous la grande inspiration
du Christ.

Les Bretons qui, en dépassant l'enceinte, avaient ralenti le pas, se découvrirent et se signèrent ; quant aux Normands, ils parurent moins touchés que surpris. Le *roi de mer* promena ses regards sur la clairière, au milieu de laquelle se groupaient les cabanes des moines, comme s'il eût cherché quelque signe visible de la puissance qu'il venait invoquer ; mais il n'aperçut que les cellules de gazon, des courtils sans arbres, parsemés de ruches alors abandonnées, et deux vaches brunes qui ruminaient paisiblement près d'un âne endormi.

— Est-ce bien ici, demanda-t-il, qu'habite le grand magicien du Christ qui rend la santé aux mourants ?

— C'est ici ! répondit le mactiern, à qui Andgrim avait traduit la question du Normand.

— Vit-il donc si pauvrement, reprit Gaunga, et que lui rapporte alors sa science ?

— La consolation de ceux qui souffrent.

Le Normand ne répondit pas ; il réfléchissait pour comprendre.

Galoudek passa sans s'arrêter devant les premières logettes, et parvint à une cabane plus ancienne que toutes les autres : c'était celle de Mark.

Arrivé seul, autrefois, dans cet endroit sauvage, il l'avait élevée sans secours et de ses propres mains. Plus tard, lorsque la réputation de sa sainteté attira près de lui de nombreux disciples qui construisirent d'autres logettes moins étroites, la sienne resta telle que l'inexpérience et l'isolement lui avaient permis de la construire. Mais si les murailles lézardées laissaient passer la pluie et le vent; si la claie de genêts, qui servait de porte, pendait à demi brisée ; si le toit commençait à fléchir, écrasé par les neiges de l'hiver, Dieu avait tout compensé en marquant la sainte ruine d'un signe d'élection ! Un violier toujours fleuri la couronnait de ses touffes dorées ! Les habitants du territoire de Ternok, ainsi que ceux des trèves voisines, racontaient que la Vierge Marie avait semé la plante bénie de sa propre main, et les solitaires eux-mêmes s'inclinaient devant la merveilleuse fleur.

Galoudck allait se diriger vers la porte de la cabane lorsqu'un grognement fauve le fit reculer : un loup couché en travers du seuil venait de redresser sa tête effilée, et, ses yeux rouges brillaient dans l'ombre. Gaunga souleva vivement sa massue armée de pointes; mais le mactiern lui fit signe de ne rien craindre.

— Vous voyez encore ici un des miracles de Mark, dit-il. Un chien le suivait dans ses courses et le gardait. Une nuit, le loup que vous voyez là vint l'attaquer avec tant de rage, que le saint abbé les trouva tous deux le lendemain, au seuil de la logette, couchés dans leur sang. Le chien était mort, et le loup près de mourir. Les moines voulaient l'achever ; Mark le leur défendit.

— Celui-ci a tué mon gardien, dit-il ; désormais il le remplacera.

Puis, portant lui-même le loup dans sa cellule, il guérit ses blessures et l'apprivoisa si bien que la bête fauve est devenue un serviteur fidèle.

Le loup s'était, en effet, reculé contre le mur, et défendait en grondant l'entrée de la cabane ; mais Mark, qui avait entendu les pas des visiteurs, parut tout à coup sur le seuil, et reconnut Galoudek.

— Paix, maître Guilhou (1) ! dit-il doucement, en faisant au loup un signe auquel il obéit sur-le-champ ; ne voyez-vous pas que ce sont des chrétiens et des voisins ?

(1) Nom donné, en Bretagne, au loup et au diable.

—Non pas tous, saint abbé, répondit le mactiern, car voici que la mer nous a amené un des démons du Nord avec sa suite; mais pour cette fois il vient en suppliant et non en ennemi.

Il fit alors approcher Popa avec son fils, et expliqua le motif de leur visite à Mark, qui écouta tout avec patience. Bien qu'il fût encore jeune, son visage avait la placidité imposante de la vieillesse; on y sentait l'habitude de cette autorité qui prend sa force au-dedans, et qui se fait accepter, non comme un joug, mais comme une protection. Vêtu de la robe brune des moines que serrait à sa taille une corde d'ortie, il avait le front découvert par une large tonsure, la barbe longue et les pieds chaussés de sandales de bois, retenues par des lanières de peau de loup. A sa ceinture pendait une tasse de hêtre et une clochette, seul bagage des solitaires dans leurs longues excursions à travers les bois écartés ou les landes sauvages. Sur sa poitrine flottait une petite croix de buis, symbole de sa dignité abbatiale.

Après avoir attentivement examiné l'enfant, il tourna vers la mère un regard triste et doux. La jeune femme qui attendait avec une anxiété éperdue tomba à genoux.

8

— Ah! sauvez-le, saint abbé! s'écria-t-elle, et
Gaunga donnera à l'abbaye du grand Val assez d'or
pour changer les mottes de gazon de ses cellules en
pierres taillées au ciseau.

Mark plia les épaules d'un air de tendre humilité.

— Dieu seul dispose de nos jours, dit-il; c'est à
lui qu'il faut demander et promettre.

— Eh bien, qu'exige-t-il? répondit Popa avec larmes; parlez en son nom, saint abbé; tout nous sera
facile.

— Que le crucifié guérisse Will, ajouta le Wiking,
et Will l'adorera.

— Ainsi tu le laisseras renoncer à tes dieux? demanda Mark.

— Si le tien est plus puissant, répliqua le Normand. Dans le Valhalla comme sur la terre, les faibles
doivent céder aux forts.

— Consens-tu à ce que ton fils soit baptisé sur-le-
champ?

— Pourquoi non? Beaucoup de mes *Kœmpes* ont
revêtu la robe blanche jusqu'à trois fois sans en avoir
souffert aucun dommage.

— Et qui choisis-tu pour ses répondants devant la Trinité ?

— Indique toi-même la femme la plus chaste, et l'homme le plus brave.

Le saint promena un regard autour de lui.

— Que Galoudek et Aourken acceptent donc la charge de l'innocent, dit-il, et qu'ils le conduisent à la fontaine de Marie.

A ces mots, il s'avança vers une cloche suspendue à l'arbre qui ombrageait la chapelle, et il l'agita d'abord trois fois en prononçant les noms des trois personnes de la Trinité; puis douze fois en l'honneur des douze apôtres, puis encore trois fois pour les trois vertus nécessaires au salut.

Dès le premier tintement tous les bruits de travail avaient cessé; les moines qui s'étaient montrés sur le seuil des logettes, passèrent, l'un après l'autre, devant l'abbé en s'inclinant, et allèrent s'agenouiller au haut de la chapelle, près de l'autel.

Ce dernier, formé de trois pierres dégrossies, rappelait, par son apparence fruste et par sa construction, les *Dolmens* gaulois qui couvrent encore les bruyères de la Domnonée. Ses seuls ornements étaient une

nappe de chanvre, un missel sur parchemin jaune
d'une écriture inégale, et deux burettes d'argile renfermant l'eau et le vin destinés à la consécration. Il
était appuyé au vieux chêne dont l'immense ombrage
enveloppait, au dehors, la chapelle tout entière, et dont
le tronc creusé servait, au dedans, de tabernacle pour
les vases sacrés, et de niche rustique pour la statue
de Marie. L'image sainte, à demi perdue dans le lierre,
et à peine éclairée par une lampe de suif, ne montrait
distinctement que son front de pierre couronné d'é-
toiles. A ses pieds étaient déposées les offrandes
variées qui témoignaient de la puissance de son in-
tercession et de la foi superstitieuse de ces chrétiens à
peine sortis de l'idolâtrie : — chevelures d'enfants sauvés de la mort ; branches de verveine cueillies aux
premiers jours de la lune ; bouquets d'épis verts
arrachés avant la moisson ; rayon de miel de la première ruche ! — On y voyait même quelques-uns de ces
œufs de serpents, talismans précieux, autrefois vendus
par les prêtres de Teutatès pour douze fois leur poids
d'or.

Sur l'autel se trouvait le berceau miraculeux qui
rendait aux enfants la force et la santé.

Gaunga était resté en dehors du seuil avec ses compagnons, tandis que Popa avait suivi le mactiern et la jeune *pastour* jusqu'à l'entrée du sanctuaire.

Ils s'arrêtèrent là devant une pierre brute sur laquelle étaient posés une coquille de sel, un vase contenant l'huile consacrée et une tasse de frêne destinée à puiser l'eau du baptême. Une source vive coulait aux pieds de ce baptistère sauvage. Après y avoir attendu quelque temps, ils virent enfin paraitre le saint abbé. Il était vêtu de l'aube de toile, de la chasuble de laine sans teinture, et tenait à la main une ampoule de verre qui renfermait un remède puissant extrait des plantes du vallon, et préparé sous une hostie consacrée. Il s'avançait éclairé par deux torches que portaient des novices, et commença à demi-voix la sainte cérémonie.

Les circonstances, l'heure et le lieu donnaient à cette scène une solennité lugubre dont les Normands eux-mêmes furent frappés. Au milieu de l'obscurité de la chapelle, le baptistère seul leur apparaissait éclairé et leur montrait le moine dont les gestes et les paroles semblaient conjurer quelques puissances invisibles. Après avoir rempli les rites de l'initiation

8.

chrétienne, il prit l'ampoule de verre, l'approcha des
lèvres de l'enfant et lui fit boire la liqueur qu'elle
renfermait. Tous les moines s'étaient prosternés contre
terre les deux mains jointes au-dessus du front. Mark fit
signe à Popa, et la conduisant lui-même devant l'autel,
il lui montra, aux pieds de la vierge, le berceau garni
de mousse, dans lequel il l'engagea à déposer l'enfant.
Au même instant, tous les moines se redressèrent et
firent entendre les stances d'une prose latine, composée
par l'abbé du grand Val : c'était le récit naïf des pro-
diges accomplis par la vierge du chêne !

Bien que la fille du comte de Bérenger fût chrétienne,
jamais rien de semblable n'avait frappé ses oreilles ni
ses yeux ! Accoutumée à l'orgueilleuse opulence des
prélats de la Neustrie, elle demeura saisie devant la
grandeur de cette foi , de cette indigence et de cette
humilité. En écoutant les voix profondes de ces solitaires et en regardant leurs pâles visages qu'exaltait
l'ivresse des divins espoirs, il y eut comme une communication de leurs âmes à la sienne ; l'ardente foi
qui les embrasait la gagna ; elle joignit les mains avec
une confiance sans limite, et, levant les yeux vers
Mark, elle attendit la guérison de son fils.

Le saint, qui était demeuré en prières au pied de l'autel, se leva enfin, et, sur un signe, tous les moines regagnèrent leurs cellules de feuillages. Lui-même, après une dernière bénédiction prononcée sur l'enfant, et quelques recommandations faites à Popa, rejoignit Galoudek avec lequel il s'avança vers la porte de la chapelle où se tenaient toujours les Normands.

— La mère et le fils restent là sous la garde de la Reine des affligés, dit-il à Gaunga ; tu peux suivre le mactiern à la *Ker*, et demain Aourken ira t'apprendre ce que Dieu aura voulu.

— Je l'attendrai ici, répondit le roi de mer ; la bête fauve elle-même reste près de ses petits quand la mort les menace.

Mark crut inutile de combattre la résolution du Normand, et Galoudek se contenta de laisser à l'entrée de la palissade quelques hommes chargés de le surveiller ainsi que ses compagnons.

Mais la précaution était inutile. Gaunga ne songeait qu'à l'enfant dont le sort allait se décider.

Longtemps, comme tous ses pareils, il avait vécu de sa force et de son audace sans rien chercher en dehors de lui; mais les années avaient insensiblement

appauvri cette vitalité intérieure ; il sentait enfin le besoin d'avoir quelqu'un qui lui renvoyât la chaleur dont
il commençait à manquer, un autre lui-même rajeuni
en qui il pût continuer l'action et reprendre la vie ! Sans
qu'il se rendît compte de ce besoin confus, mille pré-
occupations nouvelles le révélaient ; ses affections
avaient changé d'objet ; ses craintes n'étaient plus les
mêmes. Au lieu de se voir, en rêve, debout sur la poupe
d'un drakar à éperon d'airain garni d'un double rang
de boucliers, le farouche Wiking se voyait dans une
demeure de pierre, près d'un berceau garni de fourrures
et suspendu à des cordes d'or. Son oreille, endurcie
aux rugissements des flots, aux cris de guerre et au
bruissement des armes, était troublée par les plus faibles soupirs de Will ; il pliait sa force aux moindres
caprices de l'enfant, il aidait à ses jeux, il s'efforçait
de comprendre ses bégayements, il s'oubliait enfin des
heures entières devant cette frêle créature sur laquelle reposaient désormais tous ses projets d'avenir
et toutes ses ambitions.

Lorsque le mactiern fut parti, il fit un pas vers le
seuil de la chapelle et regarda vers le sanctuaire. Popa
et Aourken étaient toujours en prières près de la mi-

raculeuse couche de mousse ; mais les plaintes de
l'enfant avaient cessé ! Le roi de mer, un peu rassuré,
étendit devant le seuil la peau d'ours qui lui servait de
manteau, et s'y coucha, la tête appuyée sur son bouclier.

III.

Le lendemain, le soleil levant faisait étinceler la cime des coteaux placés entre Kermelen et la mer ; des nuages lumineux égayaient le ciel dont le vent commençait à balayer les brumes. La rosée, qui étincelait aux premiers feux du jour, semblait envelopper la bruyère d'un réseau de perles, et l'on entendait les roitelets chanter sur les touffes de genets toujours verts.

Cependant, au milieu de ces riantes images, il en était une qui effaçait toutes les autres, et qui empêchait, pour ainsi dire, d'y prendre garde : c'était Popa tenant dans ses bras son fils guéri et souriant ! Les prières de Mark avaient opéré un nouveau miracle, et, après une nuit de sommeil, l'enfant était sorti du merveilleux berceau comme un mort qui se relève de sa tombe !

Les Normands, conduits par le mactiern et par l'abbé du grand Val, regagnaient avec lui *la Camérelle*, lorsque la jeune mère fatiguée s'arrêta un instant sur la lande. Elle était assise à terre, contemplant l'enfant ressuscité avec cette plénitude de joie qui ôte la force de parler. Gaunga se tenait debout à quelques pas, les deux mains croisées sous son manteau. Les plis de son visage brûlé s'étaient épanouis, ses lèvres souriaient sous sa barbe grisonnante, et, le front penché vers la mère et l'enfant, il semblait oublier sur eux ses regards.

Cependant, après une contemplation de quelques minutes, il releva la tête en respirant à pleine poitrine et jeta autour de lui un coup d'œil bienveillant, comme s'il eût voulu associer à son bonheur tout ce qui l'environnait. L'heure où le travail des champs recommence était venue ; tout s'était insensiblement animé dans le vallon et sur les collines. On voyait passer les charrues attelées de bœufs, au timon desquelles se

dressaient la courte lance et le bouclier de bois de frène;
les bandes de cavales avec leurs poulains sous la
garde de jeunes garçons armés de l'arc ; les troupeaux
de porcs gagnant les bois de chênes conduits par des
enfants qui faisaient tourner leurs frondes ; enfin les
laboureurs portant sur l'épaule les instruments de cul-
ture, et, sur la hanche, le long couteau à tuer. Çà et là
des groupes de femmes allaient aux landes, la faucille
à la main, ou se dirigeaient en chantant vers les *doués*
de la vallée.

Le long des coteaux, autrefois compris dans les bois
de Ternok, s'étendaient les terres défrichées dont les
sillons récemment tracés renfermaient la nourriture de
la prochaine année, tandis que plus bas se montraient
des vergers de pommiers sauvages qui devaient fournir
la boisson. De loin en loin, au haut de quelques vieux
arbres conservés de la forêt primitive, apparaissaient
de petites plates-formes où montaient les guetteurs,
et au sommet de chaque colline se dressaient des mon-
ceaux d'ajoncs préparés pour les feux d'alarmes.

Le roi de mer saisit d'un coup d'œil cet ensemble
de travaux fructueux et de sages précautions. Il avait
devant lui le plus beau spectacle que pût offrir l'ac-,

9

tivité humaine, le travail égayé par les plaisirs du foyer et mis sous la sauvegarde du courage! Pour la première fois, il comprit les mâles jouissances d'une vie ancrée dans la famille et employée à créer pour tous l'abondance et le repos.

Attendri par la joie de se retrouver père, il sentait son âme s'ouvrir à des sensations et à des désirs inconnus. Les cris d'appel des travailleurs, les meuglements des troupeaux, les chants des femmes le long des sentiers, formaient une sorte d'harmonie forte et douce qui coulait de son oreille à son cœur : cet air de la paix et du travail lui semblait délicieux à respirer. Ses regards se reportaient avec enchantement, de la femme et de l'enfant qu'il avait à ses pieds, sur cette campagne richement cultivée, puis de la campagne sur la femme et l'enfant, et une association involontaire s'établissait pour lui entre ces deux images ; il arrivait à les compléter l'une par l'autre, à ne pouvoir plus les séparer : le nid lui faisait désirer l'arbre qui pouvait seul l'abriter ; l'arbre lui faisait penser au nid !

Sans deviner tout ce qui se passait dans l'esprit du Wiking, le mactiern s'aperçut de l'impression favora-

ble que produisait sur lui la vue de la *Ker* au moment
de son réveil.

— Le roi de mer voit que nous sommes également
préparés à profiter de la paix et à soutenir la guerre,
dit-il avec une certaine fierté ; ici chaque épi qui germe
a une flèche pour le défendre.

— Mais il faut que tu les sèmes, fit observer Gaunga,
qui répondait moins aux paroles du Breton qu'à une
objection de son propre esprit ; on doit préparer la
moisson et l'attendre, tandis que notre épée en trouve
une toujours mûre.

— Quel profit les Wikings en ont-ils tiré jusqu'ici,
demanda le moine ; êtes-vous plus heureux, plus tranquille ? Votre royauté ressemble à celle de l'oiseau
de proie qui n'est maître du ciel qu'à condition de ne
s'arrêter nulle part.

— Le domaine d'un Wiking est son vaisseau, répondit Gaunga.

— Mais ce domaine n'a-t-il pas pour premiers sei-
gneurs les vents et les flots ? reprit Mark : qui de vous
ou d'eux en dispose véritablement ? Le plus pauvre
de nos mercenaires a un toit de paille sous lequel il

dort : et toi, roi de mer, tu n'avais pas hier une place pour reposer la tête de cet enfant.

Le Normand ne répondit rien ; ses yeux se reportèrent sur Will qui jouait dans les bras de sa mère, puis sur la *Ker* dont les tuiles roses étincelaient au soleil.

— Oui, reprit-il après un instant de silence, comme s'il donnait une voix à sa pensée sans y prendre garde lui-même, c'est là ce que disait mon jeune frère Tirollan. Quand nous appelions à nous les plus vaillants Wikings, lui n'appelait que les plus robustes laboureurs, et maintenant, roi paisible de la tribu de Sida, il féconde sans doute la terre d'Islande, car le travail lui souriait comme à nous le danger.

— Le travail n'est dur que pour l'esclave, dit Galoudek ; l'oiseau se plaint-il de préparer la couche où il doit dormir avec ses petits ? Chaque sillon que j'ouvre dans cette terre est comme une source d'où l'abondance coule pour les miens ; c'est quelque chose d'ajouté à mon autorité, à ma joie. Ces champs que j'ai rendus fertiles sont désormais une part de moi-même ; ma race germera aussi longtemps sur cette terre que les chênes que j'ai semés. Le Wiking en peut-il dire autant? Où a-t-il attaché son nom? Que laissera-t-il à ses fils?

— Ce que l'aigle laisse à ses petits, répliqua Gaunga; des ailes pour aller chercher la proie, et des serres pour l'enlever.

— Que ne leur lègue-t-il plutôt une patrie? objecta Mark. Ne peuvent-ils devenir les frères de ceux qu'ils égorgent? Le roi des Franks a proposé la Neustrie à Roll le Marcheur; que ne l'accepte-t-il pour lui et pour vous? Toi-même, roi de mer, n'es-tu donc point fatigué de cette existence vagabonde? N'entends-tu aucune voix intérieure t'appeler à d'autres destinées?

— Je ne sais, dit Gaunga pensif; quand je dormais cette nuit devant la maison de ton dieu, j'ai fait un songe dont Snorro n'a pu m'expliquer le sens; mais si le crucifié est tout puissant, il ne doit y avoir rien de caché pour ses prêtres, et tu sauras ce que le songe veut dire.

— Parle!

— Après ton départ, je me suis étendu sur ce manteau, et tout mon être est d'abord resté enseveli dans le sommeil comme dans la mort; mais plus tard la lu-

mière s'est faite au milieu de ces ténèbres ; mon esprit
a ouvert les yeux, et j'ai eu une vision.

Il m'a semblé que je me trouvais sur une haute montagne éclairée par le soleil levant, et que mes membres
étaient couverts d'une lèpre hideuse ; mais devant moi
s'est bientôt présentée une fontaine dont l'eau tiède et
limpide a fait disparaitre de mon corps toutes ces im-
puretés ; si bien que je me suis senti subitement
fortifié et rajeuni. Alors j'ai regardé ce qui m'entourait,
et j'ai aperçu des milliers d'oiseaux qui se baignaient
comme moi dans les eaux purifiantes, et, reconnaissant qu'ils comprenaient mes paroles, je leur ai
ordonné de ne point quitter la montagne ; de sorte
qu'ils se sont mis à bâtir leurs nids au milieu des
buissons et entre les fentes des rochers. Presqu'au
même instant, je me suis réveillé (1).

— Et c'était Dieu lui-même qui avait parlé, s'écria
le moine. Comment le roi de mer n'a-t-il pas compris
la parabole qu'il lui présentait sous l'apparence d'un
songe? Cette montagne lumineuse était l'église qu'é-
claire le soleil de la vérité, la lèpre dont le Wiking

_____

(1) Ce songe est raconté par tous les historiens du temps.

s'est vu couvert, l'idolâtrie dont son âme est encore souillée, la fontaine purifiante, l'eau du baptême et les oiseaux bâtissant leurs nids, ses propres compagnons qui, après s'être régénérés comme lui, doivent établir leurs demeures au milieu de la chrétienté.

Cette explication était si spontanée, si claire et prononcée d'un accent si convaincu, que Gaunga ne put retenir un cri d'étonnement. Pour ces rudes vainqueurs que leur fortune rendait maîtres du présent, la science de l'avenir était nécessairement la science souveraine. On se trouvait d'ailleurs à une de ces époques de crépuscule où le monde des faits confusément entrevu permet tous les enthousiasmes et toutes les crédulités. Alors l'ombre de tous les corps était un fantôme, l'ombre de toutes les idées une vision ! On pouvait être, avec la même sincérité, croyant et prophète. La guérison inespérée de l'enfant avait déjà ébranlé l'imagination du Normand ; le spectacle dont ses yeux étaient frappés depuis quelques heures venait d'ouvrir à son esprit mille perspectives nouvelles ; la prophétie du moine lui révélait, pour ainsi dire, ses propres inspirations en y joignant l'autorité d'un avertissement divin ! Aussi demeura-t-il

frappé d'une sorte de saisissement émerveillé dont il
n'était point encore sorti lorsqu'une rumeur s'éleva au
penchant du coteau. Elle s'approcha rapidement,
grossit à mesure et finit par. éclater en cris tumultueux.

Le mactiern accourut pour en connaître la cause,
mais il n'eut pas besoin de la demander. Au moment
où il atteignait le sommet de la colline ses regards se
portèrent vers la mer, et lui même s'arrêta épouvanté.

IV

Le brouillard qui avait jusqu'alors voilé les flots venait de se déchirer, et, aussi loin que le regard pouvait s'étendre, on n'apercevait que des vaisseaux normands dont les proues laitonnées brillaient au soleil, et sur les mâts desquels se montrait le corbeau noir aux ailes déployées !

Le peu de largeur de la baie les avait obligés à rompre leur ordre habituel, et, au lieu de s'avancer de front, ils formaient trois flottes distinctes qui se suivaient à de courts intervalles.

Celle qui marchait la première, pour sonder les .-

passes, n'était composée que de *hulks* pontés aux deux
extrémités, et dont le milieu, recouvert d'une simple
voile de cuir, était destiné au butin et aux esclaves.

Au second rang venaient les *Clas* groupés trois à
trois, afin d'offrir plus de résistance dans le combat, et
au mât desquels se balançaient les staf-nliars, espèce
de béliers dont ils frappaient les vaisseaux ennemis.
Ils étaient conduits par la *trane* du roi de mer Torféas.

Enfin, la troisième flotte comprenait les *Snekars*, de
quarante rames, à la tête desquels se distinguait le
Drakar amiral, dont les flancs garnis d'airain étaient
surmontés d'une double rangée de boucliers dorés,
destinés à garantir les *rothras*. A la poupe et à la proue
armées d'un double éperon, se dressaient des *kastals*
crénelés que remplissaient des soldats habiles à lancer
des flèches et des vases de cendre ou de chaux pilée.
Sur la voile de cuir avaient été dessinées, en or et azur,
les principales expéditions du fils d'Holdis.

Galoudek reconnut cette voile célèbre par tant de
ruines.

— Dieu nous sauve! c'est Roll le Marcheur qui
arrive, s'écria-t-il.

— Non, dit Popa, car il est arrivé depuis hier,
maeltiern ; il est près de vous.

— Quoi ! le roi de mer que j'ai reçu ?...

—Est le fils d'Holdis lui-même ; mais les Bretons
de la Domnonée n'ont désormais rien à craindre de
lui ; ils peuvent attendre avec confiance.

Cependant Gaunga ou Gand-Roll, avait donné des
ordres à deux de ses compagnons qui étaient descendus
vers la baie. Les navires venaient d'aborder. On vit
les Wikings s'élancer sur le rivage avec un tumulte
qui n'avait rien de menaçant, et bientôt la hauteur fut
couverte de Normands dont les armes brillaient au
soleil, et parmi lesquels se faisaient entendre les harpes
des Scaldes. Quand tous furent réunis sur le penchant
de la colline, Gaunga, qui s'était tenu jusqu'alors immobile et dans l'attitude de la méditation, releva la
tête. Il promena les yeux sur la foule qui l'entourait,
leva la main, et tous firent silence.

— Que mes Kœmpes ouvrent l'oreille, dit-il d'une
voix forte, car je tiens aujourd'hui dans mes mains,
pour chacun d'eux, une double destinée, et je viens
leur demander de choisir.

Le fils d'Holdis, ils le savent, n'est point un homme

sans expérience. Depuis que son souffle a pu faire retentir une corne marine, il a eu pour patrie un bois
flottant; il a vidé la coupe sur toutes les mers; mais
celui qui est sage ne recommence point la route toujours parcourue. Quand le bœuf est abattu et dépecé,
l'homme du Westford s'asseoit près du foyer en buvant l'hydromel. Qui nous empêche de suivre son
exemple? La mousse marine a alourdi les flancs de
nos *Drakars;* comme nous, ils demandent à reposer
sur le rivage; Roll a cherché assez longtemps l'endroit
où il abriterait sa vieillesse; le *Marcheur* veut enfin
s'arrêter, et il a choisi une patrie.

Ici il fut interrompu par une rumeur de surprise;
les casques des Wikings s'agitaient, comme les cimes
des arbres au premier souffle de la tempête; mille
clameurs et mille questions se croisaient à la fois,
mais toutes avaient le même but et demandaient le
nom de cette patrie.

— Vous la connaissez, reprit Roll; c'est une noble
terre arrosée de plus de ruisseaux que votre corps n'a
de veines pour lui donner la vie. Là, comme en Islande, le beurre et le lait découlent de chaque brin
d'herbe; le blé blanc y penche sa tête couverte d'épis

comme un homme trop chargé, et la mer, notre aïeule, chante aux pieds des falaises. Tel est le royaume que le prince des Francks nous abandonne, et où chaque Wiking aura désormais un domaine immuable.

Les voix des Normands l'arrêtèrent de nouveau ; mais cette fois, plus tumultueuses; toutes éclataient en bruyantes exclamations de remerciements ou de blâme, de dépit ou de joie. Les uns appelaient Gaunga-Roll leur roi et leur père, d'autres s'écriaient qu'après avoir commencé mieux qu'Harold, il finissait plus mal que lui.

Le *Marcheur* reprit, en dominant le bruit de sa voix formidable :

— Que les Wikings ne crient pas tous à la fois comme des oiseaux de mer après la tempête ; Gaunga-Roll n'impose à personne sa volonté ; mais s'il en est parmi vous qui se rappellent le toit sous lequel ils sont nés, les champs où ils ont gardé les troupeaux, les foyers où les jeunes filles leur apprenaient les chants des ancêtres, à ceux-là, j'offre des maisons de pierres, des prairies, des troupeaux, et des femmes qui seront les mères de leurs fils ! Quant aux Wikings que le

génie de Griffon (1) appelle sur les eaux vertes, ils
ont les routes libres devant eux ; Torféas les attend
au rivage ; il a relevé les ancres de sa *frane* et tourné
sa proue vers l'Océan ; qu'ils partent à sa suite, tandis
que ceux qui n'ont plus rien à chercher sur la route
des Cygnes enterreront leurs armes comme moi.

Gaunga avait, en effet, tiré son épée dont il enfonça
la pointe dans la lande. Il y eut d'abord parmi les Wikings une sorte d'hésitation ; les regards se portaient
alternativement vers les vaisseaux de Torféas, qui faisaient leurs préparatifs de départ et vers la *Ker* armoricaine ; mais les images d'ordre, de joie et d'abondance
qu'offrait cette dernière l'emportaient aux yeux du plus
grand nombre. Gaunga allait d'ailleurs de l'un à l'autre
encourageant, promettant, ordonnant selon le caractère
ou l'importance de l'interlocuteur. Pour lui commençait déjà le rôle de seigneur suzerain. Mais ses paroles
etaient facilement écoutées. La plupart de ses Kœmpes
venaient planter leurs épées près de la sienne, et, au
bout d'une heure, le sommet de la colline étincelait
tout entier sous cette moisson d'acier.

(1) Célèbre constructeur de navires dont l'esprit présidait aux
courses aventureuses des Normands.

Mark, ravi d'une pieuse joie, s'était mis à genoux, et remerciait Dieu avec ferveur de ce changement.

— Découvre ton front, mon fils, dit-il au mactiern ; la Trinité a eu pitié des hommes ; les douleurs du père ont amolli ce cœur de payen ; maintenant il croit, il aime, il espère ; l'esprit de Dieu est en lui ! Près de chacune de ces épées enfoncées dans la bruyère, je crois voir une mère qui a retrouvé son fils, un fils qui n'aura pas à pleurer son père, une veuve qui gardera son mari. En enterrant la guerre, le *Marcheur* vient d'enterrer les sept péchés capitaux.

Cependant ceux des Wikings qui s'étaient séparés de Gang-Roll pour continuer à écumer les mers, venaient de quitter leur mouillage. En tète de la petite escadre, composée seulement d'une trentaine de navires, s'avançait la *trane* de Torféas, servie par quarante rameurs qui frappaient les flots en cadence. Le roi de mer courait sur les rames en mouvement, et lançait, jusqu'au haut du mât, des javelots qu'il ressaisissait dans leur chute. Un jeune garçon, debout à la proue, le suivait des yeux avec admiration.

— Sur mon âme ! je ne me trompe pas ! s'écria Galoudek ; c'est Andgrim qui s'enfuit avec le démon du Nord.

— Il n'aura pu résister aux appels de la liberté, fit observer Mark.

— Aussi ne suis-je point surpris qu'il ait voulu nous fuir, répliqua le mactiern ; mais comment a-t-il pu abandonner la petite *pastour?*

L'étonnement du chef breton n'était point sans cause : partagé entre l'entrainement de la race, la puissance du passé, l'espoir de l'indépendance et la seule image d'Aourken, le jeune captif avait longtemps hésité ; mais Aourken était absente et les autres attirements se trouvaient là pressants, irrésistibles. Il s'approcha du navire sans savoir encore ce qu'il devait faire ; l'ordre de pousser au large fut donné, et il s'élança instinctivement sur la *trane* qui mettait à la voile.

Mais Aourken l'aperçut tout à coup, jeta un cri et courut vers le bord du promontoire. L'idée d'une séparation volontaire ne pouvait lui venir ; elle crut que les Wikings emmenaient Andgrim de force, et se mit à les supplier dans la langue norse que ce dernier lui avait apprise.

Le navire, qui n'avait point encore pris la brise, filait doucement le long des rescifs, et elle le suivait en courant sur la dune, séparée seulement de lui par un étroit espace. Sa voix, entrecoupée par la course, retentissait parmi le grondement des flots suppliante et éplorée ; elle en appelait tour à tour aux dieux du Nord qu'Andgrim lui avait fait connaître, et à tous les saints du paradis chrétien. Elle se tordait les mains, elle faisait succéder les reproches aux prières et les menaces aux reproches.

Le jeune Normand ne pouvait entendre, mais il lui suffisait de voir pour comprendre l'erreur d'Aourken et son désespoir. Il devint pâle, sembla hésiter et se pencha involontairement sur les bords de la *trane*. Celle-ci venait d'atteindre la pointe de la falaise ; la haute voile qui reçut plus librement la rafale s'arrondit, et l'éperon commença à sillonner les flots en s'éloignant du rivage.

Aourken, qui était arrivée à l'extrémité de la dune, tomba à genoux et étendit ses mains jointes vers la mer ! Andgrim vit le geste ; son âme en reçut une secousse suprême. Sautant sur la tête de bronze du dragon qui ornait la *trane*, il regarda vers le rivage et

crut y voir, à côté d'Aourken, tous les souvenirs de
ces trois dernières années qui lui tendaient les bras en
gémissant. L'orgueil sauvage qui gonflait son cœur
tomba subitement, ses yeux se remplirent de larmes ;
il répondit par un cri au cri de la jeune fille, et, s'élançant d'un bond au milieu des vagues, il nagea vers le
pied du promontoire, où Aourken le reçut dans ses
bras.

L'abbé du grand Val, qui avait suivi tous les mouvements de cette scène avec un intérêt visible, se
tourna alors vers Galoudek.

— Voici le symbole de l'avenir, dit-il, en montrant
Aourken et Andgrim qui s'avançaient en se tenant par
la main ; les païens seront retenus et adoucis par
l'amour des chrétiennes, et de deux races ennemies
Dieu fera une seule race. Laissez la mer remporter
avec son écume les vicieux, les méchants et les insensés ; dans la moisson la plus belle le vent ne doit-il
pas enlever quelques tourbillons de poussière et
d'ivraie ? Mais le bon grain reste, et c'est lui qui germera pour l'avenir..

Puis allant à Gang-Roll qu'entouraient les chefs
normands, le moine lui parla une dernière fois de ce

que le Dieu des chrétiens avait déjà fait pour lui, de ce qu'il ferait encore. Aidé par Popa qui lui servait d'interprète, il développa rapidement les principes de la religion du Golgotha. Sa voix était douce quoique élevée, son front couronné d'une sérénité suprême semblait rayonner. Les Wikings écoutaient la tête baissée. Sa parole ressemblait à l'air attiédi du printemps que l'on ne sent point pendant qu'on le respire, mais qui éveille au fond de notre poitrine je ne sais quelle joie confuse. Quand il s'arrêta, il y eut un long silence dans cette foule; les cœurs étaient ouverts, et les esprits s'efforçaient de comprendre. Enfin Gang-Roll regarda le saint avec une expression de respect qu'aucun de ses Kœmpes n'avait encore vue sur son visage, et, étendant la main comme pour un serment :

— Nos oreilles ont entendu, homme de Dieu, dit-il, et nos âmes ont compris. D'ici à un an, je promets de revêtir la robe blanche du baptême, et voici ce que je donne à ton abbaye pour gage de mon serment.

Il retira le cercle d'or qu'il portait au bras gauche, et le jeta aux pieds de Mark. Les principaux Wikings, entraînés par son exemple, répétèrent la même promesse en donnant le même gage, et quand ils eurent

achevé, les bracelets formaient un monceau qui dépassait le front du moine de la hauteur d'une épée
franque.

Quelques heures après, les navires mirent à la voile.
Ils s'ébranlèrent d'abord lentement et avec une certaine confusion. Les *rothras* poussaient des cris joyeux,
les ponts étaient couverts de kœmpes qui vidaient
leurs cornes d'hydromel, et les ordres des pilotes se
croisaient dans l'air.

Mais tout à coup le *Drakar* royal glissa comme un
immense serpent marin entre la triple ligne de vaisseaux, et vint, en tête, prendre son rang. L'étendard
de l'agneau flottait à gauche, au lieu de celui du *dragon*
et, au haut du mât, à la place du corbeau symbolique
qui, les ailes étendues et le bec entr'ouvert, semblait
autrefois s'élancer sur sa proie, s'élevait maintenant
le soc poudreux d'une charrue!

Au moment où le *Drakar* rasa le cap sur lequel les
Bretons se trouvaient réunis, un rayon du soleil couchant l'éclaira tout entier. Près de la poupe, un homme
se tenait debout et sans armes, la main droite appuyée
sur l'épaule d'une femme qui berçait dans ses bras un

enfant? C'était Gang-Roll, le démon du Westford, qui cinglait vers la Neustrie avec Will et Popa pour jeter, sous le nom de Rollon, les fondements du duché de Normandie !

VILHEM BARENTZ.

— 1596 —

La constitution politique a la même influence sur
l'être collectif que le tempérament sur l'individu. Si
son mouvement est actif, toutes les facultés redoublent
d'intensité, toutes les énergies viriles se développent,
toutes les ardeurs tendent à se surpasser : qu'il s'arrête
ou se corrompe, au contraire, et la vie générale lan-
guit, le sang du peuple, appauvri par le manque d'air
et d'exercice, n'est plus qu'une lymphe impuissante à
produire les grands élans ; la nation affaissée semble
s'accoutumer à sa torpeur, et, se croyant arrivée parce

qu'elle s'est assise, elle laisse venir lentement la mort qu'elle prend pour le repos.

Aussi les grandes époques des États sont-elles toujours celles du mouvement et des plus rudes épreuves. Une fois entraîné dans l'action, on ne compte plus avec les difficultés ; on emploie à les vaincre le temps et l'intelligence qu'on employait à les mesurer ; on s'étonne des ressources ignorées qui naissent au contact de la volonté ; l'exercice de la force amène la confiance en soi-même, et l'on semble multiplier ses facultés en multipliant ses efforts.

Telle fut la grande ère de l'expulsion des Maures, où l'Espagne, à peine sortie d'une lutte héroïque, ajoutait à ses possessions tout un monde, et s'accordait à elle-même la souveraineté de l'océan ; telle fut surtout l'époque de l'émancipation des Provinces-Unies, alors que Guillaume d'Orange, devenu rebelle malgré lui, conquérait la liberté de la Hollande pour échapper aux bourreaux de Philippe II.

Jamais peut-être aucune nation ne fit preuve de plus d'audace, de fermeté et de prudence. Au moment même où les États assemblés à la Haye déclaraient le roi d'Espagne déchu de toute souveraineté sur les

Pays-Bas (1581), les marchands d'Amsterdam, de Rotterdam et de la Zélande s'occupaient de lui enlever le monopole du commerce transatlantique, comme ils lui avaient déjà enlevé celui du commerce européen. Trois auxiliaires puissants les encourageaient surtout à une pareille entreprise : l'expérience de leurs pilotes, l'activité de leurs commis, et le dévoûment de leurs équipages.

La navigation interlope à laquelle ils s'étaient jusqu'alors livrés presque exclusivement leur avait créé une marine à part dont rien ne peut aujourd'hui donner idée.

Embarqués de père en fils sur les navires des mêmes marchands, les matelots hollandais se transmettaient ces habitudes de zèle si fréquentes chez les serviteurs des vieilles familles. Participant à la prospérité ou à la ruine du maître, ils en faisaient leur premier intérêt, leur orgueil. C'étaient moins des gens à gages que d'humbles associés, jaloux par-dessus toute chose de l'honneur de la maison.

Si quelques imaginations plus hardies échappaient à cette organisation patriarcale pour grossir les bandes aventureuses connues sous le nom de *gueux de mer*,

ce n'étaient là que des exceptions. Le caractère général
de la marine hollandaise, à cette époque, était une
soumission tempérée par l'égalité qui provenait moins
de la discipline que du bon sens. On ne connaissait
point encore la puissance absolue que les chefs durent s'arroger plus tard : un acte d'engagement réglait
les devoirs de tous ; hors des termes du contrat chacun
reprenait son libre arbitre. Il en résultait un contrôle
continuel et inévitable qui ne permettait guère l'autorité qu'au plus digne. Ce fut à cette difficile école
que se formèrent les Heemskerk, les Houtman, les
Matelief, les Van der Hagen et les Barentz.

Ce dernier surtout semble avoir été la plus haute
expression du marin hollandais au seizième siècle. Né
à Schelling, il s'était embarqué fort jeune sur les
navires de Balthasar Moucheron, un de ces merveilleux
commerçants dont le génie devait changer le vieil
équilibre de l'Europe. Ses premières navigations furent
malheureuses. Échappé à deux naufrages successifs,
il monta un troisième vaisseau qui prit feu et dont il
se sauva presque seul. « La mer ne voulait point de
moi, dit-il plus tard ; mais j'étais bien décidé à me
faire accepter, » Sa persévérance finit, en effet, par le

placer au premier rang des pilotes de son temps.

Il parcourut pendant trente années les mers alors fréquentées par la marine hollandaise, et y recueillit un grand nombre d'observations qui furent utilisées par le cosmographe Plancius. Deux voyages tentés en 1594 en 1595 pour doubler la pointe septentrionale de l'Europe le conduisirent jusqu'au 77e degré, où il trouva la mer fermée par les glaces. Enfin, revenu de ces laborieuses expéditions, il se décida à un repos dont il commençait à sentir le besoin.

De nouveaux intérêts et de nouvelles espérances préoccupaient d'ailleurs le vieux pilote. Jeanne, sa fille unique, fiancée à Gérard de Veer avant le second voyage au pôle Nord, allait devenir la femme du jeune marin. Barentz avait d'avance associé leurs fortunes, en confiant ses épargnes et celles de Gérard au commis Coën dont un yacht d'Enkhuisen venait de lui apprendre le prochain retour. Tout l'engageait donc à la retraite. Arrivé à cette heure de déclin où les ardeurs de la virilité sont assez amorties pour que l'on puisse sortir sans regret de la mêlée, et les torpeurs de la vieillesse assez loin pour que l'on sache jouir du repos, il n'aspirait plus qu'à profiter de ces derniers soleils qui

égayent si doucement notre automne. Tout entier à
l'espoir d'un mariage que rien ne pouvait plus retarder, il s'occupait de tout préparer pour le jour attendu.

Au moment même où commence notre récit, il exa-
minait, du dehors, quelques travaux achevés la veille
à la maison qu'il habitait sur la rive orientale de
l'Amstel.

Cette maison, à un seul étage, était bâtie en briques
rouges encadrées de blanc, et présentait à la rue un
pignon sans fenêtres, tandis que sa façade regardait
un des mille canaux bordés de tilleuls qui entrecou-
pent la cité hollandaise. Les murs qui venaient d'être
repeints, resplendissaient au soleil de mai ; des caisses
garnies de cresson du Pérou, de pois de senteur et de
fèves d'Espagne à fleurs écarlates, ornaient les croisées
du rez-de-chaussée, tandis que des stores d'herbe ma-
décase achetés aux marchands de Lisbonne garantis-
saient celles de l'étage supérieur.

L'un d'eux, à demi relevé, laissait apercevoir une
petite cage de filigrane argenté et décoré de *rasades,*
dans laquelle voltigeaient trois de ces oiseaux couleur
de safran importés depuis peu des Canaries par les
navigateurs portugais. La voix fraîche d'une jeune

fille se mêlait à leurs gazouillements, et répétait un des psaumes hébreux récemment traduits et rendus populaires par les docteurs de la réforme. Il y avait un tel contraste entre les paroles de cette hymne sombre et l'accent serein de la chanteuse, que Barentz, qui venait de donner les derniers ordres aux ouvriers, releva la tête et resta un instant les regards fixés sur la croisée entr'ouverte.

L'extérieur du maître pilote annonçait environ cinquante ans; mais les fatigues de la navigation avaient visiblement éprouvé cette constitution plus nerveuse que robuste. Le corps était maigre et voûté, les membres osseux, la chevelure grisonnante; les traits seuls conservaient une expression d'énergie tempérée par je ne sais quoi de lent et de rêveur habituel au marin. Il semble, en effet, que celui-ci puise dans sa lutte contre l'infini une sorte de résignation nonchalante. L'irrésistible puissance de l'obstacle à vaincre l'accoutume forcément à la patience. Longtemps captif de la mer dans son cachot flottant, il apprend, comme tous les prisonniers, à supporter les souffrances sans se plaindre et à attendre l'occasion sans la brusquer.

Ces qualités stoïques prédominaient chez Barentz

plus que chez un autre : il ne les devait pas moins
à l'exercice qu'à la nature, qui lui avait inspiré une
horreur instinctive pour tout mouvement et pour toute
plainte inutiles. *Sa part d'imagination*, comme dit le
proverbe hollandais, *lui avait été donnée en bon sens ;*
mais ce bon sens n'avait rien d'étroit : loin d'être une
citadelle destinée à l'enfermer, il en avait fait une hauteur d'où il pouvait voir plus clairement et plus loin.

Puis, son amour pour Jeanne eût suffi pour tenir son
cœur chaud et ouvert ; car il l'aimait avec la tendresse
passionnée que l'on éprouve pour l'enfant unique laissé
par une union trop vite interrompue. Les veuvages
précoces communiquent généralement à l'affection des
pères je ne sais quoi de plus caressant et de plus épa-
noui : il semble que la fille hérite d'une part de l'a-
mour voué à la morte, et que les dernières ardeurs de
l'époux se mêlent aux premières émotions de la pater-
nité. Quelle que soit l'austérité du caractère et des
devoirs, la fille est encore pour nous une femme.

Barentz l'éprouvait d'autant mieux que les joies de
la tendresse domestique lui étaient toutes nouvelles.
Quelques mois d'un mariage brusquement rompu par
la mort l'y avaient à peine initié. Sous l'influence de

Jeanne, il reprenait ces sensations plutôt devinées que connues ; il se remettait à épeler, avec des cheveux gris, ce poème de jeunesse qu'il avait seulement entrevu.

Tout cela se faisait presque à son insu ; car le vieux marin n'avait point l'habitude de surveiller son âme comme ces mers ignorées où l'on n'avance que la sonde à la main. Sûr d'elle, il se laissait aller à son courant. L'étude inquiète de nous même n'est que l'instinct de notre corruption ; les cœurs simples ne s'interrogent point, parce qu'ils n'ont jamais eu lieu de se soupçonner.

Attiré, pour ainsi dire, par la voix de la jeune fille, Barentz allait franchir le seuil pour la rejoindre, lorsqu'un jeune marin qui venait de paraître au détour du canal l'arrêta d'un geste amical et joyeux. Le pilote reconnut Gérard de Veer.

—Arriveriez-vous déjà pour dîner, maître commis ? demanda-t-il en souriant ; c'est à peine si Jeanne est revenue du prêche, et le hoche-pot ne doit pas avoir encore jeté son troisième bouillon.

—Aussi n'est-ce point là ce qui m'amène, répondit

de Veer : j'accourais pour vous annoncer que Cornélitz avait accepté vos conditions.

— Il me vend son jardin du Pampus? s'écria le
pilote.

— Moyennant trois cent quarante ducats que vous
lui payerez à l'arrivée de Laurent Coën.

— Et il a signé?

— L'acte est déposé chez Isaac.

Barentz lâcha la poignée de la porte qu'il allait
ouvrir.

— Par le ciel! je veux l'aller prendre sur-le-champ,
dit-il.—Venez, Gérard ; nous le présenterons à Jeanne
après le dîner, en guise de miel d'Asie (1).

—Isaac célèbre aujourd'hui la pâque avec ses frères,
fit observer le commis, et nous tenterions en vain de
lui parler.

Le pilote reconnut qu'il fallait remettre la conclusion
de l'affaire à un autre jour, et, tirant la petite chaîne
de fer qui permettait d'ouvrir la porte du dehors, il
monta l'escalier, suivi de Gérard.

L'aspect de la pièce dans laquelle ils entrèrent pou-

_____

(1) Nom donné au sucre.

vait faire douter au premier coup d'œil, de sa véritable destination. Sur un poêle de terre placé au fond était posé un de ces vases popularisés plus tard, en France, sous le nom de *huguenottes*, et dont s'exhalaient les succulentes effluves du gérofle. Une table de peuplier, blanchie à la pierre ponce et garnie de trois couverts, se dressait vers le milieu de la pièce qui cumulait ainsi les apparences de la cuisine et de la salle à manger. Le reste de l'ameublement prouvait évidemment qu'elle servait aussi de parloir : il se composait de tabourets en bois sculpté, recouverts de cuir de Maëstricht, d'un dressoir destiné aux conserves épicées et aux vins d'Espagne dont on régalait les visiteurs, d'une petite glace de Venise, et de la fontaine à laver, en bois des îles, chef d'œuvre d'un maître tonnelier d'Amsterdam.

Le plancher était recouvert d'un sable jaune et fin, sur lequel avaient été tracés, le matin, quelques ornements symétriques déjà presque effacés.

Des cartes géographiques représentant la Nouvelle-Zemble et le Spitzberg décoraient la muraille; c'était l'ouvrage de Gérard de Veer. Enfin un modèle de galiote, construite par Barentz lui-même, se balançait à la maîtresse poutre du plafond, agité d'un tangage perpétuel.

La jeune fille était assise, comme nous l'avons déjà dit, près de la fenêtre, et complétait, en quelque sorte, l'aspect de cet intérieur.

A en juger d'après une certaine fermeté de lignes et le développement des formes, la fille du pilote pouvait avoir vingt ans ; mais l'expression de son visage était restée presque enfantine. Elle avait cette vitalité lumineuse que Rembrandt sut traduire plus tard avec tant de prestige. L'œil ne pouvait distinguer la ligne qui séparait son front rosé de ses cheveux blonds, relevés sur le devant et frisés au fer vers les tempes. Elle portait des coiffes à ventouses plissées selon la mode espagnole, une jupe de soie légère, un justaucorps de velours carmélite, et des pantoufles de drap de Courtray avec leurs crochets d'argent. A sa ceinture pendait un trousseau de clefs, et une paire de gants sans revers qui exhalaient le parfum de la canelle.

Cette élégance hors de proportion avec l'aspect du logis de Barentz eût paru choquante, si la roideur des mouvements de la jeune fille et certains soins de couservation n'eussent fait comprendre qu'une telle parure ne lui était point ordinaire.

L'exclamation du pilote, arrêté à l'entrée, confirma cette supposition.

— Par le sang du Christ ! d'où me vient cette duchesse ? s'écria-t-il en regardant Jeanne avec un orgueil joyeux ; et depuis quand trouve-t-on chez les Barentz tant de velours et de soie ?.

La jeune fille se retourna souriante.

— Depuis quand ? répéta-t-elle en promenant son doux regard du pilote au jeune commis; depuis que Dieu y a mis deux tentateurs qui, au lieu d'exercer une pauvre fille à la privation, préviennent et dépassent tous ses désirs.

— Les privations, dit Barentz avec bonté, sont la part des hommes et non pas la vôtre: on dépense sa vie, on économise sur ses plaisirs, et le tout réuni fait une épargne pour les femmes et pour les enfants. Mais est-ce bien là le velours que Gérard a apporté ?

— Et le taffetas de Florence que vous avez acheté à Daniel Ritlerg.

— Une riche étoffe , dit le pilote, dont les yeux se promenaient avec complaisance sur le brillant costume;

une étoffe de reine! Et cependant l'Espagnol en use
comme nous usons ici des toiles de Frise ou des bures
d'Utrecht. Le dernier matelot des galions est aussi no-
blement vêtu que vous en ce moment, Jeanne, et les
seuls pavillons de leurs *armada* suffiraient à parer
toutes les jeunes filles d'Amsterdam. Les Provinces-
Unies ont fort à faire avant d'arriver à cette royale
opulence.

— Elles y arriveront, dit Gérard; vous-même répétez souvent, maître Vilhem, que dans les affaires
du monde le temps sert de voile et la patience de gouvernail.

— C'est la vérité, dit Barentz; nous l'avons éprouvé
par nous-mêmes; car après bien des courants contraires, nous voilà tombés dans les vents alisés, et notre
navire doit désormais arriver tout seul au port. Jeanne
n'a plus qu'à s'occuper de soigner l'équipage et de
conserver la cargaison.

— Ne craignez rien, père, répliqua la jeune fille qui
avait quitté son aiguille pour découvrir la *huguenotte*
dont s'exhalait une vapeur succulente, les leçons de
dame Marguerite n'ont point été perdues, et quoi qu'il

arrive, vous trouverez toujours la maison sablée, la bière brassée et le *hoche-pot* cuit à point.

— Alors tout ira bien, dit de Veer gaîment, et tandis que Jeanne veillera au dedans, maître Vilhem s'occupera du jardin de Pampus.

— Quand Cornelitz nous l'aura vendu, fit observer la jeune fille.

— C'est fait ! interrompit Barentz.

Et il communiqua à Jeanne la nouvelle apportée par Gérard.

Jeanne poussa des cris de joie et se mit à battre des mains.

L'achat de ce terrain était, en effet, avec son mariage, la grande affaire du pilote depuis près d'un mois. Comme tous ceux qui ont vécu sur l'eau salée, Barentz se promettait un bonheur d'enfant à posséder un peu de cette terre, loin de laquelle il était devenu vieux, à la féconder de ses mains, à regarder de près toutes ces merveilles de la création qu'il ne connaissait que par ouï-dire. Sorti de l'action, il n'avait plus qu'à se laisser vivre aux rayons de ce jeune bonheur qui allait s'épanouir près de lui. Après avoir commencé comme le nautonnier d'Horace, battu par toutes les tempêtes

de l'Océan, il allait finir comme le laboureur de Vir-
gile, en s'endormant au bruit des sources et au bour-
donnement des abeilles.

Il expliqua à la jeune fille tous les embellissements
qu'il projetait dans l'ancien jardin de Cornelitz. Il y aurait d'abord pour elle un parterre garni de tulipes ; de
fleurs de vent, d'*hyacinthes des Indes* et de *pavots
d'Orient*; un verger planté de pommiers de France, et
un potager à la hollandaise avec sa tonnelle de houblon.
Enfin le canal qui traversait le jardin devait être bordé
de saule et de lilas pour abriter les ruches !

Jeanne, appuyée sur l'épaule de Gérard, écoutait
les plans de son père avec une sorte de joie nonchala-
lante. Embarquée pour ainsi dire sur ses espérances,
elle se laissait conduire par lui à travers les douces
images de l'avenir ; elle écoutait raconter son propre
bonheur, uniquement occupée de le savourer lentement et tout bas.

Cela dura jusqu'au moment où la cloche du temple
voisin annonça le repas du soir.

Jeanne invita alors son père et le commis à s'approcher de la table sur laquelle le *hoche-pot* se trouva
bientôt servi près d'un énorme fromage de Broëk. La

jeune fille y placa également une petite bouteille de
bière joppe de Dantzick, destinée à ouvrir l'appétit,
quelques rayons de miel de la Drenthe, et des beignets
de froment.

Enfin parurent, en l'honneur de la fête des rois, un
flacon de vin d'Espagne et une tartes au gingembre
avec le drageoir d'argent, dans lequel se trouvaient
les billets destinés à désigner l'élu du festin. Gérard
tira, le premier, la légende surmontée d'une couronne
qui conférait cette royauté éphémère, et Jeanne, qu'il
choisit pour reine, allait chanter, selon l'usage, la
complainte populaire des *Trois Mages arrivant de
Bethléem*, lorsqu'elle fut interrompue par le messager
du port qui venait chercher les deux marins de la part
du docteur Plancius.

— Veut-il nous parler aujourd'hui même ? demanda
Gérard, visiblement contrarié.

— Aujourd'hui et sur l'heure, répondit le messager.

— S'agit-il donc de quelque affaire importante ?

— Je ne sais, mais le docteur va partir pour
Enkhuisen, et n'attend que de vous avoir vu pour se
mettre en route.

— Partons alors, interrompit Barentz ; personne n'a le droit de faire attendre le docteur Plancius.

Le jeune homme partageait sans doute cette opinion, car il prit sur-le-champ, avec Barentz, la direction du Graz impérial.

Ce Pierre Plancius, que *personne n'avait le droit de faire attendre*, devait le rôle important qu'il jouait alors dans les Provinces-Unies, à son double caractère de cosmographe et de ministre du saint Évangile.

Echappé avec peine aux soldats du duc de Parme, après la prise de Bruxelles en 1585, il s'était réfugié à Amsterdam, où il se signala par les services que ses connaissances géographiques rendirent au commerce, et par la fougue de ses prédications contre les *remontrants* et les *papistes*. Triplement excité par la foi religieuse, la curiosité scientifique et l'amour de la patrie, il s'associa à tous les efforts tentés par la marine hollandaise qu'il éclaira de ses instructions. De là l'autorité acquise sur le conseil de ville et sur les Etats généraux eux-mêmes. Aux yeux des indifférents, c'était un savant hors ligne ; aux yeux des patriotes, un citoyen dévoué ; aux yeux des *saints*, un nouveau Salomon..

Barentz et son compagnon le trouvèrent dans la salle basse qui lui servait de cabinet d'étude.

L'activité infatigable du théologien cosmographe y avait entassé une telle profusion d'objets disparates et sans ordre, que les deux visiteurs eurent besoin de se rappeler leur récente navigation à travers les glaces du pôle, pour trouver un chemin à travers les cartes géographiques, les thèses religieuses, les oiseaux empaillés et les instruments de calcul nautique dont le plancher était parsemé. Assis devant une grande table que surmontait une boussole vénitienne et un crucifix, le docteur tenait à la main une de ces lunettes sans branches dont la gravure et la poésie venaient de célébrer la merveilleuse découverte. Plancius n'avait point cinquante ans, mais l'étude avait déjà argenté, sur ses tempes, quelques mèches de ses cheveux

blonds. C'était, du reste le type Hollandais exagéré.
Lourd, bouffi et massif, il avait une face de lion lym-
phatique, soudée sur un corps d'hippopotame ! Cependant l'œil, d'un bleu clair, brillait sous ses paupières
alourdies ; les narines, légèrement relevées, respiraient
l'audace, et les lèvres minces et droites avaient une
expression de fermeté tenace.

Au moment ou le pilote et le commis entrèrent, il
achevait de donner ses instructions à un visiteur encore jeune, dont la cape de serge goudronnée et la
ceinture armée de deux couteaux annonçaient un de
ces aventuriers alors célèbres sous le nom de *gueux
de mer.* Au premier coup d'œil, Barentz reconnut
Adrien Birker. Le pasteur lui indiquait plusieurs points
sur une carte d'Espagne, en lui nommant les couvents
qui s'y trouvaient établis.

— C'est là qu'il faut aller, *mi Adriane*, répéta-t-il
d'une voix dont l'animation avait quelque chose d'apo-
plectique. Salomon l'a dit : « Il y a un temps de cher-
« cher et un temps de laisser perdre. » Cherchez
Birker, cherchez, et vous trouverez ! Je veux que
votre *capre* (1) nous revienne, après trois mois de

(1) Petit navire dont se servaient les corsaires.

troque, chargée d'autant de réales de huit qu'un vaisseau portugais peut rapporter de noix de muscades.

— Dieu nous sauve! *le Grappeur* (1) doit donc
troquer une bien riche marchandise? demanda Barentz
qui voulait avertir Plancius de sa présence.

— La marchandise la plus vile et la plus précieuse,
la plus commune et la plus recherchée, la plus inutile
et la plus indispensable, répondit le pasteur, qui,
comme tous les savants de son époque, affectionnait
les antithèses énigmatiques mises à la mode par
Erasme.

Barentz ni Gérard ne parurent comprendre...

— Une marchandise à sac et à corde, continua
Plancius, à gourde et à bâton, à chapelets et à
capuces.

— Des moines! interrompit de Veer.

— C'est *toi qui as nommé le dragon!* s'écria le
docteur, à qui les citations de l'Écriture sainte reve-
naient sans cesse et à tous propos. Oui, mon fils,
maître Adrien va jeter ses filets dans l'océan de paresse,
de luxure et de gourmandise où nagent ces *requiem*

---

(1) En langage corsaire, on disait : « Chercher le cap de
grappe, » pour faire la course.

de l'idolâtrie papale (et plût au Christ qu'il pût atteindre en même temps les infâmes disciples de Luther et d'Arminius). Je lui ai donné tous les éclaircissements nécessaires, et il accomplira la prédiction d'Ézéchiel : « Vos autels seront désolés et les tabernacles de vos idoles seront brisés (1). »

— C'est-à-dire qu'il va mettre à rançon les couvents de la côte d'Espagne ?

— Aussi longtemps que l'erreur y sera révérée. L'Ecclésiaste a dit : « N'aie pas honte de battre les mauvais serviteurs jusqu'au sang. »

— Et je n'oublierai pas le conseil, fit observer Birker, d'autant que le fouet à neuf cordes est le meilleur marteau à monnayer pour celui qui sait s'en servir.

— Surtout ne manque pas de leur *prêcher sous la croix* (2), mon fils, reprit le docteur ; apprends-leur

(1) Les haines religieuses et nationales excitèrent les Hollandais à ces étranges expéditions contre les couvents d'Espagne, qu'ils pillèrent à plusieurs reprises, et dont ils enlevaient les nonnes et les moines pour les mettre à rançon.

(2) Expression par laquelle les réformés du temps indiquaient leurs prédications.

la sainteté du mariage en leur rappelant les paroles de l'Écriture : « Malheur à l'homme qui est seul ! »

— Je leur dirai, répliqua l'écumeur de mer sérieusement.

— Et s'ils résistent, reprit le théologien en cherchant parmi les papiers dont sa table était couverte, tu leurs feras lire cet exemplaire de mon traité : *De Stercoreis monacorum moribus.*

— Ils le liront, noble Plancius.

— Va donc, vaillant Machabée, continua le cosmographe avec un geste paterne ; je prierai le Christ qu'il te défende des pièges du démon...

— Et de l'*armada* espagnole, illustre docteur.

— Amen !

Le gueux de mer salua et sortit. Plancius tourna vers Barentz sa large figure épanouie :

— Vous le voyez, maître Vilhem, dit-il d'un ton contenu, et comme un homme qui veut résister à l'orgueil, moi aussi je fais la guerre à l'impure Babylone.

Bientôt je pourrai répéter avec le prophète Nahum :

« L'Éternel a abaissé la fierté des ennemis de Jacob ;

« ceux qui font le dégât les ont pillés, et ils ont gâté

« leurs sarments. »

Le pilote secoua la tête.

— Les ennemis de Jacob ont deux sources qui peuvent réparer tous leurs désastres, dit-il ; la source de l'or et celle des épices.

— Eh bien ! par le Christ ! nous y puiserons comme eux ! s'écria Plancius en frappant sur sa cuisse ; le testament d'Adam n'a pas laissé aux seuls papistes le poivre, la muscade et la fleur de gérofle ; Leurs Hautes Puissances ont décidé que les navires hollandais tenteraient à leur tour la route des Indes.

— En êtes-vous sûr ? demanda Gérard.

— Sûr, répondit le pasteur ; l'expédition doit être confiée à Corneille Houtman, qui, pendant sa captivité à Lisbonne, a recueilli toutes les instructions nécessaires. Le conseil de ville m'a fait appeler pour avoir mon avis.

— Et vous avez encouragé la tentative ? dit le pilote.

— A condition qu'il y en aurait une autre, selon le conseil d'Ezéchiel : « Fils de l'homme, propose-toi deux « chemins, et que les deux chemins sortent d'un même « pays. » Les papistes n'ont encore trouvé pour arriver au Cathai que la plus longue route ; reste toujours à savoir si nous n'avons pas, près de nous, une porte de derrière.

— Le passage par le nord? continua Barentz. Le docteur n'ignore pas que nous sommes restés deux fois sur le fer (1) devant cet archipel de glaçons qu'habitent les ours du pôle.

— C'est ce qu'ils m'ont tous objecté, reprit Plancius; mais je leur ai répondu par les paroles du prophète Aggée: « Appliquez vos cœurs à considérer vos « voies. » La route par le sud n'a-t-elle point été aussi plusieurs fois vainement cherchée? Beaucoup ne niaient-ils point le passage, malgré les rapports de Cornélius et de Pline, qui déclaraient, l'un que César, fils d'Auguste, avait trouvé sur les bords de la mer Rouge des débris de vaisseaux espagnols; l'autre, qu'un certain Eudore, fuyant Lathyrus, roi d'Alexandrie, s'était embarqué en Arabie pour gagner Gadès ou Cadix? Le succès de Valesco a prouvé encore une fois que, pour ce qui n'intéresse pas le salut, les anciens doivent être nos guides et nos maîtres.

— Et auraient-ils parlé du passage par le nord? demanda Gérard.

(1) C'est-à-dire à l'ancre.

— Non moins expressément que de l'autre, répondit Plancius, dont l'œil bleu s'animait d'une conviction triomphante ; car le même Pline raconte, sur la foi du même Cornélius, qu'au temps où Métellus Céler était gouverneur des Gaules, le roi des Souabes lui fit présent d'Indiens qui avaient été amenés par la tempête près de l'embouchure du Weser. Or, ces Indiens, qui venaient du nord de la Tartarie, ne pouvaient être que des Sères, dont le pays avoisine le Cathai, et n'avaient pu arriver en Allemagne que par la route du nord.

— Sans compter, ajouta de Veer, que l'on peut invoquer les chroniques de Danemark, récemment envoyées de Hambourg par les ministres de la parole de Dieu, Albert et Ansgarius.

— Crois bien que je ne les ai point oubliées, mon fils, dit Plancius, non plus que les autres raisons tirées de la cosmographie.

— Mais le conseil a-t-il été convaincu ? demanda Barentz avec curiosité.

— Le conseil vient de décider une troisième expédition pour le nord !

14

Les deux marins laissèrent échapper une exclamation.

— Ah ! vous ne soupçonniez pas cela, mes maîtres, s'écria le docteur avec un gros rire triomphant ; mais je ne renonce pas ainsi à mes projets, moi ; il faut que « les princes de la mer descendent de leur siége ! » C'est à nous autres de réaliser contre les trafiquants papistes les menaces de l'Apocalypse : « Les mar- « chands pleureront, parce que personne n'achètera « leurs marchandises. » L'heure des Hollandais est ve- nue, ainsi que Jean lui-même l'avait annoncé en di- sant : « Ceux qui ont vaincu la bête s'avanceront sur « un océan de verre mêlé de flammes avec des harpes « pour louer le vrai Dieu ! » La bête, c'est la papauté ; l'océan de verre, la mer glacée du Nord ; les flammes, celles des auréores boréales ; et les harpes, qui louent le vrai Dieu, les voix des fils de l'Évangile, chantant les psaumes du saint roi. Zacharie ne parle-t-il pas d'ailleurs de « quatre forgerons qui briseront les cor- « nes élevées contre Judas ! » Eh bien ! vieux Barentz, ces quatre forgerons sont le prince d'Orange, les mi- nistres de l'Évangile, les États généraux, et celui qui découvrira le nouveau passage.

— Ainsi l'expédition sera prochaine? fit observer le pilote.

— Si prochaine, répondit Plancius en se levant, que les deux navires qui doivent partir ont été choisis ; ce sont *le Pigeonneau* et *le Lion de Hollande*. *Le Pigeonneau* sera commandé par Jacques Heemskerk et *le Lion de Hollande* aura pour pilote notre vieil ami Vilhem.

— Moi ! s'écria Barentz en tressaillant.

— Pouvons-nous donc penser à un autre? dit le docteur qui appuya une main sur l'épaule du marin; n'est-ce point toi qui as déjà deux fois exploré le chemin. Il faut que tu lui trouves une ouverture, vieux Vilhem, et que tu ailles établir les comptoirs des Provinces-Unies sur la terre des épices, afin de réaliser les promesses du prophète Amos : « Je les planterai sur la terre que je leur ai donnée. »

— Certes, répliqua le pilote avec quelque embarras, ce serait pour moi une grande gloire.

— Et un grand profit, ajouta Plancius; ce qui n'est point à mépriser dans cette vallée d'épreuves ! car, jusqu'à présent, tu n'as point été récompensé suivant tes mérites, Vilhem ! » tu as semé, mais tu as peu re-

cueilli ; tu as mangé, mais tu n'as pas été rassasié ;
tu as bu, mais non jusqu'à la joie, et ton salaire a été
mis dans un sac percé ! » Aussi ai-je voulu pour toi
de meilleures conditions que par le passé ; et sais-tu
ce que les États généraux ont accordé ?

— Non, dit Barentz.

— Deux cents florins par matelot, si l'on échoue ;
cinq cents, si on réussit, et en tout cas, la part de vingt
matelots pour toi seul !

— Dix mille florins ! en cas de succès, s'écria de
Veer ; sur mon âme, c'eût été une digne récompense,
si elle n'arrivait point trop tard.

— Trop tard ! répéta le docteur.

— Oui, répondit Barentz avec une fermeté calme ;
je dois laisser aux autres désormais l'honneur et le
profit des découvertes, car l'heure du repos est venue
pour moi.

— Parles-tu sérieusement ? s'écria Plancius ; toi, le
plus infatigable de nos pilotes, tu reculerais au moment du dernier effort ; tu dirais comme le paresseux
de l'Écriture : « Le lion est là dehors, si je sors je serai dévoré. »

— L'âge fait en nous ces changements, répliqua

Vilhem ; autrefois je ressemblais à l'oiseau des tropiques ; tant que j'apercevais devant moi de l'espace,
j'avais besoin de poursuivre ; mais aujourd'hui mon œil
s'arrête aux tilleuls du canal.

— C'est-à-dire que tu ne peux quitter ta fille et son
fiancé, dit le cosmographe d'un ton aigre ; leurs gazouillements d'amoureux ont amolli ton vieux cœur ;
lenes sub noctem susurri ; tu as maintenant peur des
longs voyages.

— C'est la vérité, dit Barentz ; j'ai tant de joie à regarder leur bonheur que je suis comme le voisin Vans-
peck, quand il revenait de Leyde avec ses vingt mille
ducats ; je n'ose remuer de peur d'en perdre quelque
chose.

Plancius leva les deux mains au ciel et poussa une
douzaine d'interjections exprimant l'indignation ou le
dépit. Les passions tendres n'avaient jamais pénétré
jusqu'à cette âme cuirassée de théologie, de mathéma-
tiques et de cosmographie. La vie n'était pour le docteur qu'un canevas à broder de versets, le monde visible qu'un motif d'application pour la science des
nombres. L'habitude de penser avait insensiblement
anéanti chez lui la faculté de sentir ; le cœur s'était

14 *

évaporé dans le cerveau. Il ne vit dans le refus de Barentz qu'un embarras imprévu suscité à son projet, et la colère du savant s'arma de toute l'autorité du pasteur pour reprocher au pilote sa criminelle faiblesse.

Sûr que toute réplique augmenterait la violence de la réprimande, Barentz la subit comme ces coups de vent devant lesquels on cargue toutes les voiles, et que l'on reçoit à la cape sans leur opposer autre chose que la patience. Plancius sentant que sa colère grondait dans le vide en adoucit forcément les éclats; mais il garda toute l'amertume de son désappointement.

— Allez, maître, dit-il, en faisant quelques pas vers l'entrée, allez, puisque vous avez dit comme l'insensé de l'Ecclésiaste : « Plein le creux de la main avec du « repos, vaut mieux que plein les deux paumes avec « du travail. » Mais ne vous plaignez point plus tard si la mauvaise fortune vous rend visite; les *Proverbes* vous ont averti en vous disant : « Un peu de loisir, un « peu de mains pliées sous la tête pour dormir, et la « pauvreté viendra comme un passant, et la disette en- « trera comme un homme armé. »

— J'ai fait, comme la fourmi, ma provision d'hiver, objecta le pilote, et j'espère pouvoir en jouir.

— Malheur sur qui se fie à la prudence de la terre !
répliqua durement le docteur ; aujourd'hui tu sacrifies
tout aux désirs de ta fille ; mais tu ne tarderas pas à
apprendre que « la malice de l'homme est moins nui-
« sible que la caresse de la femme. » Le jugement qui
t'atteindra sera rigoureux ; car tu étais maître de voir
la lumière, et tu l'as refusée ; tu pouvais savoir, et tu
as voulu rester ignorant.

— J'espère encore en la miséricorde de Dieu, répondit Barentz, puisque le saint roi lui-même a écrit :
« Où il y a abondance de science, il y a abondance de
« chagrin, et celui qui s'accroît de la science, s'accroît
« de la douleur. »

En entendant cette contre-citation, Plancius tressaillit et s'arrêta. Frappé par une arme empruntée à
cet arsenal qu'il avait l'habitude de regarder comme sa
propriété, il en demeura d'abord étourdi ; mais reprenant aussitôt le sentiment de sa supériorité à défaut
de présence d'esprit, il appuya ses deux mains au bureau, et regarda Barentz en face. Ses sourcils, rapprochés par une contraction convulsive, donnaient une
expression indignée à ses traits alourdis.

— Ah ! tu veux m'opposer la parole du Livre ! s'é-

cria-t-il avec une colère mal contenue ; l'écolier prétend donner la leçon au maître, la brebis montrer le
chemin au pasteur !

Barentz voulut protester.

— Eh bien ! à la bonne heure ! continua Plancius
sans lui permettre de répondre ; oublie ton honneur
pour ta fille ; laisse comme Salomon « les femmes détourner ton cœur ! » Dieu t'appelait à soutenir son
règne en fortifiant la puissance de ses fils ; mais tu as
peur de la fatigue et du danger, mieux vaut vendanger
les vignes et soigner les ruches dans les jardins de
Jérusalem, que de suivre au loin les vaillants Macha-
bées !

Le vieux marin sentit son courage se redresser sous
ce vulgaire aiguillon ; il s'écria que telle n'avait jamais
été sa pensée.

— Rappelle-toi seulement, interrompit le cosmographe qui ne l'écoutait point, rappelle-toi que tu avais
été choisi pour conduire ceux qui doivent enlever le
butin aux ennemis, et que si tes frères ne trouvent
dans l'expédition que mort et ruine, ils pourront porter leur malheur à ta charge.

— Pourquoi cela ? demanda vivement Barentz.

— Parce que chacun de nous est responsable de tout le bien qu'il pouvait faire et que d'autres ont vainement essayé, répliqua Plancius.

— Suis-je donc le seul pilote des Provinces-Unies à qui le temps et la mer aient appris l'expérience? dit Vilhem ébranlé.

— Tu es celui que les matelots demandent, répondit le docteur; avec toi, ils partiront confiants, et tu sais que la confiance est le *coursier qui porte le succès.* Deux fois déjà tu as cherché cette route; tous répètent que l'honneur de la trouver doit t'appartenir. La voix de Dieu et celle du peuple t'appellent; mais tu fais comme Adam après le péché, tu feins de ne pas l'entendre.

— Que le docteur m'excuse, balbutia Barentz; chacun ne peut-il remplir la tâche à son tour, et ne puis-je donner au loisir ce qui me reste de jours et de forces?

— Et de qui tiens-tu ces forces et ces jours? s'écria le cosmographe, sinon de cette patrie où tu as reçu la nourriture du corps et celle de l'âme. Lui refuser la vie qu'elle t'a donnée, c'est nier un dépôt livré à ta garde. Quand la mère appelle un de ses enfants

par son nom, et lui crie de se lever, il n'y a que les
mauvais fils qui répondent : Je veux dormir !

Barentz tressaillit ; une rougeur rapide traversa ses
traits, puis il devint pâle. Trop simple pour savoir fermer son âme à la vérité, parce qu'elle était douloureuse, il vit tout-à-coup la nécessité du sacrifice qui lui
était demandé, et ne songea point à en mesurer la
grandeur. Pour lui, comprendre le devoir, c'était obéir.
Il écarta brusquement les images de repos et de tendresse qui le berçaient depuis tant de mois ; il prit
toutes ses joies rêvées, les brisa comme il eût fait des
branches fleuries qui lui eussent caché le vrai chemin,
et avançant la main vers la bible ouverte sur le bureau
du docteur Plancius, il dit lentement :

— Moi et les miens, nous appartenons aux Provinces-Unies ; je partirai !

III.

La troisième expédition pour le passage du Nord partit en effet sous la direction de Barents et de Gérard de Veer, qui voulut accompagner le pilote à titre de commis. Elle avait mis à la voile le 17 mai 1596, et l'on était arrivé à la fin d'octobre 1597 sans en avoir reçu aucune nouvelle ! Ce retard ne permettait guère de mettre en doute la perte des navires conduits par Barents ; car les deux premiers voyages ayant duré chacun moins de cinq mois, il s'était écoulé quatre fois plus de temps qu'il n'en eût fallu au pilote de Schelling pour effectuer son retour en Hollande.

Cependant Jeanne luttait contre l'opinion générale ; l'ardeur de sa tendresse entretenait sa foi. Il en est des malheurs extrêmes qui doivent nous briser, comme des dangers dans lesquels nous craignons de périr ; par un sentiment de conservation instinctive, nous refusons d'y croire ; nous repoussons les preuves ; nous ajournons le moment suprême en inventant des espérances qui nous permettent de vivre dans le doute.

Plancius d'ailleurs aidait à ces illusions. La confiance acharnée que l'amour nourrissait chez la jeune fille était entretenue chez lui par la science. Il détaillait les circonstances qui avaient dû retenir les vaisseaux, expliquait la longueur du voyage, justifiait le manque de nouvelles. Dans le cas où Barentz n'aurait pu franchir le détroit du Weigatz, il s'était sans doute décidé à hiverner sur les côtes pour attendre les Russiens qui faisaient tous les ans ce voyage, et apprendre, en les suivant, si la mer située au delà du détroit était véritablement la grande mer de Tartarie. Dans le cas, au contraire, où il serait monté plus au nord jusqu'au 82e degré, le soleil, qui, dans ces latitudes, restait six mois sur l'horizon, devait y rendre le froid moins vif, et avait pu ouvrir un passage à ses navires, mais ne lui avait point sans doute laissé le temps d'un retour immédiat. Dans toutes les suppositions, Barentz avait donc été forcé d'attendre pour ne point se borner, comme les expéditions précédentes, à une exploration inutile. Au moment même où les ignorants désespéraient de lui, il revenait peut-être triomphant et apportant, sur ses deux navires, les destinées de la Hollande! Il fallait seulement « ceindre « ses reins, fortifier son cœur d'une puissante muraille « et mettre sa confiance dans le Dieu de Juda. »

Ces démonstrations cosmographiques, appuyées, selon l'occurrence, de citations de Strabon, de Pline ou de Jérémie, n'avaient qu'un sens pour Jeanne ; elles lui prouvaient que le docteur était sans inquiétude et comptait sur le retour des navires ! Son esprit n'essayait point de pénétrer plus loin. Trop heureuse d'avoir un complice d'espérance, elle acceptait sa croyance sans discussion, et attendait avec une impatience tremblante.

Cependant les jours se succédaient sans rien apprendre sur le sort de Barentz. Un yacht envoyé à sa recherche ne reparaissait plus. Il arriva enfin, n'ayant

que la moitié de son équipage vivant, et sans avoir
rien appris!

Ce fut un dernier coup porté aux illusions les plus
tenaces : l'expédition avait évidemment péri tout entière ; les filles et les sœurs des compagnons du pilote
n'avaient plus qu'à prendre le deuil.

Le conseil de ville leva les derniers doutes en sol-
dant aux familles la paye des deux équipages, comme
on avait coutume de faire pour les morts.

Jeanne sentit fléchir la confiance qui l'avait longtemps soutenue. Toutes les raisons jusqu'alors incom-
prises, tous les soupçons repoussés, toutes les terreurs
combattues envahirent à la fois ce courage brisé. Ce
fut quelque chose d'aussi terrible qu'inattendu. Emportée par le flot de la douleur, la jeune fille passa, tout
à coup, du calme factice qu'elle s'était ménagé aux
convulsions d'un désespoir sans remède. Comme
toutes les âmes vaillantes, elle avait lutté jusqu'au
dernier moment et son premier cri fut un cri d'agonie. Ayant jusqu'alors repoussé la conviction de
son malheur, elle n'avait pu s'y préparer, et ne
se trouva point assez forte pour le regarder en
face. Abandonnée tout à coup par l'espérance, elle

tomba comme une plante fauchée que la sève ne nourrit plus. A la vitalité fleurissante succéda cette fièvre de dépérissement qui annonce que le mal a atteint les sources mêmes de la vie.

Pressée de rejoindre ceux qu'elle ne devait plus revoir sur la terre, Jeanne ne négligeait rien de ce qui pouvait hâter le moment de la réunion. Elle appelait à elle sa douleur ; elle la tenait éveillée et en mouvement ; elle l'employait à user la trame de sa vie, comme ces instruments de délivrance avec lesquels le captif lime sourdement sa chaîne. Quiconque a connu la suprême douleur doit avoir éprouvé cette ivresse du désespoir qui cherche la souffrance et l'appelle, cette rage d'un cœur meurtri courant au devant des coups comme le vaincu décidé à s'ensevelir dans sa défaite.

La fille de Barents était arrivée là. Entourée de tous les objets qui lui rappelaient Gérard et son père, elle semblait leur demander de continuels avertissements et promener à plaisir son cœur déchiré à travers les images du passé.

Parfois même elle s'efforçait d'y retourner en pensée, afin de mieux sentir l'amertume du présent. Toute la maison prenait alors un air de fête : la table

était dressée, trois couverts mis comme autrefois, elle-
même, parée de ses riches habits, préparait tout pour
le retour de ses hôtes ; au moindre bruit, elle prêtait
l'oreille comme si elle eût espéré reconnaître la voix
de Gérard et du pilote ; elle accourait à la porte chaque
fois qu'un passant faisait crier le sable de l'allée de
tilleuls ; elle regardait l'horloge en répétant qu'ils allaient venir ! Puérile et lugubre parodie de jours à
jamais perdus, et dans laquelle un espoir sans nom se
mêlait au délire d'une mortelle douleur.

Un soir, qu'elle avait prolongé cette hallucination
volontaire, la nuit la surprit près de sa fenêtre où l'on
ne voyait plus que des cages vides et des fleurs mortes
d'abandon. Les brouillards de novembre enveloppaient
les quais devenus silencieux, un vent humide sifflait
à travers les arbres dépouillés, et les girouettes faisaient entendre, dans la nuit, leurs grincements plaintifs. Quelques lanternes, accrochées à la poupe des
scules de déchargement, dessinaient seules, de loin
en loin, des auréoles à demi lumineuses, qui laissaient
deviner l'eau verdâtre et immobile des canaux.

La tête appuyée contre le vitrage, Jeanne ne s'apercevait ni de la nuit qui avait tout effacé, ni de la brume

qui mouillait ses cheveux. Retirée dans sa chimère, elle avait oublié tout ce qui l'entourait : elle se sentait rêver, et cependant elle croyait à son rêve ; libre d'en sortir, elle l'était également d'y rester ; son âme flottante entre l'illusion et la réalité pouvait choisir à volonté, bien que les voyant toutes deux. Aussi s'abandonnait-elle avec une volupté nonchalante à cette extase dont elle avait conscience. Reportée en arrière de deux années, elle se croyait à l'une des belles soirées de son jeune amour, alors que Gérard, traversant le canal pour abréger la route, annonçait son arrivée en répétant un de ces chants hébreux que la traduction des docteurs de la réforme avait popularisés dans les Provinces-Unies.

Fascinée par ce souvenir, elle murmurait elle-même tout bas les premiers vers de l'hymne sacrée, quand un murmure lointain s'éleva !... Jeanne prête l'oreille ! c'est le même chant redit par plusieurs voix ; il vient du côté du port et s'approche lentement ; mais il n'a point l'expression vive et joyeuse que de Veer lui donnait autrefois ; les voix sont basses, sombres et comme étouffées ! La jeune fille éperdue n'ose respirer ; le sang de ses veines s'est arrêté ; tout son être fait silence, toute son âme écoute !... L'hymne grandit, les voix deviennent plus distinctes... Tout à coup elle pousse un cri !... elle a cru en reconnaître une ! elle porte les deux mains à son front pour s'assurer qu'elle veille, à son cœur pour sentir qu'elle vit ! elle penche la tête en avant dans le vide. — C'est la même voix ! c'est la même voix ! Éperdue, elle prononce un nom presque bas ; un autre nom lui répond, c'est le sien, et cette fois l'accent ne peut lui laisser de doute ! Au même instant une barque glisse sur le canal ; elle traverse un des points vaguement éclairés. Jeanne a cru apercevoir une ombre qui s'est retournée vers elle, et foudroyée par la joie, elle tombe à genoux et s'évanouit.

Quand elle ouvre les yeux, tout est redevenu silencieux. Elle regarde, elle écoute, elle appelle ; rien ne paraît ni ne répond ! A-t-elle donc été trompée par une vision ? Non, elle a vu, elle a entendu ! Si ce n'était le fantôme de Gérard sorti de la mort comme Samuel, c'était bien lui-même ; elle n'a pu se tromper. La voix que l'on reconnaît avec le cœur ne ressemble à nulle autre : aussi Jeanne n'hésite pas ; elle sort en courant et suit le bord du canal que longeait la barque ; mais, aussi loin que son œil peut apercevoir, le canal est vide, la barque a disparu !

Dans ce moment, le souvenir de Plancius lui revient. Si les navires sont de retour, il en a été le premier averti ! La jeune fille haletante se précipite vers la maison qu'il habite ; elle frappe à coups redoublés ; on ouvre enfin ; mais Plancius vient d'être mandé par un membre du conseil. Jeanne reprend sa course vers la maison de ville, elle trouve les grilles ouvertes, elle entre, elle monte au hasard ; elle suit des corridors obscurs, traverse des salles désertes et soulève une tapisserie ; elle est arrivée, sans le savoir, à l'une des tribunes.

Au-dessous d'elle se montre la grande salle des délibérations faiblement éclairée par quelques torches de cire. Les conseillers sont réunis autour de Plancius qui lit à haute voix ; derrière, un groupe d'auditeurs cachés dans l'ombre se tient immobile.

Jeanne troublée s'arrête. Cette salle obscure, ces hommes à l'aspect sévère, cette voix monotone abattent subitement son exaltation. Elle se demande si elle n'est point dans le délire ; une sorte de honte douloureuse la glace ; elle s'effraye d'être venue si loin ; elle

avance la main pour écarter de nouveau la tapisserie
et retourner en arrière; mais cette main reste soulevée,
son front abattu se redresse ; quelques mots parvenus
jusqu'à elle l'ont saisie. Le cosmographe fait la lecture
d'un de ces livres de loch, que le père de Jeanne lui a
appris à connaître. Elle se rapproche, et les paroles
lui arrivent moins confuses.

.... « Le 5 juin, les matelots qui étaient sur le pont
ont vu les vagues parsemées de taches blanches vers
l'horizon, et ont crié qu'une volée de cygnes venait à
notre rencontre ; mais le pilote qui regardait, du château d'arrière, a secoué la tête ; il avait reconnu les
glaces du pôle qui commençaient à nager vers nous.

« Le 21, nous avons découvert une terre qui se trouve
par les 80 degrés 11 minutes, et que nous avons jugée
devoir être le Groenland (1). Les rochers étaient comme
tapissés par les nids de ces oies sauvages qui arrivent
tous les ans par nuées dans le Zuydersée, et que l'on
croyait produits par les fruits de certains arbres d'Écosse,
qui n'avaient qu'à tomber dans la mer pour éclore (2).

(1) C'était le Spizberg.

(2) Cette croyance était générale chez les naturalistes du
seizième siècle.

« Le 23, nous avons vérifié que l'aiguille de la boussole variait de 16 degrés.

Le 1er juillet, comme on n'a pu s'accorder sur la
direction à prendre, les navires de Jean Cornelitz et de
Vilhem Barentz se sont séparés. »

Ici, Jeanne ne put retenir un cri étouffé ; toutes ses
incertitudes cessaient : Plancius lisait le journal de bord
du *Lion de Hollande*, et c'était Gérard lui-même qui,
à titre de commis, avait dû l'écrire. Ainsi elle n'avait
point été trompée tout à l'heure, l'expédition était de
retour ; le docteur n'avait été appelé si tard au conseil
que pour apprendre cette grande nouvelle !

Un tel bonheur était trop immense et trop subit
pour que la jeune fille pût en supporter le poids ; elle
voulut se lever, ses membres demeurèrent sans mouvement, elle essaya d'appeler, ses lèvres s'agitèrent
sans pouvoir former un son ! Elle ne fît, du reste, aucun effort pour sortir de cet anéantissement. Complè-
tement rassurée, elle avait perdu toute impatience,
elle s'abandonnait avec ivresse à cet espèce d'évanouissement au milieu duquel surnageait la joie. Elle
demeura même quelque temps sans rien comprendre,
sans rien voir, sans rien entendre autre chose que les

miraculeuses paroles qui murmuraient en elle : *Re-venus !*

Cependant son étourdissement de bonheur se dissipa peu à peu, et la voix de Plancius commença à lui arriver de nouveau et à pénétrer jusqu'à sa pensée au travers de la torpeur. Encore incapable de se mouvoir, ni de parler, elle recommençait déjà à comprendre. Le docteur continuait à lire, mais sa voix était plus lente et plus grave : elle écouta.

« ... Les glaçons devenaient à chaque instant plus nombreux ; on les voyait flotter aux quatre aires du vent ; sur quelques-uns se promenaient des ours blancs ; d'autres portaient à leur sommet des touffes d'herbes marines dans lesquelles nichaient les *oiseaux de degoût.* On amarre *le Lion de Hollande* au plus grand, qui est d'un beau bleu de nuages ; mais bientôt nous en voyons arriver un autre dont le sommet s'élevait aussi haut qu'un clocher, et dont la racine touchait le fond de la mer ! On file le câble et l'on recommence à louvoyer.

Le 11 octobre, les eaux se montrent enfin libres du côté du sud : on ne doute plus qu'il y ait un passage ouvert ; on arbore les girouettes, en signe de joie et les

équipages descendent pour prendre un peu de repos ;
mais vers trois heures, *le Lion de Hollande* s'arrête
tout à-coup, et le bosseman, qui s'était endormi sur
le pont, appelle avec de grands cris !... Le navire était
pris dans les glaces !

« Du 26 octobre au 10 novembre, nous essayons en
vain tous les moyens de le dégager ; les glaçons continuent à s'amonceler ; la neige qui tombe les cimente
l'un à l'autre, et le vaisseau est enfermé dans une
muraille qui monte à moitié de la hauteur du petit
mât. Les câbles cassent, le gouvernail est emporté ;
on entend *le Lion de Hollande* craquer dans ses
membrures... Tout espoir de le sauver est perdu. On
assemble le conseil, et il décide, d'après l'avis de Barentz, qu'on bâtira une hutte sur la côte pour attendre le retour du printemps.

« Dès le lendemain, on commence les travaux avec
beaucoup de fatigue et de souffrance. Le froid est si
violent que le charpentier ayant placé un clou entre
ses lèvres ne peut plus le retirer qu'en arrachant la
peau. Cependant la hutte est vite achevée, et nous
plantons sur le toit un mai de neige glacée !

« Le 23, le charpentier meurt ; on l'enterre dans

une fente de glace, car la terre est trop gelée pour
que l'on puisse creuser une fosse.

« La neige commence à tomber avec tant d'abondance qu'on ne pourrait sortir sans être étouffé. La
bière et le vin deviennent solides. Les ours nous attaquent sans cesse jusque dans la hutte dont ils s'ef-
forcent de briser la porte. Le soleil, dont la vue est
notre seul bien et notre seul plaisir, commence à disparaître.

« Le 1ᵉʳ décembre, on voit la lune se lever à l'est,
tandis que le soleil se montre encore sur l'horizon.

« Le 3, on n'aperçoit plus que le haut de son dis-
que.

« Le 4, il disparaît! La nuit de six mois commence
pour nous.

« La ration est réglée à une demi-livre de pain et
deux petites tasses de vin par jour.

« La neige qui obstrue la porte ne permet plus de
sortir; le froid augmente; la pendule s'arrête, et l'on
ne peut calculer le temps qu'avec l'ampoulette de
douze heures. La glace tapisse les murs de la hutte;
elle pénètre jusque dans nos lits; nos habits se couvrent de verglas devant le feu. Les souliers prennent

la dureté de la corne ; il faut les remplacer par le feutre de nos chapeaux. En voulant se chauffer les pieds,
quelques-uns de nous se brûlent sans rien sentir.
Nous sommes tous pris de vertiges qui nous empê-
chent de nous lever. Chaque jour un de nos compagnons cesse de se plaindre, et nous apprenons ainsi
qu'il est mort.

« On entend sans cesse le craquement des glaces
du côté de la mer : les derniers débris du *Lion de
Hollande* doivent avoir été engloutis. Le découragement rend les plus braves silencieux ; mais Barentz
réussit à nous distraire en racontant ses voyages et
des histoires de la Bible.

« Le 24 janvier 1597. — L'air se trouve radouci.
Gérard de Veer sort de la hutte, et voit le soleil qui
monte à l'horizon. Il court en avertir ses compagnons,
et quelques-uns s'enhardissent alors à le suivre jusqu'à
la mer. En arrivant, ils trouvent uu petit oiseau qui
plonge à leur approche ; ce qui les rend tous joyeux,
car ils comprennent que l'eau est déjà ouverte.

« Malheureusement on ne peut songer à remonter
sur le navire, qui est à demi fracassé par les glaces.
Barentz déclare qu'il faut retourner en Hollande sur

13

la chaloupe et sur la *scute*, à moins qu'on ne veuille
*se faire bourgeois de la Nouvelle-Zemble, et y prépa-
rer sa sépulture.* Il fait construire une petite arcasse
à la *scute*, qui était une *bûche* à poupe aiguë, ordonne
d'ajouter quelques bordages pour l'élever au dessus
des flots ; puis fait distribuer dans les deux barques
tout ce que nous pouvons emporter. Il écrit aussi
trois lettres dans lesquelles il raconte ce qui nous est
arrivé ; confie l'une au capitaine de la *scute*, garde
l'autre sur la chaloupe, et suspend la troisième à la
cheminée de la hutte dans une charge de mousquet.
Enfin, le 14 juin 1597, à six heures du matin, nous
levons l'ancre pour entreprendre un voyage de quatre
cents lieues dans deux barques découvertes et à demi
brisées.

« Le 15, tout va bien ; le 16 quelques glaçons
flottants mettent les embarcations en danger ; le 17,
nous en sommes entourés. Tous les efforts pour s'ouvrir un passage sont inutiles. Les matelots épuisés
se couchent sur leurs bancs et se font leurs adieux.
Cependant Barents, qui est resté debout à l'arrière,
leur montre un glaçon immobile auquel il suffirait de
fixer une corde pour touer les deux barques et les

mettre à l'abri; mais nul ne veut tenter une pareille
entreprise. Alors de Veer embrasse Barentz, et, s'é-
lançant de glaçon en glaçon, il arrive au banc, y atta-
che la corde et crie à ses compagnons que leur vie est
en sûreté.

« On navigue éncore deux jours avec beaucoup de
peine; mais vers le milieu du troisième on s'aperçoit
qu'on est sorti des glaces, et que la mer est libre partout. A cette vue, les hommes de l'équipage poussent
des cris de joie en agitant leurs bonnets de fourrures;
quelques uns pleurent, d'autres s'embrassent; puis
tous entourèrent Barentz en répétant que c'est lui qui
les a soutenus, conduits et sauvés. Mais le pilote interrompt leurs remercîments pour se faire apporter les
cartes sur lesquelles il pointe la route à suivre, en recommandant par-dessus tout de ne point remonter
vers le nord. Comme plusieurs s'étonnent de ces précautions et répètent à haute voix qu'il sera toujours
là pour maintenir les barques dans le vrai chemin, le
maître de la *scute* arrive et dit qu'un de ses hommes,
nommé Nicolas Andritz, est à l'agonie.

— Alors nous partirons ensemble, répondit Barentz
tranquillement.

— Vous, pilote ! s'écriaient les matelots ; êtes-vous
donc si malade sans avoir rien dit ?

— A quoi bon parler, reprend Barentz ; ce qu'il
fallait, c'était vous mettre sur la route de Hollande,
et vous y voilà, s'il plaît à Dieu ! Le reste est peu de
chose.

— Non pas, non pas, reprennent plusieurs voix ;
notre vie ne vaut pas celle de maître Vilhem ; que ré-
pondrons-nous au conseil d'Amsterdam quand il nous
demandera ce qu'est devenu le meilleur pilote des
Provinces Unies ?

— Vous lui répondrez, dit Barentz, qu'il a fini
comme vous devez souhaiter tous de finir , en faisant
ce qu'il avait promis !

« Après ces mots, il a laissé sa tête retomber en arrière, et il a fermé les yeux. Gérard de Veer s'est
penché vers lui, croyant qu'il tombait en défaillance ;
mais presque aussitôt il s'est relevé tout pâle : Barentz
était mort ! »

Ici la lecture fut interrompue par un cri terrible.
Jeanne égarée venait de se redresser aux bords de la
tribune comme si elle eût voulu s'élancer vers Plancius.

On vit ses bras s'étendre, sa tête flotter, puis elle s'affaissa sur elle-même et tomba évanouie.

Tout ce qu'elle avait entendu était vrai. Guidés par les instructions du pilote, les équipages de la *scute* et de la chaloupe avaient atteint le Weigatz, puis l'embouchure de la mer Blanche, qui les avait conduits au port de Colla. Un hasard providentiel leur avait fait rencontrer là le navire de Jean Cornélitz, sur lequel ils venaient d'arriver à Amsterdam au nombre de douze. Parmi eux se trouvait heureusement le seul consolateur qui pût redonner à Jeanne le goût de vivre.

. . . .

Quelques mois après, selon le dernier vœu de Barentz, Gérard de Veer la conduisit au temple, encore revêtue de ses habits de deuil. Le pilote mourant avait compris, dans son dévouement de père, que les douleurs de l'orpheline ne pouvaient être plus sûrement étouffées que par les enivrements de la jeune épouse !

Le soir même du mariage, comme les deux jeunes mariés se rendaient au jardin du Pampus, qu'ils faisaient disposer d'après les plans de Barentz, afin que

le projet qu'il n'avait pu accomplir pendant sa vie le
fût du moins religieusement après sa mort, ils aperçurent une flotte ancrée davant le rivage et presque à
leurs pieds : c'était l'expédition de Corneille Houtman,
qui revenait de la terre des épices, après avoir heureusement doublé le cap de Bonne-Espérance ! Tous
les étendards flottaient au vent, l'artillerie tonnait en
signe de réjouissance, et les clairons retentissaient
sur les tillacs couverts de matelots. Mais à une encâ-
blure des vaisseaux pavoisés et victorieux, les regards
de Jeanne aperçurent, tout-à-coup, un petit navire dé-
lavé par les vagues, dont les voiles déchirées pendaient
à des mâts de fortune, et elle reconnut la barque qui
avait ramené du pôle nord les derniers compagnons
de son père.

A cette vue, elle ne put retenir un cri, et ses yeux
se mouillèrent.

Alors de Veer, qui avait surpris son regard, l'attira
doucement à lui, et la pressant contre son cœur :

— Je te comprends, pauvre fille, dit-il doucement;
tu ne peux accepter les parts inégales que Dieu fait aux
efforts de ses créatures ! Tu compares ces vaisseaux
triomphants à ce navire détruit, et la victoire de Cor-

neille Houtman à la mort de Vilhem Barentz ; mais ne
t'afflige pas outre mesure, car cette flotte opulente est
moins belle à voir que cette faible barque brisée : si la
première est la représentation bruyante du succès,
la seconde est le sublime symbole du devoir accompli.

JACQUES AVERY.

Lorsqu'un désordre se généralise, il faut qu'il ait sa cause dans l'époque même où il se produit, et sa propagation accuse autant la société qui en souffre que les hommes qui le commettent. Les passions humaines ressemblent à des eaux retenues qui cherchent toujours le côté faible de la digue ; là où vous les voyez se précipiter, vous pouvez être sûr qu'il y a eu faute ou imprudence.

C'est dans ce sens que l'*histoire criminelle* des peuples a son importance ; en nous montrant les maladies des différents siècles, elle nous fait entrer, pour ainsi dire, dans les secrets de leur tempérament ; car il en est du genre humain comme d'un homme : ses infirmités nous révèlent ses vices.

Il ne faut pas l'oublier, d'ailleurs, les crimes répétés, collectifs, dont les générations entières deviennent complices (car nous ne parlons que de ceux-là), sont toujours la suite de quelque injustice commise. Nés du désespoir, de la révolte ou de la nécessité, ils peuvent avouer leur origine, sinon leurs conséquences, et conservent, jusque dans leur excès, une certaine grandeur que l'on ne retrouve pas dans les crimes individuels et isolés.

Parmi les exemples nombreux que l'on pourrait apporter à l'appui de ces réflexions, nous n'en citerons qu'un seul, celui de la piraterie. Il est bien entendu que nous ne parlons pas ici de ces brigandages fortuits qui se sont exercés en tout temps sur les mers, mais des grandes associations qui ont donné à ces brigandages le caractère d'organisation et de généralité qui font qu'un désordre n'est plus seulement le fait d'individus, et devient l'expression d'une époque.

Ces associations peuvent se réduire à trois :

La première, fut celle des *pirates de Cilicie*, que

Pompée alla combattre, et l'étendue même des pouvoirs qui lui furent accordés à cet effet, prouve la grandeur du danger. Il réussit à les détruire, leur prit huit cents vaisseaux, et revint à Rome pour recevoir les honneurs du triomphe.

La seconde association du même genre fut celle qui se forma au dix-septième siècle, dans l'île de la Tortue. Le despostisme des Romains, qui voulaient soumettre toutes les terres à leur domination, avait donné naissance aux corsaires de Cilicie; le despotisme des Espagnols, qui prétendaient régner seuls sur l'Atlantique, produisit les Flibustiers.

Depuis plus d'un siècle, les conquérants du nouveau monde traitaient en pirates les étrangers qui osaient approcher de leur conquête, brûlant leurs navires, détruisant leurs colonies, et les égorgeant après les avoir reçus à composition. Aussi inspiraient-ils une haine implacable et générale. Leurs cruautés, inouies dans le Nouveau-Monde, les avaient d'ailleurs placés, pour ainsi dire, en dehors de l'humanité. Ils avaient accoutumé leurs meutes à se nourrir de la chair des Américains, et s'étaient servis de leur graisse fondue pour fabriquer des onguents. Les cruautés qu'exercè-

rent contre eux les Flibustiers ne parurent donc que
de justes représailles, et un des chefs les plus célèbres
de ces derniers, Montbars-l'Exterminateur, se fit appeler le *Vengeur des Indiens*. Ce sentiment était si
général, qu'on le trouve exprimé dans tous les livres
qui furent alors écrits sur ce sujet en France, en Angleterre, en Hollande ou en Espagne. Oëxmelin alla
même jusqu'à placer au frontispice de son *Histoires des
Aventuriers*, une gravure qui, d'un côté, représente
un Espagnol tuant un Américain, avec cette inscription : *Innocenter*, et de l'autre, un Flibustier tuant un
Espagnol, avec ces mots : *pro peccatis*, expressive op-
position qui dit clairement où sont les sympathies de
l'auteur et comment il les justifie.

Quant à la troisième association de pirates, bien
qu'elle suivit d'assez près les Flibustiers, elle eut une
cause toute différente, et se composa, presque exclusivement, d'aventuriers anglais. La lutte de Guillaume
d'Orange contre Louis XIV fut généralement malheureuse pour la Grande-Bretagne, surtout en Amérique;
aussi les Anglais eurent-ils recours à tous les moyens
pour réparer leurs pertes et arrêter la puissance toujours croissante de la France dans le Nouveau Monde,

Ce qu'ils avaient perdu pendant la guerre, ils tachèrent de le regagner, par la piraterie, pendant la paix. La Jamaïque et la Barbade devinrent des repaires de bandits qui ruinaient le commerce de nos colonies et faisaient des descentes jusque dans les plantations. Mais le nombre de ces pirates augmentant, l'ennemi qui leur avait été abandonné ne leur suffit plus, si bien qu'ils commencèrent à courir indistinctement sur les vaisseaux de toutes les nations.

Ils formèrent enfin un établissement à l'île de la *Providence*, et il fallut, de la part du gouvernement anglais, de longs et sérieux efforts pour détruire cette puissance que lui-même avait primitivement encouragée.

Du reste, cette dernière société de pirates, qui fut la plus courte et la plus mal organisée, n'en est pas moins peut-être celle qui offre l'histoire la plus variée. La singulière biographie qui va suivre n'en est qu'un des moindres épisodes, et si nous la donnons de préférence à d'autres plus saisissantes, c'est qu'il nous a semblé y voir la personnification, à la fois triste et bouffonne, de la vanité des renommées humaines.

Mais pour donner ce récit, il faut que le lecteur nous permette de le transporter à Plymouth, vers le milieu du mois d'août 1693.

Cette grande cité maritime, composée de trois cités (ce qui l'a fait appeler un *rendez-vous de villes*), était, dès le règne de Guillaume d'Orange, le port militaire le plus important de la Grande-Bretagne. Cependant elle n'avait point encore cette régularité géométrique si enviée par *les hommes de progrès* du continent, et qui donne aux villes modernes de l'Angleterre l'aspect d'immenses damiers de moellons passés au noir de fumée. Plymouth était *mal bâtie*, c'est-à-dire que ses quartiers étaient déshérités des charmes de la ligne droite et des grâces de la perpendiculaire. Plus d'une rue y serpentait capricieusement, sans égard pour l'axiôme qui nous enseigne le chemin le plus court; plus d'une maison avançait sur la voie publique ses étages à pans de bois ou ses corniches sculptées, privant ainsi les passants, selon l'occurrence, de pluie ou de soleil: enfin l'entrée du port était *deshonorée* par une centaine de ces cabanes à toits fumeux et moussus, devant lesquels Van Ostade aimait tant à placer une vieille femme éclairée par un coucher de soleil, ou quelque marin à jambe de bois regardant jouer les enfants.

Ce quartier était, à la vérité, plus beau à peindre qu'à visiter, et sa destruction eût été moins regrettable pour la morale que pour le paysagiste, car la plupart des huttes qui la composaient n'étaient habitées que par des taverniers ou des filles de joie. C'était là que les matelots anglais venaient, au retour de leurs expéditions lointaines, perdre, comme ils disaient, le goût du *chat à neuf queues* (1) et de la viande salée; là qu'ils touchaient leur arriéré de plaisir, en se livrant à des excès aussi prodigieux que les privations les avaient precédés.

Or, le jour où commence notre récit, la taverne du *Peck-d'Argent* retentissait de cris joyeux poussés par une troupe de jeunes marins et par une demi-douzaine de femmes de mauvaise vie. Grâce « à ces aimables infirmités » comme les eût appelées le poète Drýden, et aux flots de gin déjà versé, les braves matelots de Georges-Rooka avaient complétement oublié le cruel échec que Tourville venait de leur faire subir, et ne

(1) Martinet à neuf cordes dont on frappe les matelots anglais.

songeaient qu'à se dédommager de six mois de conti-
nence et de sobriété forcée. Le *Rulle Britannia* lui-
même avait fait place à des chants moins sublimes ; la
vieille Angleterre était détrônée pour *Jean Grain-
d'Orge*, et la liberté des mers momentanément abandonnée au monde ! Le corps britannique était ivre !

Les pintes venaient d'être emportées par le tavernier
pour être remplies un dixième fois, lorsqu'un nouveau
personnage entra au *Peck-d'Argent*.

C'était un homme d'environ cinquante ans, pâle,
marchant avec peine, et dont les vêtements annonçaient une misère si sordide que les buveurs eux-
mêmes en furent frappés. Les lambeaux dépareillés
qui composaient son habillement étaient rattachés
l'un à l'autre par des brins de *filin* dédoublé ; ses
chaussures crevées laissaient paraitre ses pieds nus,
et l'un des rebords de son feutre déteint, pendait à
demi détaché jusque sur son épaule. Il avait les cheveux en désordre, la barbe blanchie par endroits et
hérissée, le regard brillant d'un éclat vitreux, les
narines contractées et les lèvres frissonnantes. Cependant, sous cette expression maladive, il était facile
de retrouver encore, dans cet homme, des traces de

vigueur. Ses traits étaient fortement dessinés, sa taille élevée, et, malgré la nécessité de ménager un costume que le moindre tiraillement pouvait compromettre, ses mouvements avaient une certaine liberté qui prouvait une énergie exercée.

En entrant, il regarda autour de lui d'un air hagard, s'approcha d'un banc qui touchait à la table des matelots, et s'assit.

William Bitter, joyeux contre-maître du vaisseau de S. M. *le Dragon*, leva les yeux dans ce moment et l'aperçut :

— Saint-Georges ! s'écria-t-il, qu'est-ce qui nous vient-là ?

— Quelque mendiant de la montagne, reprit le canonnier Rakam en jetant, par-dessus l'épaule, au nouveau venu, un regard de dédain.

— Non, reprit Willam, ce doit être un homme de mer.

— Pourquoi cela ?

— Ne vois-tu pas qu'il manœuvre ses culottes comme une voile d'artimon, et qu'il a pris des ris de peur des coups de vent.

L'hilarité qu'excita cette plaisanterie fit lever la tête
à l'étranger.

— Depuis quand les marins d'avant-hier se permet-
tent-ils de railler leurs aînés ? dit-il d'une voix rauque et hardie.

Rakam se retourna.

— Est-il donc vraiment du métier ? demanda-t-il
avec un air protecteur.

— Assez pour distinguer un loyal matelot d'un re-
fouleur de gargousses ! répliqua l'homme aux haillons,
de ce ton de mépris qu'affectaient les marins de l'époque pour tous les corps auxiliaires qui servaient avec
eux sur les vaisseaux du roi.

— Par le ciel ! c'est un des nôtres ! s'écria gaîment
Bitter. Holà, l'ami, je ne vous parlerai plus de votre
manière de faire des reprises, puisque vous avez la
peau tendre de ce côté : mais approchez un peu du
bout de la table, et buvez avec nous.

L'étranger s'approcha, et, malgré la fièvre qui faisait trembler sa main, il prit un gobelet qu'il tendit
au jeune contre-maître.

— Allons, reprit celui-ci en trinquant, à une meil-

leur fortune, milord !... et surtout à une meilleure
santé ! car si l'habit a fini son temps, il me semble
que la doublure n'est guère en meilleur état...

— Le fer lui-même finit par s'user, murmura l'inconnu qui, après avoir trempé ses lèvres dans le gin,
reposa le gobelet sur la table avec une sorte de dégoût.

— Buvez, buvez, reprit William ; il n'y a que cela
pour reprendre des forces ; le gin est le soleil de l'estomac ! et je vous en verserai à discrétion.

— Vous avez donc touché votre solde de mer ?

— Et nous voulons la dépenser jusqu'au dernier
farthing. Il faut bien s'indemniser de ce que l'on a
souffert ; après la diète, l'abondance. Nous mettons
nos vices au vert, comme dit le révérend Purry, et
nous les laissons paître à leur faim ! Malheureusement
la bourse est légère ; nous n'avons eu ni gratifica-
tions, ni parts de prise...

— Que pourrait-on prendre avec ces chiens de Français ? dit Rakam en haussant les épaules ; des mendiants qui n'ont que leur chemise, et qui la défendent
comme si elle était doublée de perles fines !... Non,

non, ce n'est pas dans les mers d'Europe qu'il faut courir le bond ord.

— Et tu pourrais ajouter, dit Bitter en guignant le canonnier, que ce n'est pas sous le pavillon du roi Guillaume.

— Sous lequel donc ? demanda une des filles qui se trouvaient là.

— Sous celui de Jacques Avery, ma colombe.

L'homme aux haillons dressa la tête.

— Jacques Avery! répéta-t-il.

— Oui, dit Rakam, celui que l'on a appelé l'*heureux pirate*, et sur lequel on a fait une comédie qui se joue demain ; j'ai vu l'affiche de toile près du bureau de l'amirauté.

— Que je sois damné si je ne vais la voir, s'écria Bitter ; vous connaissez l'histoire de Jacques Avery, milord ?

— Je crois avoir entendu prononcer ce nom, dit l'étranger.

— Jacques, reprit William, qui était bien aise de trouver un prétexte pour parler de son héros favori,

était le contremaître du capitaine Gibson, le plus in-
vétéré buveur de toute la marine royale. Ce fut lui qui
profita, il y a quelques années, du moment où le capitaine buvait son grog pour enlever le navire, qu'il
montait et se faire écumeur de mer.

— Ce qui vaut mieux que de courir la bouline pour
le Hollandais, objecta Rakam d'un air rogue.

— Surtout quand on a le bonheur de Jacques, reprit
Bitter, et que votre première prise est un vaisseau
chargé d'or, de pierreries, et conduisant à la Mecque,
la fille du Grand Mogol...

— Qui est maintenant la femme d'Avery, interrompit le maître canonnier, car le drôle a su profiter du
flot ; il s'est retiré à Madagascar avec toûtes ses richesses et s'y est fait reconnaître roi.

L'étranger le regarda avec une expression de doute
railleur.

— Qui a dit cela ? demanda-t-il.

— Qui ? répéta Rakam ; pardieu ! tous ceux qui
naviguent dans la mer des Indes et qui ont été pour-
suivis par ses vaisseaux ! Car le roi Avery a une flotte
montée par des équipages de toutes nations, depuis

les peaux rouges du Canada jusqu'aux peaux jaunes
du japon, et portant pour pavillon un drapeau noir sur
lequel est dessiné le squelette de la mort qui perce un
cœur sanglant. Pierre Stoll a monté un de ces navires
et m'a assuré que rien n'y manquait : il y avait même
un aumônier pour dire les prières et épicer le punch.
Quand ils ont fait une course heureuse, ils regagnent
Madagascar, où Avery a bâti un fort, des magasins et
un palais, dans lequel il vit entouré de négresses qui
n'ont d'autre occupation que de l'éventer avec des feuilles de palmier.

— C'est la vérité, reprit Bitter. Le capitaine Woode
Roger a vu le pays que Jacques et ses pirates ont soumis. Pour le tenir dans l'obéissance, ils ont bâti au
milieu des forêts des espèces de citadelles auxquelles
on ne peut arriver que par des labyrinthes bordés de
bois épineux, et d'où ils gouvernent leur sujets sans
craindre les surprises.

— Et la preuve que ce n'est pas un conte de gail-
lard-d'arrière, ajouta Rakam, c'est que le conseil d'a-
mirauté songe à envoyer une flotte pour dénicher le
vieux Jacques de son aire.

— Plus à présent, maître, plus à présent, dit le ta-

vernier qui écoutait, les deux mains passées dans la
ceinture de son haut-de-chausses ; le conseil a changé
d'avis ; Guillaume en a assez de sa querelle avec le roi
de France ; il ne veut rien avoir à démêler, pour le
moment, avec son nouveau cousin de Madagascar, et
ne pouvant le faire pendre, il va lui adresser des pro-
positions...

L'étranger, qui avait trempé un doigt dans son gobelet et s'en servait, comme d'un pinceau, pour tracer
des arabesques sur la table de chêne, tressaillit à ces
derniers mots et releva la tête.

— Est-ce vrai, dit-il vivement ; qui t'a appris cela ?

— Pardieu ! c'est imprimé, reprit l'aubergiste ;
voici la pancarte que ma donnée, ce matin, un des
copistes de l'amirauté.

Bitter, qui était plus près du tavernier, prit le papier et lut tout haut. C'était une ordonnance royale,
accordant à Jacques Avery la permission de rentrer
en Angleterre et l'oubli du passé.

— Un pardon complet ! s'écria l'étranger avec un
transport de joie, j'accepte, j'accepte !...

Tous les matelots se détournèrent en poussant une exclamation de surprise.

— Comment! que voulez-vous dire? demanda Bitter.

— Je veux dire, s'écria l'homme aux haillons avec un rire ému, que c'est moi qui suis le maître de la mer des Indes, le gendre du Grand Mogol, le roi de Madagascar, Jacques Avery, enfin, l'*heureux pirate !*... pour le moment à la recherche d'une paillasse et d'une paire de culottes.

Cette déclaration causa parmi les matelots un mouvement de stupeur ; tous les yeux s'arrêtèrent sur le forban en haillons, et tous les esprits semblaient faire un effort pour passer de la brillante chimère dont ils s'étaient bercés à cette repoussante réalité.

— Jacques Avery, répétèrent-ils en cœur ; c'est impossible... Le drôle se moque de nous.., ce ne peut-être l'ancien contre-maître du capitaine Gibson... Quelle preuve a-t-il à donner ?

Pour toute réponse, l'étranger chercha dans son sein un portefeuille de peau de *javaris* (1), dont il tira un papier sale et déchiré qu'il jeta sur la table.

(1) Sanglier américain.

Rakam le prit ; c'était l'acte de naissance de Jacques Avery, portant le timbre de la paroisse de Biddifort, dans le Devonshire.

Le papier passa de mains en mains, et bien que la plupart des matelots ne pussent le déchiffrer, tous commencèrent à croire lorsqu'ils y eurent jeté les yeux. Les détails donnés par l'étranger achevèrent d'ailleurs de dissiper leurs doutes, et leur firent comprendre comment l'erreur sur la véritable position de Jacques Avery avait pu naître et se propager.

L'audace avec laquelle il s'était emparé du vaisseau du capitaine Gibson sur une rade amie et en présence d'autres navires anglais, avait d'autant plus fixé sur lui l'attention publique, que c'était le premier acte de ce genre qui se fût produit dans de pareilles circonstances. La prise du navire monté par la fille du Grand-Mogol qui, pour se venger de cette piraterie, voulut détruire tous les établissements anglais placés à sa portée, acheva de rendre son nom populaire dans les ports de la Grande-Bretagne. Aussi se trouva-t-il alors dans le cas de l'Hercule antique auquel on avait fait honneur de toutes les grandes choses exécutées par ses contemporains, tous les brigandages commis

dans la mer des Indes lui furent attribués, et les pirates, pour qui cette croyance était une sauve-garde,
à ... ... à la confirmer. Le nom de Jacques
Avery devint une sorte de fantôme derrière lequel
chacun d'eux cacha son propre nom. Partout où il y
avait des navires pris, des cargaisons pillées, des
équipages abandonnés sur des îles désertes, c'était
par l'ordre de Jacques Avery! Quiconque s'était donné
pour métier de voler et de tuer sur l'Océan, s'appelait
ainsi désormais : Jacques n'était plus un homme, mais
un symbole : c'était la piraterie incarnée (1).

Cependant, au moment même où l'indignation publique supposait ainsi une association entre des crimes
isolés et faisait de l'ancien contre-maître, le Romulus
d'une république de pirates, celui-ci avait déjà abandonné la partie et regagnait l'Angleterre avec la
vaisselle d'or et les diamans pillés dans le vaisseau
arabe, espérant que le produit de leur vente lui per-

(1) Ce fut ainsi qu'on put lui croire une flotte. L'établissement de quelques aventuriers réfugiés à Madagascar et qui s'y
fortifièrent, donna lieu à la fable du prétendu royaume dont
Avery était le fondateur. (Voyez, *Histoire des Pirates anglais*,
par Johnson, p. 19).

mettrait de vivre le reste de ses jours « comme un
chrétien repentant et à son aise..... » Mais en débar-
quant à Cork, il trouva son nom dans toutes les bouches, et apprit, pour la première fois, quelle réputation
formidable lui avait été faite. Son portrait se vendait
dans toutes les foires, et les matelots chantaient des
ballades dont il était le héros.

Cette célébrité inattendue l'effraya. Craignant d'être
reconnu s'il restait sur les côtes, il s'enfonça dans
l'intérieur des terres, chargé de ses diamants et de
lingots d'or qu'il cachait sous ses haillons, mais dont
il ne pouvait réaliser la valeur de peur de se trahir.

Ce fut, de son aveu, l'époque la plus misérable et la
plus tourmentée de sa vie entière. Tour-à-tour excité
par les aiguillons du désir et les avertissements de la
prudence, condamné à manquer de tout avec les
moyens de tout obtenir, et n'ayant de la richesse que
les angoisses, il parcourut une partie de l'Irlande, vivant
de galette d'avoine, buvant aux fontaines et couchant
dans les granges. Enfin, ne pouvant supporter plus
longtemps ces misères, il gagna Biddifort, où il avait
quelques parents auxquels il se confia, et qui l'adres-
sèrent à un joaillier de Plymouth.

Celui-ci se chargea des lingots et des diamants avec promesse de les vendre; mais lorsque, quelques mois après, le pirate vint lui en réclamer le prix, l'honnête bourgeois le fit jeter à la porte par ses apprentis, en le menaçant, s'il reparaissait chez lui, de le dénoncer à l'amirauté.

Ce fut le soir même de cette visite que Jacques Avery se présenta, comme nous l'avons dit, à la taverne du *Peck-d'Argent.*

Les matelots avaient écouté avec un singulier intérêt son récit, interrompu par de nombreuses libations. Le gin semblait avoir exalté la fièvre de Jacques. A mesure qu'il parlait, sa voix devenait plus saccadée, ses idées plus confuses ; et, au moment de quitter la table, il fallut l'aider à se soutenir. Cependant ses compagnons, chancelants eux-mêmes, prirent cette défaillance pour l'effet de l'ivresse et le quittèrent près du bureau de l'amirauté, après avoir échangé la promesse de se revoir, le lendemain, au *Peck-d'Argent.*

Mais, le lendemain, les gardiens du port trouvèrent, en sortant, un homme étendu sans mouvement le long du mur d'enceinte. C'était le pirate qui, étourdi par la maladie et l'ivresse, n'avait pu aller plus loin et s'était couché dans le ruisseau pour mourir. Au-dessus de son cadavre flottait encore, suspendue au mur, l'affiche du spectacle de la veille, sur laquelle on lisait, comme une ironique épitaphe :

L'HEUREUX PIRATE,

ou

JACQUES AVERY, ROI DE MADAGASCAR.

BREST.

— 1790 — 1793 —

1.

Qui voit Brest aujourd'hui dans sa régularité un peu froide, son élégance d'habitudes, sa douceur de mœurs et son amoindrissement maritime, ne peut se faire une juste idée de ce qu'il a été autrefois. Quelque changement que le temps apporte à ce grand port, nul ne le verra tel que l'ont vu nos pères. Ce vaisseau à l'ancre sur la plus belle rade du monde pourra regréer ses mâts, reprendre son air marin et guerrier, mais il ne retrouvera plus les anciens équipages qui garnissaient ses gaillards ; le vieux Brest royaliste et le vieux Brest républicain ont péri sans retour. La physionomie morale du grand port a changé avec les hommes et les idées ; c'est seulement par les récits que l'on peut désormais connaître ce qu'il était.

Je me rappelle encore ceux que nous faisait mon père pendant les veillées d'hiver, quand la marée remplissait notre petit port et que les vieux navires, lourdement agités par la houle, gémissaient sur leurs amarres. Ils sont toujours restés dans ma mémoire comme un enseignement, et si je donne ici ces souvenirs du passé, c'est surtout afin de faire mieux aimer le présent.

Je laisserai parler mon père comme il le faisait alors, mais sans pouvoir conserver à son récit l'accent qui colore l'expression, le geste et le regard qui sculptent pour ainsi dire l'image ; toute cette physionomie enfin du témoin authentique avec laquelle nous vient un reflet du temps qui n'est plus.

II

J'étais encore jeune lorsque je fis mon premier voyage à Brest, en 89. Quoique je n'eusse point vu jusque-là de port militaire, je fus peu frappé de celui que j'avais sous les yeux. Je le trouvai petit, étroit, mesquin. Mais si la vue du port de Brest n'éveilla point chez moi l'admiration qu'il méritait, en revanche, l'aspect de sa population me causa une singulière surprise. Je trouvais là un peuple sans nom, chez lequel je cherchais en vain un type national, et qui ne ressemblait à rien de ce que j'avais connu jusqu'alors. Ce n'étaient ni des Européens, ni des Asiatiques, ni des Afri-

cains ; c'était quelque chose de tout cela à la fois. **Brest**
avait tant reçu dans son port de ces grandes escadres
sur lesquelles naviguaient des rénégats de toutes les
nations, que le libertinage y avait confondu tous les
sangs de la terre. Son peuple présentait je ne sais quel
indéfinissable mélange de toutes les couleurs et de
toutes les natures, depuis le Lapon huileux jusqu'au
nègre de la terre de Feu, depuis le Chinois vernissé
jusqu'au Mohican des grands lacs.

Les classes supérieures elles-mêmes, quoique restées à l'abri de cette promiscuité brutale, en avaient
ressenti le contre-coup. L'Inde, dont nos navires
couvraient alors les mers, avait habitué notre marine
à ses sensualités orientales, et tous, officiers et matelots, en avaient rapporté je ne sais quel soif de
volupté, quelle fièvre licencieuse qui s'était communiquée de proche en proche, et avait bientôt envahi
tous les rangs.

La noblesse, qui occupait exclusivement les positions
élevées, donnait l'exemple à cet égard. On trouvait
encore chez elle le débordement licencieux du siècle
précédent : c'était la régence avec des passions plus
sauvages, plus sincères ; la régence avec d'ardents

marins calcinés par les tropiques, au lieu de pâles
roués en jabots de dentelles ; la cabine de six pieds et
le hamac africain, au lieu de la petite maison et du
sopha à frange de soie.

Du reste, ce n'était pas seulement par son libertinage que Brest rappelait une époque passée. Il
n'existait point, en 89, dans toute la France, une autre
ville qui eût conservé aussi intactes les traditions de
la monarchie féodale et les préjugés nobiliaires. Les
idées révolutionnaires avaient commencé à y germer
vigoureusement comme partout, mais sans pouvoir
détruire l'aristocratique despotisme de la marine.

Ce corps se partageait alors en deux catégories
bien distinctes : l'une, nombreuse, riche, influente,
recrutée dans la noblesse, formait ce que l'on appelait
le grand corps ; l'autre, presque imperceptible, pauvre et méprisée, était composée des officiers de fortune
que le hasard ou un mérite supérieur avait tirés de la
classe des pilotes et que l'on désignait sous le nom
d'*officiers bleus.*

Avant de faire partie du *grand corps,* les cadets des
familles titrées passaient par l'école des *gardes de pavillon,* qui, à de très-rares exceptions près, leur était

exclusivement réservée. Cette école, soumise à une
discipline fort relâchée, était pour Brest une cause
perpétuelle de désordres. Rien n'arrêtait cette jeunesse
gâtée et vaine, accoutumée dans le manoir paternel
à la servilité complaisante de vassaux tremblants, et
qu'on lançait tout-à-coup sans frein, avec un uniforme
et une épée, au milieu des licences de la vie de mer.
Chez les vieux officiers, du moins, l'expérience et le
bon sens assouplissaient l'orgueil hériditaire ; le frottement du monde en émoussait le tranchant ; l'âge, en
assoupissant la turbulence des passións, les rendait
moins effrénées ; mais, chez ces enfants, rien n'en
adoucissait la grossière manifestation. Leur vanité
s'exerçait dans toute sa naïveté ; ils se faisaient un point
d'honneur de leur insolence ; ils mettaient leur amour-
propre à se rendre insurportables, et ne se trouvaient
jamais assez affronteurs, assez odieux. Aussi avaient-
ils pris possession de la ville et s'y conduisaient-ils en
conquérants. Tout ce qui ne portait pas, comme eux,
la culotte et les bas rouges, leur était ennemi.

Ce n'était pas seulement l'expression d'un orgueil
insolent que le bourgeors avait à supporter, c'étaient
les taquineries tracassières d'écoliers effrontés ; c'é-

taient des impertinences assez adroites, assez multipliées pour trouver les joints de la patience la plus
solide. Et nul moyen de se préserver de ces attaques,
car elles venaient vous chercher partout, sur les promenades, au spectacle, dans votre maison.

La nuit surtout nul ne pouvait s'en croire à l'abri.
Souvent, au milieu de votre sommeil, vous étiez réveillé par une voix lamentable qui vous appelait par
votre nom : vous couriez ouvrir votre fenêtre, et à
peine aviez-vous passé la tête dehors, qu'une brosse
insolente vous peignait la figure à l'huile, aux grands
éclats de rire des gardes de marine qui tenaient l'é-
chelle du barbouilleur. Un autre jour, en vous levant,
vous ne trouviez plus ni portes ni fenêtres à votre rez-
de-chaussée, tout avait été muré pendant la nuit.
Ici c'étaient des enseignes dont on avait changé la
place, de telle sorte que l'affiche d'une sage-femme
se trouvait sous le balcon d'un pensionnat de jeunes
filles ; là le réverbère que l'on s'était amusé à descendre dans le puits banal, tandis que le seau avait été
hissé à la potence du réverbère.

Et qu'on ne croie pas que l'insolence des gardes de
pavillon se bornât à ces insultes anonymes et indivi-

15

duelles. Parfois elle s'adressait à la population entière.
Un jour, par exemple, ils se disaient : — Il n'y aura
pas de spectacle ce soir ; et quand vous arriviez avec
votre fille ou votre femme pour voir la pièce nouvelle,
vous trouviez deux de ces messieurs à la porte du
théâtre, le chapeau sur l'oreille, l'épée à la main, qui
vous disaient tranquillement :

— On n'entre pas, — en vous mettant la pointe au
visage, et il vous fallait rebrousser chemin.

Un autre jour, c'était une promenade qui était ainsi
mise en interdit. A ceux qui se présentaient, on criait
de loin :

— Les gardes de marine se promènent, monsieur !
Et il fallait se retirer.

Anciennement cette audacieuse licence était allée
plus loin, et les officiers supérieurs en avaient donné
l'exemple. On tendait des filets dans les carrefours ; on
prenait au piège les jeunes servantes qui sortaient, le
fanal à la main, pour aller chercher leurs maîtresses,
et on ne les relâchait que le lendemain. Les bour-
geoises elles-mêmes ne pouvaient se montrer dans les
rues, une fois la nuit close, sans s'exposer à être insul-
tées. La fille d'un marchand de la rue des *Sept-Saints*

(alors fort différente de ce qu'elle est aujourd'hui) fut
enlevée, en sortant des prières du soir, et quand, huit
jours après, on la rendit à son père, elle était folle !
Cette fois-l'affaire fit du bruit ; le peuple murmura :
on trouva l'espièglerie trop forte, et les chefs voulurent
faire un exemple sur les quatre officiers coupables de
l'enlèvement. Ils furent *mis aux arrêts et condamnés
à placer à leurs frais la fille du marchand à l'hôpital !*

Ce fut à la même époque qu'un capitaine de frégate,
partant pour l'Inde réunit ses créanciers à bord, fit lever l'ancre, et ne consentit à les débarquer qu'à vingt
lieues de Brest, et après avoir exigé quittance de chacun d'eux. Cette escroquerie ne lui attira aucun châtiment.

Si la conduite des officiers était telle, on conçoit
quelle devait être celle des matelots. La licence des
chefs servait de modèle et d'excuse à la licence de
leurs inférieurs. Quand des équipages arrivaient de
mer, ils s'emparaient de la ville comme du pont d'un
navire pris à l'abordage. Alors il fallait faire rentrer
les enfants et les femmes, fermer les fenêtres et bais-
ser les rideaux ; car le regard ne pouvait tomber dans

la rue sans rencontrer une image sanglante ou obscène.
Mais, la nuit venue, c'était bien autre chose : on n'entendait plus que clameurs furieuses, cris de meurtre et
hurlements d'ivrogne ; la ville, qui avait été tout le
jour un lupanar, devenait alors un coupe-gorge. Les
matelots et les soldats s'assassinaient dans chaque
carrefour, sans que personne songeât à s'y opposer,
et sans que le paisible habitant prit garde à une chose ·
aussi vulgaire. Le lendemain seulement les laitières
de la campagne, en parcourant les rues encore solitaires, s'arrêtaient un instant autour des cadavres que
l'orgie avait laissés après elle, puis passaient en disant
tranquillement :

— Il paraît qu'il y a des navires du roi en rade.

Tandis que le bourgeois devant la porte duquel
l'homme était tombé, faisait débarrasser le seuil, laver le pavé, et rentrait pour déjeuner.

Comme je l'ai déjà dit, cet état de choses s'était mo-
difié en 89. Sans avoir perdu son orgueilleuse suf-
fisance, le corps de la marine était forcément plus
circonspect à l'égard des habitants, qui se montraient
moins patients que par le passé. Cependant des rixes
fréquentes avaient encore lieu, et je me rappelle avoir

été forcé deux fois de mettre l'épée à la main, en pleine promenade, pour faire respecter des dames que je conduisais. Ces faits d'ailleurs étaient journaliers.

Quant au dédain que le grand corps avait toujours témoigné aux officiers sans naissance, il restait le même qu'autrefois. C'étaient toujours *les officiers bleus* ou les *intrus*, comme ils les appelaient! Hommes de fer qui, malgré les mépris, étaient allés droit devant eux, dont le courage et le talent avaient grandi au bruit des risées, et qui étaient entrés dans le corps aristocratique comme sur le gaillard d'un vaisseau anglais, le pistolet au poing et la hache à la main!

Du reste, la hauteur injurieuse que les privilégiés affectaient à leur égard avait une autre source que la cause avouée. L'orgueil couvrait de son pavillon les sentiments de jalousie que l'on n'aurait osé étaler au grand jour. Les nobles sentaient que la seule présence de ces hommes dans leurs rangs était une violation de leurs droits héréditaires. C'était une protestation vivante du talent contre la naissance, un cri sourd d'égalité jeté par la nature au milieu des inégalités consacrées!

Puis, les *officiers bleus* avaient l'impardonnable tort

d'être habiles. On pouvait les humilier, mais non s'en passer. Il fallait donc faire payer le plus chèrement possible leurs indispensables services. Aussi rien n'était-il épargné à cet égard. L'insolence envers *un intrus* n'était non-seulement permise, c'était un devoir sacré qu'on ne pouvait oublier sans s'exposer soi-même au mépris de ses camarades. Lorsque je visitai Brest, on me montra un vieux capitaine qui, dans sa vie, avait fait amener pavillon à soixante navires anglais de toute force, qui comptait trente-deux blessures reçues dans quarante combats ; ses deux fils, sortis depuis peu des gardes de marine, avaient tout à coup cessé de le voir : surpris et affligé de cet abandon, le vieillard leur en avait fait un tendre reproche ; les jeunes gens avaient baissé les yeux avec embarras ; enfin, pressés par les questions du vieux marin :

— Que voulez-vous, mon père, avait répondu l'un d'eux, on nous a fait sentir que nous ne pouvions plus vous voir !... vous êtes *un officier bleu !*

Et ne croyez pas que la haine des officiers du *grand corps* contre les intrus s'arrêtât à ces cruelles insultes ; parfois elle descendait jusqu'aux plus lâches guets-

apens. Le capitaine Charles Cornic en fournit un
exemple.

Ce nom est trop peu connu, et, puisqu'il est tombé
sous notre plume, nous dirons quelque chose de celui
qui le portait. Ce sera pour nous le moyen le plus infaillible de faire connaître ce qu'était la marine d'alors,
et, en même temps, l'occasion de ramasser à terre une
de ces gloires ignorées, pièces d'or perdues dans la
poussière, et sur lesquelles un siècle marche sans les
voir.

III.

Charles Cornic était né à Morlaix. Tout jeune, il commanda les corsaires de son père, et parcourut les mers de l'Inde, battant les Anglais et ruinant le commerce de la Compagnie. C'était ainsi que commençaient alors tous ces vaillants hommes de mer qui, comme Jean Bart, Dugay-Trouin et Desessarts, n'avaient à faire graver dans leur écusson roturier qu'une boussole et une crosse de pistolet.

Charles Cornic se rendit si redoutable dans ses croisières, que le ministre de la marine, qui entendait sans cesse répéter ce nom, consentit à l'essayer. Mais

15.

le faire ainsi de prime abord officier de la marine royale,
sans autre titre que sa gloire, eût été une énormité
capable de soulever toute la noblesse. Le ministère n'osa
se permettre un tel abus de pouvoir. Il donna à Cornic
le commandement de la frégate *la Félicité*, avec une
simple commission de lieutenant de frégate, qui le laissait en dehors du corps de la marine.

Cornic s'en inquiéta peu. Il avait un navire sous ses
pieds et le pavillon de France à sa drise ; il n'en demandait pas davantage. Il part pour escorter *le Robuste*
qui se rendait à la Martinique, rencontre le corsaire
anglais *l'Aigle*, fort de vingt-huit canons, l'attaque,
l'aborde, et le prend après une demi-heure de combat.
De retour en France, et prêt à rentrer à Brest, il trouva
l'Iroise bloquée par une escadrille anglaise. Cornic
assemble son équipage, composé tout entier de Bretons.

— Garçons, leur dit-il dans leur langue, nous avons
là sous notre vent un vaisseau, une frégate et une
corvette qui ne veulent pas nous faire place ; mais la
mer et le soleil sont à tout le monde. Vous devez être
pressés d'embrasser vos mères et de faire danser vos
bonnes amies aux *Pardons :* nous allons passer droit

notre chemin, comme de vaillants gars et sans regarder
derrière. Derrière c'est la mer, et devant c'est le pays.
Au plus faible d'abord : mettez la barre sur la corvette,
et nous allons voir.

Un joyeux *hourra* s'éleva de tous les points du navire, et chacun prit son poste. *La Félicité* rencontra
d'abord la frégate *la Tamise*, qui lui envoya ses deux
bordées auxquelles elle riposta ; puis, passant outre,
elle essuya le feu du vaisseau *l'Alcide*, y répondit
et tomba, toutes voiles dehors, sur la corvette *le
Rumbler*.

Surpris ainsi et coupé de ses deux compagnons, *le
Rumbler* envoya ses bordées, puis voulut manœuvrer
pour se mettre derrière les feux des navires anglais ;
mais avant qu'il eût pu les rallier, *la Félicité* laissa
arriver sur lui, presque bord à bord, et lui envoya ses
deux volées à bout portant !

Un horrible fracas, suivi d'un grand cri, se fit entendre, et quand la frégate française, emportée un
instant par son aire, vira sur elle-même, le nuage de
fumée qui avait entouré la corvette se dégageait, et la
laissa voir démâtée de ses trois mâts et s'enfonçant
lentement dans les flots !

Cependant *l'Alcide* arrivait au secours du *Rumbler*
qui sombrait; Cornic profita du moment de trouble et
de retard qu'entrainait cette manœuvre pour tomber
sur la frégate ennemie qu'il couvrit de son feu. Il
l'aurait coulée comme la corvette, si *l'Alcide*, qui avait
mis ses embarcations à la mer pour sauver l'équipage
du *Rumbler*, virant de bord subitement, n'était venu
longer à babord *la Félicité*, qui se trouva ainsi prise
entre deux feux. Alors ce ne fut plus un combat, mais
un massacre. Le vaisseau anglais, dominant la frégate
française de toute la hauteur de ses batteries, semblait
un volcan en éruption, et l'inondait d'une pluie de
mitraille. On respirait dans une atmosphère de souffre,
de feu, de fer et de plomb. La fumée et le fracas de
l'artillerie ne permettaient ni de voir ni d'entendre. Le
vent, abattu par tant d'explosions, ne se faisait plus sentir; les voiles fasseyaient le long des mâts; la mer,
comme épouvantée, avait laissé retomber ses vagues,
et le navire n'obéissait plus au gouvernail. Tout à coup
le feu se ralentit, puis s'arrête. Cornic étonné regarde
autour de lui; un maître accourt:

— Capitaine, on ne reçoit plus d'ordre; tous les
officiers sont tués.

Le capitaine s'élance de son banc de quart. En ce moment, un boulet coupe la drise du pavillon français, qui disparait.

— Nous avons amené! crie un matelot.

Ce cri se répète dans la batterie, et les canonniers français jettent leurs mèches à la mer. De leur côté, les Anglais qui n'entendent plus le canon de *la Félicité* et ne voient plus flotter son pavillon, croient qu'elle s'est rendue et cessent de tirer. Mais Cornic a tout vu : il court à la chambre, reparaît avec un nouveau drapeau, monte lui-même sur la dunette pour le hisser, et tirant ses deux coups de pistolet sur les canons qui sont près de lui :

— Feu, garçons! s'écrie-t-il; votre capitaine et votre pavillon sont à leur poste: à vos pièces, et feu tant qu'il y aura un homme à bord !

Les marins obéissent avec un *hourra*, et le combat recommence plus acharné et plus terrible; mais il dura peu de temps. Las d'une lutte si longue, écrasés, vaincus, les Anglais cédèrent. Les deux navires qui restaient regagnèrent Plymouth, coulant bas d'eau, et sous leurs voiles de fortune, tandis que *la Félicité* entrait à Brest, noire de poudre, ses épares brisés

mais toutes voiles déployées, fendant légèrement les
flots, et avec le pavillon blanc fièrement cloué à son
mât.

En récompense de ce merveilleux combat, Cornic
fut nommé lieutenant de vaisseau, malgré les récla-
mations des officiers de marine, qui, pour se venger
de ses succès, le *mirent en quarantaine* (1).

Vers cette époque, l'amiral Rodney bloqua le Hâvre-
de-Grâce avec une escadre considérable. Ce port manqua bientôt de munitions. Pour lui en apporter, il
fallait traverser la flotte anglaise avec deux navires ;
c'était une entreprise qui offrait mille chances de mort
contre une de réussite. Cornic fut désigné pour la tenter, et cette fois les officiers du grand corps se turent :
ils espéraient être enfin délivrés de cet aventurier audacieux dont les triomphes les empêchaient de dormir.
Mais Cornic devait encore tromper leur attente. Il
partit de Brest après avoir pris toutes ses mesures,
arriva avant le point du jour au milieu de l'escadre
ennemie, portant le pavillon d'Angleterre et poursui-

(1) Mettre un officier en quarantaine, dans le langage maritime, c'est refuser de communiquer avec lui, de le saluer et de
lui parler.

vant *l'Agathe*, qui fuyait devant lui sous pavillon français ; il passa ainsi librement au milieu des Anglais,
qui le prirent pour un des leurs, et lorsqu'il fut à la
hauteur de leur dernière ligne, il hissa son drapeau
blanc, lâcha ses deux bordées et entra au Hâvre.

Ce nouveau succès devait faire espérer à Cornic
quelque récompense : elle ne se fit pas attendre. Il
apprit, huit jours après, que le commandement de sa
frégate lui était retiré !

Aigri et indigné, il revint dans son pays en jurant de
ne plus mettre le pied sur un vaisseau du roi.

Cependant il était trop jeune pour interrompre une
carrière si brillamment commencée. Les négociants de
la Bretagne voulurent le dédommager des injustices du
gouvernement ; ils firent construire et armer à leurs
frais le vaisseau *le Prométhée*, dont ils lui donnèrent
le commandement.

Cornic part pour l'Inde, rencontre le vaisseau *l'Ajax*,
fort de soixante-quatre canons, et s'en empare. Douze
officiers de marine, parmi lesquels se trouvait M. de
Bussy, étaient prisonniers à bord du navire anglais. On
juge de leur surprise et de leur dépit quand ils se ren-
contrèrent face à face avec *l'intrus* qui venait de les

délivrer. Ils voulurent pourtant balbutier quelques
mots de félicitations; Cornic s'inclina, et répondit
froidement que c'était, en effet, beaucoup d'honneur
pour lui, pauvre capitaine de corsaire, d'avoir châtié
l'Anglais qui av it eu l'audace de faire prisonniers des
officiers de sa majesté.

— J'espère que ces messieurs me le pardonneront,
ajouta-t-il, et il se retira.

Cette fierté amère indigna les compagnons de M. de
Bussy, et ils en gardèrent un ressentiment profond.

Leur arrivée à Brest produisit une grande sensation.
Le peuple, si bon appréciateur des actions d'éclat, portait aux nues le capitaine du *Prométhée*. Il ne parlait
pas seulement de son courage et de son habileté, il
vantait aussi sa loyauté, sa bienfaisance, sa brusquerie
même; car le peuple aime autant les défauts qui rap-
prochent de lui l'homme supérieur, que les vertus qui
font sa gloire. Les bourgeois, de leur côté, vantaient
son désintéressement, et répétaient qu'il avait laissé
aux armateurs du *Prométhée*, sans vouloir en prendre
sa part, tous les diamans trouvés à bord de l'*Ajax*,
dont la valeur s'élevait à cinq millions !

Ces éloges blessaient au vif l'orgueil du grand corps.

Les plaintes des prisonniers délivrés par Cornic accrurent l'irritation contre lui ; les privilégiés s'indignèrent d'entendre sans cesse ce nom les poursuivre comme un remords. Ils avaient eu trop de torts envers cet homme pour ne pas le haïr mortellement ; ils résolurent de s'en débarrasser.

. Cependant le capitaine du *Prométhée* n'avait entendu parler que vaguement du complot qui se formait contre lui, lorsqu'un jour, en descendant à terre, il trouva, au haut de la cale, un groupe d'officiers de marine qui l'attendaient. A leur attitude, à leurs regards, Cornic comprend aussitôt ce dont il s'agit. Il s'avance vers eux.

— Est-ce à moi que vous voulez parler, messieurs ? dit-il ; je suis à vos ordres.

Encore plus irrités de cette audace, les officiers déclarent au jeune marin qu'ils ont juré d'avoir sa vie, et qu'il faudra qu'il leur donne satisfaction à tous, l'un après l'autre.

— Soit ! répond Cornic, et il les conduit lui-même dans une des carrières voisines du cours d'Ajot.

Les fers se croisent, et le capitaine du *Prométhée* renverse son adversaire.

20*

— À un autre, messieurs, dit-il froidement.

Un autre se présente, et tombe également ; un troisième, un quatrième, un cinquième, ne sont pas plus
heureux. Il n'en restait plus que deux, qui hésitent.
Ils veulent objecter l'absence de témoins, dont ils s'a-
perçoivent alors pour la première fois.

— Ces messieurs nous en serviront, dit Cornic en
montrant les blessés.

Et il attaque les deux derniers officiers, qu'il blesse
comme les autres.

Cette affaire mit le comble à sa popularité ; mais
elle porta l'exaspération du grand corps à un tel point,
que l'intendant de la marine, pour éviter de nouvelles
rencontres, et peut-être un assassinat, fut obligé de
donner au capitaine du *Prométhée* UNE GARDE POUR SA
SURETÉ PERSONNELLE !

La carrière militaire de Charles Cornic se termina
à cette époque. Un amour partagé, son mariage avec
la femme qu'il aimait, la perte de cette femme, qu'il
trouva morte à ses côtés dix jours après l'avoir épousée,
le long désespoir qui suivit cette mort, tout se réunit
pour le retenir à terre et amortir chez lui l'aventu-
reuse ardeur qui l'avait jusqu'alors poussé à tant de

vaillantes témérités. En 1770 seulement, à l'époque
du terrible débordement de la Garonne, alors que les
populations épouvantées prirent la fuite, abandonnant
ceux que les eaux avaient surpris, les gazettes racon-
tèrent qu'un ancien marin, après avoir proposé les
plus grandes récompenses à ceux qui voudraient le
suivre, n'avait pu décider personne à le faire; qu'alors
il avait forcé, le pistolet sur la gorge, quatre matelots
à entrer avec lui dans un canot, et que, malgré la
violence du fleuve, il avait fait le tour de l'ile Saint-
George, recueillant les habitants qui s'étaient sauvés
dans les arbres et sur les toits. Le journal ajoutait
qu'il avait continué ce périlleux sauvetage pendant
trois jours et trois nuits, et qu'il avait ainsi arraché à
la mort six cents personnes, qu'il avait ensuite nourries
à ses frais pendant près d'un mois. Cet ancien marin
était Charles Cornic. Le roi Louis XVI lui écrivit *de sa
propre main* pour le remercier, et la ville de Bordeaux
lui envoya des lettres de bourgeoisie.

Mais cet événement avait réchauffé le sang de l'ancien corsaire. En entendant mugir à son oreille le
fleuve débordé, il avait cru reconnaître la grande voix
des flots ; en sentant sa barque vaciller sous ses pieds,

il avait pensé un instant retrouver le tangage d'un navire sur les vagues de l'Océan! Alors les réminiscences
de cette vie de dangers et de gloire qu'il avait abandonnée lui revinrent comme des parfums lointains. Il
commença à regarder vers la mer avec des aspirations
et des soupirs. Chaque soir, dans ses songes, il se
croyait debout sur le bastingage, son porte-voix de
commandement à la main, et suivant de l'œil une
voile éloignée qui prenait chasse devant lui. La guerre,
d'ailleurs, se préparait, et la France allait avoir besoin
de mains exercées pour tenir le gouvernail de ses
vaisseaux. Cornic ne put résister plus longtemps à
ses désirs; il se résigna à faire une démarche nouvelle et à demander un commandement. Après deux
mois d'attente, il reçut une réponse du ministre, qui
le remerciait de ses offres... et le refusait! Ce fut le
dernier coup pour lui. Il brisa son épée, et se retira
à la campagne pour y mourir.

J'ai raconté longuement cette histoire d'un homme
peu connu, parce qu'elle est caractéristique. Cornic
a été le type de l'*officier bleu*, et sa vie présente le
résumé des iniquités et des tortures qu'avaient alors à
supporter les marins sans naissance. Ce qu'il souffrit,

tous les autres le soufßrirent sous des formes et à des
degrés différents. Mais le jour de la justice approchait :
la noblesse s'étourdissait vainement dans une dernière
orgie du pouvoir; elle s'abreuvait vainement à longs
traits d'un orgueil qui la rendait ivre; c'était le festin
de Balthazar, et le Daniel qui devait expliquer l'inscription menaçante n'était pas loin.

A Brest même, comme je l'ai déjà dit, l'approche de
la révolution qui allait renouveler la France commençait à se faire assez vivement sentir, et l'insolence
aristocratique du grand corps s'était un peu adoucie.
Les bourgeois et les officiers bleus pouvaient bien encore recevoir des insultes, mais non les souffrir patiem-
ment. Une volonté d'insurrection contre les priviléges
se manifestait partout; l'esprit révolutionnaire soufflait
dans toutes les âmes. C'était je ne sais quoi de tur-
bulent, d'audacieux, que l'on se communiquait par la
parole, que l'on respirait dans l'air, que l'on sentait
germer subitement en soi sans cause apparente. Les
classes inférieures, jusqu'alors exploitées, semblaient
toucher à une de ces heures de résolution que tout
homme a connues, au moins une fois dans sa vie, et
pendant lesquelles on joue sa tête à pile ou face; es

pèce de fièvres de courage qu'il serait aussi difficile de
motiver que ces prostrations morales, ces lâchetés
magnétiques, qui se saisissent, à certains moments,
des peuples ou des individus, et les livrent à la tyrannie du premier venu.

Sans s'expliquer nettement cette situation nouvelle,
les officiers de marine en avaient l'instinct. On le devinait à leur air moins absolu, moins conquérant, à je
ne sais quelle prudente inquiétude qui se déguisait
aussi mal que la triomphante allégresse de ceux du
tiers. Les évènements qui avaient eu lieu à Rennes,
les 26 et 27 janvier, et la lutte sanglante des jeunes
bourgeois contre la noblesse aidée de ses valets, étaient
venus accroître la fermentation qui travaillait sourdement la population brestoise. On se réunissait dans
les cafés pour lire *la Sentinelle du peuple*, qui venait
d'être publiée à Rennes, et dont l'énergique langage
ne ménageait déjà ni les idées ni les personnes. A
cette époque, on n'avait point encore eu d'exemple
d'une telle hardiesse. Des pamphlets clandestins
avaient bien attaqué le roi, la reine, la noblesse et le
clergé ; mais ces coups de poignard avaient été portés
dans l'ombre, et sans qu'on pût dire au juste d'où ils

partaient. Aujourd'hui il en était tout autrement. Les hommes qui osaient frapper ne se cachaient plus le visage ; en jetant leur cartel, ils le signaient de leurs noms. Ce n'étaient plus des assassinats anonymes, c'était une insurrection ouverte et avouée. En lisant pour la première fois un journal dans lequel on osait tout dire, chacun éprouva une sorte de saisissement et de peur. La presse était une arme inconnue, dont l'explosion fit sur tous le même effet que la poudre à canon sur les sauvages du Nouveau-Monde. Mais une fois cette première surprise passée, il y eut émulation d'audace ; ce fut à qui manierait l'arme nouvelle avec le plus de témérité. Chacun osa dire tout haut ce qu'il n'avait peut-être point osé jusqu'alors se dire à lui-même tout bas. On fouilla dans ses vieux ressentiments, on secoua tous les replis de son âme, on *vida sa poche de fiel* sur le papier, et la colère de tous s'accrut de la colère de chacun.

Je fus témoin, avant de quitter Brest, d'une scène qui me donna la mesure de l'opinion publique. C'était le soir : j'entrai dans un café habituellement fréquenté par les jeunes gens de la ville et les *officiers bleus*. Je fus étonné, en ouvrant la porte, de voir tout le monde réuni autour d'une table, près de laquelle un jeune homme était debout, un verre de punch devant lui, et parodiant avec gravité les cérémonies de la messe.

Je m'approchai d'un groupe, et demandai à un officier ce qu'on faisait là.

— On dit la messe du peuple breton, monsieur, me répondit-il, en mémoire des célèbres journées de Rennes.

Je prêtai l'oreille : dans ce moment le jeune homme répétait, à haute voix, cette partie de la messe appelée *tractus* dans les missels.

« Ce fut, pour les ignobles vaincus, un jour de ténèbres, d'affliction, d'angoisses.

« Les humbles furent élevés, et ils dévorèrent les superbes.

« Ils ont dû être confus, ces ignobles, pour avoir tenu une conduite abominable ; ou plutôt la confusion n'a pu les confondre, car ils ignorent ce que c'est que rougir.

« Ils ont mis le poignard aux mains de leurs serviteurs et ils les ont payés pour répandre le sang du peuple.

« Loin d'en rougir, ils en ont tiré vanité, et loin de s'en repentir, ils ont gardé parmi eux ceux qui avaient sollicité cette horreur, et l'honneur de marcher à la tête des assassins.

« Un des leurs est tombé mort à leurs pieds (1).

« La mère qui l'avait excitée, placée à une fenêtre, le vit tomber et jetait les hauts cris (2).

« Partout battu et terrassé, le noble honteux exprime ainsi ses regrets : Ah! le peuple m'a pris par le côté faible; aussi m'a-t-il aisément dépouillé de ma gloire.

« Je suis devenu le sujet de ses chansons; je suis l'objet de ses railleries.

« Il m'a en horreur, il me fuit avec dédain, et il ne craint même pas de me cracher au visage. »

Puis vint *la prose,* traduite presque entièrement du livre de *la Sagesse* et de *l'Ecclésiaste.*

« La nature nous fit tous égaux. Je suis un homme mortel semblable à tous les autres, de la race de cet homme fait de terre; chair revêtue d'une forme, je suis sorti du ventre de ma mère.

« Je suis né et j'ai respiré l'air commun à tous; je suis tombé dans la même terre, et je me suis fait entendre d'abord en pleurant comme vous, grands du monde.

« J'ai été enveloppé de langes et de grands soins.

« Car il n'y a point de roi qui soit né autrement; les nobles orgueilleux agissent comme s'ils étaient d'une race différente; et cependant leur vanité rampe aux plus misérables besoins. »

(1) De Boishue.

(2) Une autre dame noble, armée de pistolets et placée aussi à une fenêtre, se faisait indiquer sur qui elle devait tirer.

Le jeune homme lut ensuite *l'évangile de la raison.*

« Gloire à vous, père des êtres !

» Dès le commencement du monde, dit le Seigneur, j'ai
eu en exécration l orgueil, et la prière de l'humble m'a été
agréable. Je veux effacer la memoire des superbes de l'esprit des hommes. Je les exterminerai avec une de leurs
mâchoires, avec la mâchoire d'un poulain d'ânesse. Cette
classe de nobles est sans bon sens, sans sagesse. Ils m'ont
attaqué par leur insolence, et le bruit de leur orgueil est
monté jusqu'à mes oreilles. Je leur mettrai un cercle au
nez et un mors à la bouche , et leur faisant rebrousser chemin , je les ferai devenir moins qu'ils n'étaient au commencement. Le temps est venu , mon peuple, que vous allez
secouer le joug de tous ces tyrans en robes , en simarres
et en épées. Alors le prêtre sera comme le citoyen, le seigneur comme le serviteur, la maîtresse comme la servante,
le noble comme le bourgeois, celui qui emprunte comme
celui qui prête ; ainsi, l'occasion étant favorable, réclamez
hautement vos droits , et remettez-vous en possession du
privilége de vos pères. »

Vint après le *credo* patriotique et le *pater* national.

CREDO.

« Je crois en la puisance du souverain ; j'appréhende
celle d'emprunt des magistrats ; celle-là révocable dans le
cas de lèse-nation, celle-ci dans le cas de lèse-citoyen ;
celle-là cédée par la nation à une suite d'héritiers mâles
d'une famille, celle-ci confiée à des citoyens amovibles et
revocables. Je crois à la puisance du souverain dans ce

qui concerne la justice, la police, le commerce, les arts,
la guerre; je crois à la puissance inaliénable et impres-
criptible de la nation, dans ce qui regarde l'admission des
subsides, leur répartion, leur perception, la connaissance
de leur emploi et de leur terme. Je crois au besoin des états-
généraux fixés à époques peu éloignées, pour que la nation sente son existence morale; à leur nécessité (*sine qua
non*) pour le renouvellement et la continuation des subsides; à leur utilité pour la correction des abus en tout
genre, et l'exécution de tout ce qu'on imagine de bien à
faire. J'attends l'extirpation des vices et le règne des vertus.

« Ainsi soit. »

PATER.

« Notre père qui êtes assis sur le trône des Français,
que cette révolution soit heureuse pour le raffermir, pour
la gloire de votre nom, par la durée de votre règne, pour
l'exécution de votre volonté toujours soumise aux lois.
Assurez-nous nos propriétés, vengez nous des offenses
qu'on nous a faites jusqu'ici en abusant de votre nom et
de votre autorité; ne nous exposez plus à la puissance des
nobles; mais délivrez-nous-en tout-à-fait.

« Ainsi soit-il. »

Cette étrange messe, presque littéralement traduite
de fragments de livres saints, continua ainsi sur un
ton de gravité plutôt menaçant que grotesque; la foule
écoutait avec des sourires sombres, de brèves exclamations de colère et des applaudissements rapidement

comprimés. Quant à moi, je suivais, surpris et inté-
ressé tout à la fois, ce pamphlet moitié chrétien et
moitié philosophique ; véritable œuvre d'un Breton
qui laissait pendre un bout de son chapelet sous sa
carmagnole révolutionnaire, et adorait ses nouvelles
idoles avec les mêmes cérémonies et les mêmes instruments de culte que les anciennes. Quand le jeune
homme qui lisait eut fini, je m'approchai, et lui demandai quel était l'auteur de cet écrit ; il me tendit
une brochure qu'il tenait à la main ; c'était la

MESSE DU PEUPLE BRETON,

En mémoire des célèbres journées des 26 *et* 27
janvier 1789,

En latin et en français, suivant le texte des Écritures,

PAR UN PATRIOTE MAL COSTUMÉ (1).

Triste et pensif je demeurai, en silence, les yeux
attachés sur ce titre. Il était plein d'éloquence, et il
était facile de prévoir où cela devait conduire ; il n'y
avait pas si loin du *patriote mal costumé* de 89 au
sans-culotte de 93.

---

(1) Cette brochure, que j'ai encore en ma possession, fut
miprimée à Sainte-Anne en Auray, chez Jean Guestré, libraire.

Cinq années seulement s'étaient écoulées, cinq années qui avaient suffi pour retourner la société comme
u⸱ ²hamp défriché, et je parcourais cette même route
que j'avais faite en 89, pour me rendre à Brest où
m'appelaient d'impérieux devoirs. A cette époque,
les voyageurs étaient peu nombreux ; chacun restait
chez soi, évitant de faire de la poussière et du bruit,
car il ne fallait pas qu'on vous entendît vivre, si vous
vouliez vivre en sûreté. Je partis donc seul, dans une
espèce de char-à-bancs couvert, qui faisait le service
de Morlaix à Brest.

Le commencement du voyage fut silencieux. Le
postillon, qu'à sa carmagnole et à son bonnet rouge il
était facile de reconnaître pour un sans-culotte, avait
entonné la *Marseillaise*, et il fouettait ses deux ros-
s⸱, *Pitt* et *Cobourg*, en jurant contre les ornières et
traitant d'aristocrates les chemins, qui, défoncés par
l'artillerie, étaient réellement détestables. Mais au
bout d'une heure, il parut las de chanter et de jurer ;
il se tourna sur son siége et se pencha vers moi, pour
lier conversation.

— Y a-t-il longtemps que tu n'es allé à Brest,
citoyen ? me dit-il.

16.

— Cinq ans

— Cinq ans ! oh ! bién, alors, c'était du temps du
régime. Tu trouveras que la poêle à frire a un peu
tourner l'omelette depuis. Ah ! les ci-devant ne sont
pas fiers là ; il y en a huit cents au château.

— Et les exécutions sont-elles nombreuses ?

— Mais non, ça ne donne pas absolument. Prieur-la-
Marne est un bon sans-culotte, mais un peu cagne ;
ça n'a pas faim d'aristocrates. Parlez moi de Laignelot !
c'est celui-là un lapin ! — I u pain et du fer, qui dit,
voilà tout ce qu'il faut à de vrais républicains. J'étais
au club quand il est arrivé pour la première fois. Il
vous a dégaîné son sabre, l'a mis sur la table devant
lui, en guise de plume, et a dit : — Citoyens, j'arrive
de Rochefort où j'ai mis au pas les aristocrates, les
accapareurs et les modérés ; j'amène avec moi le bar-
bier de la république, et j'espère qu'il aura le plaisir
de faire jouer un peu ici le rasoir national... Alors il
a présenté au club le vengeur public.

— Le bourreau !

— Quoi donc !

— Et les exécutions ont commencé alors ?

— Un peu : mais ça n'a pas duré, parce que Laignelot est parti, et que Jean-Bon-Saint-André s'en
est allé avec l'escadre. Il faut espérer qu'ils recom-
menceront à leur retour. Nous avons bien besoin
de ça, ma foi, car les affaires ne vont guère. Il n'y a
plus de voyageurs, et il ne faut pas moins que les
chevaux et les enfants aient leur avoine.

— Vous avez des enfants? demandai-je au voiturier
désirant détourner la conversation.

— Parbleu ! il n'a que les aristocrates qui n'ont
pas d'enfants. J'en ai six, moi, L'aîné n'a que douze
ans, mais c'est déjà un patriote fini. Il a été reçu
membre de la société régénérée.

En ce moment, nous passions devant l'auberge d'un
village ; le postillon s'interrompit tout-à-coup et arrêta
ses chevaux.

— Attention ! dit-il, j'ai un voyageur à prendre ici.
Il descendit et entra dans l'auberge.

J'éprouvai une véritable contrariété en apprenant
que j'allais avoir un compagnon de route. J'ai toujours
eu un éloignement décidé pour ces espèces de co-ha-
bitations improvisées des voitures publiques qui vous
forcent à faire ménage pendant tout un jour avec un

inconnu ; mais les circonstances augmentaient singulièrement cet éloignement naturel. L'aspect seul d'un
étranger devenait un motif d'inquiétude à cette époque,
où la dénonciation arrivait de toutes parts, où un mot
vous tuait, où le silence même pouvait devenir une
cause de soupçons. Il fallait surveiller ses gestes, ses
regards, ses impressions ; mettre sa peur en faction
devant sa pensée ; parler, non pour être compris,
mais pour ne pas l'être. Prévoyant l'ennui et la fatigue
de cette laborieuse dissimulation, je m'en effrayais
d'avance. Par bonheur je n'en eus pas besoin.

L'étranger que le voiturier était allé chercher se
présenta sur le marche-pied, et je me reculai pour lui
faire place.

— Pardon de vous déranger, me dit-il en saluant.

Je me sentis soulagé. La politesse de cet homme
venait de me dire son opinion. En ne me tutoyant pas,
il avait fait une profession de foi et un acte de courage. Je me tins moins sur mes gardes, et l'entretien
s'engagea. Nous nous apprîmes bientôt réciproquement
que nous avions des amis communs ; c'était déjà se
connaître. La conversation devint alors facile et fami-
lière. Mon compagnon de route connaissait Brest, qu'il

avait visité peu auparavant, et il m'en parla longuement.

Cependant nous avancions toujours, et le pays que
nous traversions offrait un aspect de plus en plus désolé. Ces campagnes que j'avais vues autrefois si
mouvantes de moissons et de feuillées, si parfumées
de sarrazin fleuri, si résonnantes de mugissements
de troupeaux et de chants de pâtres, je les trouvais
arides, mornes, dévastées. Les manoirs qui élevaient
naguère au milieu des arbres leurs tourelles à toits
pointus et leurs girouettes armoriées, dépouillés maintenant de leurs ombrages et noirs des traces de l'incendie, dressaient leurs squelettes décharnés des deux
cotés du chemin. Les chrits de carrefour gisaient
abattus au fond des douves marécageuses, et les fontaines, souillées par les ronces et les feuilles mortes,
avaient perdu leurs vierges protectrices.

Parfois, quand nous traversions un hameau, une
église se montrait à nous avec ses frêles sculptures,
ses dentelles de granit et sa flèche aérienne ; mais à
peine si quelques restes de verrières pendaient encore
à ses fenêtres demi-murées : ses élégantes balustra-
des, ses caryatides bizarres , ses arabesques moulées

dans le Kersauton, avaient été martelées ; elles par-
semaient le sol de leurs débris, et, à la porte entr'ouverte, au lieu de la figure sereine d'un paysan sortant
la tête nue et les mains jointes sous son large chapeau, nous voyons apparaître le bonnet de police d'un
gendarme qui fumait sur le seuil du lieu sacré, transformé en écurie,

En approchant de Brest, les champs devenaient encore plus incultes. On n'y apercevait ni laboureurs,
ni troupeaux. Çà et là seulement quelques maigres
chevaux, échappés à la réquisition, broutaient les ajoncs
épineux, dressaient la tête au moindre bruit, et fuyaient
effarés à l'approche de notre voiture. Le long de la
route, nous remarquâmes quelques chaumières ouvertes et abandonnées, comme si l'ennemi eût traversé depuis peu le pays. Les fermes plus éloignées,
et dont on apercevait la fumée s'élever à l'horizon,
n'envoyaient elles-mêmes aucune rumeur de travail ;
aucun chant de laveuse ne venait des *douées* parsemées
le long des vallées ; tout était silencieux et comme
terrifié.

— Ne croirait-on pas, dis-je à mon compagnon, qui,
comme moi, regardait depuis longtemps, d'un air

attristé, le tableau désolé que nous avions sous les yeux ; ne croirait-on pas que la guerre, la peste ou la famine ont passé sur ce pays ?

— C'est quelque chose de bien plus fort, me répondit-il, c'est une idée et un mot ! Ce sont eux qui ont brulé ces manoirs, ruiné ces campagnes, fermé les églises, chassé les habitants de leurs demeures. Et pourtant quelle idée plus belle et plus sainte, quel mot plus séduisant et plus sonore ? *liberté ! égalité !*

Comme il achevait de parler, nous aperçûmes des charettes chargées de marins blessés qui venaient de Brest. Les malades étaient étendus sur un peu de paille sanglante, brûlés par la fièvre, par un soleil dévorant, et manquaient de tout. Quelques-uus, qui avaient déjà succombé, étaient couchés en travers dans les charrettes, la tête et les pieds pendants, et servaient d'oreillers à leurs camarades. D'autres, étendus sans mouvement, faisaient entendre les sifflements horribles de ce râle qui accompagne toujours les agonies difficiles et combattues.

Quant à ceux qui avaient conservé quelque force, aucune plainte ne trahissait leurs souffrances. Leurs fronts pâles gardaient encore un air d'audace indiffé-

rente, et ils murmuraient à demi-voix ces chants
magiques avec lesquels on mourait alors. En passant
près d'eux, nous nous découvrîmes et leur souhaitâmes
un voyage heureux. Pour toute réponse, ils lancèrent
au ciel un cri de *vive la république !* Ce cri sembla
faire sur les mourants l'effet d'une commotion galva-
nique; ils s'agitèrent dans leur fumier sanglant et
levèrent encore leurs mains glacées comme pour s'associer à l'élan de leurs compagnons !

Nous nous arrêtâmes, saisis de respect, muets, et
le front découvert devant cet admirable spectacle.
Quand la dernière charette eut passé, l'étranger qui
se trouvait près de moi me dit :

— Ces malheureux ont encore plusieurs lieues à
faire avant d'atteindre les hôpitaux de Lesneven ou de
Pol-Léon, et peut-être n'y trouveront-ils rien de ce
qui leur est nécessaire. Brest ne peut plus contenir les
blessés que lui envoient ses escadres. Les hôpitaux,
les églises, les tentes qu'on a dressées dans l'ancien
enclos des jésuites, sont remplis. Les chirurgiens de
la marine ne suffisent pas au service et manquent de
médicaments. Les plaies se pansent, faute de linge,
avec l'étoupe et le chanvre du port. Les ambulances

ont manqué de pain de viande et de bois, pendant
trois jours; des blessés sont morts de faim. J'ai vu
des convalescents mendier dans la ville et disputer
aux chiens les ossements du ruisseau. A l'hôpital, la
plupart des malades manquent de vêtements et se
promènent, en chemise, dans les cours, enveloppés
de leur couverture de laine. Mais toutes ces souffrances ne peuvent diminuer l'ardeur de nos matelots.
Le dévouement de ces hommes est comme tous les
dévouements qui ont leurs racines dans le cœur. Le
frottement de la misère l'aiguise au lieu de l'émousser.
Non que ce soient des républicains fort convaincus;
mais c'est une race fidèle et forte qui, une fois le
pavillon national à son mât, meurt sous ce pavillon,
quelle que soit sa couleur. Puis, ces marins bretons
sont infatigables: rien ne les abat, rien ne les tue. Il
n'y a que le cœur qui soit de chair dans ces hommes;
le reste est de fer. Si nous avions des officiers pour
conduire de pareils matelots, la Convention pourrait
décréter que l'Océan fait partie des possessions de la
république. Mais les officiers manquent. Tous étaient
nobles, et tous ont abandonné nos ports pour passer à
l'étranger. Il y a un an qu'un tiers de la ville de Brest

22

était à vendre, par suite de l'émigration du grand
corps. L'ambition a bien retenu à leurs postes quelques chefs dont la république pourrait tirer parti;
mais on suspecte leur patriotisme, et leur nombre est
d'ailleurs fort restreint. Quant aux *officiers bleus*,
malgré leur habileté et leur courage, il y a peu de
chose à en attendre. Rapetissés trop long-temps dans
les rôles secondaires, ils sont demeurés étrangers aux
allures du commandement. Ce sont, tout au plus, de
vaillants corsaires, bons pour ces duels maritines qui
se vident entre deux navires au milieu de l'Océan;
mais ils n'entendent rien à la tactique navale, ni aux
grandes évolutions d'une escadre. Puis, tous ces matelots d'hier, qui ont trouvé, en s'éveillant, un habit
de capitaine sur leur hamac, sont mal à l'aise sous
leurs broderies; ils ont honte d'eux-mêmes; ils se
sentent gauches; ils n'osent faire un pas de peur
d'être ridicules, et leur ignorance paralyse leur audace.
Les équipages comprennent cette inaptitude des chefs,
aussi leur refusent-ils leur confiance. Ils les raillent,
les bravent, et la discipline se relâche. Plusieurs révoltes ont eu lieu dans l'escadre de Villaret, avant son
départ. et spécialement à bord du *Neptune*. Le dis-

cours prononcés à cette occasion par le capitaine à ses
matelots mutinés vous donnera la mesure de l'ignorance de nos nouveaux officiers. Je l'ai copié sur mon
agenda ; le voici, c'est une pièce historique qui peint
l'époque. Il fut prononcé en rade de Brest devant le
représentant du peuple Jean-Bon-Saint-André.

« Citoyens,

« Il est un préalable sans lequel les choses resteraient dans la plus grande morosité.

« Depuis fort long-temps vous agissez difformé-
ment à ma volonté. Je sais que vous avez des droits
terrogatifs ; mais je sais aussi qu'on ne peut subjuguer un autre à ma placé sans en prodiguer les raisons australes. C'est pourquoi j'évacue le tillac, à
cette fin de laisser la parole à Jean-Bon-Saint-André
qui vient exprès pour vous dire le reste.

« Vive la république une, indivisible et impéris-
sable ! (1) »

— Et cette copie est authentique ? demandai-je en
prenant l'*agenda* des mains de mon compagnon de
route pour relire encore cet incroyable discours.

_____

(1) Historique.

— Elle a été prise au pied du grand mât, me répondit-il, sur le discours même du capitaine, qui y avait été cloué par son ordre. Vous comprenez ce qu'une pareille ignorance de la part des officiers doit exciter de dédain et de raillerie chez les inférieurs. Un chef ridicule est toujours un mauvais chef. Ajoutez à ces causes de désordres le manque de ressources, le défaut d'organisation, les incertitudes d'une administration nouvelle, reconstruite avec les ruines d'une autre; enfin, les difficultés générales de notre situation actuelle. Au moment où je vous parle, Brest manque de tout. L'approvisionnement des flottes et le passage des troupes ont épuisé le pays; le maximum a éloigné les paysans des marchés. Ils ont caché leurs grains, disséminé leurs bestiaux dans les campagnes, et l'on ne peut plus s'approvisionner que par la voie de réquisition et le sabre à la main. Le blé est maintenant si rare, que, si l'on vous invite à dîner chez un ami, on vous priera d'apporter votre pain. Les boutiques de tout genre sont vides et fermées; on ne trouve plus à acheter ni draps ni soieries : vous verrez les deux tiers de cette population qui vit au milieu des brumes et des tempêtes, en habits de nankin, en cu-

lottes de nankin, en casquettes et en gilets de nankin.
C'est la seule étoffe que l'on puisse se procurer dans
la ville, encore la doit-on à deux prises anglaises faites
il y a peu de temps. La république n'a point payé les
équipages de son escadre depuis cinq mois, et vous
rencontrerez des capitaines de vaisseau en guenilles,
lavant eux-mêmes leur linge sale à la pompe, avec de
grosses épaulettes et l'épée au côté. Au milieu de cette
disette de tous, quelques chefs, qui disposent des ressources du port et qui sont chargés des approvisionnements, nagent dans l'abondance et emploient trois
cuisiniers. Quant aux représentants du peuple, ils ne
font aucun effort pour changer l'état des choses. Ils se
contentent de prêcher contre le fanatisme dans les
clubs ; ils célèbrent, de temps en temps, une fête en
l'honneur de l'Être suprême, font déporter des prêtres,
et, quand on se plaint trop haut, ils vous envoient,
comme fédéralistes, dans les prisons du château, d'où
l'on ne sort plus que pour monter sur la charrette
du bourreau.

— A quoi nous aura donc servi la révolution, si
nous lui devons l'appauvrissement de nos forces, le

gaspillage de nos ressources, la destruction de notre liberté et de notre repos ?

— N'accusez pas la révolution, réplique vivement mon compagnon, elle n'a fait que recueillir ce qu'on avait semé. Tous les malheurs qui nous frappent sont la suite nécessaire du régime qui vient de finir, c'est l'arrière-goût de la monarchie qui a disparu. Notre pauvreté est la conséquence des prodigalités précédentes, l'ignorance de nos officiers de marine est le résultat de l'organisation aristocratique si longtemps maintenue, qui ne permettait d'avancement qu'aux nobles et qui ôtait aux autres tout moyen d'instruction, tout espoir de commandement. Il n'y a pas jusqu'aux gaspillages actuellement existants dans notre grand port qui ne soient un reste des traditions de l'ancien régime. Les hommes de maintenant ne sont pas les fils de la république; ce sont des élèves de la monarchie; leur immoralité est née de ses leçons et de ses exemples. Vous allez voir Brest, Brest vous fera horreur et dégoût, car il est affreux à voir dans ce moment; mais ne vous en tenez pas à la première impression. Le Brest d'autrefois était bien réglé : le privilége, l'injustice, l'insolence, s'y trouvaient à l'état

— J'ai été heureux de vous rencontrer, me dit-il; aux temps où nous vivons, c'est beaucoup de pouvoir passer la moitié d'un jour avec un homme qui ne fait ni peur ni dégoût. Votre nom, monsieur, s'il vous plaît?

Je le lui dis; il me tendit la main.

— Nous ne nous reverrons peut-être jamais, ajouta-t-il; bonheur et santé! Si vous visitez les montagnes et que vous passiez par la vieille ville d'Aëtius (1), demandez le citoyen Correc de La Tour-d'Auvergne, ancien grenadier; c'est moi.

Il me fit encore un signe de la main, et la voiture partit.

---

(1) La Tour-d'Auvergne prétend, dans ses *Antiquités gauloises*, que la ville de Carhaix, en breton *Keraës*, fut fondée par Littorius, lieutenant d'Aëtius. et fut appelée, du nom de ce dernier, *Ker-aëtius*, par corruption *Ker-aës*.

FIN.

Lightning Source UK Ltd.
Milton Keynes UK
UKHW021839140219
337217UK00005B/412/P